TANIA KRÄTSCHMAR

Die Rückkehr der Apfelfrauen

AF203929

Buch

Endlich sehen sie sich wieder! Eva, Nele, Julika, Dorothee und Marion verbringen ein Freundinnen-Wochenende in Venedig. Aber mittendrin erhält Eva einen alarmierenden Anruf aus der Mark Brandenburg: Dani und ihr Mann, die in dem Haus mit dem riesigem Apfelgarten neben Evas und Lohs Hof wohnen, haben eine Reise gewonnen. Ausgerechnet jetzt, wo nicht nur die Ernte in vollem Gang ist, sondern auch noch Leute vom Ministerium erwartet werden! Denn Dani hat die tolle Idee, ein Baumhaushotel zu eröffnen, da darf es nicht wie Kraut und Rüben aussehen. Schnell steht für die fünf Freundinnen fest: Zusammen werden sie die Ernte bewältigen, ein, zwei Wochen hat jede von ihnen Zeit für Äpfel, Rezepte, Saftpressen und vor allem füreinander. Die Rollkoffer gepackt, und los geht's! Doch in Wannsee gefährdet ein dubioses Bauvorhaben Danis Pläne, bevor sie überhaupt genehmigt sind. Dagegen müssen sie dringend etwas unternehmen, nur was? Und wer ist dieser attraktive, aber geheimnisvolle Baumexperte, den Nele im Wald getroffen hat und der sein Zelt unbedingt in ihrem Garten aufstellen will? Freund oder Feind in Sachen Baumblütenhotel? Sie müssen handeln, bevor es zu spät ist …

Autorin

Tania Krätschmar wurde 1960 in Berlin geboren. Nach ihrem Germanistikstudium in Berlin, Florida und New York arbeitete sie als Bookscout in Manhattan. Heute ist sie als Texterin, Übersetzerin, Rezensentin und Autorin tätig. Sie hat einen Sohn und lebt in Berlin.

Von Tania Krätschmar bei Blanvalet erschienen:

Eva und die Apfelfrauen · Clara und die Granny-Nannys · Nora und die Novemberrosen · Luisa und die Stunde der Kraniche

Besuchen Sie uns auch auf www.facebook.com/blanvalet und www.twitter.com/BlanvaletVerlag

Tania Krätschmar

Die Rückkehr der Apfelfrauen

Roman

blanvalet

Sollte diese Publikation Links auf Webseiten Dritter enthalten,
so übernehmen wir für deren Inhalte keine Haftung, da wir uns
diese nicht zu eigen machen, sondern lediglich auf deren Stand
zum Zeitpunkt der Erstveröffentlichung verweisen.

Verlagsgruppe Random House FSC® N001967

1. Auflage
Copyright © 2018 by Blanvalet Verlag,
in der Verlagsgruppe Random House GmbH,
Neumarkter Str. 28, 81673 München
Redaktion: Margit von Cossart
Umschlaggestaltung: semper smile, München
Umschlagmotive: © Shutterstock.com
(Maria_chernika; Maria Mirnaya; Paladin12)
LH · Herstellung: sam
Satz: Buch-Werkstatt GmbH, Bad Aibling
Druck und Bindung: GGP Media GmbH, Pößneck
Printed in Germany
ISBN: 978-3-7341-0628-6

www.blanvalet.de

A-pfelnamen

Wer soll sie kosten
Viertausend Sorten
Auf Wiesen von Werder
Im Alten Land

Ashton Brown Jersey
Aus Irland und England
Beiß in Alexis
American Blush

Ambro und Angold
Atlas und August
Cherchez la femme:
Api Le Petit

A steht für Arctic
Anis und Aneta
Für Adams Versuchung
Für Gold, Zank und Gift

1.Kapitel

Eine Blume verblüht,
ein Feuer verglüht,
ein Apfel ist verderblich.
Nur unsere Freundschaft ist unsterblich.
POESIEALBUMSPRUCH

Die schwarz lackierte Gondel schwankte gefährlich, als Nele schwungvoll hineinsprang und prompt strauchelte. Ihre blonden Locken hüpften dabei ebenso heftig auf und nieder wie der Gondelbug mit dem venezianischen Metallbeschlag. Die zwei Freundinnen, die bereits saßen, lachten und fingen sie auf.

»*Dio mio*«, murmelte der Gondoliere, der am Heck stand.

Er wartete kopfschüttelnd darauf, dass endlich alle fünf Frauen einstiegen und sicher saßen, und versuchte, das schmale Boot mithilfe des mehrere Meter langen Riemens ins Gleichgewicht zu bringen. Diese *tedesca bionda* war besonders schlimm. Hoffentlich hielt sie während der Fahrt die Füße still! Sicher, er mochte temperamentvolle Frauen, und besonders blonde. Aber *a letto,* nicht in seiner Gondel.

Eva reichte Nele die Hand, um ihr zu helfen. Sie kannten sich, seit sie in Berlin zusammen in der Werbeagentur Frenz & Friends gearbeitet hatten, wo sie sich ebenfalls häufig gegenseitig gerettet hatten. Wenn auch eher im übertragenen Sinn.

Nele plumpste ungelenk auf den Sitz neben Eva, und erneut schwankte die Gondel bedrohlich. Aber nicht nur ihretwegen, auch wegen eines Vaporettos voller Touristen und Einheimischer, das so dicht an ihnen vorbeiknatterte, dass die Wellen an die Gondel schlugen und das Wasser nur so spritzte.

Dorothee, die auf der Sitzbank vor ihnen saß, schrie auf. Sie war ausgesprochen wasserscheu, klammerte sich an die Bordwand, die dem Ufer zugewandt war, und lehnte sich darüber – mit dem Ergebnis, dass der Gondoliere am Heck hastig seine Position wechseln musste, um das Kippeln auszugleichen.

»Nele, sei doch vorsichtig! Willst du, dass wir alle auf dem Grund des Canal Grande landen?«, meckerte Marion vom Steg aus.

Sie hatte Neles Einsteigemanöver kritisch beobachtet und machte sich nun ebenfalls daran, in die Gondel zu steigen. Ungehalten strich sie sich ihren blond gefärbten Pagenkopf zurück, bevor sie eine der helfenden Hände ergriff, die sich ihr entgegenstreckten.

Die anderen kannten das bereits von Marion: Als Lehrerin in einer Grundschule hatte sie immer bestimmte Vorstellungen von dem, was sie alle auf welche Art und Weise tun sollten, und war gelegentlich ein bisschen streng mit ihnen. Oder zumindest mit Nele wie jetzt gerade. Neles Art, immer zu unbekümmert, zu waghalsig zu sein – in allen Bereichen des Lebens, bestimmt nicht nur beim Einsteigen in eine Gondel –, forderte Marions pädagogische Grundeinstellung geradezu heraus. Doch sie war klug genug, die Ignoranz ihrer Freundinnen zu ignorieren. Und so kamen sie wunderbar miteinander aus, waren nun schon seit acht Jahren unzertrennlich.

Marion machte einen Schritt ins Boot und ließ sich neben Dorothee nieder. Sie griff nach dem Reiseführer in ihrer Tasche, schlug ihn auf und vertiefte sich hinein, ungerührt von den Gesprächen um sie herum und dem tänzelnden Boot auf den Wellen des Kanals.

Von dem Moment an, als der Flieger italienischen Boden berührt hatte, war sie keinen Schritt mehr ohne ihren Reiseführer gegangen. Sie seufzte leise.

»Warum seufzt du?«, fragte Dorothee. »Weil Nele wie ein Elefant in den Kahn eingestiegen ist und ihn fast zum Kentern gebracht hätte?«

Marion schüttelte den Kopf. »Nein, weil ich an die Seufzerbrücke denken muss.« Julika, die Fünfte im Bunde, hatte die vier Freundinnen für einige Tage nach Venedig eingeladen, aber es war Marion, die sie wie eine Stadtführerin auf Droge von Sehenswürdigkeit zu Sehenswürdigkeit gescheucht hatte. »All die Gefangenen, die über Jahrhunderte von dem Justizgebäude über diese kleine Brücke zu ihrer Hinrichtung oder ins Gefängnis gebracht wurden, in diese Zellen unter dem Bleidach, in denen die Hitze unerträglich gewesen sein muss.« Marion seufzte wieder und sah nachdenklich einer leeren Coladose nach, die an ihnen vorbei in Richtung Rialtobrücke dümpelte. Dann hellte sich ihr Gesicht auf. »Sag mal, Dorothee, du als erfahrene Mutter von vier erwachsenen Gören und einem Enkel – meinst du, ich könnte das in meiner sechsten Klasse als Thema eines Aufsatzes nehmen? Wie fühlten sich die Gefangenen, die über die Seufzerbrücke gehen mussten?«

Dorothee sah sie an, als wäre ihr plötzlich ein Horn gewachsen. »Spinnst du, Marion? Natürlich nicht! In Neukölln gibt es doch so viele Flüchtlingskinder, auch in deiner Klasse. Hast du das nicht gestern Abend gerade erzählt? Die haben schon genug Schlimmes mitgemacht, da musst du sie nicht auch noch an den Horror erinnern.«

Marion nickte bestürzt. »Stimmt. Du hast recht. Und die anderen Schüler muss ich nicht auf dumme Gedanken bringen. Am Ende fangen sie an, sich gegenseitig auf dem Dachboden einzusperren und Knast zu spielen. Ich bin ja so was von blöd. Meinst du, ich werde allmählich zu alt für den Job? Es wird wirklich Zeit, dass ich in Rente gehe.«

Dorothee tätschelte ihr beruhigend das Knie. »Ein paar Jahre musst du noch durchhalten.«

»Acht.« Marion seufzte wieder, diesmal allerdings voller Bewunderung für Dorothees Lebensweisheit – und natürlich war sie hingerissen von der Lagunenstadt. So viel gab es hier zu sehen. Sie war sich nur nicht sicher, ob sie Erfolg damit hatte, ihren Freundinnen die kulturellen Details der Schönheiten Venedigs nahezubringen. Alle waren von der Stadt beeindruckt, aber die Geburts- und Sterbedaten von Tizian, Tintoretto & Co waren ihnen schnurz, egal, wie sehr sich Marion bemühte. Da ähnelten die Freundinnen fatal ihren Grundschülern. Fehlte nur noch, dass sie heimlich mit ihren Handys spielten, während sie ihnen etwas erklärte.

Julika Montecurris italienischer Exmann Lorenzo war ein paar Jahre nach ihrer Scheidung verstorben und hatte ihr ein Haus in Florenz vermacht. Julika, die Italien und vor allem die mediterrane Wärme liebte, hatte Berlin den Rücken gekehrt und war in den Schoß der Montecurri-

Familie zurückgekehrt, die ihrerseits die verlorene deutsche Exschwiegertochter mit offenen Armen aufgenommen hatte.

Insbesondere Sergio Montecurri, der überaus attraktive Neffe des verstorbenen Lorenzo, wich seitdem nicht von Julikas Seite. Wenn sie ein Verhältnis hatten, was die Freundinnen vermuteten, verbargen sie es allerdings sehr diskret vor allen anderen, vielleicht, um das Andenken an den Verstorbenen in Ehren zu halten. Auf die vielen neugierigen Fragen der Freundinnen antwortete Julika stets nur mit einem sphinxartigen Lächeln. Auf jeden Fall machte sie mit Sergio etwas richtig, denn er erfüllte ihr jeden Wunsch.

Der besagte Vielleichtliebhaber war Bauunternehmer mit neun Mitarbeitern, die er von Baustelle zu Baustelle kreuz und quer durch Europa scheuchte. Seine Firma hieß Dieci Italiani – Zehn Italiener –, was wie ein schmalziger Tenorchor klang. Tatsächlich waren es neun ausgesprochen kräftige italienische Jungs, mit denen er auch in Deutschland Bauarbeiten durchführte.

Einige Wochen zuvor hatte er nun einen alten baufälligen Palazzo direkt an der *laguna* gekauft. Er plante, ihn zu sanieren, doch erstmal hatte er ihn Julika zur Verfügung gestellt – die spontan ihre vier Freundinnen in Deutschland angerufen und sie eingeladen hatte.

Und so waren Eva aus Wannsee in der Mark, wo sie mit ihrem Mann Loh einen Biobauernhof betrieb, die passionierte Mutter und Großmutter Dorothee, die quirlige Grafikerin Nele und die Lehrerin Marion spontan zu Julika, der Wahlitalienerin aus Berlin, in die Lagunenstadt geflogen und übernachteten in Sergios malerisch verkommenem Palazzo.

Als Letzte stieg nun Julika graziös in die Gondel. Wie eine Diva sah sie aus. Im Gegensatz zu den anderen, die sich für Jeans, Sandalen, Turnschuhe und T-Shirts entschieden hatten (nur Dorothee trug eine gebatikte Bluse, die aussah, als ob sie sie in einem India-Laden erstanden hätte und verdächtig nach Moschus und Sandelholz roch), hatte Julika ein elegantes maisgelbes Leinenkostüm mit einem elfenbeinfarbenen Seidentop und Riemchensandaletten mit hohen Absätzen an. Es war den anderen ein Rätsel, wie sie den ganzen Tag darin laufen konnte, aber sie konnte es. Ihr langes hennarotes Haar war perfekt gestylt, zurückgehalten wurde es von einer lässig hineingesteckten Sonnenbrille, die Julikas hellblaue Augen vor der grellen Sonne schützte. Wahrscheinlich war die Brille exorbitant teuer gewesen, wenn man davon ausging, dass das Gucci-Emblem echt war. Und das war bei Julika immer der Fall.

Ganz anders als bei Nele schwankte das Boot bei ihr kaum, so als wüsste sogar die Gondel, was sie ihr schuldig war. Julika setzte sich Dorothee und Marion direkt gegenüber, sodass sie die Freundinnen und den Gondoliere sehen konnte, der geduldig darauf wartete, dass es endlich losgehen konnte.

»Mädels, ich sag ihm, dass er uns zum Palazzo bringen soll, okay? Der Tag war lang. Dann machen wir es uns gemütlich. Auf dem Balkon. Ich hole uns was zu essen«, sagte Julika.

Die anderen nickten dankbar.

»Rotwein ist zum Glück noch da«, murmelte Nele an Eva gewandt.

»Zwei Flaschen«, murmelte Eva zurück.

»Gott sei Dank. Ich kann nicht mehr«, flüsterte Dorothee erleichtert Marion zu. »Noch eine doofe venezianische Maske in einem Souvenirshop, und ich schreie. Die Dinger sind schrecklich kitschig. Findest du nicht?«

Marion antwortete nicht. Also zog Dorothee sich verstohlen einen Schuh aus und fingerte an ihrer linken Ferse herum. Na toll. Sie hatte es ja geahnt. Eine fette Blase. Als ob ihr Hühnerauge nicht schon genug strapaziert worden wäre. Von dem Hallux ganz zu schweigen. Sie hätte lieber etwas weniger Weisheit als Mutter und dafür schönere Füße.

Ja, der Tag war zwar wunderschön, aber tatsächlich auch sehr lang gewesen. Mit schier unerschöpflicher Energie waren Julika und Marion voranmarschiert – über den Markusplatz mitsamt den zahlreichen Tauben und noch mehr Touristen in den Dogenpalast, dann über den Canal Grande zur Accademia und schließlich ins Peggy-Guggenheim-Museum.

Julika liebte Kultur, in Berlin hatte sie jede Ausstellung besucht, und das Guggenheim war eine Klasse für sich. Von den Bildern von Cy Twombly hatten die anderen vier sie praktisch wegzerren müssen. »Was soll nur dieses Gekritzel? Da kann ja unser dreijähriger Tonio besser malen«, hatte Dorothee gemurmelt und dafür einen ungehaltenen Blick von Julika geerntet. Marion dagegen hatte sich kaum von den Gräbern von Peggy Guggenheims Hunden im Außenbereich lösen können, immer wieder etwas von den besten Freunden des Menschen gemurmelt. Der Naturliebhaberin Eva hatte der sorgfältig angelegte Innenhof mit seinen dichten grünen Bäumen am besten gefallen, und Nele hatte trotz ihrer rudimentären italienischen

Sprachkenntnisse mit mäßigem Erfolg versucht, mit dem Mann an der Kasse zu flirten.

So waren sie immer schon gewesen, und vermutlich war die überdurchschnittliche Toleranz, die sie für ihre Unterschiedlichkeit aufbringen mussten, das Geheimnis ihrer Freundschaft.

Nur zwei Pausen hatten Julika und Marion ihnen gegönnt: eine in einer kleinen Bar auf einer Piazza – der orangefarbene Spritz auf Eis war nicht nur köstlich, sondern geradezu lebensnotwendig gewesen. Die zweite Pause hatten sie ein paar verschwiegene Straßen und Brückchen später in einer schummrigen Kirche gemacht. Sie hatten Frömmigkeit vorgetäuscht, um möglichst lange dem Sightseeing-Programm zu entkommen, aber vermutlich hatten Marion und Julika ihnen das nicht abgenommen.

Julika begann mit dem Gondoliere zu parlieren – auf Italienisch. »*Cari amici … tedeschi … visitano Venezia …*«, hörten sie.

Dann wies Julika in Richtung Lagune, den Canal Grande hinunter, lachte kokett und sprach mit atemberaubender Geschwindigkeit weiter, während die anderen geduldig darauf warteten, dass es endlich losging.

Um sie herum schwappte das Wasser, die tief stehende Sonne blitzte in den hohen Fenstern der Palazzi entlang des Kanals, ab und an wehte ein köstlicher Duft über sie hinweg, Kräuter, gegrillter Fisch, Pizza, Lasagne, Knoblauch …

Einige Julika-Sätze später nickte der Gondoliere. Seine Augen glänzten vor Bewunderung für die schöne, elegante Freundin.

»*Andiamo*«, sagte er entschlossen.

Er stieß die Gondel von ihrem Liegeplatz ab, und sie glitten in die Mitte des Wassers. Dorothee schrie noch einmal auf, als ein Lastkahn, der hoch mit Bierkästen beladen war, ihnen den Weg abschnitt, beruhigte sich aber sofort. Der Gondoliere hatte sie geschickt in Sicherheit gelenkt, und wenn er gelassen war, konnte sie es schließlich auch sein.

»Endlich«, sagte Nele und beugte sich zur Seite, um die Hand tief in das blaugrüne Wasser zu tauchen. »Oh, das ist noch ziemlich warm.«

»Pass auf!« Eva zog sie zurück. Irgendwie verstand Nele einfach nicht, dass man in einer Gondel ruhig sitzen musste.

»Und erstaunlich sauber für so viel Verkehr«, fügte Nele hinzu, um eine Sekunde später gellend aufzuschreien.

Sie wich vom Bootsrand zurück und lehnte sich so weit zu Eva hinüber, dass sie fast auf deren Schoß zu sitzen kam. Wieder schaukelte die Gondel bedenklich. Der Gondoliere stieß etwas aus, das nach einem deftigen italienischen Fluch klang.

»Was hast du denn?«, fragte Eva erschrocken, die nicht ausmachen konnte, was Nele sah.

Mit zitterndem Zeigefinger wies Nele auf etwas Dunkles, das neben ihnen schwamm wie ein kleines Begleitboot. »Iiiuuuuuuuwwww«, wimmerte sie. »Eine Ratte! Schau nur, wie sie mit ihrem ekligen, widerlichen, grässlichen nackten Schwanz steuert!« Sie schauderte und kniff Eva zugleich schmerzhaft in den Arm.

Hinter ihnen lachte der Gondoliere auf. »*Si si. Un ratto. Molti ratti a Venezia. Milioni!*«

Nele verstand genug Italienisch, um entsetzt zu

keuchen. Sie wussten alle, dass ihre Freundin panische Angst vor Nagetieren hatte. Vor vier Jahren hatten sie gemeinsam einen langen Sommer in dem kleinen brandenburgischen Dorf Wannsee in der Mark verbracht. Damals hatten sie überlegt, zu fünft eine WG zu gründen, und eine Anzeige aufgegeben. Zu ihrem allergrößten Erstaunen hatten sie daraufhin ein Haus mit einem großen Apfelgarten in Wannsee geerbt unter der Bedingung, ihn bis zum Herbst gemeinsam zu bewirtschaften. Sie waren als Erbengemeinschaft der verstorbenen Anna Staudenroos eingetragen worden. Die gemeinsame Zeit war für die Freundinnen eine Herausforderung gewesen, die ihre Freundschaft gerade so ausgehalten hatte. Auch während jenes Sommers in Wannsee hatte es einige nagetierbedingte Zwischenfälle gegeben. Nele hasste Mäuse, von Ratten ganz zu schweigen.

»Ach komm, Nele, schau einfach nicht hin. Sei tapfer«, sagte Eva und zog die bebende Freundin, der die blonden Nackenhaare zu Berge standen, noch enger an sich.

»Ich bin tapfer!«, murmelte Nele.

Wenn die Gondeln fünf Weiber tragen, dachte Eva und strich der schwitzenden Nele beruhigend über den Rücken. Sie musste an den kleinen Wannsee denken, der ihrem Dorf den Namen gegeben hatte. Der war nicht blaugrün und jetzt, Anfang Oktober, bestimmt nicht mehr als zehn Grad warm. Als Loh, der eigentlich Simon Lohmüller hieß, sie am Tag zuvor in aller Herrgottsfrühe zum Berliner Flughafen gefahren hatte, war es frisch gewesen. Es hatte geregnet, und die ersten gefallenen Blätter hatten eine glitschige Schicht auf den Straßen hinterlassen. Schon am kommenden Morgen würden sie zurückfliegen, dann war das Wochenende vorbei, ihre Wege würden sich wieder trennen. Ihrer führte nach Wannsee, drei Freundinnen lebten in Berlin, Julika würde bei Sergio bleiben ... Aber bis dahin wollte sie jede Minute genießen.

»Es ist so toll, dass wir alle fünf zusammen sind«, sagte sie und drückte spontan Neles Hand. »Wir sollten das wirklich öfter machen.«

»Ja, das sagen wir jedes Mal, wenn wir uns sehen«, erwiderte Nele, immer noch ein bisschen blass um die Nase. Immerhin lächelte sie wieder und atmete regelmäßig. »Wenigstens telefonieren wir beide oft miteinander.«

»Du könntest mal wieder nach Wannsee kommen«, schlug Eva vor.

Neles Gesicht verdüsterte sich. »Du weißt doch, dass ich keine Lust habe, Gandalf zu sehen.«

»Das ist jetzt vier Jahre her«, versuchte Eva die Freundin zu beschwichtigen.

»Und wenn schon ...«

Viel mehr als Apfelmus und Apfelschnaps herzustellen hatten sie in den wenigen Monaten damals geschafft: Sie hatten Annas Nichte, die junge Daniela Sauert, vor dem Missbrauch ihres Vaters, der Bürgermeister in Wannsee gewesen war, gerettet und ihn aus dem Dorf vertrieben. Inzwischen war Dani die neue Bürgermeisterin und lebte in Annas Haus. Streng genommen gehörte das Haus zwar allen Freundinnen gemeinsam, aber Dani war bevollmächtigte Verwalterin. Die gesamte Planung lief zwischen ihr und Eva ab. Die anderen hatten klargemacht, dass sie nichts damit zu tun haben wollten.

Seit Kurzem war Dani mit Gandalf verheiratet. Gandalf war eine Mischung aus tätowiertem Rocker und fröhlichem

Landmann, außerdem war er eingefleischter Fan von Tolkiens *Herr der Ringe*. Hauptberuflich war er Lohs Hobbyknecht (er hatte angeblich Rücken, was niemand verstand und ihm auch niemand abnahm). In jenem Sommer hatte Gandalf allerdings einen heißen Flirt mit Nele gehabt, der für sie ausgesprochen unglücklich geendet hatte. Seitdem war Nele nicht mehr in Wannsee gewesen, die Freundinnen hatten sich immer nur in Berlin gesehen, und Gandalf war in Neles Leben eine *persona non grata*. »Er ist inzwischen deutlich besser, als du ihn in Erinnerung hast. Ein guter Ehemann für Dani, das kannst du mir glauben«, versuchte Eva erneut, für Gandalf in die Bresche zu springen, aber Nele schüttelte nur trotzig den Kopf.

Einige der Gondeln, die ebenfalls den Canal Grande entlangfuhren, verschwanden in den Nebenkanälen. In fast allen saßen Asiaten, die nicht etwa die Palazzi in den verschiedenen Stadien des Verfalls bestaunten, die Brücken bewunderten, sich über elegante Boote und verschwiegene Gärten freuten. Nein, sie fotografierten sich gegenseitig kichernd mit ihren Handys.

Der Gondoliere legte sich mächtig ins Zeug. Eva drehte sich zu ihm um und beobachtete, wie ihm ein Schweißtropfen langsam die lange, braun gebrannte Nase entlangrollte, um dann an der Nasenspitze hängen zu bleiben. Stilecht sah er aus mit seinem schwarz-weiß geringelten T-Shirt, dem roten Halstuch und dem Strohhut, an dem wagemutig ein schwarzes Schleifenband flatterte.

Eva beneidete ihn nicht. Den ganzen Tag Touristen durch die Stadt zu staken und nun, am Ende eines langen Tages, auch noch fünf wohlgenährte Frauen!

Er räusperte sich, und einen fürchterlichen Moment

lang glaubte Eva, er würde anfangen, *O Sole Mio* zu singen. Tat er aber zum Glück nicht. Er schien wirklich nur einen Frosch im Hals zu haben.

»Das ist absolut herrlich«, sagte Marion schwärmerisch, während der Gondoliere sie an einer großen Kirche vorbeischaukelte.

»Santa Maria della Salute«, sagte er und zeigte flüchtig auf das Gebäude. Dann berührte er mit einer Hand kurz seine Goldkette, an der ein kleines Kreuz hing.

»Das ist die Kirche Santa Maria della Salute«, erklärte Julika.

Marion verdrehte entnervt die Augen. »Julika, bitte! Ich kann kein Italienisch, aber das hab selbst ich verstanden.«

»Sei ehrlich, du hast den Kirchennamen schon im Reiseführer gelesen«, raunte Dorothee ihr von der Seite zu. »Streberin.«

Marion grinste und rückte ihre neue Kette zurecht. Sie mochte auffälligen Halsschmuck, und dieser Kette aus Muranoglas hatte sie nicht widerstehen können. Die dicken, blau melierten Perlen mit den Goldeinschlüssen – hach, zu schön. Jetzt gehörte sie ihr.

Das Gewässer wurde breiter und der Blick freier, der Canal Grande mündete in die Laguna di Venezia. Der Gondoliere hielt sich rechts. Eva, die einen relativ guten Ortssinn hatte, wusste, dass es um die Landspitze herum nicht mehr weit zu Sergios Palazzo war. Von dem zugegebenermaßen bedrohlich verfallenen Balkon aus hatte man einen fantastischen Blick auf die Lagune und auf die Insel Giudecca, die Venedig vorgelagert war.

Die sinkende Sonne tauchte die Lagune in ein sanftes Licht, als der Gondoliere parallel zur Eingangstreppe des Palazzos anhielt. Über die Jahrzehnte, vielleicht Jahrhunderte hatte das Wasser an dem Bauwerk ganze Arbeit geleistet. Die erste Stufe war überspült, kleine Wellen schwappten gegen brüchigen Stein, hatten Marmorkanten herausgebrochen. Weiter oben sah das Gebäude nicht besser aus: Orangefarbener Putz war von den Wänden gebröckelt und im Wasser der Lagune versunken, die grünen Markisen über den hohen Fenstern waren an vielen Stellen zerrissen, an die geschwungene Einfassung des Balkons durfte man sich auf keinen Fall lehnen. Und doch hatten sie alle dort am Abend zuvor gesessen und gefunden, dass dies der schönste Platz der Welt war. Was natürlich daran gelegen hatte, dass sie endlich mal wieder zusammen waren.

»Unser letzter Freundinnenabend in Venedig kann beginnen«, sagte Eva und rappelte sich vorsichtig hoch.

Diesmal seufzten sie alle fünf.

»Lass mal, ich bezahl das.« Julika fingerte in ihrer Geldbörse und reichte dem Gondoliere einen Schein. Das Trinkgeld schien gut zu sein, denn er strahlte.

»*Gracie!*«

Behutsam half er den Frauen beim Aussteigen, und als sie trockenen Fußes auf der Treppe standen und ihm nachsahen, wie er die Gondel gemächlich zurück in Richtung Canal Grande trieb, hatte Eva einen Moment lang das wehmütige, wenn auch komplett unsinnige Gefühl, einen Freund zu verlieren.

Sie und Nele stiegen bereits die Treppe zu dem schweren, dunklen Eingangstor aus verrottetem Holz hoch, als Dorothee sie zurückrief. »Moment! Ich will noch ein Foto von uns machen!«

Dorothee hatte während des Wochenendes erstaunlich viel mit ihrem Handy gespielt, ohne dass die anderen genau mitbekommen hatten, was sie da eigentlich machte. In jedem Café, das WLAN hatte, nahm sie ihr Smartphone aus der Tasche und tippte darauf herum. Jetzt hielt sie es schussbereit hoch.

»Dass sie permanent ihre SMS und Mails checkt mit diesem Teil …«, raunte Marion ihnen zu. »Ich ärgere mich immer nur über Spams. Seit ich auf die sechzig zusteuere, bekomme ich ständig Werbung für Treppenlifte, Hörgeräte, Hausnotrufe und Sterbegeldversicherungen. Schrecklich. Ich fühle mich überhaupt nicht gebrechlich, aber das Internet tut so, als stünde ich schon mit einem Bein im Grab.«

Eva grinste. Sie hatte einen Verdacht, was Dorothee am Handy trieb: Vermutlich schrieb sie stündlich ihrer verwöhnten Tochter Mimi, um sich nach ihr und dem kleinen Enkel Tonio zu erkundigen. Dorothee war ein unverbesserliches Muttertier.

Tatsächlich befestigte sie jetzt einen Stick an ihrem Handy – genau wie die vielen Asiaten in den Gondeln. Julika stand bereits in Position, Dorothee winkte Eva, Nele und Marion herunter. »Kommt! Das Licht ist gerade so perfekt. Lasst uns ein Erinnerungsfoto schießen.«

»Seit wann hast du denn ein Deppenzepter?«, fragte Nele ungläubig und wies auf den ausgefahrenen Selfiestick.

»Ich bin medial auf allen Kanälen bestens ausgerüstet. Auch wenn ich älter werde, will ich den Anschluss an das digitale Zeitalter nicht verpassen. Meckert nicht, nehmt euch lieber ein Beispiel an mir«, gab Dorothee eine Spur hochmütig zurück. Ihr Ton überraschte die anderen. »Nun macht hinne!«

»Ja doch«, grummelte Nele und stellte sich zu Eva.

»Jetzt bitte alle: Veneeeeeeeedig«, gab Dorothee das Kommando.

»Veneeeeeeeeedig«, schallte es.

So entstand ein bemerkenswertes Erinnerungsfoto, auf dem fünf Frauen im allerbesten Alter nebeneinander auf einer ziemlich maroden Treppenstufe standen: Eva und Nele zur Linken, Julika und Marion zur Rechten, mit einer strahlenden Dorothee in der Mitte, die den Selfiestick hielt, im Hintergrund ein wunderbar heruntergekommener Palazzo. Wenn man ganz genau hinsah, konnte man am Ende der Treppe eine kleine Ratte entdecken, die sich gerade das Wasser von ihrem braunen Fell putzte.

Und das alles war in ein unwirklich rosafarbenes Licht getaucht, das die Lagune, die Stadt und die ferne Insel kolorierte, als würde die Göttin Aurora persönlich den fünf Frauen einen sanften Kuss hinunter zur Erde schicken. Gerade so, als hätte auch sie gern vier allerbeste Freundinnen.

2. Kapitel

Und sind die Blumen abgeblüht,
so brecht der Äpfel goldne Bälle!
Hin ist die Zeit der Schwärmerei,
so schätzt nun endlich das Reelle!
THEODOR STORM

Die Bausubstanz im Inneren des Palazzos war nicht besser als die der Außenfassade. Auch hier bröckelte der Putz von den Wänden, hingen die Decken in den gewaltig großen Räumen gefährlich durch. Aber immerhin waren sie eindrucksvoll bemalt, in die steinernen Fußböden waren schwarz-weiße Marmorintarsien in Form von großen Sternen eingelassen, die Wände waren mit blassgrünem Seidenstoff bezogen. Es hatte das Echo der Grandezza, und man brauchte nicht sehr viel Fantasie, um sich vorzustellen, wie das Gebäude nach der Sanierung durch Sergios Team aussehen würde: fantastisch. Besonders, wenn Julika bei der Einrichtung ein Wörtchen mitzureden haben würde.

Im größten Raum, dem mit dem Balkon, der zur Lagune hinausging, standen anscheinend willkürlich verstreut schwere dunkle Holzmöbel, alle mit verschlissenem moosgrünem Samt bezogen. Ein Esstisch bildete das Herzstück, in einer Ecke stand ein wunderschönes altes Klavier. Als

23

Eva probehalber ein paar Töne angeschlagen hatte, war sie zusammengezuckt – es war gnadenlos verstimmt. Gut, dass Loh nicht hier ist, hatte sie gedacht. Als großer Musikliebhaber wäre ihr Mann vermutlich in Tränen ausgebrochen.

»Ich hole uns mal was zu trinken«, sagte Nele, als sie gemeinsam den großen Raum betraten. Sie schlüpfte in ein Nebengelass, in dem sich eine altmodische Küche befand.

Die anderen ließen sich aufatmend auf die Stühle rund um den Esstisch fallen.

»Ich versteh einfach nicht, dass ein bisschen Sightseeing so anstrengend sein kann«, meinte Dorothee, die als Einzige mit dem Rücken zu den Fenstern saß. Dann stutzte sie. »Was ist? Was schaut ihr denn so?«

Eva, Julika und Marion sahen mit weit aufgerissenen Augen an ihr vorbei in Richtung Lagune. In diesem Moment betrat Nele das Zimmer, in den Händen ein Tablett, auf dem Gläser, eine Karaffe mit Wasser und eine Flasche Rotwein standen.

»O mein Gott!«, rief sie und starrte ebenfalls aus dem Fenster. Sie stellte das Tablett unsanft auf dem Tisch ab.

Dorothee drehte sich um – und atmete erschrocken ein.

Wo gerade noch das offene Gewässer mit der Insel Giudecca im Hintergrund zu sehen gewesen war, fiel ihr Blick jetzt auf ein Hochhaus. Aber Moment mal – ein fahrendes Hochhaus?

»*NO GRANDI NAVI*«, sagte Julika langsam. »Keine Kreuzfahrtriesen. So heißt die Bewegung, die dagegen ist, dass diese Monster in Venedig anlegen. Wegen ihnen muss die Lagune ständig tiefer ausgehoben werden. Hoffentlich kracht nicht mal eins in den Markusplatz. Das hier ist viel höher als der Dogenpalast! Ich dachte, die hätten das schon verboten. Na, anscheinend nicht.«

Sie beobachteten, wie das gigantische Schiff – Eva zählte acht Stockwerke – an ihnen vorbeiglitt. Es dauerte eine Weile, bis die Wellen, die gegen die Palazzotreppe schwappten, sich wieder beruhigten.

»Da kommt das nächste«, rief Marion.

Die Freundinnen traten, mit ihren Rotweingläsern bewaffnet, auf den Balkon, hinaus in die laue Abendluft, die wärmer als die abgestandene feuchte Luft im Palazzo schien.

»Sie laufen abends aus und fahren nachts zum nächsten Hafen. Morgens kommen sie an, und der Touriwahnsinn kann in der nächsten Stadt von Neuem beginnen«, sagte Julika ungehalten.

»Das ist, als ob die Vergangenheit auf die Gegenwart träfe. Das alte Venedig, die neuen Touristen«, bemerkte Dorothee und winkte den kleinen Menschen auf den verschiedenen Decks, die die Frauen auf dem Balkon entdeckt hatten, zu. Die Melodie des Gefangenenchors aus der Oper *Nabucco* schallte zu ihnen herüber. Wahrscheinlich gehörte die musikalische Untermalung zum Auslaufprogramm.

»Hör auf zu winken«, zischte Marion. »Du magst solche Schiffe doch nicht etwa, oder? Sie zu ignorieren ist das Mindeste, was du tun könntest.«

»Die Schiffe mag ich nicht, aber die Passagiere. Schau, sie lachen so freundlich«, rechtfertigte Dorothee sich. »Sie freuen sich, uns zu sehen.«

»Es gibt solche Schiffe nur, weil die Menschen ihre Reisen darauf buchen. Also sind sie auch schuld«, erklärte

Julika entschieden. »So ist es immer. Keine Luftverschmutzung ohne Autos, keine Prostitution ohne Männer, keine Spielhöllen ohne Zocker, keine …«

»Du meinst, das Böse gibt es nur, weil ein Grundbedürfnis der Menschen danach existiert? Das sehe ich nicht so«, widersprach Eva hitzig. »Ich glaube, dass am Anfang die Geldgier desjenigen besteht, der sich mit der Unschuld der Leute die Taschen füllen will. Die Leute wissen doch noch gar nichts von ihren Bedürfnissen, bis sie das erste Riesenschiff sehen. Oder das erste Auto. Oder die erste Spielhölle …«

Die anderen sahen sich erstaunt an. Normalerweise war Eva immer diejenige von ihnen, die unerschütterlich an das Gute im Menschen glaubte, sich bei ihren gelegentlich hitzigen Diskussionen lieber zurückhielt. Dass sie sich so ereiferte, war untypisch.

»Ist irgendwas bei dir passiert, das wir wissen sollten?«, fragte Marion vorsichtig.

Eva antwortete nicht. Sie starrte nur dem auslaufenden Schiff hinterher.

»Ich hab Hunger«, sagte Nele und nippte an ihrem Rotwein. Sensible Zwischentöne herauszuhören war nicht ihre Stärke.

»Ist ja schon gut«, grummelte Julika. »Ich hab doch gesagt, ich hole uns was.« Sie trank ihr Glas hastig aus und stellte es auf die Brüstung.

»Pizza?«, fragte Nele hoffnungsvoll.

»Nein. Eine echte venezianische Spezialität. Das müsst ihr probieren, bevor ihr morgen wieder fliegt.« Julika verließ den Balkon. »Gibt's hier um die Ecke. Hab ich mit Sergio entdeckt, als wir das letzte Mal hier waren.« Sie ging ins Zimmer zurück und griff dort nach ihrer Tasche. »Ich bin gleich zurück«, rief sie. »*Ciao, ciao.*«

»Brauchst du Hilfe beim Tragen?«, fragte Dorothee noch, aber da klapperten Julikas Absätze bereits die Marmortreppe hinunter. Kurz darauf fiel eine schwere Tür ins Schloss.

»Julika ist wirklich lieb zu uns«, sagte Nele hoffnungsvoll. »Und so großzügig. Bin gespannt, was das für eine Spezialität ist. Hoffentlich was mit Nudeln, wenn es schon keine Pizza ist …« Ihr Magen knurrte laut und vernehmlich, und die anderen lachten. »Ich deck dann mal den Tisch.«

Sie verschwand im Wohnzimmer, während Eva, Dorothee und Marion auf dem Balkon blieben und weiter auf die Lagune hinausblickten.

»Wie meintest du das eben mit der Geldgier? Habt ihr Probleme mit euerm Biohof? Läuft es nicht gut?«, fragte Dorothee behutsam.

»Nein, der Hof läuft prima. Ich kümmere mich um den Fleischvertrieb der Galloway-Rinder. Sogar in Berlin haben wir schon Kunden, sie sind ganz verrückt nach dem Fleisch. Neulich hat es einer mit Kobe-Beef verglichen, weil es so schön marmoriert ist. Und unser Hofladen steht kurz vor der Eröffnung! Wir wollen dort alles verkaufen, was wir gerade ernten. Das wird zwar sehr viel Arbeit, sie hört praktisch niemals auf, aber …«

»Und bei dir und Loh? Seid ihr glücklich?«

Eva lächelte. »Könnte nicht besser sein. Er ist ein Schatz. Wenn wir arbeiten, sind wir wie zwei Gäule, die man vor einen Wagen spannt, und wenn wir nicht arbeiten, versuchen wir immer, etwas Schönes zu machen. In ein Konzert zu gehen, lecker essen zu gehen. Loh zu heiraten und mit ihm auf dem Land zu leben war die beste Entscheidung, die ich jemals getroffen habe …«

Da war es wieder, dieses leise Zögern in Evas Worten.

»Eva! Nun rück raus mit der Sprache! Irgendwas ist doch«, sagte Dorothee energisch. Als vierfache Mutter hatte sie den siebten Sinn, wenn man versuchte, ihr etwas zu verschweigen.

Eva presste die Lippen aufeinander, als ob jedes weitere Wort zu viel wäre. »Es gibt eine neue Entwicklung in Wannsee, die ist nicht gut …«, sagte sie schließlich zögernd.

»Was denn für eine Entwicklung?«, hakte Marion nach und sah gespannt über ihre Brille, die ihr auf die Nasenspitze gerutscht war.

»Juchu! Ich bin wieder da! Kann mir jemand mal helfen?«, hörten sie in diesem Moment Julikas Stimme.

»Warte, ich komme!« Offenbar erleichtert, dass sie dem Kreuzverhör entkommen konnte, verließ Eva den Balkon.

Marion sah Dorothee bedeutungsvoll an. »Was kann in diesem kleinen Dorf wohl schieflaufen? Zumal unsere Dani doch die Bürgermeisterin ist … Na ja … Das bekommen wir schon noch aus ihr raus«, raunte sie.

»Da müssen wir uns aber beeilen. Morgen gehen wir wieder getrennte Wege«, raunte Dorothee zurück.

»Wir haben den ganzen Flug nach Berlin. Da kann sie uns nicht entkommen«, sagte Marion entschieden.

Sie schnappten sich die leeren Weingläser von der Balkonbrüstung und gingen zurück ins Zimmer.

Nele hatte sich beim Decken des Tisches größte Mühe gegeben. Ein riesiges, leicht vergilbtes Tischtuch hatte sie über den Holztisch geworfen und alles, was nach Silber aussah, darauf verteilt. Selbst Servietten in silbernen Serviettenringen hatte sie neben die fünf leicht angeschlagenen Porzellanteller mit blassem Goldrand gelegt.

Sie setzten sich und schauten erwartungsvoll in Richtung Küche, wo nun Julika rumorte.

»An so einem Riesentisch mit so viel altem Tand komme ich mir wie der kleine Lord Fauntleroy vor, der mit seinem Opa frühstückt. Musstest du wirklich all das auffahren, Nele?«, fragte Marion. Um Nele, die auf der anderen Seite des Tisches saß, richtig zu sehen, musste sie den Kopf verrenken. Zwischen ihnen stand ein großer, schwarz angelaufener Kerzenleuchter.

Nele lachte. »Ich konnte nicht wiederstehen. Schieb es einfach auf meinen Sinn für Dramatik. Als Grafikerin muss ich manchmal einfach optisch übertreiben«, gab sie zurück. »Einmal eine venezianische Prinzessin sein … Und hier kommt die Küchenmeisterin!«

Julika trat mit einer großen Platte ins Zimmer. »Ta daa!«, sagte sie und stellte sie auf den Tisch. »Es ist angerichtet. *Buon appetito!*« Schweigen senkte sich über die Gruppe, während Julika sich setzte und sorgfältig die Stoffserviette auf ihrem Schoß ausbreitete. Endlich sah sie wieder auf. »Langt zu! Es wird kalt!«

»Was *ist* das, Julika?«, fragte Nele und pikste versuchshalber in die Masse. »Vermurkste Pommes frites?«

»Aber nein. Das ist Fritto Misto. Eine Spezialität in Venedig. Die gibt es hier an den Straßenständen. Wie in Berlin Currywurst.«

»Kann ich nicht lieber eine Currywurst haben?«, flüsterte Nele.

»So wie Tintenfischringe?«, fragte Dorothee und nahm sich vorsichtig ein Stückchen.

»Ja. Aber Tintenfischringe sind langweilig. Gibt's ja bei jedem Billigitaliener. Die hier dagegen kennt man in Deutschland nicht. Das ist was Feines! Es sind *alice.*« Sie sprach es »Alietsche« aus. »Das sind klitzekleine Fischchen, kleiner als Sardinen. Sie werden nicht mal ausgenommen.«

Nele pikste in einen Fisch und hielt ihn sich ganz nah vors Gesicht, um ihn genau zu betrachten. »Sie sind nicht ausgenommen? Wir essen Fischinnereien an unserem letzten Abend in Venedig?« Sie wirkte leicht schockiert. »Der hier schaut mich durch die Panade direkt an! Er hat Glupschaugen!«

»Wenigstens hat er frittierte Glupschaugen«, murmelte Eva, machte aber keine Anstalten, sich selbst etwas auf den Teller zu geben. Plötzlich sehnte sie sich nach einer Gemüsesuppe mit Rindfleisch, vorzugsweise Gemüse aus eigenem Anbau und das Rindfleisch aus eigener, glücklicher Haltung. »Noch wer Rotwein?«

Drei Gläser wurden Eva entgegengehalten, während Julika herzhaft die toten kleinen Fische aß. Die anderen schauten ihr dabei zu und versuchten, das Knurren ihrer Mägen zu ignorieren, als irgendwo leise ein Handy klingelte.

Alle schauten sich fragend an. »Wer von euch hat das 3. Brandenburgische Konzert von Bach als Klingelton?«, fragte Marion streng.

Nele, Dorothee und Julika lachten.

»Das ist mein Handy!« Eva sprang auf und lief hinaus in den Flur. Sekunden später stürmte sie mit dem Telefon in der Hand und einem glücklichen Ausdruck auf dem

Gesicht durchs Zimmer und raus auf den Balkon. »Lasst euch nicht stören! Es ist Loh!«

»Das muss Liebe sein«, murmelte Nele ein bisschen traurig.

Obwohl sie selten einen Flirt ausließ, hatte sie noch nicht den Mann fürs Leben gefunden. Die vier Freundinnen glaubten insgeheim, ihr andauernder Misserfolg bei Männern lag daran, *dass* sie keinen Flirt ausließ. Auf jeden Fall bescherte ihr jedes Ende einer Affäre eine ausgesprochene Abneigung gegen das, was den jeweiligen Mann ausgemacht hatte. »Stell dir nur vor, sie hätte eine desaströse Affäre mit einem Kerl vom Wasserwerk. Danach könnte sie nicht mal mehr duschen«, hatte Marion auf dem Hinflug kichernd gesagt, worauf Dorothee erwidert hatte: »Besser, als wenn sie mit jemandem etwas hätte, der Rod Stewart mag. Dann könnte sie nie wieder Radio hören. Ist dir schon mal aufgefallen, dass jedes Mal, wenn man irgendein Radio anmacht, ein Song von Rod Stewart läuft?«

Eva sprach so laut, dass sie gar nicht anders konnten, als das Gespräch mit anzuhören. »Oh … ah … du Armer! Wie anstrengend! Ach … ihr habt es geschafft? Toll! Und kaum Krautfäule? Auch nicht bei der Adretta? Kaum Schwarzbeinigkeit? Das ist ja super!«

Sie senkte die Stimme, und die Freundinnen im Zimmer konnten dem Verlauf des Gesprächs nicht mehr folgen. Sie sahen sich an.

»Biobauerlatein«, sagte Marion achselzuckend.

Im nächsten Moment kam Eva zurück ins Zimmer. Sie strahlte. »Stellt euch vor, Loh und Gandalf haben die Kartoffelernte eingeholt! Muss eine Superernte sein. Loh sagt, die Kartoffeln sehen gut aus. Ich bin so froh! Er hat das erste Mal die Adretta angebaut, und sie scheint wirklich gegen die üblichen Kartoffelkrankheiten resistent zu sein. Ganz ehrlich, ich war nicht scharf darauf mitzuhelfen. Ich hab auch so genug Arbeit.« Sie stöhnte, dann schaute sie nachdenklich in die Runde. »Aber er hat was Merkwürdiges gesagt. Dani will mich wohl gleich anrufen, um etwas mit mir zu besprechen …« In diesem Moment erklangen erneut die Anfangstöne des 3. Brandenburgischen Konzerts. »Das wird sie sein!« Dieses Mal ging Eva nicht auf den Balkon, sondern setzte sich an den Tisch. »Hallo, Dani«, sagte sie. »Alles gut bei euch? Loh hat gerade erzählt, dass er und Gandalf die Kartoffeln eingefahren haben.« Sie spielte mit dem Stiel ihres Weinglases, während sie lauschte, was Dani erzählte.

»Was hat denn Dani mit Lohs Kartoffeln zu tun?«, fragte Marion Dorothee, die aber nur ratlos mit den Achseln zuckte.

Es dauerte eine ganze Weile, bis die junge Bürgermeisterin fertig war. Dann erst holte Eva tief Luft. »Wann wollt ihr denn fahren?« Sie nahm einen großen Schluck und hustete prompt. Rotwein sprühte auf das Tischtuch. Während Dorothee ihr auf den Rücken klopfte, röchelte sie ins Handy: »Ich soll *was* machen? Bist du wahnsinnig? Wie stellst du dir denn das vor? Gut, nur zehn Tage, aber trotzdem. Du weißt doch, was Loh plant … Ach, du hast es mit ihm schon besprochen? Für ihn wäre es okay? Ernsthaft? Kein Wunder, dass er eben so merkwürdig klang.« Jetzt wirkte Eva erschöpft, selbst ihre dunklen Locken schienen einen Moment ihre Elastizität zu verlieren. »Ich kann dir das nicht versprechen, Dani. So leid es mir tut. Echt nicht. Ja, ich weiß, dass es wichtig für dich ist. Na klar muss der

Apfelgarten perfekt aussehen, wenn die Entscheidung zu unseren Gunsten fallen soll ...«

»Worüber reden die zwei nur?«, flüsterte Nele.

Dani sprach weiter, und Eva nickte. »Natürlich kann ich es versuchen, aber wenn Gandalf nicht da ist, muss ich auch Loh helfen, das ist doch klar ... Ja.« Eva seufzte. Schließlich sagte sie zögernd: »Also gut. Zehn Tage. Ich versprech's dir. Ja, ich weiß, wo die Unterlagen im Rathaus liegen. Euch beiden viel Spaß. Ja. Ich weiß, dass ich ein Schatz bin. Kommt heil zurück, hörst du?« Sie beendete das Gespräch und schaute mit einem höchst seltsamen Ausdruck in die Runde. Die vier Freundinnen erwiderten ihren Blick neugierig. »Das war Dani«, erklärte Eva langsam.

Die vier Freundinnen nickten.

»Das haben wir mitbekommen«, sagte Nele. »Und?«

»Gandalf hat bei einem Quiz über *Herr der Ringe* den ersten Preis gewonnen. Eine Reise an die Mauer.«

»Die Mauer steht doch nicht mehr«, sagte Dorothee verwundert.

»Nicht die Berliner Mauer. Die Chinesische Mauer!«, korrigierte Eva. »Fasst man es? Da gewinnt der mit seinem verschrobenem Wissen um Hobbits und Elben und Zwerge so etwas?«

»Was für ein toller Preis für ein Quiz.« Julika sah beeindruckt aus.

Nele schnaubte nur verächtlich. »Ich würde lieber die Million nehmen.«

»Die stand doch gar nicht zur Wahl, Nele. Die hätte Dani sicher auch genommen, denn finanziell geht's den beiden nicht so ... Egal. Jedenfalls Mauer oder nix«, erklärte Eva. »Und jetzt kommt's. Dani und er müssen die Reise morgen antreten, sonst verfällt sie. Offenbar gab es irgendeine Verwechslung bei der postalischen Benachrichtigung. Sie wurde zuerst nach Wannsee in Berlin geschickt, dort konnte sie nicht zugestellt werden, dann ging sie zurück und hat Gandalf jetzt erst erreicht. Deshalb eilt das alles so entsetzlich.«

Die Freundinnen nickten wissend.

Einer ähnlichen Verwechslung waren sie damals, als die alte Anna Staudenroos ihnen das Haus vermacht hatte, auch aufgesessen. Aufgeregt hatten sie zuerst gedacht, das Haus stünde im Berliner Edelbezirk Wannsee … Was für ein Irrtum.

»Und?« Dorothee ahnte, dass Eva nun zum Kern der Geschichte kam.

Eva atmete tief ein. »Und sie möchte, dass ich mich zehn Tage um den Garten kümmere. Die Äpfel sind reif. Ihr wisst ja, wie das ist. Wie viel da zu tun ist. Wie die Äpfel purzeln, was man damit alles kochen, backen und brutzeln kann. Wie viel Arbeit es allein macht, sie einzusammeln, die gammligen auszusortieren und zum Kompost zu bringen, die guten an den Straßenrand zu stellen oder zu unseren Galloway-Rindern zu fahren. Dani ging es in letzter Zeit gesundheitlich nicht so gut, der Garten sieht etwas verwahrlost aus. Dabei hab ich gerade mit meinem eigenen Gemüse mehr als genug zu tun. Allein das Feld voller Hokkaido-Kürbisse! Um deren Verkauf muss ich mich kümmern, EU-Anträge für nächstes Jahr ausfüllen, die Kartoffeln nach Berlin ausliefern, dem Hofladen den letzten Schliff geben. Dann hab ich auch noch gehofft, mir Gedanken um mein zweites Apfelbuch machen zu können.«

Nach ihrem gemeinsamen Sommer in Wannsee hatten Eva und Nele ein Apfelbuch herausgegeben – mit sämtlichen Rezepten, die sie ausprobiert hatten, Bastelanleitungen, romantischen Ideen und vielem mehr rund um Äpfel. Immerhin war es so erfolgreich gewesen, dass der Verlag nach einer Fortsetzung gefragt hatte. »Schon diese Kurzreise konnte ich mir kaum erlauben …« Plötzlich schien Eva den Tränen nah, was niemand von der sonst immer optimistischen Freundin kannte.

»Was ist denn so schlimm daran, wenn die Äpfel im Gras liegen bleiben, bis sie wieder zurück ist?«, fragte Marion. »Dani wird sie sowieso nicht alle verwerten. Für sie als Bürgermeisterin ist die Vermarktung des Obstes doch nur ein Nebenverdienst.« Irgendetwas an Evas Erklärungen begriff sie nicht.

Eva verbarg das Gesicht in ihren Händen. »Für das Bürgermeisteramt bekommt sie fast nichts. Und ich habe es euch noch nicht gesagt, aber wir haben einen wunderbaren Plan ausgeheckt. Wir wollen Wannsee touristisch erschließen, und Dani hatte die Idee zu einem Hotel«, sagte sie und hob den Kopf. »Zu einem Baumhaushotel im Apfelgarten! Baumblütenhotel will sie es nennen. Einige der Bäume sind ja sehr hoch, das passt. Wir waren so enthusiastisch. Stellt euch nur vor, man schläft im Frühling in einem Blütenmeer oder im Sommer inmitten von gelben, grünen und roten Äpfeln. Während der Erntezeit kann man sie vom Bett aus pflücken.«

»Das klingt super«, rief Dorothee begeistert.

Eva fuhr fort. »Dani hat einen Antrag auf Fördergelder beim Ministerium für Ländliche Entwicklung, Umwelt und Landwirtschaft gestellt. Wir brauchen eine Komplettfinanzierung, lieber noch Subventionen, da gibt es einen großen Topf, an den wir ranmüssen. Und jetzt hat sie gerade erfahren, dass die Leute vom Amt in den nächsten Tagen vorbeikommen. Danach wird die Entscheidung gefällt. Es liegt wohl ganz oben auf dem Stapel, Dani hat schon so oft angerufen. Aber wie sieht das denn aus, wenn der Garten vernachlässigt ist, wenn man fesseltief durch Fallobst watet? Und ich habe, verdammt noch mal, nicht die Zeit … Wir stecken bis zum Hals in Arbeit. Von unserem Hof hängt schließlich unsere Existenz ab.« Sie schlug mit der Hand so heftig auf die Tischplatte, dass die leeren Weingläser tänzelten und die Freundinnen zusammenzuckten.

»Warum hast du Dani denn versprochen, ihr zu helfen?«, fragte Dorothee.

Eva sah sie ungläubig an. »Weil ich es nicht übers Herz bringe, ihr die Reise zu vermasseln. Sie fährt nicht, wenn sich niemand um den Garten kümmert, wenn keiner sie als Ansprechpartnerin fürs Ministerium vertritt. Ich habe keine Kinder, und Dani ist für mich wie die Tochter, die ich nie hatte. Dieses Mädchen hat wirklich noch nichts von der Welt gesehen. Selbst ihre Hochzeitsreise mit Gandalf hat sie nur nach Thüringen gemacht. Da hat er entfernte Verwandtschaft. Nach Thüringen!«

»Na ja, da gibt's immerhin sehr leckere Klöße und Würstchen«, warf Nele ein und ignorierte die ungehaltenen Blicke der anderen.

Stille breitete sich in dem schummrigen antiquierten Raum aus, nur unterbrochen von einem lang gezogenen Signalton, der durchs Fenster hereinschallte. Noch immer zogen Kreuzschiffe auf dem Weg ins offene Meer wie weiße Hochhäuser an ihnen vorbei.

Plötzlich brach Julika das Schweigen. »Alle für eine, eine für alle«, sagte sie langsam. »Wisst ihr noch? Unser Schwur.«

Die vier anderen schauten sie an. »Jaaa, natürlich«, antwortete Dorothee.

In der Küche des Apfelhauses, nach reichlichem Genuss von selbst gebanntem Apfelschnaps, hatten sie sich geschworen, einander zu Hilfe zu eilen, wenn eine von ihnen die anderen mit den Worten »Alle für eine, eine für alle!« rief. Ein paar Monate nach dem Schwur hatte Eva sich verzweifelt an sie gewandt, und sie waren zusammen zu ihr gefahren, um sie in einer spektakulären Aktion gegen den alten Bürgermeister zu unterstützen.

»Eva, du brauchst dringend Hilfe«, fuhr Julika fort. »Ich kann morgen mit dir nach Berlin fliegen.«

»Und dann?«, fragte Eva mit bebender Stimme.

»Dann komme ich mit nach Wannsee und helfe dir bei der Ernte. Wäre ja nicht das erste Mal. Damit der Garten tipptopp aussieht, falls jemand vom Ministerium kommt!« Sie tätschelte der Freundin den Arm. »Du musst mir allerdings ein paar Klamotten leihen. Ich hab nichts Geeignetes hier. Vor allem nichts Warmes. Du weißt, wie schnell ich friere. Für euch wollte ich in Venedig schick sein.« Sie zupfte vielsagend an ihrer Kostümjacke.

In Evas Augen schimmerte es. Sie wusste, dass Julika den Luxus liebte, und in Wannsee im Apfelgarten herumzuwirtschaften war genau das Gegenteil davon.

»Das würdest du für mich tun?«, fragte sie.

Julika nickte. Ihre Augen funkelten vor Unternehmungslust. »Mit ein bisschen Glück haben wir einen großartigen Altweibersommer. Was gibt's Schöneres?«

»Ich bin auch dabei«, warf Marion ein. »Ich hab doch gerade Herbstferien. Wenn Platz für mich in Wannsee ist …«

»Natürlich ist Platz, das Haus steht doch leer.« Evas Stimme zitterte.

»Hey, und ich? Dann wird ja wohl auch ein Bett für mich zu finden sein«, sagte Nele energisch. »Ich mach mit. Vorausgesetzt, die Hütte ist inzwischen mäusefrei, und Gandalf ist nicht da!«

Eva nickte, und ein kleines Strahlen breitete sich in ihrem eben noch so bedrückten Gesicht aus wie ein zögerlicher Sonnenschein nach einer Regenfront. »Natürlich ist Gandalf nicht da. Er ist ja an der Chinesischen Mauer. Und wir haben jetzt neben Caruso Cecilia Bartoli und Sol Gabetta. Das sind tolle Mäusefängerinnen.« Loh nannte seine Katzen immer nach weltberühmten Musikern.

»Und WLAN … habt ihr doch, oder?«, fragte Dorothee.

»Fände ich auch gut. Falls ich an ein paar Entwürfen arbeiten will«, ergänzte Nele.

»Natürlich gibt es im Apfelhaus WLAN. Wie sollte denn Gandalf sonst seine *Herr-der-Ringe*-Spiele spielen?«

»Na, dann ist ja klar, dass ich mitmache. Mein Wagen steht am Flughafen, da passen wir alle fünf rein«, sagte Dorothee entschlossen.

»Kommen denn Mimi und Tonio in Berlin ohne dich aus?«, fragte Eva vorsichtig.

»Müssen sie wohl. Denn das will ich mir nicht nehmen lassen. Die Zeit mit euch im Apfelhaus war mit die beste in meinem Leben. Ich kann's kaum erwarten, wieder Rezepte auszuprobieren!«

»Vielleicht kommt Mimi ja wieder zu Besuch«, flüsterte Nele Eva zu. »Wo sie so gern erntet!«

»Das habe ich gehört«, sagte Dorothee, lächelte aber.

Sie griff nach ihrem Smartphone und begann erstaunlich schnell zu tippen. Wahrscheinlich suchte sie bereits nach Apfelrezepten. Sie kochte und backte leidenschaftlich gern.

Eva räusperte sich. Trotz der Dämmerung konnte man sehen, wie gerührt sie war. »Ich weiß nicht, was ich sagen soll …«

»Zum Beispiel: Alle für eine, eine für alle!« Julika hob ihr Glas.

»Du könntest aber auch sagen: Kommt, wir gehen noch einen Happen essen«, schlug Nele vor. »Mann, hab ich Hunger!«

Alle bis auf Julika lachten.

Eva wischte sich flüchtig über die Augen. »Kommt, wir gehen noch einen Happen essen«, sagte sie. »Das ist der schönste Abschiedsabend in Venedig, den ich mir vorstellen kann. Die Drinks gehen auf mich.«

»Versprich nichts, was du nicht halten kannst, du bettelarme Bäuerin«, sagte Julika schmollend. »Das kann bei uns fünfen ganz schön teuer werden. Wartet ihr einen Moment? Ich ruf nur Sergio an und sag ihm, dass ich morgen nicht nach Florenz zurückkomme. Auf jeden Fall können die Dieci Italiani hier aufschlagen, sowie wir im Flieger nach Berlin sitzen.«

3. Kapitel

Über Rosen lässt sich dichten,
in die Äpfel muss man beißen.
JOHANN WOLFGANG VON GOETHE

Am nächsten Tag nahmen sie um halb neun vom Markusplatz aus ein Vaporetto zum Flughafen. Es legte ab und
fuhr zwischen den vielen Holzpfeilern, die die Schiffstraße
begrenzten, gen Norden, vorbei an der Glasinsel Murano.

Die fünf Freundinnen suchten sich keinen Sitzplatz, sondern blieben stehen, um die Lagunenstadt so lange wie möglich im Blick zu haben. Jede hatte ihren Trolley fest im Griff.

»*Ciao*, du wunderwunderbare Stadt«, sagte Marion leise.

»Das machen wir bald wieder«, versprach Julika.

»Aber wenn der Palazzo erst ein Hotel ist, wird es sicher extrem teuer, dort zu wohnen«, mutmaßte Dorothee.

Julika machte eine lässige Handbewegung. Das lasst nur
meine Sorge sein, schien das zu bedeuten.

»Mir gibt's hier zu viele Ratten. *Ratti milioni* hat der
Gondoliere gesagt!« Nele schüttelte sich.

»Wisst ihr, was ich lustig finde?« Eva blickte nachdenklich zu Venedigs Silhouette, die in der diesigen, warmen
Morgenluft nur noch schwach auszumachen war. »Wir erobern heute gleich drei Elemente. Das Wasser von Venedig,
die Luft mit dem Flugzeug, die Erde von Wannsee.«

»Fehlt nur das Feuer«, sagte Nele.

Dorothee schaute mal wieder auf ihr Handy. »Laut WetterApp sind in Wannsee zwölf Grad mit einer neunzigprozentigen Regenwahrscheinlichkeit am Abend.«

»Na toll. Dann müssen wir sofort ein Feuer im Kamin machen.« Julika schauderte.

»Da hast du dein viertes Element, Nele«, sagte Eva.

Als das Vaporetto am Festland anlegte, stiegen sie aus und machten sich, wie die vielen anderen Touristen vor und hinter ihnen auch, auf den Weg zur Abfertigungshalle.

Vier Stunden später traten sie aus dem Flughafengebäude von Tegel in den Berliner Frühherbst. Es war regnerisch und viel kühler als in Venedig.

Eva wusste nicht, wie die anderen empfanden, sie freute sich jedenfalls. Auf ihren Mann, auf den Hof, auf die Zeit, die sie gemeinsam verbringen würden – nur eine Sache bereitete ihr Magenschmerzen. Sie musste den Freundinnen etwas sagen, wusste aber nicht, wie. Wenn sie es laut aussprach, machte es die Sache so … endgültig. Davor scheute sie sich.

Der Flug war problemlos verlaufen, wenn man von einem winzigen Zwischenfall zu Beginn absah. Nele hatte Anstalten gemacht, mit dem blendend aussehenden Piloten, der die Passagiere beim Betreten des Fliegers in seiner schicken Uniform begrüßt hatte, zu flirten.

»Lass das. Wenn der dich enttäuscht, kannst du nie wieder eine Flugreise machen«, hatte Marion gezischt und sie zu ihrem Platz gezerrt, wo Nele für die Dauer des Fluges gut bewacht zwischen ihr und Dorothee gesessen hatte.

»Wir fahren erst zu mir, dann zu Nele und zum Schluss zu dir, Marion. Du wohnst ja in der Nähe der Autobahn«, schlug Dorothee vor und verstaute die fünf Rollkoffer in ihrem alten Passat. Sie setzte sich in den Wagen und schaute prüfend in den Rückspiegel. Julika mit ihrer offenen roten Mähne war selbst für die Reise perfekt geschminkt, Nele schüttelte vergnügt ihre blonden Wellen, Eva zog den Rollkragen ihres Pullis etwas höher. Marion sah als Einzige ein bisschen erschöpft aus.

»Alles klar dahinten?«, fragte Dorothee.

»Ja«, sagten Julika und Nele, Marion sagte nichts.

Als der Wagen nach dem zweiten Stopp bei Nele schon sehr voll war – Herbstsachen für zehn Tage nahmen eben viel mehr Platz ein als Kleidung für ein lauschiges Wochenende in Venedig – und Dorothee sie zu Marions Wohnung chauffierte, sagte diese plötzlich: »Ich fahre mit meinem eigenen Wagen nach Wannsee. Dann sind wir etwas flexibler.«

»Ja, mach das«, erwiderte Eva, obwohl ihr nicht klar war, wofür man in Wannsee flexibel sein musste. Das Dorf war einfach zu klein, um flexibel sein zu müssen. Alles befand sich in Laufdistanz. »Soll ich mit dir fahren?«

Marion saß direkt hinter ihr, weshalb sie das Gesicht der Freundin nicht sehen konnte, als diese etwas zögernd sagte: »Ach nö, lass mal, Eva. Fahr mit den anderen. Ich komme nach. Es dauert bei mir ein bisschen länger, bis ich alles zusammengepackt hab, und du willst sicher so schnell wie möglich nach Wannsee.« Mehr sagte sie nicht. Als Dorothee vor ihrem Haus hielt, ergänzte sie allerdings: »Ich komme nicht allein. Ich bringe Alexis mit. Und mein Wasser.« Dann warf sie die Tür zu, schnappte sich ihren

Rollkoffer aus dem Kofferraum, und bevor irgendjemand nachfragen konnte, verschwand sie in dem Altbau, in dem ihre Wohnung lag.

»Wer zum Teufel ist Alexis?« Nele rückte ein Stückchen von Julika ab. Zu zweit saßen sie entschieden bequemer auf der Rückbank als zu dritt.

Julika zuckte mit den Achseln, während Dorothee losfuhr. »Keine Ahnung. Ein Mann wird es wohl nicht sein, oder? Das könnte sie nicht machen, einfach einen Kerl mitbringen. Hat sie vielleicht einen kleinen Jungen bei sich aufgenommen?«, fragte sie und setzte den Blinker, um kurz darauf rechts abzubiegen.

Die anderen schauten ratlos drein.

»Oder hat sie neuerdings einen Hund?«, fragte Dorothee weiter. »Überlegt mal, wie lange sie gestern beim Grab von Peggy Guggenheims Kötern stand. Von wegen der beste Freund des Menschen und so ... Ja! Bestimmt! Sie hat einen Hund! Hoffentlich ist es nicht so ein großes Vieh. Aber das wäre uns doch aufgefallen, oder? Das hätte sie uns erzählt ... Wer von euch hatte denn Kontakt mit Marion in letzter Zeit?«

Eva, Nele und Julika sahen sich an.

»Wir Berlinerinnen haben uns wenigstens zu ihrem Geburtstag getroffen. Obwohl ... der war schon im Mai«, sagte Dorothee. Sie ließ eine Hand vom Lenkrad los und zählte. »Fünf Monate!«

»Seitdem haben wir uns nur zwei Mal gesehen«, meinte Nele nachdenklich. »Wir waren spazieren. Einmal im Park vom Charlottenburger Schloss und einmal im Botanischen Garten. Nicht gerade viel, oder?«

»Ich hab kurz mit ihr telefoniert, als die Sommerferien

anfingen. Da war sie ganz schön fertig«, meinte Eva peinlich berührt.

»Ich hab ihr über Fleurop einen Strauß zum Geburtstag schicken lassen«, sagte Julika. »Und da hab ich auch das letzte Mal mit ihr gesprochen.«

»Wir sollten uns mehr um Marion kümmern. Sie hat in ihrem Job den meisten Stress, dabei ist sie immer so um ihre Schüler bemüht«, entschied Dorothee. »Wie läuft's eigentlich bei Frenz & Friends, Nele? Konntest du dir so spontan freinehmen, oder meldest du dich morgen krank?«

Nele lachte. »In der Agentur arbeite ich nicht mehr!«, rief sie. »Ich hab mich doch als Webdesignerin selbstständig gemacht. Hast du das nicht mitbekommen? Die Website für Lohs und Evas Hof hab ich gestaltet. Hast du dir die noch nie angesehen?«

»Nein«, gab Dorothee zu.

»Echt nicht? Obwohl du ständig am Handy hockst? Gib mal bei Gelegenheit ›Lohs Biohof‹ ein! Außerdem fotografiere ich in letzter Zeit viel. Vielleicht hab ich demnächst sogar eine Ausstellung in Berlin, stell dir vor. Ich war übrigens überrascht, als ich dich gesehen habe, Dorothee.«

»Warum denn?«

»Du hast ganz schön abgenommen. Wie hast du das gemacht? Du hattest doch immer das kleine Problem, dass du deinen Kühlschrank abends nicht in Ruhe lassen konntest. Irgendwie wirkst du jetzt viel dynamischer.«

»Ist mir auch aufgefallen«, sagte Julika.

Dorothe sah erfreut aus. »Danke! Ja, ich bin froh, dass es geklappt hat. In meinem Alter ist ja Gewicht weniger die Frage der Schönheit als die der Gesundheit. Meine Blutzuckerwerte waren zu hoch. Jetzt sind sie's nicht mehr. Ihr werdet schon noch erfahren, wie ich das geschafft habe. Es ist … ein kleines Geheimnis.«

Sie schmunzelte, dann machte sie eine ausgesprochen merkwürdige Handbewegung, so als ob sie Wasser abschüttelte.

Julika schüttelte langsam den Kopf. »Wisst ihr, was ich finde?«

»Na, sag schon!«

»Es wird allerhöchste Zeit, dass wir mal wieder Zeit miteinander verbringen. Mir kommt es so vor, als hätten wir ein bisschen den Kontakt zueinander verloren. Unsere Freundschaft steht, keine Frage. Aber wir tauschen uns nicht mehr regelmäßig aus. Wir wissen nicht mehr so viel voneinander wie früher. Wir müssen uns nicht nur um Marion kümmern, sondern jeder sollte sich mal wieder um jeden kümmern, oder?«

Eva nickte. »Ja, das finde ich auch. Nimm dir Zeit für deine Freunde, sonst nimmt dir die Zeit deine Freunde. WhatsApps und gelegentliche Telefonate sind kein Ersatz für lebendige Worte.«

»Für gemeinsame Kochabende …«, freute sich Dorothee.

»Für Plaudern am Kaminofen …«, sagte Julika.

»Für den Austausch darüber, was an der Job- und Männerfront so läuft«, ergänzte Nele. »Und zuallererst müssen wir herausfinden, wer Alexis ist.«

Eine ganze Weile fuhren sie schweigend, während die märkische Landschaft an ihren vorbeiglitt. Im Radio dudelte leise Musik (drei Mal Rod Stewart). Jede hing ihren Gedanken nach. Nach einer guten Stunde erreichten sie die märkische Allee mit den herbstlich gefärbten Linden, an deren Ende ihr Ziel lag.

Eva legte die Hände in den Schoß und starrte auf das graue Straßenband vor ihnen. »Ich … ich muss euch noch was erzählen, etwas, das ihr alle noch nicht wisst«, sagte sie leise.

Nele, die mit Eva sehr eng im Kontakt stand und glaubte, alles über die Freundin zu wissen, fragte neugierig: »Was denn, Eva?«

Aber in diesem Moment tauchte vor ihnen das gelbe Ortsschild WANNSEE IN DER MARK auf. Dorothee bremste und fuhr langsamer. »Oh. Ich freu mich so auf den Apfelgarten. Ich freu mich so auf unsere gemeinsame Zeit. Endlich wieder hier!«, jubelte sie, und Eva schwieg.

Schon nach wenigen Momenten hatten sie den Ortskern erreicht – der seinen Namen kaum verdiente. »Der Schlachter ist noch da! Da geh ich morgen gleich einkaufen!«

»Na klar. Karoppke bezieht sein Biorindfleisch von uns und das Schweinefleisch von den Hartels die Straße runter. Außerdem hat er inzwischen Schafe«, sagte Eva.

»Und Maik's Bistro gibt es auch noch«, kommentierte Julika. »Geht ihr da manchmal hin?«

»Selten. Loh und ich trinken lieber zu Hause ein Gläschen Wein«, gab Eva zu. »Gandalf macht allerdings immer beim Preisskat mit.«

»Da ist Wolter's!«, sagte Julika. »Hmmmh, mal wieder leckeres deutsches Schwarzbrot …«

»Und da ist Gaby's Friseursalon!« Aufgeregt fingerte Dorothee in ihrem dunkelbraun gefärbten Bob. »Meint ihr, ich sollte mal hingehen?«

»Wenn du Lust auf ein koloriertes Abenteuer hast, unbedingt«, gab Eva zurück. »Weißt du noch, was Gaby damals mit Marion angestellt hat?« Sie lachten alle vier. Die ältliche Friseurmeisterin hatte vier Farben zum Haarefärben im Programm: schwarz, rot, braun – und Marion war mit goldblondem Ansatz aus dem Laden gekommen.

»Da ist die Kirche, und dahinter ist der Buchenfriedhof. Der Friedwald mit den Urnengräbern …«, bemerkte Julika verträumt und schaute zur Linken. »Ich muss unbedingt Lorenzo besuchen.« Bei einer Nacht-und-Nebel-Aktion hatten sie damals Lorenzos Urne am Fuß eines dicken alten Baumriesen beigesetzt.

»Da ist unser Hof und daneben das Apfelhaus«, sagte Eva, als sie die Dorfstraße noch ein Stückchen weitergefahren waren. Sie schaute in das geöffnete Tor. Ja, der Trecker stand direkt vor der Scheune. Wahrscheinlich werkelte Loh wieder am Hofladen. »Und daneben …« Sie stockte, als sie sah, was neben dem Apfelhaus los war, und seufzte. Nur zwei Tage war sie weg gewesen. Aber es war viel schlimmer als bei ihrer Abfahrt am Freitagmorgen. Es ging so schnell voran. »Das ist es, was ich euch die ganze Zeit erzählen wollte«, sagte sie mit leiser Stimme. »Guckt mal.« Sie zeigte zum Nachbargrundstück.

Nele, Julika und Dorothee schrien entsetzt auf, Dorothee bog abrupt in die Einfahrt zum Apfelhaus ein und bremste scharf. Eva, die sich schon abgeschnallt hatte, konnte sich gerade noch so mit der Hand am Armaturenbrett abstützen. Julika und Nele spürten den Druck der Sicherheitsgurte.

»Was ist denn das?«, fragte Nele fassungslos und starrte zu dem Grundstück neben dem Apfelhaus. »Das darf ja wohl nicht wahr sein!«

4. Kapitel

Ein Apfel, der runzelt, fault nicht.
DEUTSCHES SPRICHWORT

»Das«, sagte Eva bedrückt, »ist Borg Seidels Werk. Ein schattiger Typ. Wir nennen ihn Halbseidel. Der Vorname passt auch zu ihm.«

»Wieso?«, fragte Nele.

»Borg nennt man ein kastriertes Schwein«, erklärte Eva süffisant.

Sie öffnete die Wagentür. Kühle Oktoberluft, feuchter Erdduft, ein Hauch von Feuer und Essig wehte ihr entgegen. Sie blieb stehen und atmete tief durch. Wieder zu Hause!

Die anderen stiegen auch aus.

»Wer ist Borg Seidel?«, fragte Nele.

»Der Feind«, erwiderte Eva.

»Huh, es ist frisch«, jammerte Julika sofort. »Hast du eine Jacke für mich, Dorothee?«

Dorothee öffnete den Kofferraum und begann, in ihrer Tasche zu kramen. Schließlich zerrte sie ein ziemlich hässliches geblümtes Ungetüm hervor und reichte es Julika, die es kritiklos über ihr elegantes schwarzes Jackett zog. Stil war eine Sache, Kälte eine andere.

»Gehen wir nicht in den Apfelgarten?«, fragte Dorothee

und schaute sehnsüchtig in den hinteren Teil des Grundstücks, wo, wie sie wusste, die Apfelbäume standen. »Deshalb sind wir doch hier!«

»Erst der schreckliche Nachbar«, sagte Eva entschlossen. »Dann das Vergnügen.« Sie trat an den Zaun, die anderen folgten ihr. Zu viert linsten sie hinüber.

Früher hatte hier ein verfallenes Einfamilienhaus mit einem großen Stallgebäude – die Besitzer hatten Schweine gehalten – gestanden, mit abgeplatztem Putz, schiefem Schornsteinkopf und von hüfthohen Brennnesseln umgeben. Von der Straße aus hatte man es nicht gleich sehen können. Ein jahrzehntelanger Erbstreit hatte es unbewohnbar gemacht, und die Wannseer hatten wohl damit gerechnet, dass es irgendwann einfach verfiel und von der Natur zurückerobert wurde. Jetzt war hier eine Großbaustelle. Das ursprüngliche Gebäude war bis auf die Grundmauern abgerissen worden, das neue war von der Straße deutlich einsehbar, weil der verwilderte Garten, die hohen Bäume und natürlich auch die Brennnesseln verschwunden waren.

Was da hinter dem Bauzaun entstand, hatte nur noch rudimentär mit einem Stall zu tun. Es sah mehr aus wie eine fensterlose hohe Lagerhalle. Davor erstreckte sich eine breite Einfahrt. Betonpfeiler bildeten Begrenzungspoller. Die Natur schien von diesem Grundstück verbannt, nur an der Seite zum Apfelhaus war ein wilder Grünstreifen zu sehen, in dem ein Graben verlief, der im hinteren Teil des Grundstücks in einen Teich mündete.

Auf der anderen Seite der Straße, in Richtung Friedwald, hatte sich bis vor Kurzem noch eine weite Wiese erstreckt, mit Mohn und Kornblumen und Margeriten und hohen Gräsern, die sich im Sommerwind gewiegt hatten, das Zuhause von Grashüpfern und Käfern, Futterstelle für zahlreiche Vögel und gelegentlich, in den Abendstunden, für ein paar Rehe. Auch diese Wiese gab es nicht länger. Die Erde war zu einem Berg zusammengeschoben worden, Schutt lag an der Straße, mittendrin stand ein Bagger, der wohl für die Verwüstung verantwortlich war. Im Hintergrund wirkten die hohen Bäume des nahen Friedwalds ohne die Wiesenfläche nackt irgendwie hilflos.

Keine Frage, links und rechts von der Dorfstraße am Ende von Wannsee in der Mark ging Grässliches vor sich.

»Der Halbseidel wird alles, was wir uns in Wannsee aufgebaut haben, zerstören«, antwortete Eva mit leiser Stimme.

»Was will dieser Kerl hier bauen?«, fragte Dorothee. »Kann man das nicht unterbinden? Mit Sauert sind wir schließlich auch fertiggeworden.«

»Dieser Seidel ist schlimmer. Das ganze Dorf hasst ihn. Aber ich sehe nicht, wie wir ihn loswerden könnten.« Eva klang bedrückt.

»Was macht er denn hier? Wie kommt er überhaupt hierher?«, wollte Julika wissen. »Nach Landwirtschaft sieht das nicht gerade aus.«

Eva ging die Einfahrt hoch in Richtung Straße. »Schaut euch das Elend von vorn an. Ihr werdet es gleich verstehen.«

Vom Nachbargrundstück kam ihnen ein hochgewachsener, hagerer Mann entgegen. Er lächelte ihnen zu, sein Gesicht war von der Arbeit im Freien braun gebrannt. »Ich habe euch kommen hören. Willkommen in Wannsee. Schön, dass ihr mal wieder hier seid.«

»Loh!«, riefen Nele, Julika und Dorothee.

Eva sagte nichts, aber sie strahlte, lief auf ihren Mann zu, und er umarmte sie, zog sie ganz dicht an sich heran, nahm ihr Gesicht in beide Hände und küsste sie.

»Da bist du ja endlich wieder, meine Süße, meine Allerliebste, mein Leben«, flüsterte er ihr ins Ohr. »Die Zeit war lang ohne dich.«

Evas Wangen wurden rosarot. Sie drehte sich wieder zu den Freundinnen um. Loh ließ seinen Arm, wo er war, um ihre Taille geschlungen.

Er trägt dieselbe speckige blaue Jacke wie immer, dachte Julika. Ein Fall für die Tonne. Unfassbar. Trotzdem sieht er so glücklich aus.

Sein Haar ist ein bisschen grauer, dachte Dorothee. Aber Eva bekommt ihm gut. Was für ein missmutiger Kerl war er, als wir ihn zum ersten Mal gesehen haben, und wie nett lächelt er jetzt.

Einmal einen Mann finden, der mich so zärtlich anschaut, dachte Nele.

»Ich wollte ihnen gerade Seidels Machwerk von der Straße aus zeigen«, sagte Eva.

Lohs Lachfältchen verschwanden. »Mach das! Dann bring ich schon mal das Gepäck rein.« Er öffnete den Kofferraum und schnappte sich zwei schwere Taschen. »Wie lange wollt ihr denn bleiben? Mann, habt ihr viel Kram!«

»Zehn Tage. Weniger ging nicht. Wir sind eben Mädchen«, protestierte Nele.

»Das erkenne ich deutlich«, gab Loh freundlich zurück. Nur ganz leicht grinste er dabei.

Nele fühlte sich trotzdem auf den Arm genommen.

»Ich brauche Kerzen und Duftlampen, wenn ich mich

wohlfühlen soll. Neben dem ein oder anderen kleinen Extra«, erklärte Dorothee.

Julika runzelte die Stirn. Sie und Marion liebten es eher puristisch, mochten bei Einrichtungen klare Linien. Aber wenn sie es damals ein paar Monate mit Dorothees Kerzenwahn ausgehalten hatten, würden sie es wohl auch zehn Tage schaffen.

Loh brachte das Gepäck zur Haustür und schloss sie auf. »Sehen wir uns nachher drüben?«, fragte er.

»Ich würde am liebsten hier kochen«, antwortete Dorothee. »In unserer alten Küche.«

»Seidel hat das Grundstück und die Wiese gegenüber vor ein paar Monaten ersteigert«, sagte Eva, während sie zu viert das Gelände verließen und die Straße weiter in Richtung Ortsausgang trabten. »Alles ganz legal, Dani hat das geprüft. Wenn sich eine Erbengemeinschaft nicht einigen kann, geht das. Er hat beides für einen Spottpreis bekommen, Loh hat sich so geärgert, dass er die Wiese nicht gekauft hat! Und nun will Seidel da etwas bauen. Die Baugenehmigung hat er … Aber seht selbst.«

Sie blieben vor dem Gelände stehen. Das Gerüst war hoch, unvorstellbar, dass in diesem kleinen Ort wirklich so hoch gebaut werden sollte. Ein riesiges Plakat hing von oben herunter.

HIER ENTSTEHT:
WINNING IN WANNSEE
DIE GRÖSSTE PRIVATE SPIELHALLE
DER MARK BRANDENBURG!

Nele schlug sich mit der Hand vor den Mund. »O nein! Eine Spielhölle? Ist der wahnsinnig?«

Dorothee las zum zweiten und schließlich zum dritten Mal, was auf dem Plakat stand. Ihre Lippen bewegten sich, als müsste sie die Worte buchstabieren, damit das Gelesene überhaupt einen Sinn ergab. Sie sah entsetzt aus.

»Willkommen bei der Mafia«, murmelte Julika und strich sich verärgert das Haar zurück.

»Und den Graben zum Zaun hin hat er vertiefen lassen, den Teich hinten ebenso. Wir vermuten, dass er damit den Apfelbäumen das Wasser abgraben will«, sagte Eva bedrückt. »Zumindest denen, die am Zaun stehen. Wahrscheinlich hofft er, dass er unser Grundstück auch noch an sich reißen kann. Aber da hat er sich getäuscht.«

In diesem Moment näherte sich auf der einsamen Dorfstraße ein Wagen. Einen Augenblick später bog knapp vor ihnen eine schwere schwarze Limousine in die Einfahrt und hielt quietschend vor einem Betonpoller. Der Motor erstarb, und ein Mann stieg aus.

Er sah aus wie ein Kasper in seinem zu weiten Nadelstreifenanzug, den Lackschuhen, der roten Krawatte und dem rotblond gefärbten Haar, das wie lange Zuckerwatte wirkte und das er in verunglückter Playboymanier eitel nach hinten gekämmt trug.

»Das ist Seidel. Lasst uns abhauen. Schnell«, murmelte Eva und wandte sich ab, um zurück zum Haus zu gehen.

Zu spät.

»Hallo, hallo! Was sehen meine müden Augen an diesem wunderschönen Herbstabend? Die Biobäuerin von Wannsee«, rief er zu ihnen herüber. Er trat auf sie zu, klimperte mit einem schweren Schlüsselbund. »Na, schon gespannt, welchen Aufschwung diese Kuhbläke nehmen wird, wenn ich fertig bin? Ich prophezeie mal, dass ihr vor dem nächsten Bürgermeister steht. Ein paar Wochen müsst ihr noch warten, dann geht's los! Ich brenne darauf, dass die Leute ihr Weihnachtsgeld an meinen einarmigen Banditen lassen!« Er lachte dreckig und musterte Julika und Nele eingehend. Dorothee übersah er geflissentlich. »Kommt doch zur Eröffnung! Am besten im Dirndl. Das bringt eure Vorzüge bestimmt zur Geltung! Vielleicht steht einer meiner Kunden auf reifere Jahrgänge, und es lohnt sich!« Er zwinkerte ihnen anzüglich zu. »Ihr habt bestimmt Wünsche, die nur ein richtiger Kerl erfüllen kann …« Seine feuchte rosafarbene Zunge schnellte aus dem Mundwinkel und wieder zurück.

»Darf ich Ihnen das Sie anbieten, Herr Seidel?«, fragte Eva kühl.

»Ich muss brechen«, sagte Julika.

Ohne weitere Kommentare machten die Freundinnen kehrt und gingen zurück zum Apfelhaus. Sie schlossen sogar das Tor, als ob sie dadurch Seidels Bemerkungen ausschließen könnten.

»Das ist Seidel, wenn er versucht, charmant zu sein. Seine Arbeiter brüllt er meistens an, die armen Kerle. Es ist nicht auszuhalten.« Eva verriegelte das Tor von innen.

»Würg«, stieß Nele aus. »Warum sagt ihm niemand, dass er einen toten Fuchs auf dem Kopf hat?«

»Was für ein frauenfeindlicher Kotzbrocken«, empörte sich Dorothee.

Eva fuhr sich entnervt durch die Locken. »Er ist die Person, die Wannsee am wenigsten gebraucht hat. Dani hat alles versucht, die Spielhölle zu verhindern. Vergeblich. Er hat ein raffiniertes Konstrukt gestrickt – es wird ein privater Klub, für den er trotzdem öffentlich wirbt.«

»Wer hat denn den Bau abgesegnet?«

»Seidel hat in Potsdam einen Kumpel sitzen, der über Baumaßnahmen mitentscheidet. Damit prahlt er ganz offen«, sagte Eva müde. »Dagegen kommen wir nicht an. Wer das genau ist, wissen wir nicht. Er verwischt Spuren, wir bekommen den Namen nicht raus.«

»Klingt verdächtig«, bemerkte Julika.

»Was bedeutet das denn für Danis geplantes Baumblütenhotel?«, wollte Marion wissen. »Man will doch nicht in einem Baumhaus schlafen, wenn nebenan Besoffene ihre Gewinne feiern!«

»Dani will eine Lärmschutzwand aufstellen und sie bepflanzen«, erklärte Eva. »So dürften die Gäste in ihren Baumhäusern kaum etwas davon mitbekommen, was nebenan los ist.«

Aber sie bezweifelte, dass es so einfach werden würde. Was, wenn junge Familien, die ein Baumhaus gebucht hatten, betrunkene Typen, die viel Geld beim Zocken verloren hatten, tobend auf der Dorfstraße antrafen? Oder wenn sie aggressiv mit ihren aufgemotzten Schlitten durch den Ort bretterten? Dagegen half keine Lärmschutzwand, egal, wie dicht sie bepflanzt war.

»Und was, wenn diese Spielhölle gebaut werden darf, aber Dani keine Genehmigung für ihr Baumhaushotel bekommt?«, sinnierte Dorothee.

In diesem Moment bummerte jemand gegen das Tor. »Ich hör euch da drinnen. Macht mal auf.«

»Marion!«, rief Nele. »Moment ...«

Sie eilte zum Tor, schob den Riegel zurück, öffnete

einen Torflügel und ließ Marion in den Hof. Die trug eine warme Regenjacke und hielt eine große Kiste in den Armen.

»Warum verbarrikadiert ihr euch?«, fragte sie.

Nele wies auf das Nachbargrundstück. »Um jeden Gedanken an den neuen Nachbarn auszuschließen«, erwiderte sie. »Es ist eine psychologische Barriere, sozusagen.«

Marion sah verwundert von einer zu anderen.

»Lange Geschichte. Erklärt dir Eva«, meinte Julika. »Und was schleppst du denn da? Hast du keinen vernünftigen Koffer, sodass du deinen Kram in einer Pappkiste transportierst?«

Marion sah beleidigt aus. »Haha. Mein Gepäck ist im Auto. Nein, das ist Alexis.«

Die vier kamen näher und beugten sich über die Kiste. »Ich sehe nur Heu«, sagte Dorothee.

»Alexis ist eine Griechische Landschildkröte. Er gehört der Schule, aber ich versorg ihn während der Ferien.« Marion stellte die sperrige Kiste auf dem Boden ab, die Freundinnen hockten sich davor.

»Doch kein Hund«, flüsterte Nele Eva zu.

»Warum begräbst du ihn unter Heu?«, wunderte sich Dorothee.

»Weil er seinen Winterschlaf machen soll«, erklärte Marion. »Ich habe gelesen, dass Griechische Landschildkröten von Oktober bis April schlafen. Aber er will einfach nicht. Er turnt die ganze Zeit herum. Macht mich wahnsinnig. Schlaf endlich!«, fuhr sie den kleinen Krötenkopf an, der sich just in diesem Augenblick aus dem Heu hervorschob, die Nasenlöcher der spitzen Nase kugelrund und stecknadelgroß, die Augen seinen Beobachtern zugewandt. Zwei kleine ledrige Krallen schoben sich durchs Heu, dann sah man den gelblich-olivfarbenen Hornpanzer, und schließlich kroch der ganze Alexis heraus. Beharrlich krabbelte er los. »Ich dachte, ihm täte vielleicht ein Ausflug aufs Land gut, die Luftveränderung. Außerdem kann ich ihn nicht zehn Tage allein zu Hause lassen«, erklärte Marion. Sie fuhr Alexis, der in einer Ecke des Kartons ein welkes Salatblatt entdeckt hatte und daran knabberte, liebevoll über den Panzer.

»Gibt es in Schulen denn immer noch Terrarien und solchen Kram?«, fragte Dorothee.

Marion zuckte mit den Achseln. »In unserer schon. Alexis steht im Bioraum, die Kinder reißen sich darum, sich um ihn zu kümmern. *Salihafa* heißt Schildkröte auf Arabisch, auf Türkisch *kaplumbağa* und auf Albanisch *breshkë*, auf Kurdisch *req*«, zählte sie an den Fingern auf. »Das weiß ich inzwischen. Wir haben ein kleines Flüchtlingsmädchen in der dritten Klasse, das spricht mit niemandem. Es ist stark traumatisiert, aber wenn es Alexis auf dem Schoß hat, flüstert es ›*salihafa, salihafa*‹ und lächelt.« Gerührt von der Erinnerung, hielt Marion kurz inne, und Julika streichelte ihren Arm. Sie alle wussten, dass Marion sich furchtbar über ihre Grundschüler aufregen konnte, obwohl sie ihr auch sehr am Herzen lagen. »Wir haben ihn noch nicht so lange«, fuhr Marion fort. »Trotzdem hab ich zum Thema Schildkröte schon verschiedene Lerneinheiten entwickelt. Für Bio alles über Reptilien und einiges über Naturschutz, in Kunst haben wir sie gezeichnet, in Erdkunde haben wir Griechenland durchgenommen. Aber dann wollte ich mit den Schülern die griechische Staatsverschuldung berechnen. Das war ein Reinfall. Das schaffen die in Klasse 6 noch nicht. So schwindelerregende Zahlen überschreiten ihre Vorstellungskraft.« Sie zögerte. »Über die Herbstferien habe ich ihn mitgenommen. Man ist nicht so allein, wenn man ein Haustier hat. Da ist immer jemand, der sich freut, wenn man da ist.«

Die letzte Bemerkung bestätigte, was Eva sich gedacht hatte. »Mag er Äpfel?«, fragte sie.

»Besser wäre es«, rief Julika. »Hier gibt es eine ganze Menge.« Sie sah in Richtung Apfelgarten. »Mein Gott. Wann wurde denn da das letzte Mal etwas getan?«

»Ich hab euch doch gesagt, dass es Dani in letzter Zeit nicht so gut ...«, begann Eva zu erklären, aber da kannten die Freundinnen kein Halten mehr. Zu viert stürmten sie in den Garten.

Eva rückte die Kiste mit Alexis dichter an die Hauswand – schließlich gab es in Wannsee Raubvögel –, dann folgte sie ihnen. »Oh ... das ist ja Wahnsinn ... so viele ...«, schallte es zu ihr herüber.

In der Tat sah es nach viel Arbeit aus, sehr viel Arbeit. Die Bäume hingen voller Äpfel. Der Boden darunter war rot-gelb-grün getupft. Viele Früchte schienen erst am Wochenende abgefallen zu sein. Und die meisten waren schön, makellos wie aus dem Supermarkt. Eva wusste allerdings, dass darunter eine weitere Schicht Äpfel lag, die schon in der vergangenen Woche gammlig gewesen waren. Sie sah nach oben, konnte sich nicht erinnern, dass die Bäume in einem der letzten Jahre so viel getragen hatten. Es gab halt gute und schlechte Apfeljahre.

Dieses Jahr war definitiv ein überwältigendes Apfeljahr.

»Ganz schön viele, oder?«, rief in diesem Moment Loh von der anderen Seite des Zaunes herüber. »Wir hatten gestern starken Wind. Es hat Äpfel geschneit!«

Eva zuckte zusammen und sah zu ihm hinüber. Es war typisch für Loh, ihre Gedanken zu lesen. Schon in ihrem ersten Sommer, wenn er sie bei ihren verträumten Wanderungen durch den Apfelgarten beobachtet hatte, hatte er erraten können, woran sie gerade dachte. Damals hatte er sie etwas unsensibel verspottet. Doch auf einmal war da seine Liebenswürdigkeit gewesen, fast gegen seinen eigenen Willen, dann seine Liebe ...

Dass sie plötzlich auf gegenüberliegenden Seiten des Zaunes standen, kam ihr fremd vor. Normalerweise schauten sie in *eine* Richtung.

»Was sollen wir nur mit den vielen Äpfeln machen, Loh?«, fragte sie verzweifelt und ging an den Zaun.

Er griff hinüber und strich ihr tröstend über die Locken, wickelte sich sanft eine Haarsträhne um den Zeigefinger. »Das bekommt ihr hin. Erst mal stellt ihr wieder jeden Tag ein, zwei Körbe für die Wannseer raus, ich nehme mir sowieso jeden Tag einen großen Korb für die Rinder. Was vergammelt ist, kann kompostiert werden ...«

»... und dann ist immer noch sehr viel übrig ...« Eva seufzte.

Loh sah nachdenklich zum Nachbargrundstück und nickte. »Ja, das ist wahr. Na, euch fällt bestimmt was ein.«

Die Freundinnen kamen auf sie zugeschlendert. Julika fuhr mit dem Ärmel ihrer Jacke über einen tiefgelben Apfel, bis er glänzte, und biss hinein. Sie sah aus wie Aphrodite, die soeben von Paris den goldenen Apfel erhalten hatte. Nele und Marion hatten sich von der Terrasse einen Korb geschnappt, den sie zwischen sich schleppten. Er war schon randvoll.

Dorothee hatte den ganzen Arm voller prächtiger

rotbackiger Äpfel. »War das der Hasenkopf, Eva? Erinnere ich mich da richtig?«, fragte sie. »Sie sind vom vorletzten Baum in der hintersten Reihe, ganz rechts. Wir haben es einfach nicht übers Herz gebracht, sie liegen zu lassen.«

Eva nahm einen Apfel, hob ihn prüfend hoch, drehte ihn im abnehmenden Licht. »Nein, das ist der Pfannkuchenapfel. Er ist früh in diesem Jahr reif. Normalerweise ernten wir ihn erst Ende Oktober.«

»Das ist doch großartig! Dann mache ich uns gleich Eierkuchen mit Äpfeln zum Abendessen. Bei dem Namen! Was meint ihr? Ist Milch im Haus? Mehl? Lasst uns nachschauen! Hast du zehn Eier für uns, Loh? Kommst du zum Essen rüber?«, fragte Dorothee enthusiastisch.

»Gern.«

Loh nickte und wandte sich ab, um in den Vorraum der Tenne zu gehen. Dort bewahrte er, wie die Freundinnen wussten, in Kartons die Eier auf, die die Hühner zuverlässig jeden Tag legten.

Nele und Marion brachten den Korb auf die Terrasse und stellten ihn aufatmend vor die Tür.

Und auch wenn Eva immer noch sicher war, dass sie selbst zu fünft die Sisyphusarbeit der Apfelernte nicht bewältigen konnten, fühlte sie sich zum ersten Mal seit ihrer Ankunft in Wannsee ein bisschen hoffnungsvoller. Es tat einfach gut, die Freundinnen an der Seite zu haben. Und es war schön, zusammen in Wannsee zu sein, zu wissen, dass sie bald vergnügt zusammen in der Küche sitzen würden.

Vielleicht freute sie sich aber auch nur auf Dorothees Eierkuchen mit den Pfannkuchenäpfeln. Sie hatte nämlich schrecklichen Hunger. Das Frühstück in Venedig war schon lange her.

5. Kapitel

Soweit mir bekannt ist, verachtet der Apfelbaum
nicht die Rebe oder die Palme oder die Zeder.
ANTOINE DE SAINT-EXUPÉRY

Eva ging zurück zum Haupteingang des Apfelhauses, der an der Straße lag. Sie und Loh hatten beide einen Schlüssel, weil sie bei Dani ein und aus gingen. Sie trat in den Flur – wo Loh das Gepäck der Freundinnen hingestellt hatte, allerdings nicht ihren eigenen Trolley, wie sie bemerkte –, warf einen Blick ins Arbeitszimmer und in die Küche und ging schließlich in das Wohnzimmer. Dani und Gandalf hatten das Haus mit IKEA-Möbeln im Landhausstil eingerichtet.

Eva öffnete die Terrassentür und stieß sie weit auf.

»Willkommen«, sagte sie, und die vier Freundinnen drängten herein. Den Schluss bildete Marion mit dem Schildkrötenkarton.

»Wie schön, wir sind wieder da!«

Nele seufzte und ließ den Blick durch das Wohnzimmer schweifen. Sie war das letzte Mal zu Evas Hochzeit hier gewesen. Die Inneneinrichtung hatte sich verändert, aber der Blick durch die Terrassentür in den Apfelgarten war so vertraut wie eh und je. Auch wenn sie damals, als sie das allererste Mal zu fünft an diesem Fenster gestanden hatten, ein überwältigend schönes weißrosa Blütenmeer gesehen hatten und nicht wie heute Bäume und Gras voller Früchte.

»Ihr könnt dieselben Zimmer nehmen wie letztes Mal. Sie sind alle für uns vorbereitet«, schlug Eva vor.

»Warum hat Dani denn fünf Schlafzimmer bereitgehalten?«, wunderte sich Dorothee.

»Hab ich das nicht gesagt? Sie vermietet gelegentlich an Gäste. Das steckt hinter ihrem Gedanken für das Baumhaushotel«, antwortete Eva. »Es lief diesen Sommer ganz gut an, aber die Räume sind zu klein, um sie wirklich lukrativ anzubieten und entsprechend Werbung zu machen. Weil sie auf das Geld angewiesen sind, möchten Dani und Gandalf den Pensionsbetrieb ausbauen. Der erste Schritt ist natürlich das Okay vom Land Brandenburg, dieses Projekt zu starten.«

»Hat Wannsee eigentlich eine eigene Website?«, fragte Nele interessiert.

Eva schüttelte den Kopf. »Nö. Das Dorf steht noch ganz am Anfang der touristischen Erschließung. Und Wannsee ist wirklich klein, ihr erinnert euch sicher. Keine Ahnung, ob sich eine eigene Website überhaupt lohnen würde.«

»Unbedingt! Gerade wenn es bis jetzt unbekannt ist, wird es höchste Zeit für eine Website«, erwiderte Nele.

»Was sollte denn darin stehen, außer Danis Baumhaushotel, wenn es dann mal so weit ist?«

»Mir würde schon was einfallen. Köstlichkeiten eines märkischen Fleischers, die Kirche, der Friedwald, der spröde Charme der Landschaft mit Feldern und Kiefernwäldern, der See dahinter, ein rosafarbenes Blütenmeer, das sanfte Brummen unzähliger Bienen als Hintergrundgeräusch und euer Hof natürlich. Hey, das muss ich mir aufschreiben.« Am liebsten hätte Nele gleich mit einem Entwurf losgelegt.

»Nicht zu vergessen die Spielhölle«, sagte Julika zynisch.

»Pfui, du bist gemein«, empörte sich Eva.

Julika grinste. Unter der damenhaften Maske lauerte zuweilen ein sarkastisches Teufelchen.

»Kann ich Alexis ins Wohnzimmer stellen?«, wollte Marion wissen. »Da ist es am ruhigsten.«

»Im Wohnzimmer?«, wunderte sich Eva.

»Na klar. Wir sitzen doch immer in der Küche.«

Womit sie recht hatte. Die Küche mit ihrem großen Kiefernholztisch, den schwarz-weißen Fliesen und dem alten Herd war bei ihrem letzten gemeinsamen Aufenthalt für sie alle das Herzstück des Hauses gewesen, das würde diesmal bestimmt nicht anders sein.

»Da fällt mir ein, ich wollte den Kühlschrank inspizieren«, sagte Dorothee und ließ die Tasche, die sie bereits in der Hand hatte, wieder fallen. Sie eilte in die Küche. »Ohhh! Hier hat sich ja zum Glück nichts geändert! Es sieht noch genauso gemütlich wie damals aus«, hörten die anderen sie rufen. »Und Dani hat anscheinend extra für uns eingekauft!«

Das ist ja das Mindeste, dachte Eva.

Es klang, als ob Dorothee sich sofort an die Arbeit machte. Türen wurden geöffnet, dann klapperte etwas, schließlich schepperte Geschirr.

»Ich bring Dorothees Gepäck nach oben. Wir dürfen die Köchin nicht stören.« Eva griff nach der Tasche und stieg die Treppen hinauf. Die anderen folgten ihr.

»Dorothee, soll ich deine Tasche auspacken? Alles aufhängen und so?«, rief sie nach unten. Dani hatte eine hübsche Tagesdecke und bunte Kissen auf das Bett gelegt, auf einer honigfarbenen Kommode standen drei Teelichter aus dickem rotem Glas. Der Raum schien perfekt für Dorothee.

»Finger weg! Auf keinen Fall packst du meinen Kram aus«, rief Dorothee zurück, und seltsamerweise klang sie regelrecht erschrocken.

»Aber hallo«, bemerkte Julika, als sie das Zimmer betrat, in dem sie vor vier Jahren gewohnt hatte. »Hier sieht's viel besser aus als damals.«

Der Dielenboden war abgezogen worden, vor dem Fenster hingen grobe Spitzengardinen aus weißer Baumwolle, das breite Bett mit dem geschwungenen weißen Metallrahmen konnte man als Couch nutzen.

»Das hier auch«, rief Marion vom Nachbarzimmer aus.

Sie schien bereits auszupacken, die Schranktür quietschte, etwas klirrte … Flaschen?

Nele runzelte die Stirn, als sie an dem größten Schlafzimmer vorbeikam, das ganz offensichtlich von Gandalf und Dani bewohnt wurde, und schloss die Tür. Sie hatte zwar eine ziemlich gute Idee, was ihr ehemaliger heißer Flirt mit seiner jungen Frau so trieb, aber sie musste es sich ja nicht unbedingt die ganze Zeit vor Augen halten.

Rasch ging sie in das kleinste Zimmer am anderen Ende des Ganges, zum Glück war es am weitesten von dem Eheschlafzimmer entfernt. Sie sah sich kritisch um. Ein schmales weißes Schleiflackbett stand jetzt darin, ein Kiefernholzschrank, auf dem Boden lag ein Flickenteppich – das war's. Wenigstens ein schönes großes Foto von reifen Äpfeln hätte Dani aufhängen können!

Nele warf einen Blick aus dem Fenster. Da draußen gab

es genügend Motive. Aber es wurde bereits dämmrig. An diesem Abend würde sie nicht mehr im Garten fotografieren können. Morgen dagegen ganz sicher. Als sie wieder nach unten gehen wollte, traf sie Eva auf dem Treppenabsatz.

»Alles okay, Nele?«, fragte die Freundin.

»Ja. Ich freu mich riesig auf die Zeit mit euch. Irgendwie hab ich gerade einen Kreativflash. Meinst du, das hängt mit Wannsee zusammen? Dass die Natur meine Kreativität entfesselt?«

»Nein. Das glaube ich nicht. Du bist doch immer kreativ. Aber vielleicht hat dein Flash damit zu tun, dass du frei bist ... Es tut dir bestimmt gut, dass du niemanden fragen musst, wenn du mal woanders arbeiten willst. Oder gar nicht, wenn's dir passt.«

Nele nickte. »Die Freiheit, sich seine Zeit so einzuteilen, wie man mag, ist einfach das Beste. Sich von keinem doofen Boss reinreden zu lassen. Selbst wenn ich noch nicht ganz sicher weiß, wovon ich im Winter leben werde.«

»Von Äpfeln?« Eva grinste, und zusammen betraten sie die Küche. »Ach komm, mach dir keine Sorgen. Du bist eine tolle Webdesignerin. Wenn sich dein Ruf erst mal ein bisschen herumgesprochen hat, laufen dir die Leute die Bude ein.«

»Ich hoffs sehr«, murmelte Nele.

Loh saß bereits am Küchentisch. Vor ihm lagen mehrere Äpfel, die er sorgfältig schälte und in kleine Stückchen schnitt. Er hatte nicht nur Eier mitgebracht, sondern auch zwei Flaschen Rotwein und ein frisch gebackenes Brot. Einige Gläser von Karoppkes köstlichen Hausmacherspezialitäten standen auf dem Tisch.

Er klopfte auf den Stuhl neben sich. »Ich hab dir deine Jacke und Gummistiefel mitgebracht. Falls ihr noch einen Spaziergang machen wollt. Sind im Flur. Wie hat es dir denn in Venedig gefallen, Schatz?«, fragte er und schnippelte weiter.

»Unglaublich gut«, schwärmte Eva und nahm Platz. »Ich würde gern mal mit dir zusammen dorthin, Loh.«

»Im Winter?«, fragte er.

Wenn sie reisten, dann immer in der Jahreszeit, in der der Hof im Winterschlaf lag.

»Ja, gern im Winter. Das muss herrlich morbide sein! Nebel über der Lagune, einsame Kanäle, Verfall und vielleicht noch Hochwasser …«

Loh zog skeptisch die Augenbrauen hoch, als ob er sich das nicht vorstellen konnte.

»… und Winterratten«, ergänzte Nele. »*Milioni.*« Sie schüttelte sich.

Dorothee gab Milch und Mehl zu der Eiermischung, die sie in einer großen Schüssel aufgeschlagen hatte, und rührte heftig mit einem antiquiert aussehenden Schneebesen.

»Diese Eier sind einfach fantastisch, Loh«, schwärmte sie. »So helle Dotter, da wurde wenigstens kein Farbstoff zugesetzt!«

»Das müssen wir wirklich nicht. Die Hühner scharren draußen nach Würmern, sie dürfen den Komposthaufen erobern, und sie haben ein wunderbares mittellanges Leben. Bis zum Schluss. Stimmt's, Eva?«

»Genau. Und wenn sie unglücklich oder gar depressiv wirken, spielt Loh ihnen klassische Musik vor. Bei den Brandenburgischen Konzerten legen sie am besten.

Unsere Hühner sind hochsensibel.« Sie sagte es ernst, aber sie zwinkerte Loh dabei zu.

Dorothee sah schon wieder auf ihr Handy. »Eva, hol mal eine große Pfanne raus«, befahl sie, und Eva erhob sich, um zu dem altmodischen Küchenschrank zu gehen, der den Großteil des Geschirrs beherbergte.

»Und jetzt gib Fett rein.« Eva gehorchte. »Mehr!«

Eva gab einen weiteren Klacks Margarine hinzu, die sie im Kühlschrank entdeckt hatte. Sie fing an zu schmelzen.

»Loh, ich brauch die Äpfel. Her damit!«

Loh sprang auf, um die klein geschnittenen Äpfel in den Teig zu schütten.

»Mein Gott, Dorothee, du klingst ja wie ein Feldwebel«, rief Nele. »Was ist denn los?«

Dorothee ließ die Schöpfkelle sinken, nach der sie gerade gegriffen hatte. »Findest du?«

»Ja.« Auch Loh und Eva nickten.

Dorothee zuckte mit den Schultern. »Ich glaube, ich hab mich das letzte Mal, als ich hier war, ausgenutzt gefühlt. Das wird mir gerade klar. Ich hatte es verdrängt. Das will ich nicht mehr. Da benehme ich mich lieber gleich … wehrhaft.«

»Offensichtlich«, bemerkte Eva trocken.

»Außerdem hab ich es eilig. Ich kann hier nicht ewig am Herd stehen und trödeln.«

»Warum nicht?«, fragte Eva.

Dorothee gab keine Antwort.

»Dorothee, du musst nur ein Wort sagen, dann helfen wir dir sofort«, bot Nele an.

Dorothee wandte ihnen den Rücken zu. Sie hatte sich ihre dunkelblaue Strickjacke ausgezogen, auf dem

Rückenteil ihres kunterbunten T-Shirts war der Elefantengott zu sehen.

»Wie heißt dieser Elefantengott eigentlich?«, fragte Eva und beobachtete, wie er leise den Rüssel schwang, weil Dorothea so temperamentvoll am Herd arbeitete.

»Ganesha«, antwortete sie, ohne sich umzudrehen. »Der Gott des Erfolgs, der Bildung, der Weisheit, des Wissens und des Wohlstands. Er ist der beliebteste Gott des Hinduismus.« Schon zum zweiten Mal innerhalb der drei Tage fragte Eva sich, was Dorothee mit Indien zu tun hatte. Aber bevor sie nachfragen konnte, zischte es. Dorothee hatte eine Kelle Eierkuchenteig in das heiße Fett laufen lassen. »Letztes Mal habt ihr übrigens auch gesagt, dass ihr mir helft«, fuhr sie fort, »und dann saß ich allein mit dem ganzen Abwasch da. Deckt jetzt mal bitte jemand den Tisch?«

Nele verzog das Gesicht und gab Eva und Loh mit einer Geste zu verstehen, dass lieber niemand Widerworte geben sollte. Sie ging zum Küchenschrank, nahm sechs Teller heraus und stellte sie auf den Tisch. Aus der großen Schublade im Kiefernholztisch suchte sie Messer und Gabeln zusammen und legte sie daneben. Marion eine einsame Schildkrötenliebhaberin, Dorothee kämpferisch und indienaffin – Eva fragte sich, welche Veränderungen ihr noch entgangen waren. Na, bald würde sie es wissen.

»Das duftet köstlich.« Schnuppernd kam Julika in die Küche, gefolgt von Marion, die zwei Flaschen in der Hand hatte. Sie stellte sie auf den Tisch.

Julika ließ den Blick über den Tisch schweifen. »Gläser fehlen noch.«

Sie holte Gläser, öffnete eine Rotweinflasche und schenkte ihnen allen ein. Damit war die erste Flasche leer.

»Möchte jemand Mondwasser?«, fragte Marion und hielt eine ihrer beiden Flaschen hoch. Sie war aus Weißglas mit einem Schnappverschluss und hatte kein Etikett. Dafür lagen auf dem Boden der Flasche kleine bunte Steine. Marion drehte sie vorsichtig, die Steine auf dem Flaschenboden rollten leise klirrend im Kreis.

»Mondwasser? Was soll das denn sein?«, fragte Nele verwundert.

»Wenn Vollmond ist, fülle ich frisches Wasser ein und stelle die Flaschen nach draußen aufs Fensterbrett, sodass sie vom Mondlicht beschienen werden. Meine Heilsteine sind Rosenquarz, Bergkristall und Jade. Die Kraft des Mondes verbindet sich mit der Kraft der Heilsteine und wird vom Wasser gespeichert. Das löst energetische Blockaden.«

Dass Marion Tai-Chi machte, wussten die anderen. In ihrem ersten Sommer in Wannsee hatte sie sich im Bogenschießen im Apfelgarten versucht. Schon das war ein bisschen seltsam gewesen, weil sie manchmal eine halbe Stunde regungslos gestanden hatte, bis der Pfeil endlich flog. Jetzt starrten die anderen sie an, als hätte sie nicht alle Rosenquarze im Schrank. Nur Dorothee fuhrwerkte ungerührt weiter am Herd herum.

»Und was machst du damit, wenn du die Flaschen wieder reinholst?«, fragte Julika schließlich.

»Wenn es frisch ist, trinke ich das Wasser«, erklärte Marion geduldig. »Ich spüle mir auch die Haare damit.« Sie wuschelte durch ihre Frisur. »Oder ich gieße meine Zimmerpflanzen. Neulich hab ich Alexis darin gebadet.«

Unvermittelt lachte Nele auf. »Marion, kein Wunder, dass das Vieh nicht schlafen will! Du dopst deine

Schildkröte! Das ist vermutlich so, als ob man drei Red Bull um Mitternacht trinken würde. Du hast Alexis' energetische Blockade gelöst, damit ist sein Winterschlaf überflüssig!«

Marion sah sie schockiert an. »Nele! Da könntest du recht haben! Daran hab ich gar nicht gedacht. Herrjeh, der Arme! Vielleicht müsste ich Neumondwasser machen. Das bewirkt innere Ruhe wegen der Dunkelheit. Also, wer möchte ein Glas?« Sie hielt eine Flasche hoch und schaute so in die Runde, dass sich jede, die kein Wasser wollte, unwillkürlich als Verräterin fühlen musste.

Julika versuchte es trotzdem. »Du hast doch nur zwei Flaschen«, sagte sie. »Wäre es nicht besser, du behältst sie für dich? Damit deine Blockaden komplett beseitig werden?«

Marion sah sie listig an. »Übermorgen ist Vollmond. Voller Mond, volle Flaschen. Ihr werdet merken, wie gut das tut.« Sie holte sechs weitere Gläser aus dem Schrank und schenkte allen ein.

Dorothee briet einen Eierkuchen nach dem anderen, wendete jeden schwungvoll und ließ ihn auf einen großen flachen Teller gleiten. Immer höher wurde der appetitliche Turm, bis sie schließlich auf den letzten Puderzucker streute und feierlich sagte: »Es ist angerichtet.«

»Prost«, erwiderte Julika und nippte einen winzigen Schluck Mondwasser. Es schmeckte nicht anders als Wasser aus der Leitung. Dafür trank sie den Rotwein aus dem anderen Glas in einem Zug aus.

Hm, dachte Nele, als die Freundin das Glas aufatmend absetzte und zur nächsten Rotweinflasche griff, um sich erneut einzuschenken. Seit wann trinkt Julika so schnell?

Hab ich da was nicht mitbekommen? Sie ließ den Blick unauffällig über Eva und Loh schweifen. Eva von der Single-City-Frau, die als Texterin in einer Werbeagentur arbeitete, zur liebevoll verheirateten Biobäuerin – Nele wusste, dass sich auch das Leben ihrer besten Freundin sehr verändert hatte. Aber es kam ihr mit einem Mal neu vor. *Alle* schienen sich in der letzten Zeit verändert zu haben.

Und bei ihr selbst? War da ebenfalls etwas anders geworden?

»Findet ihr mich verändert?«, fragte sie in die Runde und hielt Dorothee den Teller hin. Ein dicker, köstlicher Eierkuchen landete darauf.

»Na ja, ein bisschen älter bist du geworden, reifer. Will sagen: entspannter«, bemerkte Eva. »Sind wir alle«, beeilte sie sich hinzuzufügen.

Früher war Dorothee die Einzige gewesen, die zu ihrer Lesebrille gestanden hatte. Inzwischen hatte auch Eva ein ganzes Sortiment von Lesebrillen, und Marion war stolze Besitzerin einer Gleitsichtbrille. Nur Nele behauptete, dass sie noch keine Sehhilfe bräuchte, aber die anderen sahen genau, wie sehr sie die Augen zusammenkniff, wenn sie etwas Kleingedrucktes las.

»Das wäre ja auch ein Wunder, wenn nicht. Dann müsste ich irgendwo das Bild von Dorian Gray versteckt haben. Ich werde nächstes Jahr fünfzig, da darf ich ja wohl das eine oder andere graue Haar haben«, spöttelte Nele.

»Nein, das meine ich nicht. Du bist sowieso blond, da fallen ein paar graue Haare nicht auf«, antwortete Eva kauend. »Als du heute mit dem Piloten geflirtet hast … war es mehr Gewohnheit als echtes Interesse. Früher hast du immer gleich lichterloh gebrannt. Du warst in jeden Kerl schockverliebt. Vor ein paar Jahren hättest du dem Piloten deine Visitenkarte direkt in die Hosentasche gesteckt. Das hast du heute nicht gemacht. Oder hab ich es bloß nicht mitbekommen?«

Die anderen sahen Nele gespannt an.

»Nein, das habe ich nicht getan. Ich hatte auch in Berlin längere Zeit keinen Freund mehr, wie ihr ja wisst«, erklärte Nele und piekte ein Stückchen Eierkuchen auf. »Ich finde im Moment die meisten Männer blöd.«

»Soso. Das merk ich mir«, bemerkte Loh mit vollem Mund, aber keine beachtete ihn, nicht mal Eva. Was Nele erzählte, war für sie fast revolutionär.

»Die Zeit ist mir zu schade«, fuhr sie fort. »Und auf Internetbekanntschaften habe ich keine Lust. Parship, Elitepartner … damit bin ich durch. Der Kosten-Zeit-Nutzen-Faktor stimmt nicht.«

»Nun, das klingt ungefähr so wie das, was ich früher gesagt habe«, meinte Eva. »Und sieh, wo mich das hingebracht hat.« Sie stieß ihr Glas leicht gegen Lohs.

»Die Hoffnung hab ich ja noch nicht aufgegeben. Nur die aktive Suche«, erklärte Nele.

»Vielleicht liegt es an den Wechseljahren. Danach sind vielen Frauen Männer nicht mehr so wichtig«, schlug Julika vor.

Die anderen schienen nicht überzeugt. Julika und der weitaus jüngere Sergio waren erst nach Julikas fünfzigstem Geburtstag zusammengekommen. Wenn sie denn zusammen waren.

»Doch, sie sind noch wichtig. Aber nicht mehr als potenzielle Väter. Das verändert den Suchblickwinkel«, entgegnete Nele.

»Vielleicht hat es auch was mit deiner neuen Freiberuflichkeit zu tun. Dass du weniger Kompromisse machst und dir deine Zeit wertvoller ist«, sagte Marion.

»Du meinst eine Freiberuflichkeit auf allen Ebenen, vertikal und horizontal? Vielleicht.« Nele grinste.

»Ja, deine Kleidung hat sich verändert«, sagte Julika nachdenklich. »Zuerst war's mir nicht ganz klar, aber jetzt, wo wir drüber sprechen allerdings …«

»Inwiefern?«, fragte Nele, obwohl sie die Antwort schon wusste.

»Du trägst kaum noch knalliges Rot!«

»Stimmt. Ich wollte nicht länger wie ein Ampelmännchen aussehen«, gab Nele zu. »Außerdem … Ich hab neuerdings Hitzewallungen, da konnte man gar nicht mehr genau sagen, wo meine Kleidung aufhörte und mein Gesicht anfing. Diese gebrochenen Töne stehen mir auch, oder?«

Alle lachten.

»Klar«, sagte Marion, die praktisch *nur* Zwischentöne trug, womit sie immerhin kunterbunte Ketten aus dicken Perlen kombinierte, das Markenzeichen engagierter, in die Jahre kommender Grundschullehrerinnen.

Dann wurde Nele ernst. »Und wie werden wir ihn nun los?«

»Wen denn?«, fragte Julika, die beim dritten Glas Rotwein war und dem Gedankensprung der Freundin nicht mehr so schnell folgen konnte.

Eva, die ihren Rotwein mit Mondwasser verdünnt hatte, schaltete schneller. »Du meinst den Nachbarn des Grauens, stimmt's? Ich habe keine Ahnung. Es scheint so, als ob er sich in der Rechtsstaatlichkeit bewegen und sie zugleich verhöhnen würde. Ich meine, rumzugehen und damit anzugeben, dass er das alles nur machen kann, weil er einen Kumpel in der Behörde hat, das ist doch schon ganz schön dreist.«

»Wir könnten eine enthüllende Audioaufnahme von ihm machen und sie dem Ministerpräsidenten schicken«, schlug Nele vor.

Aber Marion winkte müde ab. »Ach, hör auf.«

»Ich hab keine Lust, heute Abend über diesen frauenfeindlichen *idiota* zu sprechen«, warf Julika ein. »Wir können ihn beobachten, vielleicht kommt uns dann eine wirklich gute Idee. Schenk mir noch mal ein, Loh.« Damit war die zweite Rotweinflasche leer. Auch der Stapel Eierkuchen war abgearbeitet.

Dorothee stand auf und blickte scharf auf ihr Handydisplay.

»Ich muss los«, sagte sie kurz angebunden.

»Wohin denn?«, fragte Eva erstaunt.

Was hatte Dorothee auf ihrem Handy gesehen? An einem Sonntagabend im Oktober gab es in Wannsee wenig Schöneres, als mit Freunden zusammenzusitzen. Es gab nicht nur wenig Schöneres, sondern überhaupt wenig.

»Meine Sendung beginnt, und ich mache Sport«, verkündete Dorothee. »Bitte stört mich nicht. Das ist wichtig für mich.« Weg war sie, die anderen hörten sie die Treppe hochgehen.

»Das wird ja immer merkwürdiger mit ihr«, wunderte sich Marion. »Was denn für eine Sendung? Und welchen Sport treibt sie?«

Darauf hatten auch die anderen keine Antwort.

6. Kapitel

Wenn die Nacht kommt, werden die Äpfel gezählt.
INDISCHE WEISHEIT

»Wir müssten den Abwasch machen. Sonst geht uns Dorothee an die Gurgel«, sagte Nele und stapelte das Geschirr nachlässig im Spülbecken. »Aber ich hab echt keine Lust. Wollen wir rausgehen?«

»Wohin denn?«

Eva lachte. Nach der Zeit in Venedig, dieser Hochburg an Museen und abendlichen Verlockungen durch Restaurants und Bars, erschien ihr jedes Abendprogramm in Wannsee abwegig.

»Bevor es ganz dunkel wird, durch den Apfelgarten zu laufen wäre schön«, erwiderte Julika statt Nele. »Haben wir noch was zu trinken?«

»Keinen Wein«, erwiderte Eva. »Nur Calvados. Selbstgebrannten. Der ist allerdings echt stark.«

»Kein Problem für mich!«

Eva warf Nele einen bedeutungsvollen Blick zu, den diese ebenso bedeutungsvoll erwiderte. »Ich weiß nicht, wo Dani ihn verwahrt«, meinte sie. »Wenn wir vom Spaziergang zurück sind, suche ich ihn, ja?«

Julika sah enttäuscht aus, aber sie fügte sich. »Also hopp, lasst uns noch ein paar Schritte machen.«

Sie rauschte aus der Küche, holte sich Dorothees Jacke und wartete auf der Terrasse, bis die anderen drei warm vermummt herauskamen. Leises Klappern von Geschirr in der Küche verriet, dass wenigstens einer von ihnen Dorothees Warnung ernst genommen hatte – Loh.

Eva schloss die Tür hinter sich und atmete tief durch. Modrig roch es, nach Kompost, auf dem schon viele gelbe Blätter entsorgt worden waren, nach welkem Gras und vergorenem Obst. Zwischen den Apfelbäumen waberte Abendnebel, der vom Wind sacht durch den Garten geweht wurde. Vögel schrien, und als Eva hochschaute, sah sie ein großes V über den fast dunklen Himmel gleiten.

»Das ist Wannsee im Herbst«, sagte Eva leise. »Ich finde es so schön. Wenn die Nacht klar ist, kann man wunderbar die Milchstraße erkennen.«

In diesem Moment drang ein sanfter Schein aus Dorothees Zimmer. Offenbar hatte die Freundin eine Kerze angezündet. Kurz darauf noch eine und noch eine – alle Teelichter schienen zu brennen. Gespannt schauten sie nach oben, um herauszufinden, was Dorothee trieb.

Zuerst sahen sie nichts, dann war da plötzlich ein Schatten an der Wand. Er bewegte sich ruckartig, etwas flog hoch – Arme oder Hände? –, das, was der Kopf sein konnte, bewegte sich von einer Seite zur anderen, von oben nach unten, schließlich schien sich der Schatten zu drehen.

»Was zum Teufel tut sie da bloß?«, fragte Marion leise. »Sie macht nicht Tai-Chi, oder? Das hätte sie mir erzählt. Sie weiß ja, dass ich das auch mache.«

»Für mich sieht es eher wie Schattenboxen aus«, spekulierte Julika. »Wir werden sie morgen fragen.«

»Und sie wird vielleicht nicht antworten. Sonst hätte sie es ja vorhin schon sagen können.«

Eva ging über die Steinplatten durch eines der Beete. Dani kümmerte sich nicht besonders darum, lila- und rosafarbene Herbstastern blühten inmitten von Unkraut, das in diesem Sommer deutlich das Rennen um Licht und Wasser gemacht hatte. Eine späte Sonnenblume ließ den Kopf, schwer von Kernen, hängen, champagnerfarbene Dahlienblüten leuchteten durch den Abend, ein Rosenstrauch war nach der Blüte nicht beschnitten worden, die welken Blüten waren heruntergefallen und lagen auf den mehltaubefallenen Blättern.

Als begeisterte Gärtnerin tat Eva der Verfall des Beetes leid, aber sie konnte unmöglich zwei Gärten pflegen. In einem spontanen Anfall von Sehnsucht und Neugier spähte sie zur anderen Seite des Zaunes. Ihr Garten lag jedoch auf der Seite zum Feld und zum Wald, sie konnte ihn von hier aus nicht sehen. Zudem war es schon zu dunkel. Gleich morgen früh werde ich schauen, wie er aussieht, tröstete sie sich.

Zu viert schlenderten sie durch den Apfelhain. Die noch teilweise belaubten Äste bildeten ein Dach über ihrem Weg, ließen ihn dunkler wirken. Ab und zu schlitterte eine von ihnen, rutschte auf einem matschigen Apfel aus und wurde eilends von den anderen festgehalten. Gelegentlich hörte man ein dumpfes Geräusch, wenn ein Apfel ins Gras fiel.

»Die Bäume wirken größer als vor vier Jahren«, meinte Marion und ließ im Vorübergehen die Hand an einem rauen Stamm entlanggleiten. Hallo, du, schien ihre Geste zu sagen.

»Die Kronen sind ausladender geworden. Wir hatten im Frühling ungewöhnlich viel Regen, da haben sie sehr ausgetrieben. Aber besonders die Bäume zum Feld hin haben an Höhe zugelegt. Man kann das Obst kaum noch abernten, selbst mit einer Leiter nicht. Dort will Dani die Baumhäuser bauen lassen. Deshalb sollten wir gerade darunter die Äpfel auflesen. Sonst stellen sich die Leute vom Ministerium unwillkürlich vor, wie man durch Apfelmatsch stapfen muss, um ins Baumhaus zu klettern. Ach, überhaupt überall.« Eva klang mutlos angesichts der Apfelschwemme.

Es knackte. Julika hatte einen Apfel von einem herunterhängenden Zweig gepflückt und hineingebissen.

»Ich finde, das Baumhaushotel ist wirklich eine gute Idee«, schwärmte Nele. »In einer Baumkrone zu schlafen, in diesem Duft, der Stille, der ländlichen Dunkelheit ...«

In diesem Moment leuchtete etwas schrill Pinkfarbenes auf dem Baugrundstück auf. Dann wurde es wieder dunkel, dann wieder pink, dann wieder dunkel.

»Was macht dieser Idiot da?«, wunderte Eva sich.

Vom rückwärtigen Teil des Apfelgartens aus konnten sie nichts Genaues erkennen. Nur den farbigen Schein sah man deutlich. Er war so hell, dass die ersten Sterne, die man am Himmel sah, verblassten. Mit jedem Aufleuchten erklang ein akustisches Geräusch.

»Er blinkt pink«, meinte Nele.

»Ja, aber warum?«

»Vielleicht Signale an Aliens?« Julika kicherte beschwipst.

»Das würde einiges erklären«, bemerkte Marion trocken. »Sie haben ihn ausgesetzt, und er versucht, sie zu rufen. Sie weigern sich natürlich, ihn zurückzuholen. Sie sind heilfroh, dass er auf der Erde gestrandet ist! Lasst uns mal nachschauen.«

Sie gingen zurück, ihre Aufmerksamkeit nicht mehr auf den Apfelgarten gerichtet, sondern voll schrecklicher Vorahnung auf das, was sie auf dem Nachbargrundstück entdecken würden.

Zu Recht. Selbstzufrieden stand Seidel mit verschränkten Armen mitten auf dem geteerten Fahrweg und beobachtete seine offenbar soeben in Betrieb genommene Leuchtreklame. In grellem Pink leuchteten Buchstaben auf und erloschen wieder, begleitet von einem Ton, der dem satten Geräusch von Autoskootern ähnelte, die aufeinanderprallten.

»Er hat das Plakat abgenommen«, sagte Eva mit ausdrucksloser Miene.

»Schade, dass er dabei nicht vom Gerüst gefallen ist«, meinte Nele bissig.

»Dafür sagt uns jetzt die Schrift, was hier entsteht.« Marion seufzte.

Ein Buchstabe nach dem anderen leuchtete wie eine wilde Lichterkette auf:

WINNING IN WANNSEE
DIE GRÖSSTE PRIVATE SPIELHALLE
DER MARK BRANDENBURG

Und jedes Mal, wenn der Schriftzug komplett war, erklang dieses krank machende Geräusch. Dann erlosch die Schrift, und das Spektakel ging wieder von Neuem los.

»O Gott, das ist ja nicht zum Aushalten«, stöhnte Julika. »Wo ist denn da der Aus-Knopf?«

»Lichtverschmutzung …«, sagte Julika angewidert.

»Gefällt euch das Pussy-Pink?«, schmetterte da der zukünftige Betreiber des Etablissements zu ihnen herüber. Er musste sie in der Einfahrt zum Apfelhaus entdeckt haben. »Nicht mehr lange, und der Rubel rollt!«

»Unsere Bürgermeisterin wird Ihnen ein Strich durch die Rechnung machen. Das hier ist ein ländliches Wohngebiet, kein Straßenstrich. Ich denke nicht, dass Sie mit diesem abgeschmackten Leuchtfeuer durchkommen«, antwortete Eva nach außen kühl, aber nach innen kochend vor Wut.

»Ich schon«, gab er unbesorgt zurück. »Übrigens ist das hier kein Wohngebiet, sondern ein Mischgebiet. Eine Durchgangsstraße. Da ist Reklame erlaubt. Außerdem schaffe ich Arbeitsplätze. Irgendwer muss meine Maschinen ja warten, muss abkassieren, die Security übernehmen und für die Bewirtung sorgen. Also erst mal schlaumachen, Biobäuerin, dann meckern.« Er blickte weiter verzückt auf die Leuchtbuchstaben.

Da stupste Nele plötzlich Eva an. »Guck mal«, sagte sie leise und zeigte in Richtung Wald.

Im pinkfarbenen Widerschein sah man zwei Vogelsilhouetten, eine größere, eine kleinere. Immer näher kamen sie, bis sie dicht über den Freundinnen hinwegsegelten, in Richtung Leuchtreklame, und direkt davor wie zwei kleine Helikopter fast senkrecht nach oben schossen. Schließlich verschwanden sie in einem großen Bogen zurück im Apfelgarten. Sie gaben keinen Laut von sich, aber in ihren Bewegungen war eine Unruhe, die Eva noch nie bemerkt hatte.

»Ohhhh«, sagte Marion beeindruckt. »Das waren zwei Eulen! Sag bloß, die eine ist unsere alte Lady D'Arbanville.«

Vor vier Jahren hatte das urplötzliche lautlose Auftreten der Eule sie erschreckt, dann hatten sie angefangen, nach Eulenfedern Ausschau zu halten, und sich jeden Abend an dem großen Vogel gefreut, der im Apfelgarten Mäuse jagte.

Eva nickte besorgt. »Das ist sie. Sie nistet immer noch jedes Jahr im Wald. Und in diesem jagt sie sogar mit ihrem Nachwuchs. Hoffentlich bringt das Licht sie nicht durcheinander.«

Schon die wenigen Male in den letzten Jahren, in denen sie die Eule abends nicht gesehen hatte, hatten sie beunruhigt. Sie war nicht abergläubisch, aber einen Vogel, der mit Nacht und Tod und Teufel in Verbindung gebracht wurde, zu verärgern fühlte sich nicht richtig an.

Seidel hatte sie gehört. Er schnaubte. »Die Natur wird lernen, sich nach uns zu richten. Ein funktionierendes Unternehmen ist ja wohl wichtiger als der Umweltschutz. Das Theater, das zurzeit darum gemacht wird, ist doch sowieso völlig übertrieben«, rief er ihnen zu.

Für die Freundinnen war es wie eine Ohrfeige.

Julika schlenderte auf die Straße. »Herr Seidel?«, begann sie, als sie direkt neben ihm stand.

»Ja?«, fragte er, offensichtlich erstaunt darüber, dass ausgerechnet die attraktivste der vier Frauen seine Nähe nicht scheute.

»Gehen Sie zur Hölle.« Julika holte aus und warf ihren Apfel gegen die Leuchtreklame. Er zerplatzte auf dem großen S, das prompt erlosch. »Oh, der muss mir aus der Hand gerutscht sein. Das können meine Freundinnen bezeugen. Das war ein ganz dummer kleiner Unfall. Mal sehen, was mit Ihrer …pielhölle in nächster Zeit noch so passiert.« Dann drehte sie sich um und ging zu den anderen zurück.

Diesmal war es Seidel, der schäumte. »Ich warne euch, Ladys«, brüllte er, »ich kann noch ganz andere Saiten aufziehen ...«

Die Freundinnen ignorierten ihn.

»Toller Wurf, Julika.« Nele war beeindruckt.

Die anderen schmunzelten, wenn auch nicht besonders überrascht. Sie wussten, dass tief verborgen in der so kultivierten, damenhaften Julika das Herz einer Rebellin schlummerte. Deshalb liebten sie sie besonders.

Als sie zurück ins Haus gingen, war alles still und ruhig. In der Küche war das Geschirr gewaschen und weggeräumt worden, das blau-weiß karierte Handtuch hing zum Trocknen ordentlich über einer Stuhllehne. Loh war nirgends zu sehen.

Sie ließen sich auf die Küchenstühle fallen, in einer Mischung aus glücklich (Wannsee, die Äpfel, die Eule, die gemeinsame Zeit) und bedrückt (Seidel, dieses Scheusal).

»Wie war das noch mit dem Calvados?«, fragte Julika erwartungsvoll.

Wortlos stand Eva wieder auf und ging in die Speisekammer. Natürlich wusste sie genau, dass Dani das feurige Gesöff auf dem dritten Regalbrett von unten ganz links verwahrte, aber das hatte sie vorhin nicht sagen wollen. Julika hatte genug getrunken.

Als sie mit der Flasche in der Hand zurückkam, warf sie einen Blick aus dem Fenster. Ja, drüben brannte Licht. Loh wartete sicher auf sie, würde auf der Couch liegen und wie so oft klassische Musik hören. Die Katzen hatte er sicher schon reingeholt, jetzt, da es draußen kühler wurde. Sie würden reden und sich ganz nah sein, er würde sie umarmen, etwas, das Loh in der Gegenwart von anderen eher vermied. Offen zur Schau gestellte Zärtlichkeit passte nicht so recht in sein Selbstbild eines märkischen Biobauern.

Auf einmal hatte Eva Sehnsucht. Sie würde sich von den Freundinnen verabschieden und nach drüben gehen … Dann schnupperte sie. »Riecht ihr das auch?«, fragte sie.

»Was denn?«, wollte Julika wissen, den Blick fest auf die Flasche in Evas Hand gerichtet.

»Ja«, sagte Marion und schnupperte ebenfalls. »Was ist das? Brennt es irgendwo?« Stirnrunzelnd sah sie zum Küchenofen, Eva ging hin und fühlte. Nein, er war kühl.

Sie schnupperten alle. Die Luft war schwer von würzigem Rauch und ließ an brennendes Holz denken. Eva knallte die Flasche auf den Tisch und rannte aus dem Raum, den Flur entlang, die Treppe hoch.

»Dorothee!«, rief sie, zwei Stufen auf einmal nehmend.

Die anderen folgten ihr polternd. Der Geruch wurde immer stärker. Ist das überhaupt vernünftig?, überlegte Eva mitten im Spurt. Sollten wir nicht lieber im Garten ein Laken als Sprungtuch ausbreiten, falls Dorothee in ihrem Zimmer von Flammen eingeschlossen ist und aus dem Fenster springen muss? Sie stieß mit der Schulter die Tür zu Dorothees Zimmer auf und wappnete sich gegen eine ihr entgegenschlagende Feuersbrunst.

Doch sie fand Dorothee unversehrt vor.

Sah man von ihrem unangenehm überraschten Gesichtsausdruck mal ab.

Und davon, dass sie von Kopf bis Fuß in ein indisches Gewand gehüllt war.

Sie trug einen langen, weiten Rock, dazu eine Art

Bikinioberteil, das ihren beträchtlichen Busen eher schlecht als recht verhüllte und die Röllchen an ihrem Bauch appetitlich zur Geltung brachte. Ein, zwei, drei … Einen schmal gefalteten Schal hatte sie über eine Schulter gelegt. Das Oberteil war lilafarben und reich mit Silber bestickt, Rock und Schal waren aus tiefroter glänzender Rohseide. Sie war barfuß, die Zehennägel hatte sie rot lackiert. Auf ihrer Stirn prangte ein roter Punkt, die Augen waren mit Kajal dunkel umrandet – was gleich auffiel, weil sie sich normalerweise kaum schminkte. Es sah erstaunlich gut aus.

Dorothees Handy war gegen eins der Teelichter auf der Kommode gelehnt. Musik erklang daraus. Ihre Freundin schien gerade einen Film gesehen zu haben, eine große, sich rhythmisch bewegende Menschenmenge war auf dem Display zu erkennen. Sie selbst stand wie angewurzelt da und schaute die anderen mit weit aufgerissenen Augen an.

Eine feine Schicht heller Asche bedeckte die Kommodenoberfläche. Sie stammte von sicherlich einem Dutzend Räucherstäbchen, die schon weit heruntergebrannt waren. Was den Geruch erklärte, der bis zu ihnen nach unten gedrungen war.

»Was machst du denn da, Dorothee?«, fragte Nele, die mit den anderen im Türrahmen stehen geblieben war und verblüfft auf die merkwürdige Szene im Zimmer schaute. »Wie siehst du überhaupt aus?«

Eva hustete. Es war so unfassbar stickig, dass ihre Augen zu tränen begannen. Sie ging zum Fenster und öffnete es. Dankbar atmete sie die frische Luft ein und fächelte die rauchgeschwängerte nach draußen. Wahrscheinlich würden Lady D'Arbanville und ihr Junges heute Abend erneut verwirrt sein – dieses Mal, wenn sie durch eine seltsam parfümiert stinkende Rauchwolke flatterten.

Etliche schmale silberne und goldene Armreifen schlugen klimpernd aneinander, als Dorothee sich das Haar selbstverloren hinter die Ohren strich. Sie ließ sich auf ihr Bett sinken und schlug die Hände vors Gesicht. »Lacht mich nicht aus«, murmelte sie.

»Aber nein«, beruhigte Marion sie und sah bedeutungsvoll zu den anderen. »Wir wollen es nur verstehen.«

Dorothee sah hoch, ihr rundes, verschwitztes Gesicht verschämt verzogen, die Augen füllten sich mit Tränen. »Ich hatte im letzten Jahr so schlechte Blut- und Blutzuckerwerte, das hab ich ja schon erzählt. Ich hab so zugenommen … Es war wirklich schlimm, total aus dem Ruder gelaufen. Die Ärztin hat gesagt, dass ich mich unbedingt bewegen muss. Und ich hatte nie Lust auf Sport, hab mich immer gedrückt. Mimis Anwesenheit hat da auch nicht gerade geholfen. Der Kleine braucht regelmäßige Mahlzeiten, er ist ja so ein schlechter Esser! Wir sitzen also stundenlang mit ihm am Tisch. Und ich hatte immer eine gute Ausrede, mich um die beiden und nicht um mich selbst zu kümmern. Bis ich meinen ersten Bollywood-Film gesehen habe. Da hab ich mich in Shah Rukh Khan verliebt. Ganz schrecklich doll. Diese Bewegungen! Diese Samtaugen! Dieser Charme! Ich habe eine App, über die schaue ich Filme mit ihm an. Dafür ziehe ich mich extra um, bei den Tanzszenen tanze ich mit. Und ich habe einen Bollywood-Tanzkurs besucht. Wenn ich Räucherstäbchen anzünde und zu dieser typischen Musik tanze, fühle ich mich ihm so nah. Sagt nichts. Bitte. Ich weiß selbst, dass es total albern klingt, mit sechsundfünfzig wie ein Teenie für einen Filmschauspieler zu schwärmen.«

Den letzten Satz sagte Dorothee so leise, dass es die anderen von der Tür aus nur mit Mühe verstehen konnten. Sie fuhr sich mit der Hand über die Augen, sodass der dicke Kajalstrich verwischt wurde. Wie ein schiefäugiger Panda sah sie auf einmal aus.

»In wen hast du dich verliebt?«, fragte Nele, der das Konzept der körperlosen Liebe sehr fremd war.

»In diesen indischen Schauspieler. Shah Rukh Khan. Er ist legendär«, sagte Marion zum allgemeinen Erstaunen. »Außerdem tanzt er fabelhaft, besonders in seinen früheren Filmen.«

Alles ergibt einen Sinn, dachte Eva. Das Indische, das Heimliche, der Zeitdruck, das Handy, ihre Gewichtsabnahme. Wie schade für sie, dass sie es uns nicht gleich gesagt hat. Im vergangenen Jahr, in dem sie so wenig Zeit füreinander gefunden hatten, war das Vertrauen untereinander doch arg in Mitleidenschaft gezogen worden.

Dorothee sah Marion geradezu dankbar an. »Du kennst ihn?«

Marion nickte. »Na klar kenn ich ihn.« Sie zögerte einen winzigen Moment, dann fragte sie: »Würdest du mir ein paar Bollywood-Dance-Moves zeigen?«

Ein glückliches Strahlen glitt über Dorothees Gesicht. »Im Ernst?«

Marion nickte. »Aber unten, nicht hier oben. Da ist mehr Platz. Und vielleicht ohne Räucherstäbchen.« Sie nieste und zog Dorothee vom Bett hoch. »Sag mal, hast du noch einen zweiten Schal, den du mir leihen kannst? Und bekomme ich auch einen roten Punkt?«, fragte sie liebevoll. »Damit fühlt man sich sicher gleich viel authentischer. Da fällt das Tanzen bestimmt leichter.«

Als Eva erhitzt eine halbe Stunde später aus der Haustür auf die nächtliche Dorfstraße trat, ließ sie vier aufgekratzte Frauen, indische Musik und eine halb geleerte Flasche Calvados zurück.

Dorothees gedämpfte Rufe folgten ihr, als sie die paar Meter zu ihrem Hof ging. »Beide Hände nach oben! Lotus-Stellung! Kopf nach rechts, nach vorn, nach hinten und hip-shake, hip-shake und step! Klasse, Marion! Nele, du bist schon wieder aus dem Rhythmus! Julika, hör auf zu saufen und mach endlich mit!«

Caruso und Sol Gabetta wischten Eva um die Beine und miauten leise, als sie über den kopfsteingepflasterten Hof ging. Sie bückte sich, um Caruso zu streicheln. Er war ihr Liebling, und offensichtlich sie auch seiner, denn er drängte sich gegen ihre Hand und stupste dann ihre Wade an.

»Geh und fang Mäuse, Caruso. Dann braucht sich Nele nicht zu gruseln«, sagte sie und richtete sich wieder auf. Die Haustür war nicht abgeschlossen. Sie trat ein, zog die Gummistiefel im Vorraum aus und hängte die Jacke auf. »Loh?«

Sie ging ins Wohnzimmer, und da lag er, genau wie sie es sich vorgestellt hatte, eine Hand über die Augen gelegt. Cecilia Bartoli – seine Lieblingskatze – lag auf seinem Bauch zusammengerollt, im Hintergrund lief leise klassische Musik. Eva setzte sich ans Fußende der Couch und lehnte den Kopf zurück, erschöpft nach diesem langen Tag. Nicht zu fassen, dass sie am Morgen noch in Venedig gewesen waren.

Es stimmte vermutlich, dass die Seele länger brauchte, um von einem Ort zum anderen zu gelangen, als die Menschen im Flieger. Ihre Seele schwirrte jetzt vermutlich irgendwo bei Rosenheim herum …

Einen winzigen Moment überlegte sie, ob sie jetzt lieber drüben bei ihren Freundinnen sein würde. Aber bevor sie eine Antwort darauf finden konnte, war der Gedanke wieder verschwunden. Loh hatte ihre Anwesenheit gespürt. Er ließ die Hand sinken und lächelte sie an, ein bisschen verschlafen und sehr sexy.

»Willkommen zurück in unserem gemeinsamen Leben, meine Eva.«

Sie lächelte. Vielleicht war ihre Seele doch schon wieder in Wannsee in der Mark gelandet.

7. Kapitel

*Hätte Eva im Paradies einen Spaten gehabt und et-
was damit anfangen können, hätten wir nicht die
ganze traurige Geschichte mit dem Apfel.*
ELIZABETH VON ARNIM

Als Eva am nächsten Morgen gegen sieben Uhr wach wurde und aus dem Fenster spähte, brannte im Apfelhaus noch
kein Licht. Wahrscheinlich hatten die Freundinnen ihre
indischen Tanzschritte bis tief in die Nacht geübt und
dabei den Calvados geleert. Da würden sie sicher länger
schlafen.

Sie blieb einen Moment liegen und sann darüber nach,
was sie zuerst im Apfelgarten tun mussten. Sie würde ihre
eigene Schubkarre mitnehmen, dann hätten sie eine für
die guten und eine für die schlechten Äpfel. Sie brauchten
alle Gartenhandschuhe wegen des Apfelmatsches und der
darin lauernden Wespen. Und Körbe, jede Menge Körbe. Sie war gespannt, was für Rezepte Dorothee aussuchen würde.

Loh war schon aufgestanden. Sein Tag fing früh an. Er
fütterte die Katzen und Hühner, sammelte die Eier ein,
fuhr zu den Galloways hinaus, um ihnen Heu zu bringen,
jetzt, da das Gras nicht mehr so schnell wuchs, und um
Wasser in die steinerne Tränke zu pumpen.

Manchmal nahm er auch einfach nur seinen Kaffee mit nach draußen, trank ihn im Halbdunkel des frühen Morgens und beobachtete, wie die Natur erwachte. Das hatte er bereits getan, bevor sie Teil seines Leben geworden war, und es war für Eva noch ein weiterer Grund, ihn zu lieben. Sie verstand so gut, wie er sich dabei fühlte, weil sie genauso empfand.

Sie tastete neben sich, spürte noch einen Hauch von Wärme auf Lohs Bettseite. Einen Moment lang ließ sie ihre Hand dort liegen und streichelte zärtlich das Laken, als wäre es Lohs nackte Haut und nicht Baumwolle, warm von seinem Schlaf. Dann stand sie auf und machte sich fertig.

In der Küche schlug ihr der Duft von Kaffee entgegen. Sie nahm sich einen Becher, blätterte durch die *Märkische Allgemeine* und wartete darauf, dass die Sonne aufging.

Das tat diese eine halbe Stunde später. Die ganze Welt wurde orangefarben, als der Himmelkörper hinter dem abgeernteten Maisfeld erglühte. Jeder Maisstoppel warf einen Schatten. Der Haufen Kartoffelkraut diesseits des Ackers wurde zu einem dunklen Berg. Die Galloways waren nicht länger braun, sondern bewegten sich schwarz über die morgendliche Wiese. Dahinter erhoben sich die Silhouetten der Kiefern des nahen Waldes vor dem leuchtenden Himmel.

Eva trank ihren Kaffee und beobachtete das Erwachen der Natur mit demselben Gefühl von Wunder wie jeden Tag, seit sie in Wannsee wohnte.

Sie warf einen Blick aufs Außenthermometer und das Barometer. Fünf Grad und Hochdruck. Noch würde es tagsüber warm werden, der Himmel war wolkenlos.

Die Tür wurde geöffnet, und Loh trat ein, kühle Morgenluft wie eine unsichtbare Schleppe hinter sich herziehend. Wie immer, wenn er auf dem Hof arbeitete, trug er seine blaue Jacke, Jeans und ein kariertes Hemd. Seine Gummistiefel hatte er ausgezogen, er tappte auf Wollsocken durch die Küche, in der Hand einen leeren Kaffeebecher. Er lächelte sein etwas schiefes Lächeln, das Eva unwiderstehlich fand (besonders, weil er ganz am Anfang ihres Kennenlernens miesepetrig und ablehnend gewesen war und sie nicht einmal gewusst hatte, dass er überhaupt lächeln konnte).

»Guten Morgen, mein Schatz! Hast du gut geschlafen?«

»Wie könnte ich nicht?«, erwiderte sie und zupfte, verlegen von so viel liebevoller Zärtlichkeit in seiner Stimme, am Ärmelbündchen ihres dunkelblauen Rollkragenpullovers. Sie stand auf, umarmte Loh flüchtig, drückte ihm einen Kuss auf den Hals. »Warst du bei den Rindern?« Er nickte. »Ich mach uns Frühstück, ja?«

»Ich dachte, du frühstückst drüben.«

Sie zögerte. »Vielleicht morgen, heute nicht. Heute will ich bei dir sein.« Eine plötzliche Bewegung auf dem Nachbargrundstück unterbrach ihr Gespräch. Sie schauten beide aus dem Fenster. Eine blond gelockte, warm angezogene Frau stand auf der Terrasse und blinzelte ebenso in den Sonnenaufgang, wie Eva es wenige Augenblicke zuvor selbst getan hatte. Eva erkannte ihre beste Freundin sofort. »Was macht denn eine Langschläferin wie Nele so früh am Morgen draußen?«, fragte sie mit gerunzelter Stirn.

»Vielleicht geht sie in die Pilze«, erwiderte Loh.

Eva lachte. »Nele? Niemals.«

Neles erster Gedanke, als ein Sonnenstrahl sie wach gekitzelt hatte, war nicht »weiterschlafen« gewesen, sondern »aufstehen, das Morgenlicht nutzen«. Also hatte sie sich hochgerappelt, war in Jeans, Pulli, Turnschuhe und dicke Jacke geschlüpft. Zähneputzen und Kämmen konnten warten. Sie war die Treppe hinuntergeschlichen, ihre kleine Kamera in der Hand.

Die Lumix war das einzig Teure, was sie sich gegönnt hatte, seit sie den Job in der Werbeagentur aufgegeben hatte. Die Schattenseite ihrer Selbstständigkeit, auf die sie so stolz war, waren Existenzängste. Was, wenn sich nicht genug Kunden fanden, die sich von ihr eine Website entwerfen lassen wollten? Aber mit jedem Monat, der verging, mit jedem zufriedenen Kunden, jeder Weiterempfehlung, wurde diese Angst schwächer. Und deshalb hatte sie die Anschaffung der neuen Kamera keine Sekunde bereut. Die Qualität der Fotos war großartig. Es war eine Freude, sie am Computer hochzuladen, zu bearbeiten, zu gruppieren, zu benennen und zum Verkauf anzubieten – wie ein privates kleines Kino.

Ohne eine erste Tasse Kaffee würde Nele in Berlin das Haus nie verlassen. Aber das hier war nicht Berlin, es war Wannsee. Und da tickten die Uhren anders. Besonders die Kaffeeuhren.

Sie schaute zum Nachbarhof hinüber, konnte jedoch keine Bewegung ausmachen. Wer weiß, wie lange Eva und Loh noch wach gewesen waren und ihr Wiedersehen gefeiert hatten, dachte sie. Sicher hatten sie voller Vertrautheit über das Wochenende gesprochen, das hinter ihnen lag. Wie schön musste das gewesen sein … Bestimmt schliefen sie noch.

Nele seufzte leise und ein bisschen deprimiert, als sie die Terrasse überquerte. Der Seufzer malte eine kleine weiße Atemwolke in die morgendliche Herbstluft. Sie ging über die Platten durchs Beet, ließ den Schuppen zur Rechten liegen und stieß die schief hängende Pforte zum Apfelgarten auf. Die Sonne schien schräg in die Reihen, traf auf Bäume, Blätter, Äpfel und illuminierte sie wie der beste Filmbeleuchter der Welt.

Nele betrat den ersten Apfelgang und hob die Kamera, bereit zum Schuss. Immer wieder musste sie sich eine Spinnwebe aus dem Gesicht wischen. Die Spinnen hatten ihre zarten Netze einfach überall im Garten gesponnen.

Sie blieb stehen und schaute nach oben. Direkt über ihr hing im goldenen Morgenlicht ein gelbroter Apfel, feucht, schwer und reif, umgeben von Blättern wie in einem grünen Nest aus Spitze. Die Sonne strahlte ihn an.

»*Smile for me, baby*«, flüsterte sie und fotografierte die Frucht.

Sie nahm auch den Zweig auf, der zu zart schien, um so einen dicken Apfel überhaupt zu tragen, den knorrigen Stamm, das feuchte Gras zwischen den Bäumen, durch das eine hellgraue Weinbergschnecke kroch, und den Gang, an dessen Ende das Feld wie ein offenes Versprechen lag.

Am liebsten hätte Nele ebenfalls den Duft aufgenommen, die Frische der Luft, den Schrei eines jagenden Vogels über ihr. Aber die Natur war einfach zu groß, um sie auf ein paar Fotos zu bannen.

Am Ende des Ganges betrachtete sie nachdenklich ihre Turnschuhe. Gummistiefel wären definitiv die bessere Wahl gewesen! Das nasse Gras hatte die Sneakers komplett durchweicht, ihre Füße waren klitschnass. Sie wackelte mit den Zehen, und es fühlte sich an, als ob im Schuh kleine Wellen schwappten. Es wäre sicher das Vernünftigste, ins Haus zurückzugehen, sich warme Wollsocken anzuziehen, Frühstück zu machen und endlich Kaffee zu trinken. Doch Nele machte selten das Vernünftigste.

Sie ging weiter, bis sie zu dem Weg kam, der sich durch das Feld zog und in den Kiefernwald hineinführte. In ihrem ersten Sommer in Wannsee hatten sie das Feld erst frühlingskahl, dann in goldgelber Sommerfülle und schließlich abgeerntet gesehen. Diesmal war es nur abgeerntet. Nele hatte keine Ahnung, was früher im Jahr hier gewachsen war. Eva würde es wissen. Eva wusste alles, was mit Pflanzen zu tun hatte. Sie dagegen wusste wenig. Es hatte sie noch nie interessiert. Sie nahm die Atmosphäre von etwas wahr, den optischen Gesamteindruck, nicht die Einzelheiten.

Sie ging den Weg weiter, bis sie den Waldrand erreichte. Die Streusandbüchse der Nation hieß die Mark Brandenburg, wegen des feinen Sandes, den es hier überall gab und mit dem schon die alten Preußenkönige die Tinte auf ihren Dekreten bestreut hatten wie mit rieselndem Sandpapier. Jetzt war der feine Sand vor allem etwas, das ihre feuchten Schuhe panierte.

Am Waldrand standen zwei Rehe beim Morgenimbiss. Als sie sie witterten, hoben sie die Köpfe und verschwanden hastig im Dickicht. Und dann war Nele im Wald. Sie atmete tief ein. Es roch nach Nadelbäumen, die hier überall wuchsen. Kiefern? Fichten? Tannen? Ging man den Weg weiter, kam man zu dem kleinen See, in dem sie damals mit den Freundinnen baden gewesen war. Und einmal war sie allein mit Gandalf schwimmen gegangen. Was für ein Desaster das gewesen war. Sie schüttelte unwillig den Kopf. Deshalb wollte sie den Weg jetzt nicht mehr gehen!

Nele beschloss, die Höhe zu ihrer Linken hinaufzuklettern. Dort war sie noch nie gewesen. Sie verließ den Pfad und stieg die Böschung hinauf. Ein Knacken in weiter Ferne ließ sie kurz an die beiden Rehe denken. Waren sie in das Dickicht geflüchtet, das dort den Blick durch die so geraden, hohen hellbraunen Stämme unmöglich machte? Vielleicht hatten sie sich dort versteckt und wurden nun von ihr schon wieder gestört? Gab es hier große Wildschweine oder andere gefährliche Tiere?

Beim Weitergehen spähte Nele angestrengt in den Wald, aber sie sah nichts. Und dann stand sie unvermittelt vor einer mächtigen Wurzel. Ein Nadelbaum war umgestürzt, vielleicht während einer der Stürme, die übers Land gebraust waren. Der Wurzelballen des Baumes war aus der Erde gerissen worden, die Baumkrone war ein zerzaustes Dunkelgrün an einem langen kupferbraunen Stamm, der etwas gebogen war. Der Wurzelteller ragte vor Nele hoch in die Luft, Erdklumpen hingen zwischen den einzelnen Wurzeln, schufen geheimnisvolle kleine Höhlen.

Langsam hob Nele ihre Kamera, um dieses gewaltige Stück Natur zu fotografieren. Dann jedoch wurde ihre Aufmerksamkeit von einem Netz gefesselt, das eine Spinne zwischen den Wurzelenden gesponnen hatte.

Es war riesig.

Nele trat näher heran, um es genauer zu betrachten. Das Netz war komplett symmetrisch, die Fäden waren in präzisen, immer gleichen Abständen angeordnet. Mit zwölf dickeren Fäden war es an den Wurzeln befestigten. Der äußere Webfaden lief einmal um das ganze Netz herum wie eine Zickzacklinie – die Verstärkung der filigranen Konstruktion. Beute konnte Nele keine entdecken, vielleicht hatte die Spinne das Netz erst am Morgen gesponnen oder alles, was sich in dieses zauberhafte Gespinst verirrt hatte, bereits verputzt.

Aber das Schönste waren die Tautropfen, die dicht an dicht an den Fäden hingen. Jeder einzelne Tropfen reflektierte das frühe Sonnenlicht des Waldes, brach sich funkelnd und erschuf einen winzig kleinen Regenbogen. Es sah aus wie eine riesige und trotzdem filigrane Diamantbrosche, umgeben von Sand, Wurzeln und Moos.

Was für ein Motiv! Verzückt begann Nele zu fotografieren. Die Geräusche, die ihre Kamera machte, waren leise und trotzdem offenbar laut genug, um die Herrin des Netzes hervorzulocken. Vielleicht war es auch die Vibration ihrer Schritte auf dem Waldboden gewesen, jedenfalls sah Nele auf dem Display plötzlich eine große Spinne.

Vorsichtig ging sie etwas zurück. Die Spinne eilte in den Mittelpunkt ihres Netzes und blieb dort wachsam sitzen. Sacht bewegte sie dabei ihr gelb-schwarz gestreiftes Hinterteil, groß wie ein Zwei-Cent-Stück, auf und nieder. Dass sie Ähnlichkeit mit einer Wespe hatte, wirkte irgendwie gefährlich, aggressiv – wie eine optische Warnung an die Feinde.

Nele war froh, keine Fliege zu sein.

Vor Mäusen und Ratten hatte sie panische Angst, eine Angst, die sie sich selbst nicht erklären konnte. Aber diese Spinne war wie … ein wilder Traum. Eine exotische Traumspinne.

Sie fotografierte sie, als wäre es das erste Tier, das sie in ihrem Leben sah. Viel zu viele Fotos machte sie, weil sie sich von dem Anblick nicht lösen wollte.

»Danke«, sagte sie leise. »Das hast du wirklich toll gemacht.«

Hinter ihr knackte es wieder, diesmal ganz nah, und dann hörte sie eine Männerstimme: »Das ist eine Argiope.«

Nele wirbelte herum, drückte instinktiv auf den Auslöser, bevor sie die Kamera sinken ließ. Ihr schlug das Herz bis zum Hals.

»Was fällt Ihnen ein, sich hier so anzuschleichen?«, stieß sie aufgebracht aus.

Sie hatte geglaubt, an diesem frühen Morgen allein im Wald zu sein, und jetzt stand hier ein fremder Mann! Musste sie Angst haben? War es dumm von ihr gewesen, niemanden zu sagen, wohin sie gewollt hatte? Nicht mal einen Zettel hatte sie hingelegt! *(Bin draußen, fotografieren. Sucht im Wald nach meiner Leiche. Folgt der Spur der Wölfe.)* Ihre Freundinnen hatten keine Ahnung, wo sie war. Wenn dieser Mann ihr etwas antun würde, sie ermordete, unter der Wurzel dieses umgestürzten Baumes begrub, dann würden nur die Rehe davon erfahren (zum Glück Vegetarier), und die Spinne würde zwischen ihren Haaren ihr Netz weben ...

Nele schluckte.

»Entschuldigung. Ich wollte Sie nicht erschrecken«, sagte er sanft.

»Dann rücken Sie mir besser nicht so auf die Pelle«, fauchte sie, denn er stand jetzt sehr nah vor ihr und spähte über ihre Schulter zu dem Spinnennetz.

Sofort trat der Fremde einige Schritte zurück. Mit zwei

Metern Abstand zwischen ihnen fühlte Nele sich schon etwas sicherer. Sie musterte ihn. Groß war er, sehr drahtig, und er hatte sein langes dunkles Haar nachlässig zu einem Zopf zusammengebunden. So eine Mischung aus unrasiertem Trapper und Stadtindianer, entschied sie. Indianer wegen seiner Gesichtszüge: ausgeprägte, etwas gebogene Nase, scharf geschnittene dunkle Lippen, dunkle Augen, hohe Wangenknochen. Wie ein Trapper kam er ihr wegen der khakigrünen Hose mit den vielen Taschen, der braunen Outdoorjacke und der Wanderstiefel vor.

Und er trug einen großen, prall gefüllten Rucksack auf dem Rücken, auf den eine Isomatte geschnürt war. An einer Seite baumelte eine Trinkflasche, an der anderen ein Alutopf. Und an der Vorderseite … War das etwa ein Geigenkasten?

»Haben Sie im Wald gezeltet?«, platzte Nele heraus und überlegte, ob er vielleicht obdachlos war, ein bettelarmer Straßenmusikant, der sich mit munterer Fidelei sein Geld verdient? Nein, verwarf sie den Gedanken. Er sah genauso gepflegt aus wie sie selbst, was in ihrem Fall zwar nicht besonders viel war, aber immerhin so, dass man ein Zuhause annehmen konnte.

»Ja. Ich bin gestern Abend erst spät aus Potsdam losgekommen und hab keine Pension in der Gegend gefunden. Hier gibt es nicht viel. Hab ich irgendwie schon geahnt. Das Einzige, was ich im Internet über den Ort gefunden hab, war ein Biobauernhof. Lohs Biohof. Sonst nichts, kein Eintrag, kein Garnix. Die Website zu dem Hof war allerdings interessant. Aber ich glaube, die vermieten keine Zimmer, oder? Jedenfalls stand nichts davon im Internet.« Er wies mit dem Daumen auf den Rucksack. »Da erschien es mir als die beste Lösung, alles zum Campen mitzunehmen.«

»Nein, Lohs Biohof hat keine Gästezimmer«, sagte Nele, zutiefst geschmeichelt, dass ihm die von ihr entworfene Seite gefallen hatte. »Wannsee könnte in der Tat eine Website brauchen«, fügte sie noch rasch hinzu.

Doch der Fremde hatte anscheinend das Interesse am Dorf verloren. Er wandte sich wieder dem Spinnennetz zu. »Das ist ein besonders schönes Exemplar einer Argiope. Ein Weibchen. Tolles Netz, ein gut ausgeprägtes Stabiliment.« Er wies auf den Zickzackfaden, der sich einmal innen ums Netz zog.

»So heißt diese Spinne? Argiope?«

»Ja. Eine Wespenspinne oder Tigerspinne wegen der gelb-schwarzen Färbung.«

»Woher wissen Sie, dass das ein Weibchen ist?«

»Es ist viel größer als das Männchen, und nur Weibchen spinnen diese runden Stabilimente. Netze von Männchen haben höchstens eine vertikale Zickzacklinie. Die Wissenschaft rätselt noch, warum das so ist.«

»Da muss ich überhaupt nicht rätseln. Das kann ich der Wissenschaft aus dem Stand sagen. Die Weibchen sind hochmotiviert, voller Fleiß und guter Ideen. Die Männchen machen es sich dagegen einfach. Eine Linie und zack – fertig. Wie typisch«, sagte Nele. Selbst in der Tierwelt waren die Kerle faul.

Der Mann sah sie aufmerksam an, dann beugte er sich, irgendwie unangemessen vertraulich, vor. »Außerdem gibt es im Oktober kaum noch ausgewachsene Männchen.« Er grinste frech.

»Warum denn nicht? Wo sind sie?«

»Aufgefressen. Nach der Paarung von den Damen verputzt. Spinnen sind Kannibalen.« Er betrachtete die

Wurzeln des umgestürzten Baumes und machte langsam eine Drehung um sich selbst. »Das war ein Mutterbaum«, sagte er. »Hier gibt es eine Menge kleiner Kiefern.«

»Ein Mutterbaum?« Wovon redete dieser Typ eigentlich?

»Ja, ein besonders alter Baum.« Er ging um die Wurzel herum und streichelte sanft die Rinde des gefallenen Riesen. Langsam ließ er seine Hand darübergleiten, hielt inne und fühlte nach – so zärtlich, als ob der Baum etwas Lebendiges wäre, das die Berührung spürte, selbst jetzt, da er aus der Erde gerissen worden war. Nele fand es befremdlich, fast erotisch. War das nicht Apollon gewesen, der hinter Daphne her gewesen war, bis Daphnes Vater sie in einen Lorbeerbaum verwandelte? Allerdings fiel Nele auf, dass der Baumstreichler hübsche schlanke Hände hatte und einen breiten silbernen Ring am Mittelfinger der rechten Hand trug, nicht am Ringfinger. Sie mochte nicht mehr so viel Knallrot wie früher tragen, aber die Angewohnheit, Männer auf Eheringe zu überprüfen, hatte sie beibehalten.

»Wenn der Mutterbaum fällt, haben die Kleinen mehr Platz zum Wachsen. Mehr Licht und mehr Wasser. Sie wachsen dann schneller. Trotzdem ist es schade, nicht? Sie werden die Mutter vermissen.«

»Aber hat sie ihnen nicht vorher Licht und Wasser genommen? Ein bisschen wie eine Menschenmutter, die ihren Kindern das Frühstück wegfuttert?«

Er nickte. »Schon, das hilft ihnen allerdings in jungen Jahren, langsam zu wachsen und das Holz schön fest werden zu lassen …«

Nele hatte genug gehört. Sie sehnte sich nach einem Kaffee, nach Frühstück – und nach der Geborgenheit des

Apfelhauses, garantiert kannibalismus-, mutterbaum- und stabilimentfrei.

»Danke für die Info. Das war hochinteressant«, sagte sie und wandte sich zum Gehen. »Einen schönen Tag noch.«

»Moment! Sie haben da was.« Er kam so rasch auf sie zu, dass sie nicht ausweichen konnte, und zog aus ihrem blonden Haar ein langes, hauchfeines weißes Gespinst. Vorsichtig legte er es sich auf die Handfläche und betrachtete es wieder so sorgfältig, als hätte er einen kleinen Schatz gefunden. »Es ist das Spinnengewebe der Baldachinspinne«, erklärte er. Regelrecht glücklich sah er aus.

»Unser ganzer Garten ist voller Spinnweben«, erwiderte Nele ein wenig zu heftig. »Wäre ja ein Wunder, wenn da nichts an mir hängen geblieben wäre.«

»Haben Sie schon mal gesehen, wenn diese Gespinste im Frühherbst über eine Wiese geweht werden? Wunderschön sieht das aus«, erklärte er weiter. Nele überlegte, wie sie ihn endlich loswerden könnte. »Ein bisschen wie das zarte schlohweiße Haar einer sehr alten Frau. Deshalb heißt die Jahreszeit auch Altweibersommer. Wussten Sie das?«

Nele schüttelte den Kopf. Alles, was dieser Mann sagte, war ihr fremd. Schlohweißes Haar … Baldachinspinne …

»Können Sie mir sagen, ob der Weg dahinten nach Wannsee führt?«, fragte er, als hätte er ihre Ungeduld gespürt. Er zeigte in die Richtung, aus der Nele gekommen war.

»Ja, das tut er.«

Nele musterte den Fremden. Was wollte er denn bloß in Wannsee? Aber sie mochte nicht fragen. Sie wandte sich endgültig ab.

»Auf Wiedersehen!«, rief er ihr nach.

Sie ging über das dicke Moospolster zu dem kleinen Abhang, der zurück zum Weg führte. Was ihr Zeit genug ließ, um sich zu überlegen, ob ein Wiedersehen mit ihm wohl etwas war, das sie wollte.

8. Kapitel

Wer »A« sagt, muss auch »pfelsaft« sagen.
VOLKSMUND

»Ich habe im Wald einen Mann getroffen. Er kannte sich gut mit Wespenspinnen und mit Mutterbäumen aus. Und er wollte wissen, in welcher Richtung Wannsee liegt«, erzählte Nele, während sie sich ein Brötchen dick mit Karoppkes Leberwurst bestrich.

Sie saßen am Frühstückstisch in der Küche, den Marion hübsch gedeckt hatte – sogar ein kleiner Strauß früher Herbstblumen stand darauf. Den hatte sie auf Danis vernachlässigtem Beet gepflückt.

Die frischen Brötchen hatte Eva für die Freundinnen vom Dorfbäcker geholt. Die Sonne schien in die Küche und malte goldene Kringel auf die alten Wandkacheln. Es war genauso behaglich wie vor vier Jahren, vielleicht sogar noch behaglicher, weil sie alle zu wissen glaubten, was auf sie zukam. Apfelernte? Kein Problem. Damit wurden sie fertig.

Dorothee stöhnte auf. »O nein! Ein Mann im Wald … Mach das bloß nicht, Nele.«

Nele sah sie erstaunt an. »Was soll ich nicht machen?«, fragte sie und biss in ihr Brötchen.

Es schmeckte absolut köstlich. Vielleicht lag es an dem

Spaziergang in aller Frühe, an der frischen Morgenluft, an der Bewegung. Aber ganz sicher hatte es auch etwas damit zu tun, was sie aß. Außen war das Brötchen knusprig, innen weich, von perfekter Konsistenz und nicht so aufgebläht wie die Schrippen, die man in Berlin zu kaufen bekam. Der groben Leberwurst, die mit Zwiebeln und Majoran gewürzt war, konnte sie sowieso kaum widerstehen.

Dorothee jammerte. »Etwas mit einem Mann anfangen, den du im Wald kennengelernt hast. Wenn du mit ihm durch bist, kannst du nie wieder in den Wald gehen. Der Berliner Grunewald ist für dich dann für immer passé, den Tiergarten kannst du vergessen.«

»Na, hör mal. Ich fang doch nichts mit ihm an. Ich hab keine Ahnung, wer das ist. Ich hab nur gesagt, dass er sich gut mit Spinnen und mit Mutterbäumen auskennt.«

»Ach so. Ich dachte, du wärst schon weiter.« Dorothee trank beruhigt einen Schluck Kaffee.

»Wie sieht er denn aus?«, wollte Julika wissen.

Nele überlegte kauend. »Ein bisschen wild. Abenteuerlich. Groß. Sportlich. Eher hager. Ein Gesicht wie ein Indianer. Nase und so. Dunkle Augen. Langes Haar. Zopf. Rucksack. Mit Geigenkasten.«

Nicht mein Typ, hätte sie beinahe hinzugefügt, denn bis jetzt hatte sie die Rechtsanwälte und Unternehmensberater dieser Welt bevorzugt, da waren teure Haarschnitte, blau-weiß gestreifte Edelhemden und Designeranzüge angesagt gewesen. Und bestimmt kein Zelten im Wald, sondern Einladungen in schicke Wellnesshotels. Aber sie verkniff es sich. Das hätte dem Gespräch eine ganz falsche Wendung gegeben. Das hätte so geklungen, als ob sie den Fremden bereits in die engere Wahl gezogen hätte.

»Wie alt?«, forschte Julika weiter.

»Mann, Julika, gib doch mal Ruhe! Mitte vierzig vielleicht.«

»Ich frag ja nur«, beschwichtigte Julika, aber sie wirkte grüblerisch.

»Ich glaub, ich hab ein Foto von ihm gemacht«, sagte Nele. »Ich hab mich so erschreckt, als er plötzlich dastand. Da hab ich abgedrückt. Es war ein Reflex. Wartet mal …«

»Mach schon!«, erklang es vierstimmig. »Zeig's uns.«

Nele holte ihre Kamera und checkte die Aufnahmen. »Mist«, sagte sie und ließ die Kamera wieder sinken. »Man erkennt ihn nicht. Er stand genau im Gegenlicht.«

Die Freundinnen sahen enttäuscht aus.

»Also, was machen wir heute?« Marion schaute fragend in die Runde.

Eva zog einen Zettel aus der Tasche. »Ich hab mir was überlegt …«, begann sie.

Eva überlegte sich immer etwas. Eva war ihre Fachfrau in allen Landfragen.

»Entweder wir machen alles zusammen, oder wir bilden kleine Teams.«

»Teams«, sagten Nele und Dorothee.

»Alle zusammen«, sagten Marion und Julika.

Eva seufzte. »Lasst uns die vergammelten Äpfel zusammen auflesen. Das ist die unangenehmste Arbeit. Fair, wenn wir das zusammen machen.«

»Und dann?«, fragte Dorothee.

»Dann machen wir separat weiter. Du willst bestimmt kochen, Dorothee?« Dorothee nickte enthusiastisch. »Gut.

Überleg dir, was du für welche Rezepte brauchst, und schreib auf, was wir einkaufen müssen. Ich freu mich über jedes tolle Rezept für mein zweites Apfelbuch.« Eva hatte noch weiter gedacht. »Du, Nele, könntest anfangen, Saft zu pressen. Die Presse steht im Schuppen.«

»Dabei helfe ich dir, Nele«, bot sich Marion an.

»Welche Äpfel sollen wir zum Pressen nehmen?«, fragte Nele.

Eva lachte. »Alle, die reif sind und keine Maden haben. Auf Schönheit kommt es nicht an. Ich zeige euch, wie es geht. Aber erst einmal die Gammeläpfel.«

Das Frühstück war einfach zu gemütlich, um es abzubrechen. Es war schon nach zehn, als sie zu fünft durch den Garten zum Schuppen des Apfelhauses gingen. Sie öffneten die Tür, und eine schlanke rote Katze mit hoch aufgestelltem Schwanz schoss an ihnen vorbei in das Schummerlicht.

»Suchst du nach Mäusen, Sol Gabetta?«, fragte Eva, als das Tier unter einem Kupferkessel verschwand. »Hier wirst du bestimmt fündig.« Im nächsten Moment wünschte sie, nichts gesagt zu haben, denn Nele krallte sich plötzlich an ihrem Arm fest. »Bleib jetzt ganz ruhig, Nele«, sagte sie rasch. »Ich werfe mich zwischen dich und jede Maus. Versprochen.« Eva tätschelte der Freundin die Hand und ging zu einer Schubkarre, die gegen die Schuppenwand gelehnt stand. Ihre eigene Schubkarre hatte sie auf der Terrasse abgestellt. »Damit sammeln wir die gammligen Äpfel ein. Wer schiebt?«

Dorothee griff nach der Karre. Sie trug eine langärmlige Bluse im India-Design, unter der man deutlich sah, wie sich der Muskeltonus ihrer Arme verändert hatte.

Vielleicht sollte ich auch indisch tanzen, überlegte Julika. Scheint gut gegen den Flabber an den Oberarmen zu sein. Sie wedelte unauffällig mit den Armen, wie ein rothaariger Engel, der probehalber die Flügel ausprobierte.

Nele betastete die Muskulatur ihrer Oberarme.

Marion dachte verträumt an Shah Rukh Khan.

Und sogar Eva wurde einen Moment nachdenklich, während sie an das Regal trat, in dem die Gartenhandschuhe lagen. Sie warf den Freundinnen je ein Paar zu.

»So, Mädels, habt ihr alle welche?«

»Ich noch nicht.« Dorothee hob die Hände.

»Mehr haben wir leider nicht.« Eva zuckte bedauernd mit den Achseln. »Wenn du nur die Karre schiebst, geht das doch, oder? Obwohl …«

»Gehören zu deinem Tanzoutfit vielleicht auch ein paar Handschuhe?«, fragte Julika unschuldig und erntete dafür einen empörten Blick von Dorothee.

»Du spinnst wohl! Ich hol mir was anderes«, grummelte sie und eilte ins Haus. Als sie zurückkam, steckten ihre Hände in Klarsichthüllen, was ihr irgendwie das Aussehen eines Aliens gab.

»Los geht's«, sagte sie munter, fuhr die Schubkarre aus dem Schuppen und gefolgt von den Freundinnen hinter Eva her zur ersten Baumreihe. Unter jedem Baum blieben sie stehen und sammelten Äpfel in verschiedenen Verrottungszuständen auf. Sie scheuchten Wespen auf – manche flogen sie böse brummend an, und sie mussten sie mit ihren Handschuhen wedelnd abwehren. Vögel, Mäuse, Käfer und Schnecken hatten sich über die weiche Apfelmasse hergemacht und ihre Spuren hinterlassen.

»Wo kommt diese Mantsche jetzt hin?«, fragte Dorothee,

als beide Karren randvoll waren. »Auf den normalen Kompost?« Der war unweit des Schuppens auf der Seite, die an Evas und Lohs Biohof grenzte.

Eva sah sie listig an. »O nein, wir legen einen neuen Kompost an, schön nah an den Zaun zu Seidels Grundstück.«

Dorothee lachte wissend. »Ich verstehe. Am besten da, wo er seine Bonzenschleuder parkt. Hoffentlich ziehen die Wespen gleich mit um.«

»Genau.«

Sie schoben die Karre nah an den Zaun und kippten sie aus. Insekten surrten, um sich dann auf dem Fruchtmatsch niederzulassen.

»So, weiter«, rief Eva den Freundinnen ermutigend zu. »Wir haben rund sechzig Bäume, den Boden unter drei Bäumen schaffen wir zu fünft in einer halben Stunde, das sind zwei sehr volle Schubkarren Apfelabfall. Wann sind wir denn da fertig?«, fragte sie.

»Vermutlich nie«, murmelte Julika.

»Ist das etwa Dreisatz?« Nele war misstrauisch.

»Vierzig Schubkarren Matsch in zehn Stunden«, antwortete Marion, die auch Mathe unterrichtete.

Alle stöhnten.

»Aber es liegt nicht unter allen Bäumen so viel vergammeltes Obst«, wollte Eva sie trösten.

»Nee, nur an den meisten hängt noch viel, das wir pflücken müssen«, meinte Dorothee. »Ich könnte auch fragen: Wie viele Gerichte muss man kochen, wenn an sechzig Bäumen je ein Zentner Äpfel hängt und pro Gericht fünf Kilo benötigt werden?

Wieder stöhnten alle bis auf Marion, die wie aus der

Pistole geschossen antwortete: »Sechshundert Gerichte«, und Dorothee fügte noch erbarmungslos hinzu: »Aber kein Rezept braucht fünf Kilo Äpfel. Das habe ich nur gesagt, damit es leichter zu rechnen ist.«

»Ich hasse so eine Apfelschwemme.« Ungehalten feuerte Julika einen verrotteten Apfel in die Schubkarre, der prompt auseinanderplatzte, sodass Dorothees Jacke, die Julika selbst an diesem warmen Morgen trug, mit braunem Apfelmatsch bespritzt wurde.

Drei Stunden später hatten sie die Nase voll.

»Ich kann nicht mehr«, sagte Nele und ließ sich seufzend ins Gras fallen, um gleich darauf wieder aufzuspringen. Sie hatte sich auf einen gammligen Apfel gesetzt und versuchte nun, das Mus von der Rückseite ihrer Jeans zu wischen. »Kommt es mir nur so vor, oder ist es diesmal viel anstrengender als vor vier Jahren?«

»Wir sind älter geworden«, erwiderte Julika lakonisch.

»Was gut ist«, sagte Dorothee weise. »Man muss alt werden, damit man möglichst viel von dem vergessen kann, was früher nicht so gut war.«

Die anderen wussten, dass Dorothee damit ihre Ehe mit Horst meinte, die nicht gerade glücklich gewesen war, aber glücklicherweise ein ganzes Stück in der Vergangenheit lag.

»Ist das von Shiva oder Buddha oder so?«, fragte Nele misstrauisch.

»Nee. Von mir«, entgegnete Dorothee.

»Damals haben wir versucht, jeden einzelnen reifen Apfel zu verarbeiten. Wir waren heiß drauf, sonst hätten wir das Grundstück und das Haus nicht bekommen. Jetzt haben wir nichts mehr zu verlieren. Wir kümmern uns nur aus Freundschaft um einen relativ vernachlässigten Apfelgarten«, sagte Eva. »Ich finde, wir haben schon eine ganze Menge geschafft.«

Sie sah kritisch die erste Reihe entlang. Mehrere Körbe mit guten Äpfeln hatten sie auf die Terrasse geschleppt, sie würden sie später an die Straße stellen. Die verfaulten lagen auf einem Riesenhaufen an Seidels Zaun, wo sie still vor sich hin goren und einen Schwarm Insekten glücklich machten. Sie summten über den Berg hinweg, als hätten sie ihr persönliches Paradies gefunden.

»Ich habe Hunger«, maulte Nele weiter.

»Wir haben noch nicht eingekauft, ihr müsst noch ein bisschen warten, bis ich euch illustre Apfelgerichte auftische«, sagte Dorothee seufzend.

»Iss einen Apfel«, schlug Julika vor, und Nele streckte ihr die Zunge raus. »Ich hol mir ein trockenes Brötchen vom Frühstück.« Sie ging in Richtung Haus.

»Warte, ich komme mit. Jetzt mach ich mich endlich an die Rezepte. Ich hab schon eine ganze Menge Ideen.« Dorothee rieb sich voller Vorfreude auf ihre Kochorgie die Hände.

Die anderen folgten ihnen.

»Das hier will ich unbedingt zuerst ausprobieren«, sagte Dorothee und hielt Eva, Julika, Nele und Marion einen Zettel hin. Zu fünft saßen sie in der Küche und tranken Kaffee. »Apfelchutney«, las sie, »Indische Apfelcurrysuppe, Mulligatawny-Suppe.«

»Du setzt auf Indisch?«, fragte Eva. »Warum überrascht mich das nicht?«

Dorothee drehte den Zettel um. »Nicht nur. Hier geht es weiter.«

»Apfelkürbissuppe«, las Eva vor, »Kürbisapfelhähnchen, Kürbisapfelsenfaufstrich, Kartoffelapfelgratin …«

»Alles ist mit Äpfeln«, erklärte Dorothee. »Das war die Voraussetzung.« Dass manchmal nur ein Apfel auf sechs Portionen kam, behielt sie für sich.

»Kürbis haben wir drüben, Zwiebeln, Möhren und Kartoffeln auch und Lauch ebenfalls. Und ein Hühnchen kann ich aus dem Tiefkühlschrank nehmen«, zählte Eva an den Fingern auf.

»Das hatte ich gehofft«, antwortete Dorothee. »Den Rest hat jeder Supermarkt. Aber die Gewürze sind ein Problem, und die brauche ich unbedingt. Weißt du, wo wir Kardamomkapseln und Vindaloo-Paste bekommen? Und Chiliflocken, Madrascurry und Kokosmilch?«

Auf einmal sah Eva aus, als wäre sie bei etwas Peinlichem überrascht worden. »Wenn ich euch sage, wo ihr hinmüsst, könntet ihr dann allein fahren?«

»Warum?«, wollte Julika wissen.

»Weil ich seit heute Morgen davon träume, ein bisschen in meinem Garten zu arbeiten.«

»Na, du hast vielleicht Nerven«, sagte Dorothee, aber sie klang verständnisvoll. »Wo müssen wir denn hin?«

»Im Nachbarort hat ein Asiamarkt aufgemacht. Und einen Discounter findet ihr dort auch«, erklärte Eva.

»Gut, dann lass uns fahren, Julika. Wie machen wir das mit dem Geld?«

Schon wieder sah Eva peinlich überrascht aus. »Ich sollte das wohl vorstrecken und mir von Dani wiedergeben lassen«, meinte sie.

»Quatsch. Wir legen erst mal aus, und später schauen wir«, erklärte Julika rigoros, die Evas Gesichtsausdruck richtig deutete. Geld war auf dem Lohmüller-Hof knapp. »Wenn du Kürbis, Kartoffeln & Co spendierst, bist du aus der Nummer raus.«

»Ich dachte, wir grillen heute Abend bei uns drüben«, erklang in diesem Moment eine Männerstimme.

»Loh«, rief Julika überrascht. »Das ist eine schöne Idee!«

Der Biobauer lächelte in die Runde, schließlich blieb sein Blick an Eva hängen. »Ich habe Galloway-Filet aus dem Gefrierschrank genommen. Wir können das Kartoffellaub verbrennen. Dann ist es endlich weg – und wir haben es warm. Wenn auch ein bisschen rauchig. Der Wind kommt aus Westen.«

Er wandte sich zum Gehen, doch da war Eva schon bei ihm. Sie ergriff seine Hand. »Sie haben mir zwei Stunden frei gegeben. Ich darf gärtnern. Ich zeig nur schnell Nele und Marion, wie die Saftpresse funktioniert.«

Die beiden gingen hinter Eva auf die Terrasse und blinzelten genießerisch in die Oktobersonne. »Das ist das Beste an meiner Freiberuflichkeit, dass ich arbeiten kann, wo ich will«, schwärmte Nele.

»Du arbeitest doch gar nicht«, erwiderte die immer vernünftige Marion, die sich ungern von überschwänglichen Gefühlen einwickeln ließ. Dazu schätzte sie als Beamtin das Voraussehbare zu sehr, trotz aller Ausflüge in die Esoterik, trotz Mondwasser und Tai-Chi.

»So wie du zurzeit«, rechtfertigte sich Nele.

»Ich habe Ferien«, ging das Geplänkel hinter Eva weiter, bis sie den Schuppen erreicht hatten.

In dem Jahr, in dem sie Haus und Grundstück geerbt hatten, war hinter dem Holunder auf der Rückseite des

Holzgebäudes ein Hornissennest gewesen, und obwohl diese Riesenwespen nicht aggressiv waren, hatte Eva sich in der Nähe des Schuppens lieber vorsichtig bewegt.

Dieses Jahr hatten sie ihr Nest, das in seiner kühnen papierartigen Struktur an das Sony-Center in Berlin erinnerte, an einem Dachbalken in Lohs Scheune gebaut. Wann immer sie in der Scheune auf den Heuboden klettern musste, hatte Eva das Hornissennest fest im Blick, beobachtete, wie die Insekten umherflogen, stets bereit, Reißaus zu nehmen, falls sie ihr zu nahe kamen. Aber sie waren immer friedlich, viel friedlicher als die kleineren Wespen, als ob sie sich wegen ihrer erschreckenden Größe jede Aggressivität sparen konnten. Ihre Brut fütterten sie mit Insekten, sie selbst lebten vegan von Obst, und das gab es im Apfelgarten reichlich. Kuchen und Grillgut interessierten sie kein bisschen.

Eva öffnete die Schuppentür. »Schau, da sind die Obstpresse und der Schredder«, sagte sie. »Dani hat sie letztes Jahr bei Ebay ersteigert. Waren erstaunlich preiswert.« Neben dem Eingang stand ein rundes Gefäß aus schmalen Holzbrettern, quer darüber ein Holzarm auf einer Spindel zum Drehen, daneben ein sperriges Gestell auf einem Rollbrett. Seine kleinen, piksigen Walzen gaben ihm ein martialisches Aussehen.

Mit Marions Hilfe wuchtete Eva auch die Obstpresse auf das Rollbrett und zog beides zur Schuppentür. »Nele, könntest du aus der Küche zwei scharfe Messer, zwei Eimer, eine Metallschüssel und ein Sieb besorgen?«

Gemeinsam zerrten Eva und Marion die Gerätschaften zur Terrasse. Als sie sie erreicht hatten, kam Nele auch schon zurück und legte die Küchenutensilien auf den Tisch.

»Und nun, Eva?«

»Moment.« Eva ließ am Außenhahn Wasser in einen Eimer und spülte damit den Schredder und die Presse mehrmals aus, bis sie zufrieden war. »Nun machen wir Saft. Erst mal packen wir nach und nach die Äpfel in den Schredder und stellen einen Eimer darunter. Und dann muss man drehen.«

Marion schnitt die Äpfel grob, Nele begann an einer Kurbel zu drehen, in den Eimer fielen kleine Apfelschnitze. Sie drehte. Und drehte. Und drehte.

»Hör auf nachzufüllen. Der Eimer ist voll«, keuchte sie, als Marion ohne Unterlass weiter Äpfel in den Schredder warf. Marion hielt inne, und Nele ließ die Arme sinken. »Das ist furchtbar anstrengend«, sagte sie. »Komm, wir tauschen.«

Eva nahm den Eimer und kippte die Apfelschnitze in die Presse, dann stellte sie die Schüssel unter eine Öffnung. »Die kleinen Apfelteilchen werden jetzt gepresst. Dazu müsst ihr diesen Hebel hier drehen.«

Marion tat es, und ganz allmählich formte sich an der Öffnung ein erster trüber Tropfen. Er fiel in die Schüssel. Dann ein zweiter und ein dritter. Marion drehte den Hebel weiter.

Nele pustete sich verstohlen in die Handinnenflächen. Sie konnte schon fühlen, wie sich vom Kurbeln Blasen bildeten. Als Grafikerin hatte sie zarte Hände. Jawohl! Und so sollte es auch bleiben, deshalb stand immer eine große Tube Handcreme neben ihrer Tastatur. Kein Wunder, dass Dani diese schrecklichen Teile preiswert bei Ebay ersteigert hatte. Wer wollte denn schon so was haben?

Eva stand mit verschränkten Armen da und beobachtete

den Fortschritt. »So funktioniert das. Wenn das Gefäß voll ist, holt euch am besten leere Wasserflaschen aus der Speisekammer, spült sie heiß aus und füllt den Saft ab. Dani sammelt das ganze Jahr über alle möglichen Gefäße.«

Marion sah nachdenklich auf die Ausbeute. Jetzt hatte sie bestimmt zwanzig Mal gedreht, aber nicht mehr als acht Tropfen herausgepresst. »Es ist sehr viel leichter, Apfelsaft beim Discounter zu kaufen«, murmelte sie halblaut.

Eva lachte. »Das gilt ja fast für alles Selbstgemachte. Wir werden auf jeden Fall wieder Apfelsaft im großen Stil pressen lassen. Vielleicht schafft ihr jetzt trotzdem ein paar Liter.« Sie ging ins Haus, hinter ihr schredderten, drehten und pressten Nele und Marion keuchend weiter.

»Sie benimmt sich schon wie der Boss«, sagte Nele schnaufend.

»Dreh weiter«, blaffte Marion zurück. »Eine Flasche werden wir ja wohl voll bekommen! Ich will mich vor dem Boss nicht blamieren.«

9. Kapitel

Ich würde gern einen Apfel grillen,
aber mir fehlt das Spanferkel als Halterung.
VOLKSMUND

»Die besten Partys sind immer die, zu denen man eingeladen wird und nicht hingehen muss, weil man eine gute
Ausrede hat«, erklärte Eva dem Kater, der im Staudenbeet
durch den Rittersporn strich. Sie griff nach der Gartenschere und machte sich daran, die welken Stängel abzu-
schneiden. »Dann spürt man, dass man von den anderen
geschätzt wird und dass sie einen dabeihaben wollen, und
man hat trotzdem seine Ruhe. So fühle ich mich gerade,
Caruso.«

Der Rittersporn hatte im Juni wunderbar geblüht, wie
ein tiefblauer See hatte er gewogt, wenn der Wind hin-
durchgestrichen war. Im September hatte er zum zweiten Mal Blüten hervorgebracht, wenn auch längst nicht so
prächtige. Nun schnitt Eva ihn endgültig herunter.

Auch sonst gab es genug zu tun: Die Rosen wollte sie
mit Erde anhäufeln, den Phlox teilen … Das Beet war
ihr kleiner, ganz privater Luxus, denn eigentlich hatte sie
genug andere Arbeit auf dem Hof, die natürlich an erster Stelle stand. Sie war schließlich ihre Lebensgrundlage.
Aber die Liebe zu Blumen war Evas Initialzündung für ihre

persönliche Landlust gewesen, und es kam nicht infrage, das aufzugeben.

Sie richtete sich auf und versuchte vergeblich, eine Locke, die ihr ständig ins Gesicht fiel, hinters Ohr zu verbannen. Beim Klang ihrer Stimme hatte Caruso sich ins Beet gesetzt und schaute sie nun abwartend an. Nur sein schwarzer Kopf mit den gespitzten Ohren war in dem Meer von Kapuzinerkresse zu sehen. Nach dem ersten Frost würde die Kapuzinerkresse, die nach den letzten, unerwartet heftigen Regenfällen ins Uferlose gewuchert war, über Nacht zu einem glasigen, welken Häufchen zusammenfallen. Dann mussten auch die Dahlien rausgenommen werden. Die Knollen vermehrten sich stark, im letzten Herbst hatten Loh und sie drei Kartons voller Dahlienknollen in den Keller geschafft. Im Grunde viel zu viele, aber sie blühten so schön – in Weiß und Lila und Orange und diesem tiefen Dunkelrot, und sie waren ein stilles Erbe von Anna Staudenroos, der ehemaligen Besitzerin des Apfelhauses. Dani hatte sie ihr bereitwillig über den Zaun gereicht. Sie gehörten dazu, auch wenn sie Mühe machten.

Genau wie der Apfelgarten.

Wenn Eva daran dachte, wie tollpatschig ihre ersten Dahlienpflanzversuche gewesen waren … Sie lächelte.

»Du fragst dich sicher, wie ich das meine, das mit der Party, auf die man nicht geht«, begann sie Caruso zu erklären, während sie weiter mit der Gartenschere hantierte. »Ich liebe meine Freundinnen sehr, das kannst du mir glauben. Und es ist wunderbar, sie alle vier um mich zu haben. Ich habe sie länger nicht gesehen und so vermisst! Dieses gemeinsame Lachen und selbst das gelegentliche Angezicke.« Beherzt schnitt sie den Schmucksalbei kurz über dem Boden ab. Vor ihrer Reise nach Venedig hatten noch ein, zwei Stiele lilafarbene Blüten getragen, das war jetzt vorbei. »Aber seit ich nicht mehr in der Werbeagentur arbeite, bin ich an das Alleinsein gewöhnt«, fuhr sie fort. »Dabei fühle ich mich nie allein, wenn ich draußen bin. Alles leistet mir Gesellschaft, alles! Der Wind, die Wolken, die Blumen, die Hühner, die Vögel, ihr drei Katzen … Es ist halt stiller. Nicht so viel Geplapper, nicht so viel Geplänkel. Und das gefällt mir. Nein, ich brauche das. Es erdet mich. Mehrere Tage mit den vier Mädels sind anstrengend, weil man da nie seine Ruhe hat. Verstehst du, was ich meine, Caruso?«

Eva sah auf. Caruso war verschwunden.

»Zum Glück hab ich eine Menge Gesellschaft hier … Wenn ich nur auf euch Katzen angewiesen wäre, würde ich mich doch sehr einsam fühlen. Ihr seid unberechenbar. Individualisten ohne jeden Sinn für soziale Gruppendynamik. Hauptsache, euch geht es gut«, sagte sie und hoffte, dass Caruso sie noch hörte. »Auf meine Freundinnen ist mehr Verlass als auf euch! Ohne sie wäre ich mit dem Apfelgarten aufgeschmissen. Die tun auch mal etwas für andere, ohne nach dem eigenen Nutzen zu fragen!«

»Eva, bist du mit deinen sechsundvierzig nicht ein bisschen zu jung für Selbstgespräche?«

»Ach Loh«, sagte sie. Sie musste sich nicht umdrehen, um zu wissen, wo er stand und wie er sie gerade ansah. »Selbstgespräche helfen mir manchmal, den Kopf freizubekommen. Mit den Freundinnen jede Minute zusammen zu sein zehrt an den Kräften, weißt du?«

»Das weiß ich, seit ich die vier kenne«, antwortete er. »Jede hat ihren eigenen Kopf. Dass das mit euch so gut klappt, grenzt an ein Wunder. Obwohl … Ich finde, Nele ist nicht mehr ganz so flusig.«

Eva wusste, was Loh meinte: nicht mehr ganz so oberflächlich und nur auf Spaß aus, nicht mehr so *blond.* Interessant, dass ihm auch auffiel, dass Nele sich verändert hatte.

»Ich glaube, wir haben uns alle verändert. Könnte an den Wechseljahren liegen. Oder am Leben.«

»Du hast dich nicht sehr verändert.«

»Na klar doch. Ich bin eine Landfrau geworden.«

»Warst du im Herzen immer. Du wusstest es bloß nicht. Soll ich das für dich hier wegbringen?«

Neben Eva stand der grüne Gartensack, randvoll mit abgeschnittenen Zweigen und Stängeln. Sie rappelte sich auf.

»Ja danke, pack's auf das Kartoffelkraut. Das brennt sicher gut, ist schön trocken.«

Sie ging ins Haus. Auch wenn die anderen dachten, sie würde nur ihr Beet in Ordnung bringen, wollte sie natürlich etwas für den Grillabend vorbereiten. Während die Bohnen für den Bohnensalat köchelten und sie die roten Zwiebeln dazu schnitt, beschloss sie, auch Kräuterbutter zu machen. Also musste sie nachher ins Kräuterbeet. Schnittlauch, Petersilie, Dill, Estragon, Thymian – am besten den aromatischen Zitronenthymian – und Salbei brauche ich, zählte sie in Gedanken auf. Zur Deko nehme ich ein paar letzte himmelblaue Borretschblüten, das fröhliche Orange der Kapuzinerkresseblüten wird auch hübsch aussehen. Und vielleicht backe ich noch einen Apfelkuchen. Genug Äpfel haben wir ja.

Als sie am späten Nachmittag schwer bepackt mit dem, was sie Dorothee versprochen hatte, das Apfelhaus betrat, hörte sie die Freundinnen in der Küche laut lachen. Ein exotischer Duft wehte durchs Haus.

Dorothee stand am Herd und rührte in einem großen Topf. Julika goss gerade dampfendes Wasser aus dem Wasserkocher in leere Schraubgläser, Nele und Marion saßen am Tisch, jede einen kleinen Berg Apfelschalen und Griepsche vor sich.

Vier Gläser und zwei Proseccoflaschen standen auf dem Tisch, was die Lautstärke des Gelächters erklärte, dazu spielte indische Musik. Eva stellte den Korb mit Möhren, Kürbis und Kartoffeln in die Speisekammer und verstaute das Hühnchen im Kühlschrank.

»*Welcome to India* in Wannsee«, schmetterte Dorothee ihr zu. »Das Apfelchutney ist gleich fertig.«

Mit dem Kochlöffel in der Hand machte sie ein paar indisch anmutende Tanzschritte, und die anderen lachten. Julika und Nele fingen an, rhythmisch zu klatschen, Marion ließ die Äpfel Äpfel sein, stand auf und bewegte sich auf Dorothee zu, wobei sie ruckartig die linke Schulter nach oben zog, die Hüfte schwang, die Füße wirbeln ließ und ein Küchenhandtuch als Schleier missbrauchte. Dorothee bewegte sich genauso, und schließlich tanzten sie synchron durch die Küche. Gut sah das aus!

Offenbar hatte Dorothee als Tanzlehrerin in der vergangenen Nacht ganze Arbeit geleistet.

Ich glaube, ich muss dringend etwas trinken, um mich hier wohlzufühlen, dachte Eva und holte sich ein Glas.

Die Tänzerinnen hielten schnaufend inne. Marion kehrte zu den Äpfeln zurück, Dorothee zum Herd, und sie fuhren mit ihrer Arbeit fort, als hätten sie nicht gerade einen ideellen Ausflug nach Mumbai unternommen.

»Und jetzt muss das Chutney in die Gläser«, sagte Dorothee und griff nach einer kleinen Kelle.

Eva reihte die Schraubgläser auf einem Küchenhandtuch auf, Dorothee befüllte sie vorsichtig, Marion schraubte sie zu, Julika stellte sie auf den Kopf. Nele machte Fotos von der Kochaktion.

»Fertig!«, sagte Dorothee am Ende triumphierend. »Weg damit, zum Auskühlen.«

»Eins brauchen wir zum Grillen. Schmeckt bestimmt super zu dem Fleisch«, antwortete Eva. »Kommt. Loh hat den Grill schon angeworfen.«

»Typisch. Immer wollen die Männer an den Grill«, sagte Marion. »Es ist dieses komische Steinzeitdenken. Wer bekommt den Mammut gar oder so …« Sie klang ein bisschen spöttisch.

»Loh will das nicht unbedingt. Aber so kann ich mit euch zusammenhocken«, verteidigte Eva ihren Mann. »Wenn du das doof findest, kannst du auch grillen. Da hat Loh nichts dagegen.«

»Ich doch nicht!« Marion klang regelrecht erschrocken.

Eva verzichtete auf eine Antwort.

»Moment!« Julika ging in die Speisekammer und kam mit drei Flaschen Rotwein zurück. »Ich hab da mal was vorbereitet …«

Zehn Minuten später saßen sie auf der Terrasse des Lohmüller-Hofs. Sie war kleiner als die des Apfelhauses, dafür waren Evas Beete größer und in ihrer bunten Herbstpracht umwerfend, so als gäben sie sich auf den letzten Jahresmetern besonders Mühe. Neben der Kapuzinerkresse und den Dahlien blühten Ringelblumen, Tagetes, Zinnien und eine späte tiefrote Rose, zwischen alldem wucherten hohe und niedrige Herbstastern in Rosa, Lila und Weiß. Die Sonne, die schon tief stand, brachte die Farben zum Leuchten.

Nele seufzte andächtig. »Dieses Blumendurcheinander muss ich aufnehmen. Es sieht fantastisch aus, Eva. Was für eine blühende Wildnis! Ich hole mal schnell meine Kamera.«

»Du kannst doch auch morgen fotografieren«, wandte Julika ein, der Neles Neigung, alles abzulichten, allmählich auf die Nerven ging. »Das Beet haut dir ja nicht ab.«

»Das Beet nicht«, unterstützte Eva Neles Wunsch. »Aber nach dem ersten Frost ist die Pracht vorbei.«

»Frost? Wer redet denn von Frost?«, fragte Julika und zog sich den Schal, den sie sich von der Garderobe geschnappt hatte, unmutig um Kopf und Hals. Dorothees Winterjacke war ohnehin bis oben zugeknöpft. Sie übertrieb wie immer ein bisschen mit ihrer Angst vor Kälte.

»Auf dem Land können wir schon mal im Oktober Frost haben. Heute Nacht sollen die Temperaturen auf zwei Grad runtergehen, und die Beete liegen ungeschützt vor der Wiese. Kann sein, dass es Bodenfrost gibt. Wenn der Himmel wolkenlos ist, kann es nämlich noch kälter werden als vorhergesagt. Auch wenn es tagsüber so schön wie heute ist. Das ist die Kehrseite der Hochwetterlage«, erklärte Loh.

Er stand neben dem Grill und beobachtete das Holz. Offenbar fand er, dass es weit genug heruntergebrannt war, denn er schüttete nun aus einer Tüte Holzkohlen auf die Glut.

»Da hörst du es, Julika«, rief Nele und flitzte zum Apfelhaus, um ihre Kamera zu holen.

Als sie zu den Freundinnen zurückging, kam ihr in den Sinn, dass sie an diesem Tag die ersten und die letzten Sonnenstrahlen festhalten würde. Das Bild gefiel ihr. Anfang und Ende, Tag und Nacht, Sommer und Winter, Frühling und Herbst, alles auf den Komplementärseiten der Zeit – vielleicht könnte sie das für eine Wannsee-Website nutzen. Ein Dorf für jede Jahreszeit …

Sie begann das Beet zu fotografieren, ignorierte wohlweislich ein Spinnennetz zwischen zwei hohen Herbstastern und setzte sich schließlich, zufrieden mit sich selbst, an den langen Holztisch, der auf der Terrasse stand.

»Ich habe vorsichtshalber die Zucchini geerntet. Sie sind in der Scheune. Die letzten Tomaten auch«, sagte Eva zu Loh, obwohl sie ziemlich sicher war, dass er es längst wusste. Was auf seinem Hof passierte, entging ihm nie, selbst wenn er auf der Couch lag, die Katze streichelte oder döste.

»Um das da hast du keine Sorge?«, fragte Dorothee und wies mit ihrem leeren Glas auf das Gemüsebeet, das neben den Staudenbeeten lag.

Vieles war bereits abgeerntet, aber einiges stand noch dort, um bis in den Winter hinein geerntet zu werden: späte Möhren, mehrere Reihen Rote Bete, blaugrüne Stangen Lauch und verschiedene Kohlsorten. In der Nähe des Komposthaufens wuchsen die Kürbisse. Mit ihren großen Blättern und langen Ranken, die sich quer durchs Gemüsebeet zogen, hatten sie wie aus einem Märchengarten ausgesehen, jetzt waren die Blätter verdorrt. Zwischen ihnen blitzte das Rosaorange des Butternut, das Gelb der Riesenkürbisse, das tiefe Orange der Hokkaido-Kürbisse hindurch.

»Die Kürbisse müssen rein, das hab ich allerdings nicht mehr geschafft. Sie sind so schwer, da muss Loh helfen. Aber sie sind dickschalig, ein bisschen Frost ist nicht schlimm«, erklärte Eva. »Noch was zu trinken?«

Vier Gläser wurden ihr entgegengehalten.

»Ich hätte gern ein Bier«, sagte Loh.

»Ich hol dir eins. Ich muss sowieso in die Küche. Kann mir wer helfen?«, fragte Eva. Alle Freundinnen standen auf, alle machten einen Schritt auf sie zu, als wären sie immer für sie da und wollten ihr von Herzen gern Arbeit abnehmen. Eva lachte, plötzlich unverschämt glücklich wegen dieser Geste, die niemand erklären musste. »Nele, komm mit. Das reicht.«

Sie mussten zweimal laufen: Beim ersten Mal kehrten sie mit Lohs Bier, Fleisch, eingelegten Zucchini und dem Bohnensalat zurück, beim zweiten Mal mit Kräuterbutter, einem Blech Kuchen, der herrlich duftete, mit Besteck, Geschirr und Servietten, die passenderweise mit Äpfeln bedruckt waren.

»Wann hast du das alles gemacht?«, wunderte sich Julika, als sie sah, was Eva und Nele auf den Tisch stellten.

»Och, so nebenbei«, antwortete Eva und versteckte dabei ihre Hände hinter dem Rücken. Für die Nagelpflege hatte es nach dem Gärtnern nicht mehr gereicht.

Dorothee schnupperte an dem Kuchen. »Hm, der riecht unwiderstehlich.«

»Schwedischer Apfelkuchen. Leicht und trotzdem saftig. Ich geb dir gern das Rezept.«

»Oh, bitte!«

Sie grillten und aßen und tranken und redeten und lachten, lobten das Apfelchutney und den Kuchen, das Galloway-Filet und die Zucchini.

Der fast volle Mond, der schon seit einiger Zeit blass am Himmel über Wannsee schien, wurde mit jeder Minute, die es dämmriger wurde, leuchtender. Obwohl es ein trockener Tag gewesen war, legte sich Feuchtigkeit auf den Tisch, den Grill, die Gläser – und auf sie selbst.

»Wollen wir?«, fragte Loh schließlich und erhob sich.

»Was denn? Wohin denn?« fragte Nele.

»Das Kartoffelkraut anzünden.«

»O ja, gern!« Die Freundinnen standen auf und folgten Loh, der Holzspäne und Brennspiritus dabeihatte. Nur Eva zögerte. Einen Moment dachte sie daran, alles reinzubringen, in den Geschirrspüler zu räumen, Reste im Kühlschrank zu verstauen – aber dann ärgerte sie sich über sich selbst. Wie konnte sie überhaupt nur in Erwägung ziehen, die wertvolle Zeit mit den Freundinnen wegen etwas so Banalem zu versäumen. Schlimmstenfalls würde Lady D'Arbanville im Sturzflug das letzte Stückchen Filet klauen. Was sie persönlich der Eule sehr gönnte.

Also ließ sie alles stehen und folgte den anderen.

Hinter den Staudenbeeten wartete Nele auf sie. »Man soll die Feste feiern, wie sie fallen«, dozierte sie, als hätte sie Evas Gedanken gelesen, dann hakte sie sich bei ihr unter.

Gemeinsam gingen sie zu dem kleinen Acker, auf dem Loh in diesem Jahr die Kartoffeln angebaut hatte. Er änderte den Standort von Jahr zu Jahr, um die Kartoffelkrankheiten in Schach zu halten und die Bodenfruchtbarkeit zu erhalten.

Der Boden war noch locker vom Herauspflügen der Kartoffeln, bei jedem Schritt sanken sie in den weichen Sand ein.

Ab und zu sah Eva eine kleine Kartoffel auf der Erdoberfläche, die nicht eingesammelt worden war. Sie wusste, warum Loh sie liegen ließ. Die Mühe des Auflesens der winzigen Erdäpfel stand in keinem Zusammenhang mit dem Nutzen, so einfach war das. Zeit war Geld, selbst bei Kartoffeln.

Was nicht hieß, dass die wackeren kleinen Kartoffeln Eva persönlich nicht ein bisschen leidtaten. Es schien so unfair, dass sie den ganzen Sommer lang umsonst gewachsen waren, um nun grün und ungenießbar zu werden oder zu erfrieren oder, was am wahrscheinlichsten war, beides.

Sie erreichten den großen Haufen Kartoffelkraut. Marion, Dorothee, Julika und Loh standen auf der anderen Seite.

»Kommt rüber!«, rief Loh ihnen zu. »Ihr steht sonst im Rauch!«

Es knisterte, als er den Haufen anzündete. Der Abendwind strich leise in das trockene Kraut, die Flammen nutzten den Sauerstoff und wurden höher und heißer. Selbst Julika, die fröstelnd ganz nah ans Feuer getreten war, trat hastig einen Schritt zurück.

»Als ob hier eine Hexe verbrannt würde.« Dorothees Stimme klang dunkel.

»Fünf Hexen. Das haben wir ja schon mal gehört«, sagte Marion, und alle lachten. Unvergesslich, wie Danis Vater sie vor vier Jahren beschimpft hatte.

Loh legte einen Arm um Evas Schultern, als wollte er sie gegen Inquisitionen jeder Art beschützen.

Brennspiritus und Sägespäne waren auf den Grund des Laubhaufens gerieselt, und in den oberen, vom Tau feuchten Krautschichten entwickelte sich nun dichter Rauch. Eine im Wind schwankende helle Säule stieg in den dunkelblauen Himmel, ließ den Mond diesig erscheinen, vernebelte die Sterne. Es sah unwirklich und märchenhaft aus. Eva war froh, dass Seidels Leuchtreklame noch nicht in Betrieb war.

Nele, die für ihre Verhältnisse den Abend über erstaunlich still gewesen war, schaute nachdenklich in die hellen Flammen.

Eva betrachtete die Freundin von der Seite, das vertraute Profil mit der Stupsnase, die blonden, halblangen Wuschelhaare, der hochgeschlagene Kragen ihrer Jacke. Sie fragte sich gerade, woran sie wohl dachte, als sie aus den Augenwinkeln eine Bewegung im Apfelgarten zu sehen glaubte. War da wer? Nein, sie musste sich getäuscht haben.

Sie trat näher ans Feuer. »Früher haben wir die ersten Kartoffeln gleich im Kraut gegart«, erzählte Loh gerade. »Einfach in Alufolie gepackt und rein damit. Die Feuer, die kahlen Felder, die heißen Kartoffeln mit Butter und Salz, die dunkler werdenden Abende, der Zug der Wildvögel, der Qualm in der kühlen Luft, das gehörte zum Herbst wie das abnehmende Licht.«

Er gab noch ein paar Schippen Sägespäne auf die Flammen. Rauch fuhr hoch, durchsetzt von glühenden Partikelchen, von brennenden Holzflocken. Dann wandte er sich ab, und einen Augenblick später erklang Musik in unmittelbarer Nähe.

»Habt ihr hier mitten auf dem Acker Strom?«, wunderte sich Nele.

»Nein«, sagte Eva. »Loh hat ein Radio, das man mit einer kleinen Kurbel aufziehen kann. Er nimmt es gern mit auf den Trecker, wenn er das Feld pflügt.«

Er hatte einen Klassiksender eingestellt, doch Nele nahm ihm das Radio einfach ab, und kurz darauf erklang Bruce Springsteens *Born in the USA*. Sofort begannen Dorothee, Julika und Marion zu tanzen, beleuchtet von den Flammen des Feuers. Immer wieder zog Nele das Radio auf. Sie hörten *Only the Good Die Young* und *We Didn't Start the Fire* von Billy Joel, *Sommer of 69* von Bryan Adams.

Eva übernahm das Kurbeln, als Nele tänzelnd von dannen zog und Loh mit sich nahm, der zwar ausgesprochen ungern tanzte, aber gegen Nele keine Chance hatte.

Eva sah in den Rauch, magisch angezogen vom Schauspiel der Schwaden, die ineinandergriffen und wieder auseinanderdrifteten, dichter wurden wie eine zur Erde gefallene Winterwolke, die gar nicht daran dachte, sich aufzulösen.

Und dann sah sie etwas. Erschrocken schnappte sie nach Luft.

Jenseits der Nebelmauer stand jemand, eine menschliche Silhouette, die fast mit den dunklen Baumstämmen im Hintergrund verschmolz. Groß, dunkel, abwartend, beobachtend. Lauernd? War das Seidel, der sich da angeschlichen hatte? Mussten sie etwas befürchten? Eva überlief ein Schauer.

»Schaut, da ist jemand«, flüsterte sie, aber niemand hörte sie. Die anderen drehten sich, lachten, sangen laut mit und wurden mit jedem Tanzschritt ausgelassener.

Eva ließ den Arm sinken und kniff die Augen zusammen. Das Radio, bis zum Anschlag aufgezogen, spielte weiter, als ob nichts wäre. *Dancing in the Dark* wurde schließlich immer langsamer, die letzten Töne zogen sich in die Länge, bis Springsteen verstummte.

Plötzlich bewegte sich der Schatten. Eine Person trat durch die Rauchwand, kam direkt auf die Gruppe am Kartoffelfeuer zu.

10. Kapitel

Der Apfel lehrt uns zu begreifen,
die Besten sind doch stets die Reifen.
VOLKSMUND

Alle verstummten erschrocken.

Loh ging zu Eva, die nach seiner Hand griff.

In diesem Moment rief Nele: »Sie! Was machen Sie denn hier? Sind Sie verrückt geworden, sich hier so anzuschleichen? Das kann doch wohl nicht wahr sein!« Ungehalten stampfte sie auf den weichen Feldboden, der jedoch jedes Geräusch verschluckte. An die Freundinnen gewandt erklärte sie: »Das ist der Typ, der mir so viel über die Wespenspinne erklärt hat.«

»Guten Abend«, sagte der Fremde höflich. »Ich hoffe, ich hab Sie nicht erschreckt.«

Er nahm seinen Rucksack ab und stellte ihn aufatmend vor sich hin. Das Kartoffelfeuer spiegelte sich schwach in dem Alutopf, der an seinem Rucksack befestigt war.

»Genau das haben Sie heute Morgen auch gesagt«, fauchte Nele. »Und jedes Mal tun Sie genau das. Sie erschrecken einen maßlos, weil Sie wie ein Geist aus dem Nichts auftauchen. Ein Baumgeist!«, fügte sie noch hinzu, weil es so gut passte.

»Sie übertreiben. Wir sehen uns erst das zweite Mal.

Außerdem gehört der Wald allen, oder nicht?«, widersprach der Fremde und wirkte ironischerweise so, als ob ihm, ganz im Gegensatz zu Nele, das Gespräch Spaß machte.

Die Köpfe der vier Freundinnen bewegten sich wie bei einem Tennisspiel von Nele zu dem Mann und wieder zurück.

Loh räusperte sich. »Guten Abend. Nele kennt Sie offenbar, ich dagegen habe keine Ahnung, wer Sie sind. Ich bin Loh, das ist unser Hof, und wir machen gerade ein Kartoffelfeuer. Der offizielle Abschluss der Kartoffelernte.«

Eva fand, dass damit alles gesagt war.

»Mein Name ist Felix Venloh«, sagte der Fremde. »Wir …«, er zeigte auf Nele und sich, »haben uns heute Morgen zufällig im Wald getroffen. Von kennen kann eigentlich keine Rede sein. Ich komme aus Potsdam und bin Biologe. Dass ich Sie erschreckt habe, lag nicht in meiner Absicht. Sorry. Ich wollte heute eigentlich wieder im Wald zelten wie letzte Nacht. Aber dann hab ich das Feuer gesehen. Das hat so was an einem kühlen Oktoberabend. Bei aller Naturliebe ist es ein bisschen frisch hier draußen. Und ein bisschen einsam. Wo ein Feuer ist, sind meistens auch Menschen.«

»Das ist ja wohl eine Binsenweisheit«, sagte Nele schnippisch, noch nicht bereit zu verzeihen.

Aber zur Bestätigung seiner Worte schwebte in diesem Moment die Eule auf ihrem abendlichen Rundflug über sie hinweg. Felix Venloh sah ihr nach. »Ah, eine Asio otus«, bemerkte er anerkennend. »Was für ein schönes ausgewachsenes Exemplar.«

»Eine was?«, fragte Eva. »Wir nennen sie Lady D'Arbanville.« Sie lachte leise. »Nach Cat Stevens' Song. Weil sie so lautlos schwebt.«

Sie konnte nicht anders, sie fand den Besucher sympathisch. In der Art und Weise, wie er sich ruhig auf etwas zu konzentrieren schien – sei es auf Nele, sei es auf die Eule –, erinnerte er sie an Loh. Vielleicht auch, weil sie beide sehr schlank und groß waren.

»Eine Waldohreule. Diese Art kommt in der Mark Brandenburg am häufigsten vor. Sie sagen, sie jagt hier öfter?«, fragte Felix Venloh. »Die Art nistet gern in alten Krähennestern am Waldrand und jagt im offenen Gelände. Am liebsten frisst sie Mäuse.«

»Die gibt es hier mehr als genug«, grummelte Nele und zog ihre Jacke fester um sich.

»Wie wär's mit einem Bier?«, fragte Loh den Fremden.

Die Blicke der beiden Männer trafen sich über die Köpfe der Freundinnen hinweg.

Felix Venloh zögerte kurz, dann nickte er. »Gern.«

Loh griff nach einer Bierflasche, öffnete sie und reichte sie ihm. Ganz kurz ließen sie die Flaschen gegeneinanderschlagen wie ein stilles Abkommen. Sie nahmen beide schweigend einen langen Schluck. Als Venloh danach etwas zu Loh sagte, tat er das so leise, dass die Freundinnen ihn nicht verstehen konnten, obwohl sie die Ohren spitzten

»Da musst du die Damen fragen«, meinte Loh zu ihm und an die Freundinnen gewandt: »Felix würde heute gern im Apfelgarten zelten. Ich hab ihm den Heuschober angeboten, aber ihm ist der Apfelgarten lieber. Auch wenn's ziemlich kühl ist um die Jahreszeit.«

»Warum der Apfelgarten?«, fragte Nele sofort.

»Weil ich ihn großartig finde«, antwortete Felix Venloh auf ihre Frage. »Es ist eine wunderschöne Obstgartenanlage, ich hab sie mir heute Nachmittag aus der Ferne angeschaut. Als Biologe ist Dendrologie mein Schwerpunktgebiet. Und da die Malus-Gewächse.«

»Malus-Gewächse?«, fragte Dorothee.

»Apfelbäume.«

»Warum denn Malus?«, fragte Marion. »Das ist doch etwas Negatives.«

»*Malum* ist die wissenschaftliche Bezeichnung für Apfel. Der Apfel hat uns den Sündenfall beschert, das ist negativ genug, oder?«

»Und was bedeutet Dendrologie?«, fragte Julika.

»Baumkunde.«

»Haben Sie eigentlich auf jede Frage eine Antwort?«, wollte Nele angriffslustig wissen.

»Vielleicht stellen Sie einfach nur die falschen Fragen«, gab der ungebetene Besucher milde lächelnd zurück.

Eva schmunzelte.

»Wenn Sie wirklich zelten wollen bei dieser entsetzlichen Kälte, nehmen Sie den ersten Gang«, sagte Julika schaudernd. »Dort haben wir heute schon aufgesammelt. In den anderen Gängen liegt zu viel Apfelmatsch.«

»Könnten Sie uns dafür morgen vielleicht ein bisschen helfen?«, schlug Marion vor. »Wir können jede Hand brauchen.«

»Gern. Aber nur, wenn wir zum Du übergehen.«

Die Freundinnen hoben ihre Gläser.

»Ich bin Dorothee.«

»Julika.«

»Marion.«

»Eva.«

Nele verzichtete darauf, ihren Namen zu nennen. Aber

auch sie hob ganz zum Schluss ihr Glas zu einem stillen Willkommen, als Felix Venloh sagte: »Ich bin Felix.«

»Was meinst du, können wir ihm trauen?«, fragte Eva.

Sie spähte vom Schlafzimmerfenster zum Nachbargrundstück hinüber. Im Mondlicht konnte sie die kugelige Form eines Igluzeltes im Apfelgarten ausmachen. Schwaches Licht leuchtete durch die Plane. Der Baumkundler war wohl noch wach. Die Fenster im Apfelhaus waren dagegen bereits dunkel. Die Freundinnen schienen schon zu schlafen.

»Warum denn nicht? Was soll Felix denn im Schilde führen?«, fragte Loh. »Er ist ein netter Typ. Und er spielt Geige. Das gefällt mir.«

»Ihr habt euch gut verstanden. Aber ich weiß nicht so recht.« Eva drehte sich zu Loh um, der gerade ins Bett schlüpfte. »Vielleicht ist er ja von Halbseidel geschickt, um uns auszuspionieren. Oder Halbseidel hat von Danis Antrag für das Hotel erfahren und Venloh beauftragt, uns auf den Zahn zu fühlen. Oder er ist gekommen, um dem Apfelgarten zu schaden! Hoffentlich hat er nicht ein Baumgift dabei, das er nachts auskippt!« Entsetzt über ihre eigenen Gedanken, biss Eva sich auf die Lippe.

»Schatz, du hast zu viel Fantasie«, erwiderte Loh. Er klopfte einladend neben sich auf die kuschelige Daunendecke. »Felix Venloh ist einfach ein Biologe, der sich auf Bäume und insbesondere auf Apfelbäume spezialisiert hat. Morgen hilft er euch, und abends ist er wieder weg. Alles ist gut.«

»Hoffentlich hast du recht …« Eva seufzte und schlug die Decke zurück.

»Meint ihr, wir können ihm trauen?«, flüsterte Nele. Die vier Freundinnen hatten die Lichter im Haus gelöscht, und als warteten sie auf irgendetwas, das nicht kommen wollte, schauten sie verstohlen aus dem Fenster in Marions Zimmer. Von hier aus hatte man den besten Blick in den Apfelgarten. »Ich weiß nicht, warum, aber irgendwie hab ich das Gefühl, er tickt nicht sauber. Erst tut er so, als würde er Lohs Biohof nicht kennen, dann steht er auf einmal da ...«

»Das sagst du nur, weil du dich über ihn geärgert hast«, meinte Marion.

»Nein, ich finde, Nele hat recht. Wir müssen mehr über ihn herausfinden«, sagte Julika leise. »Irgendwer muss ihm auf die Finger schauen. Wenn man ihn was fragt, antwortet er immer so wissenschaftlich. Versteht kein Mensch.«

Dorothee begann, auf ihrem Smartphone herumzutippen. »Hm«, machte sie kurz darauf. »Hm, hm, hm ... Biologe? Dendrologe? Malus-Gewächse? Potsdam? Sagte er Potsdam?«

»Das sagte er«, bestätigte Nele.

»Das stimmt auch. Steht auf seiner Website.«

»Zeig mal.« Nele machte einen langen Hals. »Du meine Güte! Ist das eine langweilige Homepage! Die verdient ihren Namen nicht. Ist ja eigentlich nur eine aufgeblasene Visitenkarte. Er braucht dringend eine neue Website!«

»Wollen wir ihn alle beobachten, oder sollte es besser eine von uns machen?«, fragte Marion.

Alle vier schauten Nele an.

»Was? Wie? Nein. Ohhhh, nein. Das kommt nicht infrage«, ereiferte sich diese. Sie verstand, was die Freundinnen dachten. »Das mache ich bestimmt nicht! Schon heute

Morgen im Wald lief die Kommunikation mit diesem Typen nicht besonders gut.«

»Deshalb ja«, meinte Julika weise. »Wenn gleich so viel Antipathie besteht, dann kommt es auf ein bisschen mehr nicht an. Außerdem hatte ich nicht den Eindruck einer Antipathie. Jedenfalls nicht von seiner Seite. Also, was ist? Versuchst du, was über ihn herauszubekommen?«

»Eine Sternschnuppe«, rief Nele plötzlich und zeigte zum Himmel. Alle schauten nach oben, aber da war sie bereits erloschen. »Wieder die Chance versäumt, sich etwas zu wünschen.« Marion seufzte.

Nele überlegte sich, was sie sich hätte wünschen können. Ihr Blick blieb spekulativ an Felix Venlohs Zelt hängen.

»Na gut«, sagte sie. »Ich versuche, ihm auf den Zahn zu fühlen. Aber nicht mehr heute.«

Marion lachte. »Natürlich nicht heute! Dann müsstest du ja zu ihm ins Zelt kriechen.«

»Und das wäre nun wirklich ein bisschen zu viel verlangt«, sagte die immer vernünftige Dorothee, auch wenn Julika so nachdenklich nickte, als ob sie persönlich es nicht so abwegig fände.

»Nele, unsere Apfel-Mata-Hari …« Marion kicherte.

»Ihr seid doof. Ich will jetzt schlafen. Ich muss morgen schließlich fit sein«, maulte Nele und verließ Marions Zimmer.

Fast tat es ihr schon leid, dass sie sich bereit erklärt hatte. Auf der anderen Seite … Sie fand den Indianer-Trapper-Baummann auch irgendwie spannend.

Beim Einschlafen glaubte sie einen Moment, leises Geigenspiel zu hören.

11. Kapitel

Vor Ziegenbock und Käferzahn
Soll man ein Bäumchen wahr'n!
JOHANN WOLFGANG VON GOETHE

Wenn das so weitergeht, mutiere ich zur Frühaufsteherin, dachte Nele, als sie am nächsten Morgen an der Kaffeemaschine stand und noch nicht ganz wach beobachtete, wie sich die Kanne langsam füllte.

Sie warf einen raschen Blick nach draußen. Im Zelt unter den Apfelbäumen war keine Bewegung zu sehen. Sie hatte den Plan, Felix mit frischem Kaffee zu überraschen – sie selbst würde, wenn ein Mann sie jemals morgens mit Kaffee überraschen würde, alles tun! Alles sagen! Unkontrolliert vor Freude vor sich hin brabbeln!

Anders als am Tag zuvor hatte Nele sich gekämmt, die Zähne geputzt, sogar etwas geschminkt. Auch anders als am vergangenen Morgen war das Wetter. Es war bedeckt, die Sonne hinter einer Wolkendecke versteckt, von goldenem Oktober keine Spur.

Feuchte Kälte schlug ihr entgegen, als sie die Terrassentür öffnete. Sie stellte den Fellkragen ihrer gefütterten Jeansjacke hoch, dann balancierte sie ein kleines Tablett mit zwei gefüllten Kaffeebechern, Milch und Zucker durch den Apfelgarten.

Sie sah zu den Bäumen, den gelben Blättern, auf das Gras darunter. Hatte es denn nun Bodenfrost gegeben? Woran erkannte man das eigentlich? Auf jeden Fall waren ihre Finger, als sie das Zelt erreicht hatte, kalt. Sie wünschte, sie hätte sich Handschuhe angezogen.

Vorsichtig stellte sie ihre Morgengabe ins Gras. Jetzt musste sie schnell handeln, sonst gab es Eiskaffee.

»Hallo?«, sagte sie leise und klopfte an die Kunststoffplane. Die Tautropfen lagen darauf wie Perlen, aber durch die Berührung ihrer Hand flossen sie zusammen und bildeten ein schmales Rinnsal, das langsam hinunterrann. Im Zelt blieb es still. »Hallo? Bist du schon wach, Felix?«

Endlich war ein undefinierbares Geräusch zu hören, irgendetwas zwischen Seufzen, Schnarchen und leisem Aufschrei. Kurz darauf ein Ratschen, als der Reißverschluss von innen hochgezogen wurde.

Nele fuhr erschrocken zurück. Sie hatte mit verstrubbelt und zerzaust gerechnet, vielleicht auch mit ungehalten, überrascht oder verfroren. Aber immerhin mit einem Mann. Doch diese Kreatur sah wenig menschlich aus. Eher wie eine lebensgroße blaue Raupe mit Sehschlitzen.

Dann erkannte sie, was sie sah, und kicherte. Felix hatte sich in seinem Schlafsack – einem voluminösen Daunending – bis zum Hals verkrochen und zudem die Schlafsackkapuze über den Kopf gezogen, sodass er kaum etwas sehen konnte. Kein Wunder – nur die halb geschlossenen Augen waren zu sehen und die Nasenspitze.

»Wasnlos?«, murmelte er.

Auf Lohs Biohof krähte enthusiastisch ein Hahn. Einmal, zweimal, dreimal …

»Guten Morgen, Felix!«, sagte Nele betont munter. »Ich

hab dir Kaffee gebracht. Wollen wir danach nicht einen schönen Morgenspaziergang machen? Was du erzählt hast, hat mich neugierig gemacht.«

Wenn sie es recht bedachte, hatte er gestern gar nichts erzählt. Sie hatten nur gestritten. Aber egal.

»Kaffee klingt gut.« Felix stöhnte und löste den Reißverschluss am Kinn. Als die Kapuze zurückfiel, sah er genauso aus, wie Nele es sich vorgestellt hatte. »Vorher geht gar nichts.«

»Hier!« Sie hielt den Becher hoch und klopfte sich insgeheim auf die Schulter. Jeder Mensch war bestechlich. Man musste nur wissen, wie man vorging. »Milch? Zucker?«

»Schwarz.« Wie ein Ertrinkender griff er nach dem Gefäß, das sie ihm hinhielt, und nahm einen großen Schluck, so ungefähr wie Julika ihren Rotwein trank. »Aaah ...« Er schloss die Augen und legte den Kopf zurück, unrasiert, männlich und zugleich so verwundbar, dass es Nele in den Fingern juckte, ihn zu berühren.

Sie fragte sich, ob sie eigentlich auch so sexy bei ihrem ersten Schluck Kaffee am Tag aussah. Sie bezweifelte es und nahm sich vor, das beim nächsten Mal zu überprüfen. Eine Sekunde später verwarf sie den Gedanken wieder. Dann müsste sie ja mit einem Kaffee ins Bad wandern ... nein. Das war zu viel Aufwand. Sie brauchte ihren Kaffeeflash. Wie sie dabei aussah, war ihr eigentlich herzlich egal.

Schließlich öffnete er die Augen, nun anscheinend richtig wach. Sie waren dunkelblau und nicht, wie Nele am Vortag flüchtig gedacht hatte, braun. Immer weiter entfernte er sich von dem Indianereindruck. Jetzt wirkte er eher wie jemand, der in einem früheren Leben die Massen in Woodstock zum Rocken gebracht hatte, was vielleicht an dem Lederband lag, das er um den Hals trug. Die klitzekleine Silbereule, die daran hing, passte genau in seine Kehlgrube. Nett. Nele fuhr sich rasch mit der Zunge über die Lippen.

Er lächelte und begann sich aus seinem Schlafsack zu schälen. Ihre Freundinnen hätten vielleicht weggeschaut, aber nicht sie. Sie beobachtete genau, wie er sich im Dämmerlicht des Zeltes gebückt aufrichtete. Er trug ein weißes T-Shirt und eine blaue Jogginghose. Von irgendwo kramte er ein Haargummi hervor und band sich die Haare zurück. Dann wühlte er in seinem Rucksack und zog sich einen dicken Norwegerpulli über. Er schlüpfte in seine Jeans, die Jogginghose behielt er darunter an. An den Füßen hatte er königsblaue Thermosocken.

Nele hockte immer noch vor dem Zelt im feuchten, kühlen Gras. Langsam taten ihr die Knie weh. Sie verlagerte ihr Gewicht von einem angewinkelten Bein zum anderen und realisierte zu spät, dass sie wahrscheinlich wie eine arthritische Ente aussah.

»Setz dich doch«, sagte Felix und klopfte neben sich auf die Isomatte. Er zog den Reißverschluss nun ganz nach oben, schlug die beiden Flügel zurück, befestigte sie und reichte Nele ein Kissen. »Hier, sonst ist es zu kalt. Vorsicht, die Geige!«

»Hast du gestern Nacht gespielt?«, fragte sie und strich mit dem Finger über den abgenutzten Geigenkasten.

»Ja. Das mach ich manchmal. Ich finde, Natur und Musik passen sehr gut zusammen. Hat es euch gestört?«

»Nein, überhaupt nicht. Es war nur so überraschend. Ich dachte, ich hätte geträumt.« Sie setzte sich neben ihn, versuchte den Gedanken zu verdrängen, dass sie wahrscheinlich auf seinem Kopfkissen saß, und griff dann wieder zu ihrem Becher, den sie auf dem Tablett abgestellt hatte. »Hast du in der Nacht gefroren?«, fragte sie und versuchte, das merkwürdige Gefühl der stillen Zweisamkeit zu ignorieren, das sie plötzlich überkam.

Sie und Felix, Seite an Seite im Zelt, Kaffee trinkend und in den Herbstmorgen schauend. Es hätte nicht viel gefehlt, und sie hätte sich an den Mann im Norwegerpulli gelehnt. Ganz ohne Hintergedanken, einfach, weil es bestimmt gemütlich wäre, weil etwas wollige Wärme von der Seite bestimmt guttun würde.

Fokussier dich, ermahnte sie sich selbst. Hier geht es nicht um Norwegerpullis, sondern darum herauszufinden, was er im Schilde führt.

Felix zuckte mit den Achseln. »Gemütlich warm ist anders, aber dieser Schlafsack ist für Temperaturen bis minus zwanzig Grad geeignet. Selbst für Island im Frühling hat es gereicht, dann wird es wohl in der Mark Brandenburg ebenfalls funktionieren. Und warum bist du so früh am Morgen unterwegs?«, fragte er.

Nele dachte nicht daran, ihm die Wahrheit zu sagen. »Ich glaube, dass die frühen Morgenstunden besonders gut dafür geeignet sind, mehr über die Natur zu erfahren«, sagte sie.

Es war als Lüge gedacht, doch als sie es aussprach, merkte Nele, dass es nicht so abwegig war. Die Spinne gestern – gut, die war ein bisschen beängstigend gewesen. Aber auch faszinierend. Der umgestürzte Baum – sie hätte niemals erwogen, dass sich eine ganze Existenzgeschichte einer Baumfamilie um ihn herum ranken könnte.

Einen Moment lang schwiegen sie beide, dann fragte

Felix: »Was ist da drüben eigentlich los? Sieht ja merkwürdig aus.« Er zeigte zum Nachbargrundstück.

Im Dunkel der Nacht hatten sie wunderbar verdrängen können, was Seidel plante. Das Morgenlicht brachte es dagegen an den Tag: Das Baugerüst des Stalls – irgendwie passte der Begriff besser als Spielhölle – erhob sich bedrohlich hinter den Büschen.

Nele kniff die Augen zusammen, um Details besser ausmachen zu können. Irgendwie schienen die Außenmauern der Halle noch höher zu sein als am Vortag. Du meine Güte! Oder bildete sie sich das nur ein?

»Fällt dir das jetzt erst auf? Hast du das nicht gesehen, als du gestern in Wannsee rumgestromert bist?«, fragte Nele. Vielleicht würde er sich durch seine Antwort ja verraten.

Felix sah sie neugierig von der Seite an. »Ich war gestern den ganzen Tag im Wald. Im allerletzten Licht hatte ich nur Augen für den Apfelgarten. Mir ist diese Baustelle nicht aufgefallen.«

»Aha! Du weißt also, dass es eine Baustelle ist!« Nele sah ihn triumphierend an.

»Na ja, da steht ein Baugerüst, dann muss es wohl eine Baustelle sein, oder?« Er grinste.

Nele ließ die Schultern hängen. Das war nichts gewesen. »Ja, das ist es. Dort soll eine Spielhölle entstehen. Stell dir das mal vor. In diesem Dorf!«

Er hob erstaunt die Augenbrauen. »Wer macht denn so was?«

»Offensichtlich ein Widerling«, sagte Nele. Vielleicht würde er ja unbedacht den Namen Seidel aussprechen …

»Ein Widerling, dem der Apfelgarten egal ist«, fügte Felix stirnrunzelnd hinzu. Er zeigte in Richtung

Nachbargrundstück. »Das ist Süden. Schade, bei der First-höhe werden Teile des Gartens demnächst im Schatten liegen.« Er blickte zu Nele. »Bewirtschaftet ihr den Apfelgarten kommerziell? Stammt ihr alle aus Wannsee? Wohnt ihr hier zusammen?«

Nele lachte. »Das war der ursprüngliche Gedanke. Aber tatsächlich haben wir das Haus vor vier Jahren unverhofft geerbt unter der Bedingung, dass wir eine Saison lang den Apfelgarten bewirtschaften ...« In einer Minizusammenfassung erklärte sie, was geschehen war.

Felix hörte aufmerksam zu, nickte, dann sagte er: »Wollen wir?«

»Was denn?«, fragte Nele verwirrt.

»Einen Spaziergang machen.«

»Ja gern.«

Sie rappelte sich auf, spürte auf einmal ihre Knochen. Komisch, als sie so nah neben Felix gesessen hatte, war es ihr gar nicht so kalt vorgekommen.

Sie schlenderten bis zur letzten Baumreihe. Wie eine belaubte Wand war sie als Schutz gegen den Wind gepflanzt worden, der gelegentlich vom Feld in die Anlage pfiff. Nele lief weiter zur Gartenpforte, weil sie annahm, dass Felix in den Wald wollte, aber er hob die Hand.

»Moment.«

Er fuhr mit der Hand prüfend über den Stamm des Apfelbaumes, neben dem er gerade stand. Sofort musste Nele daran denken, wie er am vergangenen Morgen fast zärtlich die Kiefer gestreichelt hatte, wie merkwürdig ihr das vorgekommen war, fast erotisch ...

»Das ist der Pfannkuchenapfel«, sagte sie, um sich abzulenken. »Hier, willst du mal kosten?«

Sie pflückte einen Apfel und reichte ihn Felix. Er nahm ihn und biss hinein. Das helle Fruchtfleisch krachte unter seinen Zähnen, etwas Saft lief ihm übers Kinn. Er wischte ihn weg.

»Köstlich. Sehr reich tragend.«

Er schaute auf die vielen Äpfel, die in verschiedenen Stadien des Verfalls im zu hohen Gras unter dem Baum lagen.

»Dieses Jahr tragen alle Bäume sehr viel. Das ist ja unser Problem.« Nele seufzte.

Er ging nicht darauf ein. »Oh, das scheint eine Wintergoldparmäne zu sein. Eine alte Apfelsorte«, meinte er und trat zum nächsten Baum. Er sah prüfend nach oben. »Ja, sie muss unbedingt hochstämmig gezogen werden. Die Äpfel niederstämmiger Bäume schmecken seifig. Eigentlich hätten sie im September gepflückt werden müssen. Sie müssen mindestens einen Monat lagern, bevor sie richtig reif sind.«

Nele kommentierte das nicht. Was hätte sie auch sagen sollen? Sie glaubte nicht, dass sie jemals einen seifigen Apfel gekostet hatte.

Felix ging zum nächsten Baum. »Der ist ja riesig! Weißt du, was für eine Sorte das ist?«

»Keine Ahnung.« Nele zuckte mit den Achseln.

Die Äpfel, die darunterlagen, waren dunkelrot, jedenfalls die, die noch nicht vermodert waren. Felix hob einen auf, sah ihn prüfend an und biss hinein. Er stutzte, als er entdeckte, dass das Fruchtfleisch dunkelrosa war, dann lächelte er Nele glücklich an.

»Na so was! Ein Roter Mond! Das ist ja fantastisch! Eine Rarität! Sie stammt aus Russland. Wurde 1915 gezüchtet. Aus ihm kann man prima roten Apfelsaft machen.«

Oder rotes Apfelgelee, dachte Nele und hob ein paar Äpfel auf, um sie Dorothee mitzubringen. Roter Mond. Wie schön das klang.

Felix sah nach oben. »Was für ein prächtiges Exemplar! Ich habe diese Sorte erst einmal gesehen, in einer Baumschule in der Schweiz, die auf Apfelbäume spezialisiert war. Wenn der Baum im Frühjahr austreibt, sind auch die Blätter rot. Erst im Laufe des Sommers werden sie grün.«

»Und jetzt gelb«, fügte Nele hinzu, die seinem Blick gefolgt war. »Wenn ich mich recht erinnere, war hier hinten ein Baum, der nicht rosa-weiß geblüht hat, sondern dunkelrot. Wir haben uns damals darüber gewundert. Jetzt ergibt das Sinn.«

Inzwischen hatte Felix vorsichtig begonnen, in dem sandigen Boden zu wühlen. Als er auf eine Wurzel knapp unter der Oberfläche traf, schaute er strahlend zu Nele hoch, die neben ihm stand.

»Wood Wide Web«, sagte er.

»Das glaube ich nicht«, antwortete sie. »Wieso soll hier denn eine Internetverbindung sein? Wenn, dann verkabeln sie die Häuser doch von der Straße aus.«

Felix schüttelte den Kopf. »Aber nein! Nicht World Wide Web, Nele. Wood Wide Web! Das Internet der Bäume. Bei uns mag die Verbindung von Computer zu Computer mit Glasfaserkabeln hergestellt werden. Die Bäume nutzen dazu Bakterien und Pilze. Das hier ...«, er zeigte auf etwas in der Erde, das wie ein sehr zartes Gespinst aussah, wie ein unterirdisches Spinnennetz, »... ist ein Pilz.«

»Davon braucht man eine ganze Menge, wenn man von einer Pilzpfanne satt werden will«, bemerkte Nele skeptisch.

»Oh, die Geflechte können Quadratkilometer groß werden! Die bekommst du in keine Pfanne. Nur die oberirdischen Austriebe der Myzelien essen wir. Als Steinpilz, zum Beispiel. Oder Pfifferling«, gab er zurück. »Das unterirdische Pilzgeflecht kann man nicht in die Pfanne hauen. Das Myzel dockt an die Feinwurzeln der Apfelbäume an und verbindet sich mit anderen Wurzeln. So können die Bäume miteinander kommunizieren, sogar mit elektrischen Impulsen. Ein Zentimeter pro Sekunde. Sich warnen, wenn Schädlinge die anderen Bäume angreifen. Sie teilen sich sogar mit, was für Schädlinge unterwegs sind.«

»Das glaub ich nicht«, sagte Nele im Brustton der Überzeugung.

»Kannst du aber glauben.« Felix richtete sich wieder auf. »Wenn hier zum Beispiel ein Insektenbefall wäre, würden sich die Bäume gegenseitig warnen.«

»Und dann?«

»Dann würden sie vielleicht chemische Maßnahmen ergreifen, zum Beispiel einen Duft ausstoßen, der Schlupfwespen anlockt. Die wiederum die Schädlingsinsekten vertreiben. Das ist in Nadelwäldern auch so. Wir denken, die duften so aromatisch, aber manchmal ist der Duft nur ein Zeichen von Stress. Wenn im Wald Bedrohliches für die Bäume vor sich geht, warnen sie sich durch olfaktorische Botenstoffe.«

»Sie denken? Du meinst, Bäume haben richtige Strategien?« Nele fiel es wirklich schwer, das zu glauben.

»Genau!« Felix war noch nicht fertig. »Zusammen, aber auch allein. Birkenrinde ist zum Beispiel so gut brennbar, weil sie mit einem Öl gegen Insektenfraß getränkt ist. Birken sind Pionierbäume. Sie stehen gern allein auf weiter

Flur, und da werden sie schneller Opfer von Schädlingen. Also präparieren sie ihre Rinde. Schon mal versucht, damit ein Feuer zu machen? Geht prima.«

Nele starrte ihn an. »Das klingt wie Fantasy. Sei ehrlich, du hast dir das ausgedacht.«

Felix lachte. »Aber nein, das zu wissen gehört zu meinem Job. Deshalb wandere ich gern durch Wälder.«

»Was machst du eigentlich genau, wenn du nicht auf der Suche nach Rotkäppchen bist?«, fragte Nele in der Hoffnung, ihn zu überrumpeln.

»Das hab ich doch gestern schon erklärt. Ich bin Dendrologe. Ich beschäftige mich mit der Forschung, mit Baumuntersuchungen. Ich bekomme Aufträge ...«

»Was für Aufträge?«, unterbrach Nele ihn eine Spur zu scharf. Etwa von Seidel, uns zu ruinieren?, fügte sie in Gedanken hinzu.

»Verschiedene«, antwortete Felix, während er sich ein letztes Mal das zarte Pilzgeflecht anschaute, das sich an die Wurzel schmiegte. Er wirkte so konzentriert, dass Nele ahnte, es würde keinen Sinn ergeben, ihn jetzt weiter zu befragen. Sie würde bei anderer Gelegenheit weitermachen. Wenn es eine andere Gelegenheit gab. Hatte nicht irgendwer gesagt, Felix würde nur heute bleiben? Schade eigentlich. »Die Bäume gehen auch Nahrungsverbindungen mit Pilzen ein. Geben und Nehmen. Eine echte Symbiose. Apropos Nahrung: Ich brauche jetzt dringend ein Frühstück. Kann man hier irgendwo einkaufen? Mein Müsli ist alle.«

»Im Dorf gibt's einen Bäcker. Aber du kannst bei uns was essen«, antwortete Nele, etwas verwirrt und ganz und gar nicht sicher, dass sie alles verstanden hatte.

Diesem Biologen auf die Schliche zu kommen hatte sie sich irgendwie leichter vorgestellt.

Das Wort Symbiose kannte sie allerdings. Das war schließlich einer der Irrtümer, die sie bei Beziehungen gern machte, wenn sie sich verliebte. Sie hatte immer daran geglaubt, dass man sich mit einem Partner ergänzen und eine perfekte Einheit werden konnte. Ha! Inzwischen hatte sie aufgehört zu zählen, wie oft sie sich getäuscht hatte.

Wie viel leichter war da das Leben, wenn man ein Apfelbaum war. Oder eine Wurzel. Oder ein Pilz.

12. Kapitel

Seit Eva den Apfel aß, hängt viel vom Abendessen ab.

LORD BYRON

»Ich hab Felix zum Frühstück eingeladen«, verkündete Nele, als sie zusammen die Küche betraten.

»Schön«, kommentierte Dorothee abwesend. »Vielleicht habt ihr ja eine Idee. Wir haben nämlich kein Wasser! Am Waschbecken blubbert die Leitung nur noch, und im Klo läuft kein Wasser nach.«

»Oben oder unten?«, erkundigte sich Nele und legte die Roten Monde auf die Küchenablage.

»Überall.«

»So ein Mist! Vorhin war noch alles okay.« Vier Frauen und eine kaputte Sanitäranlage – das klang in Neles Ohren nicht gut.

»Das kannst du wohl laut sagen. Ich hab Eimer hingestellt, hab Wasser aus der Regentonne geschöpft. Aber das ist auf Dauer keine Lösung. Duschen können wir auch vergessen.« Wie zur Bestätigung von Dorothees Worten erklang von draußen eine knatternde Maschine.

»Was ist das?«, fragte Nele.

Dorothee zuckte mit den Schultern und wendete den Schinken, der in der Pfanne auf dem Herd briet. Es roch köstlich nach knusprigem Bacon, Kaffee und frischem Gebäck. »Schaut's euch an.«

Als Nele und Felix vor die Haustür traten, sahen sie einen Arbeiter, der mit einem Presslufthammer den Teerbelag aufstemmte. Seine Ohren schützte er gegen den Krach mit einem Tuch, das er sich um den Kopf gebunden hatte. Dahinter fuhr ein zweiter Mann mit einem Minibagger und grub einen langen Schacht. Offenbar waren sie dabei, die Dorfstraße aufzureißen.

Nele ging auf den Mann mit dem Presslufthammer zu und tippte ihm auf die Schulter. Er drehte den Kopf, arbeitete aber ungerührt weiter. »Machen Sie mal das Teil aus!«, brüllte sie.

Endlich verstummte das unerträgliche Geräusch. Der Typ zog sich das Tuch vom Kopf.

Früher war Nele an keiner Baustelle vorbeigekommen, ohne dass die Bauarbeiter anzügliche Bemerkungen gemacht hatten. Gut, früher hatte sie auch immer die blonden Locken über die Schultern geworfen und grundsätzlich leuchtendes Rot getragen – darauf reagierten Männer halt genauso wie Bullen –, aber sie hatte immer empört reagiert. Schließlich war sie feministisch eingestellt.

Jetzt, kurz vor ihrem Fünfzigsten, vermisste sie das ein bisschen. Bei diesem kahlköpfigen, wild tätowierten, schon jetzt streng nach Schweiß riechenden Meisterstemmer hätte es die Unterhaltung vielleicht leichter gemacht. Denn er sah sie keineswegs begeistert an, sondern abschätzend. Dann sagte er etwas, das sie nicht verstand, schüttelte den Kopf und wies auf den Baggerfahrer. War das Russisch? Oder Polnisch?

Also ging Nele zu dem anderen Mann. Als sie vor dem

kleinen Bagger stand und wie eine Flugeinweiserin die Arme schwang, stellte er den Motor aus, stieg jedoch nicht herunter, sondern blieb oben sitzen und sah sie skeptisch an. Er war jung, beängstigend dünn und hatte langes, strähniges Haar.

»Was gibt's, Lady?« Auch er hatte einen Akzent, der an Osteuropa denken ließ.

»Ich bin nicht Ihre Lady. Und warum reißen Sie hier vor unserem Haus die Straße auf? Wir haben kein Wasser!«

Er wies in Richtung Baustelle. »Rohre verlegen. Mussten wir abstellen Wasser.«

»Sie verlegen die ganze Dorfstraße entlang Rohre?« Unmöglich, dass sie diesen Lärm die ganzen beiden kommenden Wochen würden hören müssen.

»*No,* nur bis zu diese Anschluss. Nicht dauert lange.«

»Wie lange denn?«, fragte Nele misstrauisch.

»So lange, bis wir haben Anschluss. Hoffentlich heute. Morgen ganz sicher, ganz sicher«, grummelte der Dünne.

»Morgen? Geht's noch? Und wo gehen wir inzwischen hin zum … auf den Komposthaufen?«, explodierte Nele.

Der Mann sah peinlich berührt aus. »Du fragen Chef.«

Dann machten Bagger und Presslufthammer erneut Radau.

»Komm«, rief Nele verärgert und griff nach Felix' Hand. Halb zog sie ihn, halb folgte er ihr freiwillig, bis sie vor der Baustelle standen. Richtig, da war Seidels fette schwarze Zuhälterkarre, daneben zwei Lieferwagen. Aber wo steckte der Albtraumnachbar?

»Na, junge Frau, haben Sie Sehnsucht nach mir?«, hörte sie da eine jovial klingende Stimme vom hinteren Teil der Baustelle.

Und da saß der Feind, umgeben von Arbeitern. Alle rauchten und gähnten, mampften Brötchen und tranken Bier. Zu einer Zeit, in der Nele von einem zweiten Kaffee träumte. Es wirkte nicht wie der Beginn eines Tages, wie ein Frühstück, sondern wie das Ende einer sehr langen Nacht.

»Wohl kaum, Herr Seidel. Ich frage mich bloß …« Nele ließ den Blick in die Runde schweifen. Plötzlich war sie sicher, dass sie es sich nicht eingebildet hatte. Seidel hatte in der Nacht in aller Stille weiterbauen lassen, von diesem großen abgearbeiteten Team, das ihr müde entgegenschaute. »Ja, ich frage mich, mit wem Sie eigentlich abgesprochen haben, dass die Straße aufgerissen wird und warum wir keine Kenntnis davon haben.«

Seidel sprang auf und stellte sich zwischen sie und seine Arbeiter, drängte sie weg, indem er immer näher auf sie zutrat, sodass sie ihm ausweichen musste.

»Nun, das ist alles abgesprochen, das ist wasserfest, wenn Sie so wollen. Hahaha … Wurden Sie nicht benachrichtigt? Wie seltsam, wie überaus seltsam, das verstehe ich nicht. Wenn ich Wasser hätte, würde ich sagen, duschen Sie doch einfach bei mir, aber ich …«

Nele hatte genug gehört. »Sie denken wohl, dass Sie mit allem durchkommen, was? Da täuschen Sie sich, Herr Seidel. Eines Tages fliegen Sie auf mit Ihrem dubiosen Bau.«

»Ganz sicher nicht. Ist alles rechtens.«

Es juckte Nele in den Fingern, irgendetwas zu tun, um ihm das selbstverliebte Grinsen aus dem Gesicht zu wischen. Ihr fiel bloß nichts ein.

»Komm, Felix. Der Schinken wird kalt«, sagte sie, doch Felix blieb stehen und sah Seidel mit schief gelegtem Kopf an.

»Ich kenne Sie«, sagte er. »Ich weiß im Moment nur nicht, woher.«

Einen Moment lang blieb Seidel wie angewurzelt stehen. Plötzlich war sein arrogantes Feixen verschwunden. Dann drehte er sich mit einer nonchalanten Handbewegung um.

Felix war immer noch nachdenklich, als sie das Haus betraten. »Wir haben uns schon mal gesehen. Ich weiß bloß nicht mehr, wann und wo«, meinte er.

»Hol dir einen Klappstuhl aus dem Wohnzimmer«, schlug Nele vor, und zu zweit betraten sie die Küche.

»Mit etwas Glück bekommen wir heute wieder Wasser«, sagte sie zu den Freundinnen, die bereitwillig zusammenrückten, während sie und Felix sich mit an den Tisch setzten. »Spätestens morgen. Natürlich steckt wieder Seidel dahinter. Er hat uns trockengelegt, weil er Rohre verlegen lässt.« Alle stöhnten. »Habt ihr inzwischen noch etwas besprochen?«

»Wir wollen Saft machen lassen«, sagte Eva. »Dann sind wieder zwei, drei Zentner weg.«

»Aber doch hoffentlich nicht wieder mit diesen schrecklichen Apparaten aus dem Schuppen?«, fragte Nele entgeistert. »Das dauert ewig!« Nach zwei Flaschen hatten sie erschöpft aufgegeben.

Eva lachte. »Nein, das war nur eine Art Probelauf. Wir fahren zu einer Mosterei, aber ich muss erst mal herausfinden, welche in der Umgebung Kapazitäten freihat und uns den Saft eintüten kann. Kostet natürlich auch einiges, ich hoffe, den bekommen wir im Hofladen gut verkauft. Vielleicht können wir auch einen Teil unserer Äpfel an die Mosterei verkaufen und unsere Pressung damit bezahlen.«

»Eintüten?«, fragte Julika.

»Ja, den Saft füllt man nicht mehr in Flaschen. Jede Tüte steht in einer Box, der Saft darin ist luftdicht abgeschlossen, auch wenn er angebrochen ist. Man zapft durch einen kleinen Hahn unten, dadurch entsteht oben ein Vakuum.«

»Oh, ich weiß, was du meinst! Wir haben auch Wein von Sergios Weingut in der Toskana, der so aufbewahrt wird. So hält er sich lange!«

Bei dir hält er sich bestimmt nicht lange, dachte Nele und schenkte erst Felix und dann sich Kaffee ein. »Hast du den Roten Mond gesehen, Dorothee?«

»Wie bitte?«

Nele lachte, dann erzählte sie von den rosafleischigen Äpfeln. Dorothee nickte eifrig. »Ich hab noch weitere Rezepte ausgedruckt. Hier ist zum Beispiel ein leckeres für einen gedeckten Apfelkuchen. Und eine Apfel-Käse-Quiche.« Sie wedelte mit einem Bogen Papier.

»Klingt beides gut«, meinte Felix enthusiastisch. »Aber Apfelkuchen liebe ich besonders!«

Dorothee sah ihn an wie ihren neuen Liebling. »Bist du deshalb Apfelbaumexperte geworden?«, fragte sie. Felix grinste, und sein Grinsen wurde nur unmerklich schwächer, als Nele sagte: »Du wirst dir jedes Kuchenstück hart erarbeiten müssen.«

Vier Freundinnen klopften mit ihren Teelöffeln gegen ihre Kaffeebecher, jedes Pling eine kleine Bestätigung, und dann machten sie sich über das Frühstück her.

Und so war es. Wie am Vortag begannen sie damit, die vergammelten Äpfel aufzulesen. Felix fuhr die schweren

Schubkarren zum Kompost am Zaun. Er war stark und zäh, fanden sie, und arbeitete sich sein Frühstück redlich ab. Nur einmal tauchte er in seine seltsame Dendrologenwelt ein. Gedankenverloren starrte er in die Krone eines mittelgroßen Baumes, der reichlich große gelbe, rotwangige Äpfel trug. Wahrscheinlich kommuniziert er still mit ihm, vermutete Nele. Als sie ihn am Ärmel zupfte, weil die Schubkarre dringend wieder weggefahren werden musste, zuckte er zusammen, als hätte sie ihn aus dem Schlaf gerissen.

»Meinst du, das könnte ein Winterprinzenapfel sein?«, fragte er.

»Keine Ahnung. Und wenn ja?«, wollte sie wissen.

»Dann wäre das fantastisch! Man findet ihn nur noch selten auf alten Streuobstwiesen. Wir sollten die Äpfel jetzt pflücken, aber er hält sich bis April.«

»Eine gute Nachricht. Da brauchen wir ihn nicht gleich zu verarbeiten«, sagte Julika.

Felix konnte sich kaum von dem Baum losreißen. »Das hier ist kein Apfelgarten, das ist ein lebendes Apfelmuseum«, hörte Nele ihn murmeln.

Als sie die vergammelten Äpfel einer Reihe aufgesammelt hatten, pflückten sie weitere Früchte direkt von den Bäumen und schleppten, immer zu zweit, ganze Kisten voll zu Lohs Wagen. Eva hatte nach einigem Rumtelefonieren tatsächlich eine Mosterei gefunden, die noch Kapazitäten für den heutigen Tag frei hatte. Sie würden die Äpfel abgeben, ein Weilchen warten müssen und schließlich mit dem fertig gepressten Saft zurückkehren können. Als kein auch noch so kleines Zieräpfelchen mehr in den Wagen passte, fuhr sie zusammen mit Marion los.

Dorothee rieb sich die Hände. »Rezepte ausprobieren, einmachen, kochen, backen! Auf geht's!«

Julika gähnte. »Ich leg mich lieber ein bisschen hin.«

Nele zögerte. Sie wusste, was sie gern tun würde: mehr über Felix in Erfahrung bringen, ohne allzu neugierig zu erscheinen.

Er kam ihr zuvor. »Ich möchte gern in den Wald gehen. Hast du Lust, Nele? Vielleicht kannst du mir noch ein paar interessante Ecken zeigen?«

»Na klar. Gern.«

Sie wuschen sich die Hände in der Regentonne. Das Wasser war so kalt, dass es an den Händen biss, obwohl die Sonne sich inzwischen durch die Wolken gekämpft hatte. Dann holte Nele ihre Kamera, und schließlich machten sie sich auf den Weg. Sie schlenderten die Hauptstraße entlang – der Typ mit dem Presslufthammer war nirgends mehr zu sehen. Direkt dort, wo der Weg in die Dorfstraße mündete, standen links und rechts zwei große Bäume. Felix warf einen Blick nach oben und lächelte. »Eiche und Linde. Philemon und Baucis«, sagte er.

»Wieso?«

»Na, die haben sich gewünscht, auch nach dem Tod für immer zusammenzubleiben. Da haben die Götter sie in eine Linde und eine Eiche verwandelt, die nebeneinander-standen.« Er bückte sich, hob eine Eichel auf und steckte sie in seine Jackentasche. »Man sagt, wenn es viele Eicheln gibt, kommt ein kalter Winter.«

Sie bogen in den kleinen Weg ein, der zur Kirche führte. Sie lag, umgeben von dem Friedhof, abseits des Dorfes direkt am Waldrand.

»Die Eiche hat ihre Blätter noch, wenn alle anderen

Bäume sie schon verloren haben«, erklärte er, während sie weiterschlenderten. »Kennst du die Sage von der Eiche und dem Teufel?«

»Nein.« Nele schüttelte den Kopf.

»Eines Tages kam der Teufel zu einem besonders durchtriebenen Bauern und wollte ihn holen. Der Bauer weinte und flehte, weil das Getreide kurz vor der Ernte stand. Das wollte er unbedingt vorher einbringen. Der Teufel ließ sich erweichen. ›Wann bist du bereit, geholt zu werden?‹, fragte er, und der Bauer antwortete demütig: ›Wenn die Eiche ihre Blätter verloren hat.‹ Im Herbst kam der Teufel wieder, alle Bäume waren kahl, nur die Eiche hatte noch alle Blätter. Also kam der Teufel im Frühjahr wieder, aber da hatte die Eiche noch immer die Blätter des Vorjahres. Als er ein drittes Mal kam, fielen die alten Blätter endlich ab – doch der Baum hatte bereits ausgetrieben. Da wurde der Teufel so wütend, dass er mit seinen Krallen durch die Blätter fuhr. Seitdem sind die der Eiche gezackt.«

»Schlauer Bauer!«, sagte Nele, und Felix lachte.

Sie waren an der Kirche angekommen. Aber nicht sie oder der Friedhof waren Neles Ziel, ebenso wenig das Pfarrhaus. Sondern der Friedwald dahinter, wo Urnen zwischen mächtigen Buchen beigesetzt werden konnten. Als sie ihn erreicht hatten, reagierte Felix genau, wie Nele es sich vorgestellt hatte.

»Oh!«, rief er, als er durch den hölzernen Bogen schritt, der den Friedwald vom Weg abgrenzte. »Oh, wie schön! Rotbuchen!« Obwohl noch längst nicht alle Bäume kahl waren, lag zu ihren Füßen bereits eine trockene rotbraune Schicht Blätter, die bei jedem Schritt raschelten. Felix ging auf den ersten Buchenriesen zu, dessen glatter silbergrauer

Stamm in den Himmel ragte wie ein gigantisches Bein des hellblauen Elefanten, den man Himmel nennt. Er strich vorsichtig darüber, sah hoch. »Das ist eine wunderschöne Buche. Schau, wie hoch die Krone ansetzt, bestimmt zwanzig Meter. Das liegt daran, dass der Baum im Wald steht. Die anderen Bäume beschatten seinen Stamm, das mag er. Bei einer Buche in Einzellage ist die Krone oft nur zwei, drei Meter über dem Boden. Weißt du, warum?«

»Keine Ahnung. Ich glaube, du kannst aufhören, mich immer zu fragen, du Baum-Wikipedia.« Nele las gerade ein Messingschild, das an dem Baum befestigt war. Ein Hermann Karoppke lag hier, in einer Urne zwischen den mächtigen Wurzeln des Baumes – wahrscheinlich ein direkter Vorfahr des Dorffleischers. Das Dorf war so klein, dass man praktisch jeden kannte, ob nun lebendig oder tot. »Sag du's mir.«

»Um die Rinde vor Sonnenbrand zu schützen.«

»Du spinnst ja.« Also wirklich! Demnächst wollte er ihr noch weismachen, dass Buchen einen hohen Lichtschutzfaktor brauchen!

»Nein, das ist wirklich so«, beharrte Felix. »Buchenrinde ist sehr dünn und empfindlich, die bildet kaum Schutz gegen intensive Strahlung.«

»Und was passiert, wenn ein Baum Sonnenbrand bekommt? Wird er rot und bekommt Sommersprossen?«

Er sah sie ein bisschen beleidigt an. »Hey, sag mal, machst du dich über mich lustig?«

Sie grinste und schnipste leicht gegen seine Allwetterjacke. »Könnte sein. Aber nur ein klitzekleines bisschen.«

Als Antwort zog er sie federleicht an einer blonden Locke. »So blond, wie du bist, wirst du wahrscheinlich rot und bekommst Sommersprossen, wenn du in der Sonne bist.«

Plötzlich lag eine Wärme in der Luft, die nichts mit Sonnenstrahlung zu tun hatte. Hastig ging Nele einen Schritt zurück, um mehr Distanz zwischen sich und den Baummann zu bringen.

»Wie sieht denn nun ein Baumsonnenbrand aus?«

»Die Rinde trocknet aus und reißt. Und dann hat der Baum ein Problem.«

»Welches denn?«

»Pilze können eindringen, Insekten bohren sich in sein Holz, die filigranen Wasserleitungen, durch die der Baum das Wasser aus dem Boden in die Krone befördert, werden zerstört. Und wenn es richtig schlimm wird, beginnt sein langsames Sterben.«

Jetzt legte auch Nele die Hand auf die silbergraue Rinde, die sich glatt und kühl anfühlte. »Das wäre schade. Also doch Sonnencreme?«

»Der hier braucht das nicht. In diesem Friedwald beschatten sich alle gegenseitig. Obwohl ... Sehr groß ist der Wald nicht, oder? Bestimmt nicht größer als ein Hektar.«

Sie gingen weiter. Am nächsten Baum blieb Felix wieder stehen. »Schau, die Buche ist noch stärker als die erste. Stell dich mal hierhin.« Er drehte sie so, dass ihr Bauch und ihre Brust den Stamm berührten. »Wie groß bist du?«

»Eins zweiundsiebzig.«

»Gut. Jetzt versuch mal, den Stamm zu umfassen.«

Es gelang Nele nicht, der Umfang war zu groß. Felix trat auf die andere Seite des Stammes. Sie spürte, wie er ihre Hände berührte und seine dort einen Moment liegen ließ. Fast wäre sie zurückgezuckt. Aber nur fast. Was tat er da eigentlich?

»Noch ungefähr vierzig Zentimeter fehlen«, sagte er und erschien wieder auf ihrer Seite, so professionell, dass sie glaubte, sich dieses samtweiche Streicheln nur eingebildet zu haben. »Also, ich schätze mal zwei Meter zwanzig Umfang hat die Buche, in Zentmetern zweihundertzwanzig. Und das mal 0,6 … Wie viel ist das?«

»Pi mal Daumen hundertdreißig. Wieso?«

»So berechnet man das Alter von Buchen. Hundertdreißig Jahre alt ist diese! Was war da eigentlich?«

Nele überlegte. »Noch nicht mal der Erste Weltkrieg. 1888 war das Dreikaiserjahr.«

Felix nickte. »Stimmt! Ach ja, die ollen Preußen. Potsdam ist ja nicht so weit von hier, vielleicht ist hier sogar mal eine Garnison vorbeigekommen. Weißt du, weshalb die Soldatenkönige so viele Bäume entlang der brandenburgischen Straßen haben pflanzen lassen? Die Soldaten sollten schön im Schatten marschieren können. Deshalb gibt es diese herrlichen Alleen.«

Nele schüttelte den Kopf. Je länger sie sich mit Felix unterhielt, desto klarer wurde ihr, wie wenig sie wusste – nicht nur über die Botanik.

»Und stell dir nur vor, vor hundertdreißig Jahren ist eine dieser unglaublich vielen Bucheckern aufgegangen.« Felix scharrte mit dem Schuh in der Schicht aus Blättern und Früchten der Buche. »Die kleine Buche hat sich gegen trockene Sommer, eiskalte Winter, Blitzschlag, hungrige Rehe, Bauern, die Holz brauchten, und zwei Weltkriege behauptet. Ist immer weitergewachsen.«

»Wenn sie sprechen könnte, hätte sie viel zu erzählen«, meinte Nele und streichelte die Rinde.

»Ein bisschen spricht sie ja. Die Höhe, die Dicke, die Rinde, und wenn sie mal stirbt, sehen wir ihre Jahresringe, sehen, ob sie leichte oder schwere Jahre hatte. Oh, eine Marone! Wollen wir die mitnehmen?« Er bückte sich zu einem braunkappigen Pilz hinunter, den er zwischen den Blättern entdeckt hatte. »Und da ist noch eine! Ja, sie mögen Buchenwälder, die Pilze.«

»Kann man die essen, oder sind sie giftig?«, fragte Nele vorsichtig und bückte sich, um von dem Fund eine Aufnahme zu machen. Auf den feuchten Pilzkappen schimmerte das Licht, das durch die Baumkronen fiel. Und weil sie schon dabei war, schoss sie auch ein Foto von dem silbergrauen Baumstamm, wobei sie die Kamera nach oben richtete, wo sich die Buchenblätter, die noch an den Zweigen hingen, rötlich gegen den Himmel abhoben.

Felix lachte. »Maronen schmecken gut.«

»Ich lerne minütlich dazu«, gab Nele zurück und sah sich um. »Ja, lass sie uns mitnehmen. Dorothee zaubert daraus bestimmt etwas Leckeres. Schau, da ist schon wieder eine Marone!«

»Nein«, sagte Felix und kramte in seiner Hosentasche, bis er ein Taschenmesser gefunden hatte. Er schnitt die Marone vorsichtig ab. »Das ist ein Steinpilz. Der schmeckt noch besser.«

»Den kenn ich vom Italiener. Köstlich zu Nudeln. Ich wusste gar nicht, dass Steinpilze in freier Wildbahn wachsen«, erwiderte Nele enthusiastisch. Auch von dem Steinpilz machte sie ein Foto, während Felix den Pilz abschnitt.

Er durchsuchte die vielen Taschen seiner Jacke.

Schließlich zog er triumphierend eine dunkelgrüne Beanie-Mütze heraus. »Tada! Unsere Pilztüte.«

Sie und Pilze suchen? Das hätte Nele nie gedacht. Es war eine komplett neue Erfahrung und erinnerte sie an ihre Kindheit, an Ostereier suchen, an diese Aufregung, wenn man ein Nest entdeckte und im nächsten Moment schon wieder den Blick schweifen ließ, weil sicher noch mehr versteckt waren. Bloß dass Pilze, anders als Ostereier, aus der Erde wuchsen.

Sie fanden noch viel mehr. Felix schien alle beim Namen zu kennen, auch wenn sie einige nicht pflückten, weil sie giftig waren oder nicht so gut schmeckten – den Blauen Klumpfuß zum Beispiel, den Herbstlorchel und die Breite Erdzunge.

Nele fotografierte sie alle.

»Ein Erdstern«, rief Felix nach einer Weile verblüfft. »Und was für ein großer!«

Nele sah ein Gebilde, das wirklich wie ein sechszackiger Stern mit einem runden Mittelkern aussah. »Wie schön ist der denn? Direkt vom Himmel in den Buchenwald gefallen«, murmelte sie. »Ist der essbar?«

»Genauso wenig wie jeder andere Stern. Aber deshalb kann man ihn trotzdem romantisch finden«, erwiderte Felix.

Sie kauerte sich hin, um auch ein Foto von diesem Fund zu machen. Pilzfotos würden sich auf einer Website von Wannsee in der Mark gut machen. Selbst wenn ihre Freundinnen über sie lachen würden, weil sie, ein Berliner City-Girl, noch nie etwas mit Pilzen zu tun gehabt hatte.

Auf der andere Seite: Ihre Freundinnen hatten sicher ebenfalls nie auf einem Buchenfriedhof Pilze gesucht, oder? Und schon gar nicht mit einem Dendrologen an ihrer Seite, der einem praktisch jede Buchecker persönlich vorstellte, jedes Blatt erklärte und wusste, wie man das Alter riesiger Bäume berechnete.

»Ich darf davon ausgehen, dass du nicht wieder heimlich Urnen in unserem schönen Friedwald vergräbst, mein Kind?«, erklang da eine Stimme hinter ihnen.

Nele, die sich gerade wieder nach einer Marone gebückt hatte, richtete sich hastig auf und wirbelte herum.

Hinter ihnen stand ein kleiner untersetzter Mann mit Apfelbäckchen und einem weißen Haarkranz rund um die spiegelblanke Glatze. Es wirkte, als hätte er einen schwachen Heiligenschein: Pfarrer Lobetal, der die mikroskopisch kleine Gemeinde beharrlich zusammenhielt und die Hoffnung auf Gläubige nicht aufgab. Nele kannte ihn nur in seinem schwarzen Talar. Jetzt trug er dagegen eine robuste braune Jacke, eine Cordhose und derbe Wanderstiefel. Er war ein Pfarrer in Zivil.

Er lächelte Nele freundlich an, so als hätte er nicht eben offiziell erklärt, dass er genau wusste, was sie und ihre Freundinnen damals in einer Sommernacht in dem Friedwald heimlich gemacht hatten.

»Hallo, Herr Pfarrer Lobetal«, sagte Nele peinlich berührt. »Geht es Ihnen gut? Wir haben uns das letzte Mal bei Evas und Lohs Hochzeit gesehen.«

Er hob mahnend den Zeigefinger. »Ja, ich weiß, wann wir uns das letzte Mal gesehen haben. Wenn es bei Gott nichts Illegales ist, was ihr hier macht, was treibst du dann diesmal in unserem schönen Friedwald? Die besinnliche Herbststimmung? Oder der Wunsch, der Toten zu gedenken? Anna Staudenroos zu besuchen?«

»Wir wollten eher die Buchen besuchen«, mischte sich jetzt Felix ein.

»Ja, es sind bemerkenswert schöne Bäume.« Pfarrer Lobetal nickte und betrachtete Felix mit Interesse. »Sollte ich das Glück haben und einen neuen Gläubigen in Wannsee willkommen heißen dürfen?« Er sah hoffnungsvoll aus.

Felix machte eine vage Bewegung der linken Hand, in der er einen dicken Pilz hielt. »Na ja, ob ich wirklich gläubig bin, weiß ich nicht. Ich gehöre eher zu den U-Boot-Besuchern der Kirche.« Pfarrer Lobetal zog fragend die weißen Augenbrauen hoch. »Zu denen, die immer nur zu Ostern und zu Weihnachten auftauchen«, erklärte Felix.

Nele lachte leise.

»Besser dann als nie«, antwortete Pfarrer Lobetal und sah dabei aus, als wäre er Kummer gewöhnt. »Aber vielleicht können wir einen dritten Kirchgang hinzufügen, mein Sohn? Kommenden Sonntag feiert die Gemeinde das alljährliche Erntedankfest mit einem Gottesdienst. Das machen wir extra später als andere Gemeinden, damit auch die Gläubigen aus dem Umland den Weg in unsere schöne Kirche finden! Wir danken gemeinsam für Seine reichen Gaben …«

»Besonders die reiche Apfelernte …«, murmelte Nele.

»… selbst Pilze gibt es so viele, dass man sie wohl mit der Sense ernten könnte wie der Schnitter die Seelen. Maronen und Steinpilze«, beendete Pfarrer Lobetal seinen Satz, als wüsste er genau, was sich in Felix' grüner Mütze befand. Womit er bewies, dass ihm wirklich nichts im Dunstkreis des nahen Pfarrhauses entging. Weder an diesem Tag noch vier Jahre zuvor.

»Ich glaube kaum, dass ich zum Erntedankfest noch da bin«, sagte Felix.

»Nun, das wäre schade. Ich wünsche euch viel Freude dabei, die Geheimnisse des schönen Forstes zu entdecken. Manchmal sieht man erst Gottes Weg, wenn man den Pfad längst eingeschlagen hat«, meinte der Pfarrer milde und wandte sich zum Gehen.

»Was hat es mit der Urne auf sich?«, fragte Felix.

»Hier haben wir vor ein paar Jahren Lorenzos Urne begraben«, sagte Nele und blieb versonnen an einer der letzten Buchen stehen, bevor der Friedwald endete und in Mischwald überging.

»Fast mit Blick auf die Straße«, ergänzte Felix.

»Stimmt«, sagte Nele.

Sie waren im Halbkreis gegangen. Von hier aus sah man durch Buschwerk hinüber zu Seidels Bau, groß und weiß wie ein verunglückter Taj Mahal, dem Zockergott gewidmet. »Lass uns zurückgehen.« Sie strebte dem freien Grundstück zu, das Seidel ebenfalls gekauft hatte. Von der Wiese war nicht mehr viel zu sehen. Sie war einer Mondlandschaft aus Erde, Schutt und Baumaterialien gewichen. Felix blickte besorgt zurück zu den Buchen.

»Hoffentlich parken hier demnächst nicht zu viele Autos. Das ist für die Bäume nicht gut.«

»Für uns Menschen auch nicht«, fügte Nele hinzu. Und schon gar nicht für die Besucher des Apfelbaumhotels, fügte sie in Gedanken hinzu.

Über das Geröll und die Schutthügel gingen sie zurück zum Haus, Felix reichte Nele schweigend die Hand, damit sie nicht stolperte.

Wenigstens war der Presslufthammer verstummt, und auch der Bagger war verschwunden.

13. Kapitel

Es war der gute Apfelbaum
Bei dem ich eingekehret,
Mit süßer Kost und frischem Schaum
Hat er mich wohl genähret.
LUDWIG UHLAND

»Wir haben seit einer halben Stunde wieder Wasser. Zum Glück«, begrüßte Dorothee sie, als sie die Küche betraten. »Und der Kuchen ist fertig, Kaffee auch. Wer will was?«

Die Antwort war so selbstverständlich, dass sie gar nicht darauf wartete. Sie holte Teller und Kaffeebecher aus dem Küchenschrank.

»Wir haben Pilze gesammelt«, erwiderte Nele und legte Felix' grüne Mütze auf die Küchenablage. »Riech mal. Ist das nicht wunderbar aromatisch? Maronen und Steinpilze. Und der mit dem hellen Stiel und den schwarzen Punkten ist ein Birkenpilz, auch wenn er unter Buchen gewachsen ist.«

Langsam bekam sie das Gefühl, jedes Mal, wenn sie das Haus betrat, etwas von draußen zum Essen mitzubringen – ganz die Jägerin und Sammlerin. Vielleicht sollte sie mal eine Paleo-Diät machen, alles, was man in Wald und Flur sammelte und gelegentlich erlegte, essen … Nein. Lieber nicht. Dann könnte sie bestenfalls an einem Apfel nagen, während die anderen Apfelkuchen mit Schlagsahne aßen. Das kam nicht infrage. Dafür backte Dorothee einfach zu gut.

Der gedeckte Apfelkuchen kühlte gerade auf einem runden Rost aus. Dorothee war ihrem Ruf als Meisterbäckerin mal wieder gerecht geworden: Eine helle Zuckerschicht glänzte auf einer leicht gebräunten Teigplatte, es duftete nach Apfel und Zimt. Nele konnte einfach nicht anders, als am Rand etwas knusprigen Teig abzubrechen, als Dorothee zur Kaffeemaschine ging, um die Kanne zu holen. Felix grinste sie von der Seite an.

»Mm, sie riechen wirklich unwiderstehlich. Ich werde uns heute Abend Rühreier mit Pilzen machen. Eier und Petersilie bekomme ich sicher von Eva«, freute sich Dorothee. »Vorausgesetzt, deine Pilze sind wirklich essbar. Seit wann kennst du dich damit aus, Nele? Das wusste ich ja gar nicht.«

Nele warf Felix einen raschen Blick zu, den er erwiderte. »Ach soooo«, sagte Dorothee. »Na dann.«

Julika, die ebenfalls am Küchentisch saß und das Kinn in die Hände gestützt hatte, stöhnte. »Wenn ich weiter so futtere, wird mich Sergio nicht mehr wiedererkennen. Und vielleicht noch schlimmer, meine Klamotten werden es auch nicht. Hey, wer möchte ein Glas Rotwein?«

»Trinkst du jetzt schon zum Kaffee?«, fragte Nele mit gerunzelter Stirn.

»Warum nicht? In Italien trinken wir zu jeder Tageszeit Rotwein«, erwiderte Julika eine Spur schnippisch und griff nach der Flasche, die bereits geöffnet auf dem Tisch stand. »Musst du ja nicht. Was ist mit dir, Felix?«

Er sah sie mit seinen dunkelblauen Augen nachdenklich

an, dann schüttelte er den Kopf. »Nein danke. Dass ich gestern mit Loh ein Bier getrunken habe, war bereits eine Ausnahme.«

Julika schenkte sich selbst ein. Aber bevor sie einen Schluck nahm, fragte sie: »Trinkst du sonst gar nicht?«

»Nein.« Felix beobachtete, wie Dorothee Kaffee ausschenkte und ihm ein großes Stück Apfelkuchen auf den Teller legte. Sie schob ihm eine Schale mit Schlagsahne hin. Er nahm sich, und während er begann, genießerisch zu essen, erklärte er: »Nein, das tue ich wirklich nicht. Ich habe Alkoholismus aus erster Hand erlebt. Das war schlimm. Das hat mir fürs ganze Leben die Lust auf Alkohol verdorben.«

Julika, die schon das Glas zum Mund geführt hatte, ließ es wieder sinken. »Warum?«

»Meine Mutter war Alkoholikerin. Schon wenn ich aus der Schule kam, war sie oft betrunken. Einmal lag sie auf dem Wohnzimmerboden, und ich dachte, sie sei tot. Ich hab die Polizei geholt – das war noch zu DDR-Zeiten. Aber sie hatte sich nur in die Besinnungslosigkeit getrunken. Mein Vater hat sie deshalb verlassen, meine Oma wollte keinen Kontakt mehr mit ihr, also blieb nur ich.«

»Das tut mir leid«, meinte Nele und nippte an ihrem Kaffee.

Er nickte. »Und ich erinnere mich noch genau, dass sie früher nicht so war. Die Krankheit schlich sich langsam an. In der LPG ein Sektchen, meistens schon mittags, dann ein ungarischer Rotwein, ein Schluck Goldkrone, abends vor dem Schlafengehen ein, zwei, drei weitere Weinbrand, damit sie besser schlief. Dazu kam der Stress mit dem Mauerfall, die Arbeitslosigkeit. Sie hatte immer eine Entschuldigung parat, nur die Wahrheit sagte sie nicht: Sie war süchtig, und der Alkohol war etwas, das ihrem Leben Sinn gab. Sie ist nur achtundvierzig geworden.«

»Und was war dann mit dir?«, fragte Nele. Sie konnte sich mit Mühe davon abhalten, seine Hand zu ergreifen.

»Ich bin mit achtzehn ausgezogen, fünf Jahre vor ihrem Tod. Ich konnte das nicht aushalten, dieses ewige Sich-selbst-Belügen, dieses aufgesetzt Fröhliche nach den ersten Gläsern, die Tränen nach den letzten Gläsern, das Zittern, der Geruch. Überall die versteckten Schnapspullen, die einem scheppernd entgegenfielen, wenn man einen Küchenschrank öffnete, tausend Gründe, warum ein Entzug nicht möglich war. Das Aufgedunsene, die körperliche Zerstörung, die leeren Versprechungen, die Rückfälle nach den Schwüren, nie wieder zu trinken.« Er schüttelte sich.

»Und dein Vater?«

»Ist schon lange in Niedersachsen mit seiner zweiten Familie beschäftigt. Ich hab wenig Kontakt zu ihm. Will ich auch nicht. Er hat mich mit der Misere allein gelassen.« Felix sagte es entspannt, aber Nele war sich sicher, dass er nicht immer so entspannt damit umgegangen war.

»Huhuuuu«, schallte es in diesem Moment durchs Haus. Marion. »Könnt ihr mal kommen und beim Tragen helfen?«

Julika starrte auf das gefüllte Rotweinglas vor sich, als hätte sie Marions Ruf nicht gehört.

Felix stand auf, und Nele folgte ihm unwillkürlich, obwohl sie wie Julika in Gedanken immer noch bei dem war, was er gerade erzählt hatte. Ihre Eltern wohnten zwar auch in Berlin, aber sie sahen sich nicht oft, das Verhältnis war freundschaftlich distanziert, die Telefonanrufe beschränkten sich auf Sonn-, Feier- und Geburtstage. Manchmal bedauerte sie das, hätte sich mehr Kontakt gewünscht, Eltern, die irgendwie »elterlicher« waren. Doch all das schien plötzlich unendlich viel besser als das zu sein, was Felix als Kind mitgemacht hatte.

Vielleicht waren die Bäume die Einzigen, die immer zu ihm gehalten haben, dachte Nele, als sie zusammen aus der Küche eilten. Die änderten sich nicht oder nur ganz langsam. Die Natur war seine Welt, der Wald die Familie, auf die er sich verlassen konnte. Wenn er sich allein fühlte, hat er im Wald Trost gefunden. Der war in den Zeiten des Wandels beständig. War doch möglich, oder?

»Wie alt bist du, Felix?«, fragte sie, während sie den Flur entlangeilten.

»Dreiundvierzig«, antwortete er. »Schon ganz schön alt, was?«

»Für eine Buche wärst du noch sehr jung«, erwiderte sie. »Wenn ich dich umarmen würde, wären das deutlich weniger Zentimeter als vorhin.« Sie war froh, dass die Freundinnen das nicht hörten. Fast sieben Jahre jünger war er als sie. Doch so viel.

»Und du, Nele?«

»Ich? Ich hab ein paar Jahresringe mehr als du«, erwiderte sie nonchalant, und er lachte.

»Na endlich«, beschwerte sich Marion, die vor der Tür stand, neben sich bestimmt zehn Kartons mit Apfelsaft. »Die hier sollen in unsere Küche. Eva ist nebenan und räumt die anderen in die Scheune. Wir haben noch viel, viel mehr!«

Zu dritt schleppten sie die Kartons in die Küche, dann gingen sie auf den Hof. Der Wagen stand vor der Scheune.

Seine Heckklappe war geöffnet, Loh und Eva liefen hin und her, und es war immer noch mehr als genug zu tun, als Nele und Felix hinzukamen.

Nele schnappte sich einen Karton und wollte die Scheune betreten. Aber Moment mal – neben dem großen Tor war jetzt eine zweite, kleinere Tür. Das musste der Hofladen sein.

»Oh!«, sagte sie erstaunt, als sie ihn betrat.

Der Raum war von der übrigen Scheune durch Trennwände abgeteilt. Sie waren in einem ganz hellen Blau gestrichen, Holzregale standen davor. Gestapelte Eierkartons entdeckte Nele dort – und die vielen Apfelsaftboxen, die Eva und Loh schon hineingetragen hatten. Nele stellte ihre dazu, dann sah sie sich weiter um. An der Außenwand waren große und kleinere Kisten untergebracht, in denen sich bereits Kartoffeln, Äpfel, Rote Beete, Möhren und Lauch befanden. An einem schmalen Brett mit Haken hingen Zwiebelzöpfe. Sogar einen hübschen Ladentresen aus dunklem Holz gab es, der aber noch nicht fertig war.

Plötzlich verstand Nele das Projekt Hofladen viel besser, Evas Sorge wegen der zusätzlichen Arbeit, aber auch ihre Hoffnung, dass das ein weiteres Standbein für ihren Lebensunterhalt sein würde. Hübsch sah der Laden aus, fand Nele. Sie musste unbedingt Fotos machen und das auf Lohs Internetseite einstellen.

»Danke!«, sagte Loh, als sie fertig waren. »Wollt ihr noch mit reinkommen?«

»Nein danke. Dorothee hat wieder Kuchen gebacken. Kommt ihr doch rüber«, erwiderte Nele. Und so gingen sie gut gelaunt zum Apfelhaus.

Als Eva die Tür aufschloss, blieb Felix stehen.

»Ich hab noch etwas zu tun«, sagte er. »Ich will mir ein paar Apfelbäume anschauen, solange es hell ist. Sorten bestimmen, Blätter pflücken, Borkenproben nehmen, katalogisieren und so. Diese seltenen Sorten sind einfach zu interessant für mich. Faszinierend. Von so was hab ich immer geträumt, und nun hab ich euch entdeckt.« Federleicht berührte er Nele an der Schulter.

»Kommst du nachher zum Abendessen?«, wollte sie wissen.

»Ich glaube nicht. Außerdem bin ich pappsatt. Dorothee hat mir ein Riesenstück aufgegeben.«

»Willst du denn draußen arbeiten? Das ist doch ungemütlich. Du kannst unser Büro nutzen.« Nele hatte es kaum ausgesprochen, da spürte sie einen sanften Schubs von Eva in die Seite. »Was denn?«, fragte Nele, aber Eva schaute angelegentlich weg, als hätte sie nie etwas gemacht, und Felix verschwand.

»Nele, lass ihm ein bisschen Luft«, murmelte Eva, als sie ihre Jacken aufhängten. »Wenn er jemand ist, der gern allein im Wald zeltet, der seine Einsamkeit schätzt, dann ist das ein Overkill, ständig mit uns allen zusammen zu sein.«

»Das ist für jeden Mann ein Overkill«, sagte Loh gut gelaunt und duckte sich weg, als Eva ihn boxen wollte.

»Wir haben gestern Abend verabredet, dass ich ihn überprüfen soll«, beschwerte sich Nele. »Die anderen lagen mir richtig in den Ohren damit. Und wenn ich den Kontakt zu Felix suche, ist es auch wieder nicht richtig.«

»Es ist ja ein Unterschied, ob du ihm unauffällig auf die Finger schaust oder ihn praktisch adoptierst«, erklärte Eva, als sie zusammen die Küche betraten.

»Und?«, fragte Dorothee und sah sie erwartungsvoll an.

»Und was?«, fragte Nele.

Dorothee zeigte nach draußen, wo Felix gerade den Weg zwischen den Rabatten entlangging. »Ist er ein Guter, oder führt er was im Schilde? Müssen wir ihn mit Giftpilzen füttern? Steckt er mit Seidel unter einer Decke? Deshalb hast du doch heute so viel Zeit mit ihm verbracht, oder?«

»Ich glaube nicht, dass er etwas mit Seidel zu tun hat«, erklärte Nele entschieden. »Nichts, was er sagt, hat meinen Verdacht erregt. Er scheint nicht zu wissen, wer Seidel ist, konnte die Baustelle nicht einordnen, war genauso erschrocken wie wir über das, was hier entstehen soll. Oder er ist ein verdammt guter Schauspieler. Aber vor allem missfiel ihm der Parkplatz, der auf der anderen Seite der Straße gebaut wird. Er sorgt sich um die Buchen. Ich würde für Felix die Hand ins Feuer legen. Ich traue ihm.«

»Komisch, das klang gestern ganz anders«, meinte Julika spöttisch. Noch immer war das Rotweinglas vor ihr voll. Oder war es schon wieder voll?

»Gestern! Da war alles anders. Da wusste ich auch nicht, dass Bäume Sonnenbrand bekommen und ein eigenes Internet haben«, sagte Nele ungehalten.

Eva sah sie merkwürdig an, dann griff sie nach ihrem Smartphone. »Wisst ihr was? Ich rufe jetzt Dani an und frage sie, ob ihr der Name Felix Venloh etwas sagt.«

»In China?«

»Genau da.« Sie wählte, wartete, stellte auf laut. Es klingelte einige Male, bis eine Frauenstimme erklang: »Gēnjù zhège hàomǎ méiyǒu liánjiē.« Oder so ähnlich.

»Hallo, Dani? Bist du das? Du redest so komisch!«, rief Eva in ihr Smartphone, da erklang die Frauenstimme erneut. Sie drückte die Nummer weg. »Ich glaub kaum, dass

Dani in der kurzen Zeit Chinesisch gelernt hat. Das war nix. Ich schick ihr eine WhatsApp. Wenn sie das nächste Mal WLAN hat, kann sie sie lesen und uns antworten.« Eva gab eine Nachricht ein und drückte auf Senden. »Kann nicht zugestellt werden«, sagte sie und schaute in die Runde. »Es scheint so, als müssten uns weiter auf unser Boskop-Bond-Girl verlassen.« Alle schauten Nele an.

»Ich hab ja schon gesagt, dass ich an Felix' Unschuld glaube«, sagte sie resolut. »Aber ich bin mit meiner Überprüfung noch nicht fertig.«

»Hört, hört«, meinte Dorothee und gab nun auch Loh ein Riesenstück Apfelkuchen auf.

»Ich mag Felix«, bemerkte er und bewies damit, dass er die Essenz dessen, was Nele gesagt hatte, genau verstanden hatte.

Nur dass niemand ihm richtig zuhörte.

14. Kapitel

*Apfelstrudel sind sogar für Nichtschwimmer
ungefährlich.*
WEISHEIT

»Lass uns den Kaminofen anzünden«, sagte Julika, als sie
sich faul und satt im Wohnzimmer auf die Couch und in
die Sessel fallen ließen. Sie waren zu fünft, Loh hatte sich
nach der Kuchenschlacht verabschiedet. Das Pilzgericht,
das Dorothee später noch gemacht hatte, war nicht mal
zur Hälfte gegessen geworden.

»Ich hole Kerzen«, meinte Dorothee, und obwohl Marion resigniert seufzte, eilte sie die Treppe hoch, um kurz
danach mit den Teelichtern zurückzukehren, sie auf dem
Couchtisch drapierte und anzündete. In dem schummrigen Raum leuchtete es jetzt rot. »Oh, und jetzt mache ich
uns noch ein paar Bratäpfel, das geht prima in dem Ofen.
Dafür nehme ich die Roter-Mond-Äpfel. Schon weil es
so schön klingt! Das fühlt sich fast wie Weihnachten an.«

Der Kaminofen, der bereits zu Anna Staudenroos' Zeiten im Wohnzimmer gestanden hatte, hatte ein Extrafach,
in dem Speisen warmgehalten werden oder sanft gegart
werden konnten – zum Beispiel Bratäpfel.

»Dorothee, ich kann nicht mehr! Nach nur drei Tagen
mutiere ich selbst schon zu einem kugelrunden Apfel«,

beschwerte sich Julika, aber da war die Freundin schon in die Küche gehuscht.

Julika schaltete die Minianlage an, und sie lauschten verträumt klassischer Musik, bis Dorothee wieder zurückkehrte, in der Hand eine Auflaufform, in der dicht an dicht Apfel standen.

»Hier, schaut mal, ich hab das Kerngehäuse entfernt und sie mit Butter, Rum, Zimt, Mandeln und Honig gefüllt. Das Rezept verlangt nach Marzipan, aber das haben wir nicht.« Sie stellte die Form in das Ofenfach und setzte sich.

»Ein bisschen was Leichtes zur Nacht …«, murmelte Julika und stöhnte.

Nele sah nachdenklich aus, Marion schüttelte den Kopf und tätschelte sich gleichzeitig den Bauch, was an eine Koordinationsübung erinnerte. Eva überlegte, ob sie nachher Loh etwas mitbringen sollte.

Dorothee wirkte plötzlich verunsichert. »Ihr … ihr mögt es doch, wenn ich für euch koche?«

»Ja natürlich«, sagte Julika schnell. »Aber mehr als essen geht eben nicht. Wir stehen kurz vorm Platzen.« Die anderen nickten. »Sei nicht böse.« Sie nahm ihr Smartphone, schrieb eine Nachricht und schickte sie ab. »Sergio hat übrigens mit der Sanierung des Palazzos begonnen«, erzählte sie. »Er meint, dass sie gut vorankämen. Sie haben erst mal alle Möbel, die verschlissen waren, rausgeschmissen.« Ein leises Pling verriet, dass sie eine Antwort bekommen hatte. Sie las, dann textete sie weiter.

»Leg doch das blöde Teil weg. Wir haben so wenig Zeit, einfach mal nur ein bisschen zu quatschen, und du hackst die ganze Zeit darauf rum!« Dorothee sah sie ungehalten an.

»Das sagt die Richtige. Du verdrückst dich gleich wieder nach oben, um dir einen indischen Film anzuschauen«, erwiderte Julika nicht minder ungehalten, legte ihr Smartphone aber zur Seite und schielte nur ein kleines bisschen rauf, als wieder ein leises Pling ertönte.

»Mädels, gebt es ruhig zu: Wir hängen alle ständig an unseren Handys«, beschwichtigte Eva sie. »Und dass Dorothee indische Filme und indischen Tanz mag, finden wir in Wahrheit toll.«

»Stimmt.« Marion sah anerkennend zu Dorothee.

»Ich weiß, dass ich zu oft am Smartphone hänge. Ohne könnte ich nicht mehr leben! Ich meinte ja nur, dass wir uns jetzt, da wir schon mal zusammensitzen, vielleicht besser unterhalten sollten, statt schweigend mit anderen zu chatten, die nicht da sind«, rechtfertigte sich Dorothee.

»Oder uns zu streiten. Seid friedlich. Wir haben es doch herrlich hier.« Marion fischte Alexis aus seiner Kiste und nahm ihn auf den Schoß. Leise summend streichelte sie seinen Kopf, und er schloss die Augen. »Ich glaub, jetzt ist er endlich für seinen Winterschlaf bereit«, sagte sie. »Träum süß, mein Kleiner.«

»Meint ihr, wir werden irgendwann in diesem Haus zusammenwohnen?«, fragte Dorothee sinnierend, während sie von einer zur anderen schaute.

»Nicht in absehbarer Zeit«, erwiderte Julika. »Was sehr viel später ist, kann ich nicht sagen. Außerdem ist das ja nun Danis Zuhause.«

»Ich wohn ja schon hier.« Eva lächelte.

»Ich könnte mir ein dauerhaftes Baumhaus vorstellen, wenn ich pensioniert bin. Ein Sommer in den Bäumen«, meinte Marion und deckte Alexis sanft mit Heu zu. Er riss die Augen auf und schaute sie an. Sie seufzte.

»Meinst du, die Bratäpfel sind schon gar?«, fragte Nele auf einmal.

Dorothee stand auf und schaute nach. »So ziemlich. Möchtest du einen?«

»Nein, ich würde gern Felix einen Bratapfel in sein Zelt bringen«, antwortete Nele. »Als Betthupferl.« Sie ging in die Küche.

»Betthupferl«, sagte Julika. Ihre Augen funkelten. »Soso.«

Nele kam zurück. Sie trug die grüne Mütze ohne Pilze und hatte fünf kleine Schalen und Löffel dabei, eine Schale hielt sie Dorothee hin. Die nahm die Auflaufform aus der Lade – »Vorsicht, heiß!« –, legte zwei dampfende Bratäpfel hinein. Der Duft von Zimt, warmem Obst, Honig, Rum, Karamell und Mandeln waberte durch den Raum.

»Mm, riecht das köstlich«, meinte Marion.

Alexis öffnete die Augen.

Julika seufzte. »Jetzt hab ich schon einen Tag lang keinen Rotwein getrunken, dann sollte ich mir wenigstens einen Bratapfel gönnen, was?«, sagte sie zu niemand Bestimmten. »Ich kann ja den kleinsten nehmen.«

»Ach, du hast echt nichts getrunken heute?«, fragte Eva.

Julika schüttelte den Kopf. »Was Felix gesagt hat, hat mich ganz schön nachdenklich gemacht. Es schadet ja nichts, wenn ich mal ein paar Tage die Finger vom Rotwein lasse.«

»Wenn du noch verzichten kannst, ist alles okay. Ein Problem ist es nur, wenn du es dir vornimmst und es keinen Tag aushältst.«

Nele probierte schon mal. »Mein Gott! Bei dieser Köstlichkeit werdet ihr garantiert schwach. Jede Wette. Ich muss los, sonst werden die Bratäpfel kalt. Die schreckliche Pflicht ruft.«

»Du hast dir für deine schreckliche Pflicht extra Lippenstift aufgetragen«, kommentierte Julika, der selten etwas entging.

Nele warf ihr eine Kusshand zu, dann nahm sie die Schüssel und trat durch die Terrassentür in den dunklen Herbstabend.

»Da waren's nur noch vier«, murmelte Dorothee. Dann ging ein Strahlen über ihr Gesicht. »Möchte jemand von euch ein bisschen Vanilleeis zum Bratapfel?«, fragte sie.

Drei Schalen wurden hochgehoben.

»Ich werde hier auch immer dicker«, meinte Marion und gab Alexis ein winziges Stücken gekochten Apfel, das er gierig fraß. »Aber hey, es ist die köstlichste Mutation, die ich mir vorstellen kann.«

»Nele bleibt ganz schön lange«, sagte Julika. Sie hatten den kommenden Tag geplant, Eva hatte erzählt, wie sie sich ihr zweites Apfelbuch vorstellte, welche Rezepte sie schon mit Dorothees Hilfe zusammengetragen hatte. Julika stand auf, ging zur Terrassentür und öffnete sie. »Schaut mal.«

Wie am Vorabend leuchtete Felix' Zelt in der Dunkelheit. Aber nun sah man die Silhouetten von zwei Personen – wie bei einem Schattenspiel.

Die anderen traten neben Julika. »Vielleicht sollte man Nele sagen, dass man alles sieht, was sie so treiben. Dass das Zelt wie eine hübsche kleine Leuchtbühne ist. Nur

179

für den Fall, dass sie etwas anderes tun wollen, als sich zu unterhalten«, schlug Dorothee vor.

»Hast du den Nerv, da jetzt hinzugehen?«, fragte Julika.

Sie beobachteten, wie sich die Schatten so nah kamen, dass es wie eine Person aussah, dann sich wieder trennten, ein Schatten den Arm ausstreckte, der andere Schatten ebenfalls, schließlich trennten sie sich wieder.

»Nee. Hab ich nicht«, erklärte Dorothee.

»Was machen sie da bloß?«, wunderte sich Marion. »Füttern sie sich gegenseitig mit Bratäpfeln?«

Eva kicherte. »Nele fragt ihn mit raffinierten Mitteln aus. Das ist doch der Grund, weshalb sie zu ihm gegangen ist.«

»Das glaubst du nicht wirklich, oder?« Julika runzelte die Stirn, als die Schatten wieder zu einer Einheit wurden.

»Ich weiß nicht, was ich glauben soll. Wahrscheinlich weiß auch Nele nicht, was sie glauben soll. Aber ein Rendezvous im Apfelgarten lässt viele Möglichkeiten offen. Da ist ja der Sündenfall quasi vorprogrammiert. Ich meine, das ist ja fast wie ein Date im Paradies, oder?«

»Außer dass es kalt, feucht und dunkel ist und man sehr viel dabei anhat«, bemerkte Julika und schloss schaudernd die Tür. »Huuh! Eisig! Ich nehm mir noch ein Glas Apfelsaft, dann verzieh ich mich nach oben. Möchtet ihr auch noch was trinken?«

Die anderen winkten ab und setzten sich wieder, Julika ging in die Küche.

»Wenn sie oben ist, können wir drei ein Glas Wein trinken«, flüsterte Marion und rieb die Hände über dem Kaminofen. »Wir wollen sie ja nicht in Versuchung führen!«

»Wenn Julika oben ist, gehe ich rüber«, erklärte Eva.

»Dann bleibt für uns mehr Rotwein«, sagte Marion und zwinkerte Dorothee zu.

Sie hörten Julika in der Küche rumoren. Dann herrschte Stille.

Und plötzlich erklang ein lautes, bedrohliches Gurgeln, gefolgt von einem Geräusch, das sich anhörte, als ob jemand erwürgt wurde.

Sie sprangen auf und stürzten in die Küche, nicht sicher, was sie dort sehen würde. Es sah aus, als ob Julika einen asthmatischen Anfall hätte. Sie stand am Spülbecken, mit dem Rücken zu ihnen, und rang mühsam nach Atem, zitterte und spuckte. Dann ließ sie Wasser laufen und nahm einen Schluck, den sie ebenfalls ausspuckte. Immer wieder. Schließlich drehte sie sich um. Ihre Augen waren gerötet, und sie schüttelte sich.

»Julika! Was hast du?«, rief Dorothee und klopfte ihr ein bisschen zu fest auf den Rücken.

»Das war ja wohl das Ekligste, was ich jemals getrunken habe«, keuchte Julika. »Ich dachte schon, ich hätte mich vergiftet. Aber das ist es wohl nicht.«

»Was hast du denn getrunken?«, fragte Dorothee aufgeregt. Sie überlegte, ob sie irgendwo Reinigungsmittel in einer Flasche gesehen hatte, das Julika möglicherweise erwischt hatte – nein. Das konnte nicht sein.

Julika goss den Rest Flüssigkeit, der noch in ihrem Glas war, ins Spülbecken und ging in die Speisekammer, die sich an die Küche anschloss. Sie griff nach einer Flasche auf dem Regalbrett.

»Hier. Ich dachte, das wäre unser selbst gemachter Apfelsaft. Ich habe einen Riesenschluck genommen«, sagte sie, öffnete sie und schnupperte. »Bäh ...«

Sie hielt die Flasche den anderen hin.

»Unseren selbst gemachten Apfelsaft habe ich gleich in den Kühlschrank gestellt. Damit er nicht verdirbt«, erklärte Dorothee.

»Das weiß ich jetzt auch«, meinte Julika übellaunig. »Das hier ist Apfelessig. Wahrscheinlich alt und in jedem Fall ziemlich stark.« Sie hielt die Flasche gegen das Licht. Schimmel schwebte durch die trübe Flüssigkeit, grüne, schleimige Flocken. »Das ist so supereklig!«

»Dabei ist Apfelessig eigentlich gesund«, meinte Eva. »Ein reines Naturprodukt. Er wird nicht steril abgefüllt worden sein.«

»Den hier kann man, gesund hin oder her, jedenfalls vergessen«, entschied Julika. Ihre Stimme klang immer noch rau vom Husten und Spucken. »Ich werde nie mehr Salat essen können, der mit Apfelessig angemacht ist.« Sie goss den Rest der Flasche in das Spülbecken. Ganz zum Schluss flutschte ein durchsichtiger Klumpen, der fast wie Gelatine aussah, heraus. Er glibberte zum Ausguss, wo er leise zitternd liegen blieb.

»Ich glaub, ich muss mich übergeben«, sagte Julika gepresst und stürmte aus der Küche.

»Gute Besserung!«, rief Eva ihr nach.

»Die Arme«, meinte Marion, aber es klang, als ob sich ihr Mitleid für Julika in Grenzen hielt. »Auf einmal ist sie empfindlich. Ausgerechnet sie, die uns in Venedig Fische mit Innereien serviert hat. Hey, wollen wir jetzt endlich den Wein öffnen?«

»Warte …« Eva ging in die Speisekammer und überprüfte die anderen Flaschen, die dort standen. Sie hielt sie gegen das Licht und schwenkte sie leicht hin und her, um zu sehen, ob der Saft eine Gärschicht, Schlieren oder Gallert hatte oder sonst wie leise vor sich hin blubberte. »Die ist gut«, murmelte sie, »die nicht, die schon …« Als sie fertig war, hatte sie von acht Flaschen vier aussortiert. »Damit können wir doch was anfangen«, sagte sie. »Zum Beispiel Gewürzessig machen.«

»Ich kann ja mal im Internet schauen, was es an Essigrezepten gibt«, schlug Dorothee vor und griff nach ihrem Smartphone. Sie tippte darauf rum, dann erklärte sie: »Das durchsichtige Zeug ist die Essigmutter.«

Marion lachte. »Das passt ja. Bleibt durchsichtig im Hintergrund, aber prägt die ganze Brut. Macht aus dem Saft den Essig.«

»Und wenn man Essig herstellen will«, fuhr Dorothee fort, »… fischt man einfach die Essigmutter raus und gibt sie in Saft. Ein bisschen Zucker. Dann lässt man alles an der Luft stehen und voilà, fertig ist der Essig. So steht's hier.«

»Wie ein Kefirpilz«, meinte Marion.

»Wenn ich mir vorstelle, was das im Bioladen kostet.« Eva schüttelte den Kopf. »Wieder was gelernt. Wieder ein Projekt für den Hofladen. Wieder eine Verwendungsmöglichkeit für die Äpfel.« Sie klang sehr zufrieden.

In diesem Moment kam Nele in die Küche. »Felix sagt, es ist echt schade, dass es hier keine Witwenmacher gibt«, verkündete sie. Die grüne Mütze trug sie nicht mehr, dafür waren ihre blonden Haare verwuschelt, als wäre sie mit allen zehn Fingern hindurchgefahren. Oder jemand anders. Sie hatte rote Wangen – und eine rote Nase. »Es ist ganz schön kalt da draußen!« Sie stellte die leere Schale in die Spüle. »Hat ihm gut geschmeckt. Danke, Dorothee.«

»Und er will wirklich weiter da draußen schlafen?«, fragte Eva.

»Absolut«, bestätigte Nele. »Mit seiner Naturnähe spinnt er ein bisschen. Auf der anderen Seite … Es ist faszinierend, was er alles weiß.«

»Was sind denn Witwenmacher?«, fragte Marion interessiert.

Sie war auf Männer nur eingeschränkt gut zu sprechen, und dieses Wort klang, als ob es für etwas stünde, das die Lösung für viele Probleme sein konnte, die sie in ihrem Bekanntenkreis beobachtete.

Nele warf einen Blick in die Runde. »Erzähl ich gleich. Ist Julika nicht da?«

»Nö, die ist schon oben.«

»Super! Dann können wir ja was trinken.«

Sie nahm eine Flasche Rotwein von der Küchenablage, öffnete sie, griff nach vier Gläsern und ging den anderen voraus ins Wohnzimmer. Als sie alles auf dem Couchtisch abgestellt hatte, warf sie ihre Jacke auf einen Sessel. Sie schenkte allen ein, nahm ein Glas und kuschelte sich in die Sofaecke.

Eva warf einen Blick auf die Uhr, die über dem Kaminofen hing. »Es ist spät, ich muss ins Bett.«

»Ach, du mit deinen Hühnerschlafenszeiten. In Berlin hast du immer am längsten in den Kneipen ausgehalten«, foppte Nele sie. »Aber na ja, das ist schließlich Jahre her. Also, ich hab Felix jetzt alles über Seidel erzählt. Das meiste wusste er ja noch nicht. Und er meinte, man müsste ihn nur der Natur überlassen.« Nele sah triumphierend in die ratlosen Gesichter der Freundinnen.

»Wie denn?«

Unbekümmert zuckte Nele mit den Achseln. »Das hat er nicht näher erklärt. Aber er hat von den Witwenmachern in Australien gesprochen. Ganze Eukalyptuswälder gibt es dort, und wenn es zu heiß ist oder die Bäume zu wenig Flüssigkeit bekommen, lassen sie unvermittelt richtig dicke Äste fallen. Ohne dass der leiseste Hauch Wind weht. Wenn da zufällig jemand darunter her wandert, kann es ihn eiskalt erwischen. Witwenmacher eben.« Nele konnte sich vor Begeisterung kaum halten, die Freundinnen sahen sie ratlos an. »Das wäre fantastisch, oder?«

»Was denn?«, fragte Marion, die überhaupt nicht verstand, wofür sich Nele so begeisterte.

»Na, wenn so ein Ast herunterkrachen und Seidel das Zeitliche segnen würde.«

Eva schüttelte den Kopf. »Aber Nele, das ist doch Quatsch. Zum einen sind wir nicht in Australien, sondern in Wannsee in der Mark. Da findest du Eukalyptus höchstens in Wick VapoRub, Halsbonbons und Badezusatz. Zum anderen wäre es ein riesiger Zufall, wenn Seidel gerade in dem Moment unter einem Baum stünde, wenn der einen Ast abwerfen würde. Selbst wenn wir Seidel bei einem Sturm in die Wälder locken würden, wäre das unwahrscheinlich. Davon mal abgesehen, dass er bei Starkwind wahrscheinlich gar nicht rausginge. Da hätte er bestimmt viel zu viel Sorge um seine Fuchstolle.«

»Du hast recht, Eva«, beschwichtigte Nele sie. »Ich meine ja nur, vielleicht gibt es irgendwelche Lösungen zu dem Seidel-Problem, an die wir nur noch nicht gedacht haben. Etwas, das ganz natürlich wirkt und ihm trotzdem den Garaus macht. Ich fand die Geschichte mit den Witwenmachern so cool. Ihr nicht?«

»Nicht wirklich«, sagte Dorothee und nippte an ihrem Rotwein. »Ich finde es unrealistisch. Und nennt mich zu empfindlich, aber ich wünsche Seidel nicht den Tod. Ich will bloß, dass er keine Spielhölle in unserem schönen Dorf baut. Und dass er verschwindet. Am besten spurlos. Wie vom Erdboden verschluckt.« Ihre dunklen Augen glitzerten mordlustig, womit sie jeden humanitären Anspruch, was Borg Seidel anging, zurücknahm.

»Den Tod wünsche ich ihm auch nicht«, meinte Eva bedeutend sanftmütiger. »Dass die Natur uns dieses Ekelpaket vom Hals schafft, wird nicht passieren. Ich habe nicht die leiseste Ahnung, wie man diesen Mann loswerden könnte. Vor vier Jahren hatten wir einen ganzen Haufen guter Ideen, wie wir es Sauert heimzahlen könnten.« Sie hob die Hand und lauschte. »Hört ihr das?«

Maschinengeräusche drangen bis ins Wohnzimmer.

Eva schüttelte entnervt den Kopf. »Seidels Schwarzarbeiter legen wieder eine Nachtschicht ein. Ich verstehe überhaupt nicht, warum. Er kann sie doch genauso gut tagsüber bauen lassen.«

Marion sah sie listig an. »Das ist praktisch ein Schuldeingeständnis. Was immer er macht, er will nicht, dass es ans Tageslicht kommt.«

Die anderen sahen sie beeindruckt an, schließlich nickte Eva und stand auf. »Da hast du sicher recht. Trotzdem gehe ich jetzt, Mädels.« Sie trank ihren Rotwein aus und winkte in die Runde. »Morgen müssen wir im Garten weiterschaffen. Am liebsten hätte ich ein paar mehr Leute … Hat Felix dir gesagt, ob er morgen noch bleibt, Nele?«

Nele schüttelte den Kopf. »Nö. Ich denke mal, ja. Er will bestimmt weiter den Apfelgarten erforschen und sich

Notizen über seine Erkenntnisse machen. Er scheint sich ganz wohl hier zu fühlen.«

»Umso besser. Dann kann er uns wieder helfen. Ich hoffe, wir haben die Gammeläpfel bald alle weggeschafft. Und dafür brauchen wir unsere ganze Kraft. Gute Nacht, schlaft schön«, ergänzte Eva.

Als Nele aufstand, um hinter Eva die Terrassentür zu schließen, hörten sie es beide: Felix spielte wieder Geige. Eva ging bewusst langsam zu ihrem Hof, und Nele blieb in der offenen Tür stehen. Es war bezaubernd: die Herbstnacht, die Bäume, die Melodie … Er spielte eine Ode an den Apfel.

15. Kapitel

Wenn ich wüsste, dass morgen die Welt unterginge,
würde ich heute noch ein Apfelbäumchen pflanzen.
MARTIN LUTHER

Am nächsten Morgen erwachten die Freundinnen im Apfelhaus bei strahlendem Sonnenschein, der selbst zur frühen Stunde schon sanft wärmte. Es war, als hätte sich das Wetter entschieden, den Oktober zu ignorieren und auf Sommer zurückzuschalten.

Selbst die Vögel zwitscherten in den Apfelbäumen, als wäre nicht Herbst, sondern Frühling. Nur die welken Blätter, die gelegentlich in eleganten Schnörkeln zu Boden schwebten, wollten nicht zu der angenehmen Temperatur passen.

Die Freundinnen, die nach und nach in der Küche erschienen, wirkten wacher als am Tag zuvor. Ihre Gelenke fühlten sich beweglicher an, ihre Schritte waren schwungvoller, ihr Lachen beim ersten Kaffee klang zufriedener und fröhlicher.

Selbst das Gespenst Seidel war im wärmenden Sonnenlicht etwas weniger bedrohlich.

Als Felix die Augen aufschlug und sich von der Schlafsackkapuze befreite, fror er weniger als am vorherigen Morgen. Er roch den frischen Kaffee bis in den Garten und erschien in der Küche in Jeans, Latschen und einem dunkelblauen T-Shirt, ein Handtuch über der Schulter.

»Kann ich mal euer Bad benutzen?«, fragte er, und als er zurückkam, setzte er sich neben Nele, wo für ihn bereits gedeckt war.

Sie frühstückten gemütlich, als würde nicht draußen ein Tag voller Arbeit auf sie warten.

»Eva ist noch nicht da. Wir sollten unbedingt auf sie warten. Ich meine, wir haben ja auch Ferien. Wir können uns schließlich unmöglich kaputtarbeiten«, sagte Julika und nahm sich noch etwas Rührei.

Was ironisch klang, denn soweit die anderen wussten, hatte Julika nie gearbeitet, von »kaputt« konnte gar keine Rede sein. Irgendwie war es ihr immer gelungen, ein Leben zu führen, in dem sie ihre Interessen sehr gut verfolgen konnte: Kulturveranstaltungen und Ausstellungen besuchen, Reisen machen, in guten Restaurants speisen. Auf der anderen Seite war sie immer großzügig, von daher kommentierte niemand ihre zweifelhafte Aussage. Selbst wenn das anschließende Trinken des Kaffees ein wenig nachdenklich klang.

Da klingelte es.

»Nanu?«, fragte Marion. »Ist das Eva? Sie hat doch einen Schlüssel.« Sie stand auf und ging zur Tür. Die anderen aßen schweigend weiter. Mit einem Ohr horchten sie in Richtung Flur. Kurz darauf kam Marion zurück, mit einem höchst seltsamen Gesichtsausdruck. »Wir haben Besuch«, sagte sie.

Zwei Gestalten betraten die Küche hinter ihr: eine große und eine kleine.

»Nein! Was macht ihr denn hier?«, rief Dorothee, sprang auf und rannte zur Tür.

In diesem Moment kam auch Eva in die Küche. Sie blieb stehen, wo sie war, und versuchte, sich ein Bild davon zu machen, was gerade vor sich ging. Als sie meinte, es erfasst zu haben, blickte sie zu Nele, um jemanden zu finden, mit dem sie wortlos ihre Gedanken teilen konnte.

Sie schauten sich an, Nele am Tisch, Eva in der Tür, mit weit aufgerissenen Augen, beide schüttelten den Kopf. Nicht möglich, schien das zu bedeuten. Was ist denn da passiert?, formte Nele lautlos mit den Lippen. Denn hätten sie Dorothees Tochter Mimi, die mit ihrem kleinen Sohn Tonio mitten in der Küche stand, irgendwo anders getroffen, hätten sie sie niemals wiedererkannt.

Die aufgebrezelte dünne Mimi, die damals während ihres denkwürdigen Sommers nach Wannsee gekommen war und sie alle gründlich genervt hatte, war verschwunden. Mitsamt ihren provokant kurzen Miniminiröcken in knalligen Farben, den engen Tanktops und den langen, langen Fingernägeln, derentwegen sie sich geweigert hatte, auch nur einen Apfel anzufassen. Und das mitten in der Erntezeit.

»Hallo, Mimi!«, sagte Eva erstaunt. Marion, Nele und Julika wiederholten die Begrüßung, nicht minder erstaunt.

Im Gegensatz zu damals war Mimi weder stark geschminkt, noch hatte sie lange Fingernägel. Und sie trug nicht enges Bunt, sondern weites Schwarz. Aber vor allem war sie ... schwerer. Mindestens dreißig Kilo schwerer. War Dorothee früher die Kräftige gewesen, wirkte sie nun im Vergleich zu ihrer Tochter geradezu zierlich.

»Du hättest mir doch sagen können, dass ihr kommt. Ich hätte etwas vorbereitet! Warum hast du mir denn keine WhatsApp geschickt? Dass dein oller Wagen es überhaupt bis hierher geschafft hat! Wann seid ihr denn heute Morgen losgefahren?«, schimpfte Dorothee liebevoll mit ihrer Tochter und beugte sich dann zu ihrem Enkel hinunter, um ihm einen lauten Schmatzer zu geben. »Tonio, mein Schatz! Komm, gib Oma ein Küsschen.«

Tonio schüttelte energisch den Kopf und wischte sich die Spucke von der Wange. »Will ich nicht!«

Jetzt erst schauten die vier Freundinnen zu dem kleinen Kerl an Mimis Seite, und auf ihren Gesichtern breitete sich ein entzücktes Lächeln aus, auch wenn sie alle vier keine Kinder hatten.

Denn der Kleine, der neugierig zu ihnen hochschaute, war einfach süß. Anders konnte man es nicht sagen. Mit seinen dunklen Augen und dunklen Haaren schien er mehr nach Dorothee als nach Mimi zu kommen, die blond war. Seine Haut war hell und voller klitzekleiner Sommersprossen, besonders auf seiner Stupsnase, sein Haar war fast kinnlang, was vielleicht eine weise Entscheidung war, denn die Ohren lugten kess hervor – Tonio hat Abstehohren, die ihm aber etwas Verschmitztes gaben. Er wirkte sehr zierlich in seiner Jeans und seinem kleinen Kapuzenshirt. BORN TO PLAY stand darauf. Voller Energie und Rastlosigkeit rannte er an der Hand seiner Mutter auf der Stelle wie ein Läufer, der sich für das erste Rennen des Tages aufwärmte.

»Was hast du denn da für einen süßen Fratz mitgebracht, Mimi?«, fragte Eva und lächelte den Jungen an.

Julika, sonst eher schroff im Umgang mit Kindern, sah hingerissen aus.

Nele überlegte, ob es wirklich zu spät für eigene Kinder war.

Marion dachte über Lerneinheiten für Vorschüler nach.

»Das ist unser Tonio«, erklärte Dorothee, ohne Mimi zu Wort kommen lassen.

»Ich will raus«, sagte der Kleine und schaute sehnsüchtig aus dem Fenster.

Bei dem prachtvollen Wetter und der Aussicht auf ein unbekanntes Grundstück, das es zu erkunden gab, musste der Garten für einen Stadtjungen wie ein Abenteuerspielplatz sein.

Dorothee zögerte. »Willst du nicht erst was essen?« Er schüttelte den Kopf. »Ach, Toni ist so ein schlechter Esser.« Dorothee seufzte und begann trotzdem, ein Brot mit Butter zu beschmieren und anschließend dick Apfelgelee daraufzustreichen. Sie hielt es Tonio hin, aber wieder schüttelte er nur den Kopf. »Einen Happs für Oma«, schmeichelte Dorothee. Ohne Erfolg.

»Ich geh mit dir raus«, sagte Felix überraschend. »Ich bin fertig. Ich zeig dir den Apfelgarten. Magst du Äpfel?« Er stand auf, stellte sein Geschirr zusammen und brachte es zur Spüle.

Tonio sah ihn groß an. »Äpfel mag ich gern«, sagte er.

»Das musst du nicht, Felix«, widersprach Dorothee und schob den Teller mit dem geschmierten Brot von sich. »Ich räume schnell ab, dann gehen wir zusammen raus, nicht wahr, Toni? Du willst bestimmt lieber mit Oma in den Apfelgarten …«

Toni sah zu ihr, dann zu Felix. »Nein«, widersprach er. »Ich geh mit dem Mann da raus.«

»Lass ihn einfach«, sagte Mimi.

Und weg waren sie.

»Hm«, grummelte Dorothee. »Du kennst Felix doch gar nicht. Wie kannst du ihm denn den Jungen anvertrauen?«

Mimi zuckte mit den Schultern. »Ihr kennt ihn, das muss reichen. Was soll denn schon passieren?«

»Wir kennen ihn auch noch nicht lange«, erwiderte Nele. »Ich würd trotzdem mal sagen, er tut eurem Tonio nichts.«

Sie warf Eva wieder einen Blick zu. Sie wussten zwar beide, dass Mimi bei Dorothee wohnte. Aber bedeutete das, dass sie das Familienoberhaupt war? Oder war es eine gleichberechtigte WG?

»Wo ist eigentlich Lennart?«, fragte Eva.

Vor vier Jahren war Mimis Freund ebenfalls unvermittelt bei ihnen in Wannsee aufgetaucht. Damals waren Mimi und er sehr verliebt und die Nächte im Apfelhaus dementsprechend laut und peinlich für die Freundinnen gewesen.

»Weg«, sagte Mimi und setzte sich auf Felix' Platz.

Dorothee sprang auf und holte ihr ungefragt Teller und Kaffeebecher. »Der Blödmann. Er hat uns kurz nach Tonis Geburt verlassen. Und zahlen tut er auch nicht.«

»Tststst«, machte Marion ungehalten. »Wieder mal ein Mann, der sich vor seiner Verantwortung drückt.«

»Das Sozialamt springt ein«, ergänzte Mimi.

»Wo ist der Witwenmacher, wenn man ihn braucht?«, fragte Nele seufzend.

»Wir brauchen keine Männer. Wir sind besser dran ohne sie«, erklärte Dorothee. »Stimmt's, Mimi?«

»Aber einen kleinen Mann habt ihr jetzt im Haus«, meinte Nele und zeigte nach draußen. Hand in Hand gingen Felix und Tonio an den Apfelbäumen entlang, bis sie vor Felix' Zelt stehen blieben. »Da kann ja ein bisschen Kontakt zu einem großen Mann nicht schaden. Identifikation und so, du weißt schon.«

»Toni steht im Moment total auf Indianer«, sagte Dorothee nachdenklich. »Er wird von dem Zelt begeistert sein.«

Wahrscheinlich auch von Felix, weil er selbst ein bisschen wie ein Indianer aussieht, dachte Nele. »Dann hat er ja jetzt seinen Häuptling gefunden.«

»Ist Toni im Kindergarten?«, fragte Eva.

»Noch nicht«, antwortete Mimi und griff nach dem dick beschmierten Brot, das Tonio verschmäht hatte. »Mama will das nicht. Ich fände es eigentlich schön, wenn er mit anderen Kindern spielen würde. Dann könnte ich auch wieder arbeiten …«

»In der Kita sind Kinder so oft erkältet«, fügte Dorothee energisch hinzu. »Das liegt an den anderen Eltern. Sie schicken ihre Kinder nach einer Erkältung viel zu früh zurück. So weit wollen wir es gar nicht kommen lassen, stimmt's, Mimi? Wir lassen ihn gern zu Hause. Außerdem wird er bei uns viel mehr gefördert. Er ist ja ein außerordentlich begabter Junge. Ich kümmere mich den ganzen Tag um unseren kleinen Liebling. Wenn du unbedingt wieder als Kosmetikerin jobben willst, kannst du das gerne tun.«

Eva konnte kaum an sich halten. Sie musste an die Essigmutter denken, die durchsichtig, aber allgegenwärtig den süßen Saft in saure Würze verwandelte. So viel Kontrolle würde sie ersticken. Genau so war es vor vier Jahren gewesen, als Dorothee erklärt hatte, dass Blut dicker als Apfelsaft sei. Sie hatte das Apfelhaus verlassen und die Freundinnen im Stich gelassen, um in Berlin ganz für die schwangere Mimi da sein zu können. Damals hatte Mimi nichts gegen dieses Übermütterliche einzuwenden gehabt, hatte es von Dorothee sogar gefordert.

»Jede Wette, dass der Kleine eine Menge über Bäume und Natur weiß, wenn er zurückkommt«, sagte Nele.

Marion schaute so intensiv zu dem Zelt, in dem Felix und Tonio verschwunden waren, dass Eva ahnte: Sie hatte bereits in den Grundschullehrermodus geschaltet.

Mimi schien interessierter daran, was es noch zu essen und zu trinken gab, als an der Entwicklung ihres Sohnes.

»Was ist das?«, fragte sie und zeigte auf die drei Flaschen, die Eva am Vortag aussortiert hatte.

»Apfelessig«, erklärte Dorothee und wandte sich wieder dem Fenster zu.

»Ist das nicht gut fürs Abnehmen?«, fragte Mimi, nun deutlich interessiert. »Ich habe mal so was auf einer Diät-seite gelesen.«

Dorothee tickerte sofort auf ihrem Smartphone rum. »Du hast recht, Mimi«, sagte sie so erstaunt, als ob ihre Tochter sonst selten etwas Vernünftiges sagte. »Hier steht, dass jeden Morgen ein Glas verdünnter Apfelessig beim Abnehmen Wunder wirken kann. Enzyme, Verbrennung und was nicht. Oh, hier steht allerdings auch, dass das Quatsch ist. Ich glaube, das klappt nicht. Lass das mal lieber sein.«

»Ich will es aber versuchen«, erklärte Mimi.

Dorothee stand auf, holte eine Flasche Apfelessig und Mineralwasser. »Möchte noch jemand was?« Nele, Eva und Marion hielten ihre Becher hin, Dorothee schenkte ihnen Essig und Wasser ein. »Kampf den Kalorien! Weg mit dem Hüftgold!«

»Ich bestimmt nicht. Der Essig gestern hat mir gereicht.« Julika trank ungerührt weiter ihren Kaffee. »In jedem Fall ist es wunderbar, dass du gekommen bist, Mimi«,

meinte sie, während alle anderen an ihren sauren Geträn-
ken nippten und das Gesicht verzogen.

»Warum?« Mimi sah sie misstrauisch über den Glas-
rand an.

»Weil du uns beim Ernten, Verarbeiten und Herrichten
des Apfelgartens helfen kannst. Dorothee hat tolle Rezepte
gesammelt, genau wie vor vier Jahren. Erinnerst du dich?
Da hast du das auch so gern gemacht. Wir finden für dich
bestimmt ein paar Handschuhe, die wirst du gut brauchen
können. Wenn wir die gammligen Äpfel aufsammeln und
sie zum Kompost fahren, die guten Äpfel sortieren und
die schönsten pflücken. Hast du nicht gestern erst gesagt,
dass wir weitere Leute zum Helfen benötigen, Eva? Da ist
Mimi doch fast ein Geschenk des Himmels. Sie kommt
wie gerufen. Und hinterher können wir zusammen was
Schönes kochen. Kochst du eigentlich genauso gern wie
deine Mutter, Mimi?«

Julika konnte wirklich gemein sein. Wahrscheinlich hatte sie Mimi immer noch nicht verziehen, dass sie damals
schamlos mit Sergio geflirtet hatte.

Und Mimi sah plötzlich aus, als ob sie gerade in einen
besonders sauren Apfel gebissen hätte. Aber dann sagte sie
zum Erstaunen aller: »Du hast recht. Ich hab nichts dagegen, euch zu helfen. Ich glaube, vor vier Jahren war ich ein
ziemlich verwöhntes Biest. Ein bisschen werde ich mich
geändert haben. Nicht nur äußerlich.«

Unglücklich klopfte sie sich auf die breiten Hüften, die
links und rechts über die Sitzfläche des Küchenstuhls quol-
len.

16. Kapitel

Ich werde nie zum Frühling sagen: Verzeihen Sie, Sie haben dort ein welkes Blatt. Oder zum Herbst: Nehmen Sie es ja nicht übel, dieser Apfel ist nur zur Hälfte rot.

CHRISTIAN FRIEDRICH HEBBEL

Als sie mit Handschuhen, Schubkarren, Körben und Schaufeln ausgerüstet in den Garten traten, hörten sie Tonio in der Ferne lachen und rufen.

Felix und er waren nicht länger im Zelt. Der Junge kletterte gerade auf einen Apfelbaum. Felix hatte ihn offenbar auf den untersten Ast gehoben, von dort hangelte er sich mit der ganzen Kraft eines entschlossenen Dreijährigen zum nächsten. Der Ast setzte allenfalls auf der Höhe von Felix' Hüfte an, aber für Tonio war es hoch.

»O mein Gott! Wenn er fällt!«, rief Dorothee erschrocken. »Mimi, sag Felix, dass er Tonio nicht so in Gefahr bringen darf. Felix, pass auf meinen Enkel auf! So was würde ich ihm nie erlauben, wenn wir zusammen auf dem Spielplatz sind.«

Mimi schwieg.

»Felix steht doch direkt hinter ihm, Dorothee. Er würde ihn auffangen«, beschwichtigte Nele sie.

Sie fragte sich, ob Felix eigentlich eine Familie hatte. Auf jeden Fall wirkte er wie jemand, der sich gut mit kleinen Kindern auskannte.

Felix winkte ihnen zu, während er mit Tonio redete. Schließlich ließ der Kleine sich einfach vom Baum rückwärts in Felix' Arme fallen.

»Huch!«, rief Dorothee.

Aber Felix fing ihn auf, setzte ihn sich auf die Schultern und kam zu ihnen herüber. Er hob den strahlenden Tonio schwungvoll aus luftiger Höhe hinunter, der sah ihn an, als wäre er sein persönlicher Held. Was wahrscheinlich der Fall war.

»Dann wollen wir mal«, erklärte er, zog die alten Handschuhe von Loh an und griff nach der Schubkarre. Neben ihm stand Tonio.

»Ich auch?«, fragte er schüchtern.

»Na klar, du auch. Wir brauchen jede Hand. Pack an«, erklärte Felix, als spräche er mit einem Erwachsenen.

Vielleicht ist das der Grund, weshalb Tonio ihn so anstrahlt, dachte Nele. Zwischen einer schweigenden Mutter und einer Überoma will er einfach ernst genommen werden.

Wer wollte das nicht?

Am Morgen war es schon warm gewesen – mittags brannte die Sonne regelrecht vom Himmel. Sie hatten die Körbe unter die drei Apfelbäume gestellt, die sie abernten wollten: Boskop, Berlepsch, Eisapfel. Aber nach einer Stunde war klar, dass das nicht zu schaffen war.

Schon der Boskoop hing so voller Äpfel, dass die großen Körbe bald voll waren, obwohl am Baum immer noch Früchte hingen. Also machten sie weiter damit, das verrottete Fallobst aufzulesen und an den Zaun zu fahren. Sie fühlten sich alle zunehmend matter und verschwitzter. Ihre Jacken hatten sie ausgezogen und an diverse Äste gehängt, sodass die viel zu warmen Kleidungsstücke wie modische Vogelscheuchen im Wind wehten.

Nur Tonios Energie war unerschöpflich. Jeden frisch gefallenen Apfel, den er im Gras entdeckte, brachte er Felix, der ihn in einen der vielen Körbe legte und dabei leise die Namen wie ein pomologisches Rätsel murmelte: »Vielleicht ein Rosenapfel, vermutlich der Winterprinz, eventuell ein Zimtapfel, ganz sicher eine Goldrenette …«

Eva, die sich, als sie das Haus geerbt hatten, intensiv mit den alten Apfelsorten beschäftigt hatte, war es unbegreiflich, wie Felix das aus dem Kopf wissen konnte. Aber er konnte es. Und dann beschlossen sie endlich ächzend und stöhnend, dass es genug war.

Dorothee verschwand im Haus. »Ich will unbedingt endlich die Currysuppe machen! Aber für unseren kleinen Schatz ohne Cayennepfeffer!«

Julika gähnte und murmelte etwas von einem Schläfchen, und Nele hatte makellose Äpfel von Dunkelrot bis Hellgrün, von Orange bis Zartgelb gepflückt, sie poliert, bis sie schimmerten, und machte nun auf der Terrasse hoch konzentriert Aufnahmen.

In einem alten Henkelkorb, den sie in der Scheune gefunden hatte, türmten sich die Früchte, daneben hatte sie weitere Äpfel auf der alten Holztischplatte drapiert: ein leuchtendes Oktoberstillleben zwischen mundwässernd und Kunst.

Felix hatte zwei volle Körbe auf die Straße für die Wannseer geschleppt, jetzt nahm er einen weiteren Korb und ging mit Eva zusammen auf den Nachbarhof.

Loh war gerade im Begriff, auf den Trecker zu klettern.

»Brauchst du Hilfe, Loh?«, fragte Felix spontan.

Mitten in der Bewegung hielt Loh inne. »Ich wollte eigentlich zu den Rindern fahren. Aber weißt du, der Tresen im Laden muss fertig werden. Hätte ich eigentlich mit Gandalf gemacht …«

Felix rieb sich unternehmungslustig die Hände. »Ich bin dabei!«

Mimi und Tonio blieben unter dem Apfelbaum stehen, auf den Tonio mit Felix' Hilfe geklettert war. Tonio wollte ihn unbedingt allein bezwingen. Obwohl er nicht weit kam, weil die Sohlen seiner kleinen Turnschuhe immer wieder an der Rinde abrutschten, versuchte er es unermüdlich. Mimi stand mit verschränkten Armen daneben, als wäre sie nicht daran gewöhnt, ihm Hilfestellung zu geben. Plötzlich ging ein Ruck durch sie. Sie hob ihn auf den ersten Ast.

Eine Apfelreihe weiter war Marion mit ihren Tai-Chi-Übungen beschäftigt. Sie reckte und dehnte sich, kam von einer Figur in die nächste, malte unsichtbare Zeichen in die Luft, verlagerte das Gewicht auf die Fersen und drehte sich behutsam. Wie herrlich war es, sich gemächlich im Freien wie die Chinesen in einem Park zu bewegen, im leichten Wind, im Sonnenlicht, im Halbschatten der verbliebenen Blätter! Jetzt die Figur *Der Kranich breitet die Flügel aus,* dann *Die schöne Dame am Webstuhl,* dann *Die Mähne des Wildpferdes teilen* und schließlich ihre Lieblingsübung *Den Tiger mit dem bösen Blick anschauen …* Marion schaute auf die Uhr, was sie raffiniert in eine Tai-Chi-Übung einbaute, die sie spontan *Die korrekte Lehrerin überprüft die Zeit* nannte: Dorothee würde bestimmt noch eine halbe Stunde brauchen, bis das Essen fertig war.

»Was machst du da?« Unvermittelt stand Tonio neben ihr.

»Tai-Chi. Chinesische Gymnastik. Diese Übung heißt *Den Himmel stützen.*« Sie hob die Arme, verschränkte die Hände und führte sie hoch über den Kopf. Tonio machte es ihr nach – ein Dreijähriger, der die Last des gesamten Firmaments fest auf seinen schmalen Schultern trug.

Marion ließ die Hände sinken. Ihr war eine Idee gekommen.

»Wollen wir vor dem Mittagessen einen kleinen Spaziergang machen?«, fragte sie Tonio und Mimi, die ebenfalls zu ihr gekommen war.

Mimi schüttelte abwehrend den Kopf. »Nein, echt nicht. So viel wie heute hab ich mich seit Monaten nicht mehr bewegt. Mir tut alles weh.«

»Ich will aber«, sagte Tonio. »Wohin denn?«

»Zu den Wiesen dahinten, dachte ich. Oder vielleicht zu dem Hünengrab, das ist allerdings ein ganzes Stückchen weiter.« Marion wies in die Ferne.

»Sind da viele tote Hühner?«, fragte Tonio.

»Hühner?«, fragte Marion verwundert und bückte sich, um eine hübsch gemusterte kleine Feder aufzuheben, die sie am Fuß des Apfelbaumes entdeckt hatte, unter dem sie standen.

»Die in den Gräbern.«

»Welche Gräber meinst du?«

»Die Hühnergräber. Hast du doch eben gesagt.«

Marion lachte und erklärte es ihm, während sie sich auf den Weg machten. Solange sie im Apfelgarten waren, musste sie sich immer wieder bücken, um nicht an niedrig hängenden Zweigen hängen zu bleiben. Tonio dagegen flitzte durch die Bäume, das Astdickicht war überhaupt kein Hindernis für ihn. Sie war sich sicher, dass der kleine Junge an ihrer Seite in seinem Leben nicht allzu oft Kühe gesehen hatte. Aber wichtiger war: Bis zu den Galloways konnte dieses Energiebündel rennen, nichts würde es aufhalten, weder Straße noch Mutter oder Großmutter.

Auf dem Feldweg angekommen, spürte Marion plötzlich die Weite und die Freiheit, die sie mit Wannsee in Verbindung brachte. Sie fühlte sich, als ob ihr plötzlich Flügel wüchsen und sie sich mit ein bisschen Anlauf in den Herbsthimmel schwingen könnte. Auch ihre Gedanken konnten hier draußen weiter wandern als in der Stadt. Und, wenn sie ganz ehrlich war, sogar weiter als im Apfelhaus.

Was an den Freundinnen lag. Das Zusammensein war wunderschön, es war dennoch anders, als sie sich erinnerte. Es hatte sich etwas geändert. Sie hatten sich geändert. Aber so war es nun mal. Jegliches hatte seine Zeit, und solange ihre Freundschaft noch bestand, hatte sie gegen eine Änderung nichts einzuwenden.

Nur brauchte sie die Natur wohl mehr, als sie immer gedacht hatte. Es war so schön hier draußen. Marion beschloss, den nächsten Klassenausflug ganz gezielt in der Natur zu verbringen, nicht in einem Museum oder im Aquarium.

Erst eine Stunde später kehrten sie und Tonio wieder zurück. Noch mehr Federn hatten sie aufgelesen und zum Basteln mitgenommen. Tonio hatte einen aufregenden

Fund gemacht, den er vorsichtig in den Händen hielt, die er zu einer hohlen Faust geformt hatte. Ab und zu kicherte er, wenn es in seinen Händen kitzelte.

Sie betraten die Küche, wo alle am Tisch saßen – vor offenbar inzwischen geleerten Tellern.

»Tut mir leid, wir sind weiter gelaufen, als wir ursprünglich wollten«, entschuldigte sich Marion. Sie ignorierte Dorothees vorwurfsvollen Blick. »Habt ihr uns was zu essen aufgehoben?« Sie schnupperte. »Aber erst mal brauchen wir ein leeres Marmeladenglas mit Deckel oder so. Wir haben etwas gefunden.«

Sie warf einen bedeutsamen Blick auf Tonio, was Dorothee veranlasste, aufzuspringen und in die Speisekammer zu gehen. Einen Augenblick später kam sie mit einem Schraubglas zurück.

»Was hast du denn da, mein Süßer?«, fragte sie, während Tonio seine Hände öffnete und das, was er darin gefangen gehalten hatte, in das Glas hüpfen ließ. Er setzte den Deckel wieder auf und schraubte es mit Marions Hilfe zu.

»Schau mal, Oma, ich hab ein Haustier.« Er hielt das Glas hoch. »Eine Schrecke.«

Marion schmunzelte, die anderen lachten.

Eine kleine grüne Heuschrecke saß mit hoch angewinkelten Beinen auf dem Boden des Glases. Der längliche Kopf mit den großen Augen wirkte durch die Gefäßwand seltsam verzerrt. Ihre Fühler bewegten sich unruhig, und sie hob und senkte die gepunkteten Flügel auf ihrem Rücken, als ob sie genau wüsste, dass sie selbst mit einem gewaltigen Sprung keine Chance hatte, aus ihrem Gefängnis auszubüxen.

Der Grashüpfer sah definitiv traurig aus, aber Marion

fand, dass er dieses Opfer bringen musste, damit ein kleiner Stadtjunge einen Nachmittag lang Spaß hatte.

Tonio presste die Nase ans Glas, um sein Findeltier genau zu beobachten. Seine dunklen Augen funkelten.

»Wir sollten ein bisschen Gras und Blattwerk ins Glas werfen. Und ein paar Löcher in den Deckel piksen, damit sie Luft bekommt«, meinte Marion. »Für den Moment geht es, aber nachher müssen wir noch mal raus, ja?«

Tonio nickte, und sie setzten sich an den Tisch, wo saubere Teller auf sie warteten. Tonio stellte das Insektenglas neben sich, und Dorothee stand auf, um die Suppe zu holen.

»Das riecht köstlich«, meinte Marion, als Dorothee ihren Teller füllte.

Tonio schüttelte den Kopf. »Ich will nicht.«

Dorothee seufzte. »Was möchtest du denn?«

»Einen Apfel. Kann ich mir einen nehmen?« Er zeigte auf die Küchenablage.

»Ja«, sagte Mimi.

»Willst du auch ein Glas Apfelsaft?« fragte Dorothee.

Tonio nickte, und sie schenkte ihm ein.

»Aber du musst doch mehr essen, ein Apfel reicht nicht …«

»Doch. Das reicht. Hör auf, Mama. Lass ihn«, maßregelte Mimi überraschend ihre Mutter.

Dorothee zuckte zusammen und warf ihrer Tochter einen ungehaltenen Blick zu. »Ich finde, dass er wenigstens eine Scheibe Brot und Quark dazu essen sollte oder …«

»Und dann mag er es doch nicht, und ich muss es wieder essen.« Mimi verdrehte die Augen.

Die Freundinnen warfen sich Blicke zu.

Felix beteiligte sich nicht an dem Gespräch. Stattdessen beobachtete er die Heuschrecke. »Zeigst du mir dein Tierchen mal, Tonio?«

Der Junge hielt ihm das Glas so nah vor das Gesicht, dass Felix behutsam seine kleine Hand von sich weghalten musste, um überhaupt etwas sehen zu können. Er betrachtete die unglückliche Heuschrecke so lange schweigend, bis die Gespräche der anderen leiser wurden und schließlich verstummten. Fragend blickten sie zu Felix. Denn etwas passierte zwischen ihm und dem Grashüpfer, was sie nicht verstanden.

»Oh«, sagte er leise. »Oh! Das ist eigentlich gar nicht möglich ... Das ist entweder ein Warzenbeißer oder ... Aber die Punkte auf den Flügeln sind anders, dann könnte es eigentlich nur eine ...«

»Toller Name«, meinte Nele süffisant. »Warzenbeißer. So ein Tier wollte ich immer schon haben. In was für Warzen beißt es denn?«

Sie beobachteten, wie Felix das Glas drehte, um die Heuschrecke von allen Seiten zu betrachten.

»Wo habt ihr das Tier gefunden?«, fragte er schließlich Marion.

»Auf dem Rückweg von den Galloways. An der Wiese, bevor es links in den Wald geht, neben der Miniheidelandschaft.«

»Da, wo die Erika blüht?« Vor einer halben Stunde war Felix dort mit Loh entlanggefahren. Wenn er das gewusst hätte ...

Marion nickte. »Genau da. Sie saß mitten auf dem Weg, machte keine Anstalten wegzuhüpfen, als Tonio sie aufhob.«

»Ihre Beine kratzen ein bisschen in der Hand«, erklärte Tonio.

Felix' Augen leuchteten. »Leute«, sagte er und stellte das Glas behutsam ab. »Das ist eine Sensation.«

»Nein, das ist eine Schrecke«, widersprach Tonio.

Felix fuhr ihm flüchtig über das Haar. »Eine Sensation ist etwas Aufregendes. Etwas Unerhörtes. Etwas, das kaum wahr sein kann, weil es so wahnsinnig spannend ist.«

Alle sahen nun auf das Glas, in dem die Heuschrecke sich inzwischen mühsam in Richtung Glaswand schleppte.

»Warum ist das eine Sension?«, fragte Tonio misstrauisch.

»Weil das eine Heideschrecke ist!« Triumphierend sah Felix in die Runde.

Doch Jubelschreie und Feuerwerk blieben aus. Niemand warf Luftschlangen und goldenes Konfetti. Die Freundinnen blickten Felix ratlos an, bis Nele schließlich sagte: »Ach so, eine Heideschrecke. Na, dann ist ja alles klar.« Sie überlegte kurz. »Ist die essbar? Darüber hab ich neulich in der Zeitung gelesen. In dem Artikel stand, dass man unbedingt die Beine von Heuschrecken entfernen sollte, bevor man sie verputzt. Die bleiben sonst zwischen den Zähnen hängen und schmecken holzig.« In Berlin gab es seit Neuestem ein Restaurant, das Insektengerichte anbot.

Tonio sah sie alarmiert an und hörte auf, auf seinem Apfel herumzukauen.

»Nein, du Verrückte!«, antwortete Felix. »Heideschrecken sind fast ausgestorben. Soweit ich weiß, kommen sie in Deutschland nur noch an zwei Orten vor. Da, wo es praktisch keine Menschen gibt. Also zum Beispiel auf ehemaligen Truppenübungsplätzen.«

»Wannsee in der Mark ist fast menschenleer. Bei der Landflucht, die in der Mark Brandenburg herrscht, wird das Bundesland bald zu einem Eldorado für Heideschrecken. Erst die Wölfe, dann die Schrecken«, erklärte Eva und sah die Heuschrecke mit deutlich mehr Interesse als zuvor an. »Aber was machen wir mit ihr?«

»Was ist denn das für eine Frage? Was macht man mit Tieren und Pflanzen, die auf der Roten Liste der gefährdeten Arten stehen? Man setzt alles daran, sie zu erhalten. Wenn sie ausgestorben sind, sind sie für immer weg.«

»Wie der Dodo«, sagte Nele. »Dieser dicke flugunfähige Vogel, der auf Mauritius gelebt hat.«

»Dann müssen wir sie also wieder aussetzen?«, fragte Julika.

Tonio heulte wie eine Sirene los.

»Das sollten wir unbedingt tun. Bei Gefährdung von Tierarten, die auf der Roten Liste stehen, drohen bis zu fünfzigtausend Euro Strafe.«

»Hui! Das könnte eine teure Heuschrecke sein«, sagte Julika. Alle schauten schockiert zu dem Glas, das inzwischen wieder neben Felix' leerem Teller stand.

»Aber nur, wenn uns jemand erwischt«, bemerkte Nele listig.

»Dann mach ausnahmsweise kein Foto«, schlug Marion vor.

»Mein Kleiner, wir fangen dir eine andere Heuschrecke«, versprach Dorothee und hob den weinenden Tonio auf den Schoß. »Die hier soll es in Freiheit gut haben und ein langes Leben führen. Viele kleine Heuschreckenkinder bekommen!«

In diesem Moment kippte die Heideschrecke um und blieb reglos auf der Seite liegen, alle sechs Beine starr von sich gestreckt.

17. Kapitel

Den schönen Apfel frisst ein Schwein.
SERBISCHES SPRICHWORT

»Hey, steh auf«, sagte Felix und klopfte leise gegen das Glas.

Das kleine Tier rührte sich nicht.

»Das war zu viel Aufregung für sie. Exitus«, meinte Julika und stand auf, um den Tisch abzudecken.

»Schläft sie?«, fragte Tonio unruhig.

»Ja. Sie ist ganz, ganz müde«, sagte Dorothee behutsam.

»Genau wie Opa letztes Jahr«, meinte Mimi.

Dorothee funkelte sie böse an, aber es war zu spät. Tonio kombinierte blitzschnell. »Opa ist tot!« Er weinte wieder. »Meine Schrecke soll nicht tot sein!«

»Schatz, dagegen können wir nichts machen. Ihre Zeit war um. Der Sommer ist fast vorbei. Es wird Herbst«, versuchte Dorothee zu erklären.

»Du lügst«, schluchzte der Junge. »Manche überwintern. Sie spielen Geige und wohnen bei Ameisen.« Marion hatte ihm von der faulen, aber hochmusikalischen Grille und der langweiligen, aber fleißigen Ameise erzählt.

»Das war ein Märchen«, versuchte Marion sich in Schadensbegrenzung und überlegte vergeblich, wie man einem Dreijährigen die verschiedenen Erzählgattungen beibrachte.

»Ja, das war ein Märchen, das Marion erzählt hat. Eine Geschichte«, kommentierte Felix und erntete einen dankbaren Blick von Marion. »Heuschrecken werden selten älter als zehn Wochen. Der Sommer ist um, da hat deine Oma recht. Eigentlich erstaunlich, dass sie so alt geworden ist. Sie hatte ein schönes, langes Leben auf ihrer Heidewiese. Wenn wir Frost gehabt hätten, hättest du sie sicher nicht gefunden.«

Tonio sah ihn mit verweinten Augen an, aber Felix' Erklärung schien ihn zumindest etwas zu beruhigen. »Wir suchen nachher eine andere Heuschrecke, ja?«

Alle nickten.

Und dann blitzte in Neles Kopf ein Gedanke auf. Während die anderen plauderten, versuchte sie, ihn auszuformulieren. »Felix, was wird eigentlich dafür getan, damit Tiere, die auf der Roten Liste stehen, erhalten bleiben?«

Er überlegte einen Moment. »Verschiedenes«, erwiderte er. »Es wird versucht, das Gebiet, in dem sie leben, zu erhalten, indem man es zum Naturschutzgebiet erklärt. Auf jeden Fall ist es bei Strafe verboten, ihnen wissentlich zu schaden, sie zu jagen, zu fangen oder, im Fall von Blumen und Pflanzen, sie zu pflücken oder auszugraben für den eigenen Garten.«

»Und wer beschließt, dass ein Stück Land zum Naturschutzgebiet erklärt wird?«

Felix zuckte mit den Achseln. »Das Umweltministerium. Warum?«

»Und dann darf da nicht gebaut werden?«

Jetzt horchten die anderen auf.

Felix überlegte. »Ich vermute mal, dass es Bestands-schutz gibt, also wenn jemand da immer schon gewohnt hat, wird er dort auch wohnen bleiben dürfen. Aber bauli-che Veränderungen, Neubaugebiete und so etwas ... Nein, das ist ausgeschlossen.«

»Also auf der Heidewiese dahinten dürfte nicht gebaut werden, wenn dort Heideschrecken gefunden werden?«

»Ich denke nicht.«

»Aber dann ... Wie wäre es denn ... Theoretisch ist es vielleicht möglich ...«, begann Nele langsam, drei Gedan-kenansätze auszuformulieren.

»Könntest du dich bitte etwas präziser ausdrücken, lie-be Nele?«, fragte Eva und klopfte geistesabwesend auf den leeren Suppenteller, der vor ihr stand.

»Jetzt haben wir doch eine Möglichkeit, Seidel auszu-bremsen. Wir müssen nur auf seinem Grundstück irgend-etwas Wachsendes oder Kriechendes finden, das auf der Roten Liste steht. Der Bau ist noch nicht fertiggestellt, er müsste doch noch gestoppt werden können, oder?«

Die anderen schauten sie an. Dorothee, als wäre sie der tanzende Dalai Lama persönlich, Eva, als hätte sie eine neue Dahliensorte entdeckt, Julika, als hätte sie höchstper-sönlich besonders leckeren Rotwein gekeltert, und Marion, als hätte sie einem Dreijährigen gerade das Schreiben bei-gebracht. Mimi war eingeweiht worden über das Gesche-hen nebenan, aber ihr Gesichtsausdruck ließ den Schluss zu, dass sie nicht wirklich verstanden hatte, worauf Nele hinauswollte.

»Das ist clever«, meinte Julika beeindruckt. »Aber wie um alles in der Welt sollen wir hier etwas finden, das auf der Roten Liste steht? Und wie dann Seidel unterschieben?«

Dorothee zog ihr Handy aus der Hosentasche. Sie suchte nach Bildern, nach Einträgen, nach Listen und zeigte sie Felix. »Das ist doch eigentlich dein Revier. Zum einen bist du durch den Wald gewandert und weißt, was da alles so wächst. Zum anderen erkennst du selbst eine gefährdete Heideschrecke auf den ersten Blick, weißt also, was auf der Roten Liste steht.«

Tonio schniefte leise.

Felix überflog die Einträge. Dann schüttelte er den Kopf. »Ich habe keine Ahnung, welche dieser Tiere und Pflanzen es hier geben könnte. Alles ist möglich, und ich muss es sehen, um es zu erkennen. Ein ganzer Buchenurwald ist geschützt, aber den können wir ja schlecht ausgraben und beim Nachbarn wieder einpflanzen. Außerdem – ich denke nicht, dass man gefährdete Arten so instrumentalisieren sollte.«

»Stünde ein Buchenwald denn auf der Roten Liste?«

»Wahrscheinlich, ja.«

»Das schaffen wir nicht. Keine Chance.« Nele lachte unglücklich auf.

»Wir könnten die tote Heideschrecke auf Seidels Grundstück legen«, schlug Dorothee vor. »Das wäre doch schon mal ein Anfang. Das Tier kann uns dabei helfen, Seidel zu vergraulen.«

»Es ergibt keinen Sinn, sie irgendwo dort zu deponieren. Die holt der nächste Spatz, und weg ist sie. Wir heben sie erst mal auf«, entschied Nele. »Vielleicht brauchen wir sie eines Tages. So eine tote Schrecke frisst kein Brot.«

Wieder erklang ein leises Schniefen, und zeitgleich streckten Mimi und Dorothee die Arme aus, um Tonio an sich zu ziehen und ihn zu trösten. Mimi machte das Rennen, Tonio barg sein Gesicht an ihrem Busen.

»Fledermäuse«, sagte Mimi auf einmal über seinen Kopf hinweg. »Fledermäuse sind auch geschützt. Das weiß ich, weil ich mit Tonio in der Zitadelle bei einer Fledermaus-führung war.«

»Woher sollen wir hier denn Fledermäuse nehmen?«, fragte Dorothee spitz. »Du hast ja komische Vorstellungen, Kind.«

Mimi zuckte mit den Achseln. »Ich hab nicht gesagt, dass wir welche finden. Ich hab nur gesagt, dass manche Arten geschützt sind. Mann, Mama! Musst du mir immer widersprechen? Mich immer kleinmachen? Besonders vor Tonio?«, zischte sie.

Dorothee schwieg erschrocken, und auch die anderen sahen sich konsterniert an.

»Ich mach dich doch nicht klein, Kind«, versuchte Dorothee, sich zu rechtfertigen.

Mimi sprang auf, und Tonio rutschte dabei von ihrem Schoß. »Mir reicht es so! Ich weiß gar nicht, warum wir hergekommen sind. Komm, Tonio, wir gehen.«

»Wollt ihr zurück nach Berlin?«, fragte Dorothee erschrocken. »Das schafft ihr doch nicht, bevor es dunkel ist!«

»Nein, nicht zurück nach Berlin«, giftete Mimi sie an. »Wir bleiben ein, zwei Tage. Aber selbst wenn wir jetzt gleich fahren würden, wäre das meine Sache. Tu nicht immer so, als ob ich nicht auf Tonio aufpassen könnte. Es ist ja nicht so, dass er jedes Mal mit aufgeschlagenen Knien oder irgendwelchen anderen Blessuren zu dir zurück-kommt, wenn er ausnahmsweise mal mit mir ein bisschen

Zeit verbringt. Wir gehen raus, weil wir Toni versprochen haben, ihm eine neue Heuschrecke zu suchen. Schon vergessen?«

Und damit griff sie nach der Hand ihres Sohnes und rauschte mit ihm aus der Küche.

Dorothee sah ihr mit offenem Mund nach. »So hat sie noch nie mit mir geredet«, murmelte sie.

Felix schaute grübelnd die reglose Heideschrecke im Glas an.

»Wartet!«, rief er Mimi und Tonio hinterher. »Ich will sehen, ob es dort hinten noch mehr Heideschrecken gibt.«

Er öffnete das Glas, ließ die Heideschrecke auf den leeren Teller fallen, auf dem zuvor das Brot gelegen hatte, und stand auf. »Hebt sie auf jeden Fall auf«, bat er, während er mit dem leeren Glas hinauseilte.

Marion, Eva, Julika und Nele blieben sitzen und musterten nachdenklich den toten Grashüpfer. Dorothee stand auf und stellte die Teller zusammen. Zwar schwieg sie, aber sie klapperte mit dem Porzellan lauter als gewöhnlich, was wie ein hausfräuliches Warnsignal klang. Vorsicht, Krise!, schien es zu bedeuten.

Der Grund dafür war den anderen sonnenklar. Mimi und Tonio verhielten sich hier ganz anders, als Dorothee es von zu Hause her kannte. Es ärgerte und ängstigte sie zugleich, weil sie die beiden nicht verlieren wollte.

Es gab genau zwei Möglichkeiten – sie konnten Dorothee auf die Bredouille, in der sie steckte, ansprechen oder sie ignorieren. Und weil sie so gut befreundet waren, gab es eigentlich nur eine Möglichkeit.

»Kann es sein, dass du dich ein bisschen zu sehr in Tonios Erziehung einmischst?«, fragte Julika behutsam.

»Ja, das kann sein. Aber doch nur aus Liebe«, gab Dorothee zu. In ihren dunklen Augen standen Tränen. »Ich muss dem Jungen den Vater ersetzen, er soll sich nicht einsam fühlen.«

»Er hat eine Mutter«, sagte Nele vorsichtig. »Lass Mimi mal machen. Merkst du nicht, dass sie unter der Einmischung leidet? Vielleicht hat das auch was mit ihrem Gewicht zu tun. Sie hat sich einen Schutzpanzer gegen deine Übergriffigkeit angefuttert.« Sie sprach offen aus, was sie alle dachten.

»Sie ist noch so jung. Sie hat gar keine Erfahrung mit Kindern«, rechtfertigte sich Dorothee.

»Tonio ist schon fast vier«, gab Eva zu bedenken. »Da muss sie doch Erfahrungen gesammelt haben!«

»Wie alt ist Mimi denn?«, wollte Julika wissen.

»Siebenundzwanzig.«

»Na hör mal, das mit ihrem Sohn bekommt sie dann ja wohl hin! Warum wohnt ihr eigentlich alle zusammen?«

»Damit wir uns gemeinsam um Tonio kümmern können. Und sie hat ja keine Einnahmen.«

»Ein Kindergarten wäre wirklich nicht schlecht«, meinte Marion, wie immer pädagogisch wertvoll denkend. »Er ist so ein munterer kleiner Kerl. Er hätte bestimmt viel Spaß mit anderen Kindern. Wollt ihr nicht mal in Berlin nach etwas Passendem suchen? Es sind ja nicht nur Bakterien und Viren, die darin rumschwirren. Sondern auch Freundschaften, Sozialisierung, Bindungen, ulkige Spiele, viel Wissen …«

»Und es täte Mimi gut, wenn sie wieder arbeiten würde«, warf Julika, die unverheiratete Eheberaterin im Bereich Arbeit, ein. »Auch ihrer …«, Figur wollte sie schon sagen, beendete den Satz dann aber anders, »… ihrem Selbstbewusstsein.«

Dorothee, das Muttertier, das nicht loslassen konnte, sah sie zweifelnd an. »Ich weiß nicht so recht. Als Kosmetikerin verdient man doch nicht viel.«

»Soll sie denn immer von dir abhängig bleiben?«, fragte Eva.

Marion, der ihre finanzielle Unabhängigkeit ausgesprochen wichtig war, verdrehte die Augen.

»Ich muss mal in Ruhe über all das nachdenken«, sagte Dorothee leise.

Nele schaute aus dem Küchenfenster und beobachtete, wie Mimi, Felix und Tonio durch den Apfelgarten gingen. Sie hielten den Kleinen an den Händen und ließen ihn immer wieder in die Luft fliegen. Sie musste zugeben, dass es ein hübsches Bild war, selbst wenn es ihr nicht so ganz gefiel.

»Ich gehe auch noch mal raus«, beschloss sie.

»Ich komme mit.« Julika erhob sich, und Eva folgte ihrem Beispiel.

»Wartet, ich auch. Das Wetter ist so super. Außerdem möchte ich für Alexis ein paar Kräuter sammeln. In meinem Buch über Schildkröten steht, dass das gut für ihn ist.« Marion stand auf. »Und du kommst ebenfalls mit, Dorothee.«

Dorothee sah zweifelnd auf das schmutzige Geschirr, zu den Äpfeln, die auf der Küchenablage lagen. »Ich hatte überlegt, ob ich nach der Apfel-Käse-Quiche heute Abend Apfeleis zum Nachtisch mache. Das würde Tonio bestimmt schmecken …«, sagte sie zögernd

»Das kannst du nachher noch machen«, erklärte Julika

rigoros. »Du musst mal deine Seele lüften. Darin herrscht entschieden zu viel Apfelmutterdunst.« Sie tippte Dorothee leicht gegen die Stirn.

Dorothee sah sie empört an, aber als die anderen lachten, lachte sie mit. Es klang verunsichert, zugleich jedoch erleichtert.

Vielleicht war die Heideschrecke eine einsame Auswanderin von einem fernen menschenleeren Truppenübungsplatz gewesen, vielleicht waren die anderen auf der Wiese schon von hungrigen Tieren gefressen worden oder versteckten sich an diesem Spätnachmittag zu gut im Gras und in der Erika – jedenfalls fanden Felix, Tonio und Mimi kein weiteres Exemplar.

Allerdings hielt Felix bald eine ganz normale Heuschrecke in der Hand, die er sorgfältig in das Glas hüpfen ließ, zusammen mit Gras und Blättern.

»Dein erstes Haustier. Sei gut zu ihm«, erklärte er feierlich und überreichte es dem Jungen.

Tonio drückte sich die Nase am Glas platt. »Danke!«, Dann sah er hoch. »Kann ich noch einen Apfel haben?«

Felix zauberte von irgendwo einen Apfel hervor und reichte ihn dem Jungen. Er biss hinein. »Bei Oma soll ich immer Quark essen. Und Brot. Und Kartoffeln. Und Bananen«, beschwerte er sich. »Dabei mag ich lieber Saftiges. Äpfel und so.« Das Fruchtwasser lief über seine kleine Hand auf sein T-Shirt.

»Gurke ist genauso saftig«, sagte Felix.

»Gurke mag ich auch. Und Apfelsinen. Und Mandarinen. Und Melonen. Und Würstchen.« Wobei er nicht erklärte, was er an Würstchen saftig fand.

»Na, dann bist du doch ein guter Esser«, meinte Felix.

Mimi sah ihren Sohn nachdenklich an. »Ich dachte immer, du magst Kartoffeln und Quark«, sagte sie, worauf Tonio energisch den Kopf schüttelte.

»Nein, mag ich nicht. Das ist so staubig im Mund.«

»Und ich esse immer, was du nicht aufisst«, murmelte Mimi dann, aber mehr zu sich selbst.

Da hörten sie ein lautes »Huhu!« hinter sich. Sie drehten sich alle drei um, und Mimi seufzte. »Meine Mutter. Wer sonst. Sie lässt mich mit Toni nicht gern allein. Wie zu Hause. Das sind alte Kamellen.«

»Oma ist ein altes Kamel?«, fragte Tonio interessiert, und Felix grinste.

»Sie ist uns nicht allein gefolgt«, sagte Felix wesentlich begeisterter als Mimi.

Mit Tonio spazieren zu gehen gefiel ihm, er mochte Kinder, weil er sich noch gut daran erinnern konnte, wie er selbst in dem Alter gewesen war. Was für ein Erlebnis es für ihn gewesen war, zusammen mit seinem Vater Heuschrecken zu fangen, wie er sich gefreut hatte, wenn er ihm eine Flöte aus Haselnussstecken geschnitzt hatte und mit ihm im Wald unterwegs gewesen war. Auf weichem Moos zu laufen, Schlehen zu pflücken, Pilze zu suchen, nach Eichelhähern und Buntspechten Ausschau zu halten, auch mal nichts zu sagen, sondern nur zu hören, zu riechen, zu spüren.

Dagegen wusste er nicht, worüber er sich mit Mimi unterhalten sollte. Das hatte nichts damit zu tun, dass sie nicht sein Typ war, sondern damit, dass sie so zurückhaltend war, dass sie so wenig erzählte. Wenn er genauer darüber nachdachte, war sie so ganz anders als Nele, die wunderbar zickig und dann wieder so liebenswert sein konnte, mit der er sich gut unterhalten konnte und die ihn so wissend ansah, als ahnte sie genau, was in seinem Kopf vorging.

Er schaute der kleinen Frauengruppe entgegen. Ihm war, als hätte er Nele, die untergehakt mit Eva in ihrem rostroten T-Shirt, der blauen Jacke und den Jeans auf ihn zuschlenderte, viel zu lange nicht mehr gesehen.

Sie fing seinen Blick auf und winkte ihm zu. Er winkte zurück.

In diesem Moment erklang hinter Felix, Mimi und Tonio erst das leise, dann das immer lauter werdende Geräusch eines Treckers. Sie drehten sich um: Loh.

Als er sie erreicht hatte, blieb der Trecker knatternd stehen. Loh kletterte herunter, wie immer in seiner blauen Arbeitsjacke, mit Gummistiefeln an den Füßen und einem Lächeln im Gesicht. Er lehnte sich gegen den hohen Reifen des Treckers wie an die mächtige Flanke eines vertrauten Tieres.

»Ah! Noch mehr Besuch in Wannsee«, sagte er freundlich. Nur seine hochgezogenen Augenbrauen verrieten, dass er Mimi erkannte. »Und wen haben wir da?«

»Hallo, Loh«, antwortete Mimi vorsichtig. »Das ist Toni, mein Sohn.«

Loh hielt ihm die geöffnete Hand hin, und Tonio schlug ein. »Na, was macht ihr Schönes?«, fragte er weiter und meinte damit auch die Freundinnen, die Felix, Tonio und Mimi inzwischen erreicht hatten. Sie stellten sich kreisförmig um ihn auf, auf eine Art und Weise, die ihm zustand, wie sie fanden. Simon Lohmüller war schließlich der Mittelpunkt aller ländlichen Aktivitäten in und um Wannsee.

»Wir wollten spazieren gehen«, sagte Nele. »Unser Apfelprogramm für heute ist beendet. Morgen geht es weiter.«

»Ihr habt ja schon ganz schön viel geschafft. Nicht wiederzuerkennen. Wenn ihr alle verrotteten Äpfel weghabt, mähe ich einmal durch. Dann können die Leute vom Ministerium kommen.« Er wandte sich ab »Ich muss zurück zum Hof. Ich will heute noch die Kürbisse ernten. Auch wenn es im Moment so schön warm ist – ich trau dem Frieden nicht. Das Wetter soll nächste Woche umschlagen, und es wäre um die Ernte jammerschade.«

»Ich mach nachher Quiche mit Äpfeln und Käse. Magst du kommen?«, fragte Dorothee.

Loh sah zu Eva. »Haben wir andere Pläne, Schatz?«

Sie lachte. »Hier? Was denn für Pläne?«

Dorothee sah aus, als ob sie überlegte, wie oft sie das Grundrezept multiplizieren müsste, um alle satt zu bekommen.

»Sag mal, brauchst du Hilfe beim Ernten?«, fragte Felix. »Ich muss jetzt nicht unbedingt spazieren gehen.« Das war eine perfekte Gelegenheit, von Mimi wegzukommen, ohne sie vor den Kopf zu stoßen.

»Ich kann dir auch helfen«, sagte Eva.

»Wir können dir alle helfen«, meinte Marion. »Der Spaziergang läuft uns nicht weg.«

Nele grinste.

Loh sah von einer zur anderen. »Echt? Das wäre gut, dann hätten wir das schnell geschafft. Klettert in den Anhänger, da ist Platz genug.«

Mit sinkendem Herzen spürte Felix, dass Mimi ihn erwartungsvoll anschaute. Glaubte sie etwa, dass er sie in den Anhänger hob? Sicher, er war relativ stark und durchtrainiert von seinen vielen Exkursionen. Aber das würde er wohl doch nicht schaffen …

Da hatte Dorothee ihre Tochter allerdings bereits weggezerrt. »Komm, das geht schon, Mimi! Wir helfen dir alle!«

Nele kicherte in sich hinein, und Felix hätte schwören können, dass sie genau wusste, was er gedacht hatte.

»Wollen wir in der Frontladerschaufel fahren? Das hat Eva gemacht, als wir damals hier waren, und es ist ausgesprochen lustig gewesen«, sagte sie und stieß ihn verschwörerisch in die Seite.

»Ich will auch in die Schaufel!« Tonio machte sich von seiner Großmutter los, die ihn gerade zu der wartenden Marion hochheben wollte, während Mimi, unterstützt von Nele und Julika, ächzend über die Deichsel in den Anhänger kletterte.

Tonio flitzte zu Felix, der ihn an die Hand nahm.

»Ist das nicht zu gefährlich?«, fragte Dorothee.

»Wir passen auf!«, gab Nele zurück.

Loh blinzelte ihnen zu und senkte die Schaufel langsam ab. Felix und Nele nahmen Platz, Tonio setzte sich zwischen sie, und zu dritt wurden sie wieder hochgefahren. Tonio quietschte vor Vergnügen, im Anhänger lachten die Freundinnen und schwatzten.

»Ein hübscher *loveseat*«, sagte Eva immerhin so laut, dass Nele es hören konnte.

Sie drehte sich um und streckte die Zunge raus. Eva warf ihr eine Kusshand zu.

Während Loh langsam über den sandigen Feldweg dem Biohof entgegenrumpelte, intonierte Marion munter: »*Hab mein Wagen vollgeladen, voll mit alten Weibsen. Als wir in die Stadt reinkamen, fing'n sie an zu keifen …*«

Sie hatte das ausgesprochen laute Organ einer Lehrerin, die es gewohnt war, eine temperamentvolle Grundschulklasse zu übertönen.

In der Ferne wedelten die Galloways unruhig mit ihren großen puscheligen Ohren und muhten.

»Also bitte, was singst du denn da für ein doofes Lied? Wen meinst du mit alten Weibsen?«, fragte Julika indigniert.

»Dich unter anderem«, gab Marion ungerührt zurück. »Uns alle. Hast du etwa ein Problem mit deinem Alter? Das sind wir doch, alte Weibsen! Du hast es ja noch gut dabei, dich hält allerlei jung ...«

»Wie meinst du das denn schon wieder?«, schnappte Julika, aber Marion ignorierte sie und trällerte belustigt weiter, Dorothee summte mit.

»Was für ein schöner Altweibensommer«, sagte Eva vergnügt.

Hoch oben in der Frontladerschaufel wurden Nele, Tonio und Felix durch die frühherbstliche Landschaft geschaukelt. Bei jeder Unebenheit spürte Nele, wie Felix' Arm sich an ihre Hüfte drückte.

Was sich schon mal ganz gut anfühlte.

18. Kapitel

Adam war ein Mensch – das erklärt alles. Er wollte den Apfel nicht des Apfels wegen, sondern nur, weil er verboten war.

MARK TWAIN

Den kleinsten Hokkaido-Kürbis trug Tonio allein. Stolz lief er damit vom Kürbisfeld hinter dem Hof zur Scheune. Rund war die Frucht in seinen Händen, nicht größer als ein Tennisball, und von einem tiefdunklen Orange. Vorsichtig legte er ihn zu den anderen Hokkaidos, die sie in den Holzkisten im Hofladen verstaut hatten.

Danach begannen sie, die Butternut-Kürbisse aufzulesen, die auf Heuballen hinten in der Tenne gelagert wurden. Allmählich leerte sich das Feld um den Kompost, die roten und rosaorangefarbenen Sprengsel, die darin geleuchtet hatten, waren verschwunden. Die großen Blätter, viele von ihnen von Mehltau befallen, und die langen beige-grünen Ranken blieben zurück.

Sie stapelten die flaschenförmigen Butternuts in einer Schubkarre. Immer wieder liefen sie emsig hin und her, bis Julika plötzlich stehen blieb und laut fluchte.

»Mist!«

Sie war auf einen angefaulten Hokkaido getreten, der unter einem Blatt verborgen gewesen war. Das orangefarbene

Fruchtmus spritzte hoch, direkt auf ihre schicken schwarzen Lack-Tod's.

»Ich hab dir doch Gummistiefel angeboten«, sagte Eva, die gerade mit einem schweren Butternut-Kürbis auf dem Arm an ihr vorbeikam. »Ganz hinten in der Scheune stehen verschiedene. Nimm die roten, das sind die neuesten.«

»Du hast mehr als ein Paar Gummistiefel?«, fragte Julika, während sie gebückt dastand und versuchte, mit einem Blatt das gammlige Mus von ihrem Lackschuh wegzuwischen. Angeekelt schnippte sie eine fette schwarze Nacktschnecke weg, die in dem Brei gesteckt hatte. Dann kratzte sie das Mus von ihrer Socke.

»Na klar, die passenden Gummistiefel zu jeder Gelegenheit. Hättest du bestimmt auch, wenn du auf dem Land leben würdest.«

»Wahrscheinlich. Nein, es ist nicht sehr wahrscheinlich. Ich würde mich nie in so einer Einöde lebendig begraben lassen … Oh, Entschuldigung. Das war nicht nett«, sagte sie, als sie Evas pikierten Gesichtsausdruck sah. »Ich meine damit nicht, dass du hier lebendig begraben bist.«

»Doch, genau das meinst du«, antwortete Eva ruhig. »Mir gefällt mein Leben hier aber, weißt du?«

Julika schwieg so laut, dass Eva ihre Einwände praktisch hören konnte: kein Kino, kein Museum, keine Feinschmeckerkultur. Dann fragte sie nur: »Ganz hinten in der Scheune?«

Eva nickte und legte den Kürbis in die Schubkarre. Sie tätschelte ihn freundlich, während Julika vorsichtig in Richtung Scheune stakste.

Eva sah ihr nach und fragte sich, ob sie in Wahrheit

nicht doch gern mit Julika tauschen wollte. Das kultivierte Florenz gegen diese wilde, einsame Ecke in der Mark Brandenburg, ein tägliches Schon- und Pflegeprogramm gegen Arbeit im Garten und auf dem Feld, den charmanten Latin Lover Sergio gegen ihren ruhigen Biobauern Loh mit dem etwas abgründigen Humor ... Nein, niemals.

Ganz zum Schluss ernteten sie die Gelben Zentner, die ihrem Namen alle Ehre machten. Es waren nicht sehr viele Kürbisse, vielleicht zehn, zwölf, aber sie waren so groß und schwer, dass sie eher wie Möbelstücke als wie Feldfrüchte aussahen.

Während Marion einen dicken Stiel durchschnitt, überlegte sie, ob sie Tonio das Märchen vom Aschenputtel erzählen sollte, das um Mitternacht in einem Kürbis, der von einer Fee in eine Kutsche verwandelt worden war, zu einem Ball fuhr. Nein, das würde sie nicht tun. Das brachte den Jungen wieder auf falsche Gedanken. Wahrscheinlich würde er dann ständig in der Nacht aufstehen, um zu schauen, ob sich in der Scheune schon was tat. Das konnte sie Mimi und Dorothee nicht zumuten.

Einige der riesigen Kürbisse konnten sie zu zweit in die Schubkarre heben, aber der größte schaukelte nur ganz leicht, als Marion und Nele versuchten, ihn zu bewegen. Dafür setzte Nele Tonio auf den Giganten und machte schnell ein Foto von ihm.

Schließlich rollten Loh und Felix den letzten Zentner auf die Frontschaufel des Traktors, und Loh fuhr ihn in die Scheune. Dort stellte er den Motor des Traktors ab und kletterte hinunter.

»So, das war's. Vielen Dank für eure Hilfe«, sagte er

gerade und machte sich daran, den Kürbis in eine Ecke der Scheune zu rollen, als im hinteren Teil ein Schrei ertönte.

»Iiiihhhh!«

»Julika, was ist?«, rief Eva besorgt.

Julikas Bemerkung hatte sie getroffen, aber das hieß nicht, dass sie die Freundin in einer Notsituation allein lassen würde.

Hastig ging sie zu dem abgetrennten Teil der Scheune, wo sie und Loh alles Mögliche aufbewahrten: ein altes Regal, mehrere Leitern, ein ausgebautes Waschbecken, Plastikwannen, ein Glas mit Pinseln und Farbe, weil sie die Wetterseite der Scheune dringend streichen mussten, einen alten Schlitten, Backsteine – und eine ganze Galerie von Gummistiefeln in verschiedenen Größen.

Dort stand Julika auf einem Fuß, der bereits in einem roten Gummistiefel steckte, ihre verschmierten Tod's lagen daneben. Ihr anderer Fuß schwebte bestrumpft in der Luft, den zweiten Gummistiefel hatte sie umgedreht und schlug ihn wie verrückt aus.

Auf der Erde lag etwas Kleines, Dunkles, Felliges.

»Ich wollte den Schuh anziehen, aber da war etwas drin. Dann hab ich ihn ausgeschüttelt … Schau doch nur! Was ist das für ein Vieh? Ist es tot?«, fragte Julika und hüpfte hektisch auf einem Bein, um ja nicht den Fuß auf dem Boden abstellen zu müssen.

Eva hockte sich hin und stupste das Wesen mit dem Zeigefinger an, worauf es mühsam versuchte wegzukrabbeln.

»Das ist eine Fledermaus. Sie wird in dem Stiefel ein Nickerchen gemacht haben, die sind ja nachtaktiv. Nein, tot ist sie nicht, schau, sie bewegt sich. Aber sie ist etwas benommen. Wahrscheinlich weil du ihr auf den Kopf getreten bist. Zieh doch mal den Stiefel an, du fällst noch um bei dieser Hopserei!«

Julika hielt ihr angeekelt den Schuh hin. »Den ziehe ich bestimmt nicht an! Der ist wahrscheinlich voller Fledermauskacke. Hast du nicht einen anderen?«

Kopfschüttelnd nahm Eva ihn ihr ab und holte ihren ältesten, schäbigsten rechten Stiefel, in den Julika aufatmend schlüpfte. Eine kleine, süße Rache …

Noch immer kroch die Fledermaus auf der Erde herum, um eine rettende dunkle Ecke zu finden, in der sie endlich weiterschlummern konnte.

»Wir brauchen Handschuhe, wenn wir sie aufheben wollen. Manchmal haben Fledermäuse Tollwut«, bestimmte Eva. »Fragst du mal Loh, ob er dir welche gibt?«

Julika ging weg, froh, aus der düsteren, fledermausverseuchten Ecke wegzukommen.

Eva beobachtete aufmerksam, wie das Tier versuchte wegzukrabbeln. Sein kleiner Körper war mit flaumigem graubraunem Fell bedeckt, die dünnen, ledrigen Flügel spreizte es beim Krabbeln ab und faltete sie wieder zusammen, seine hauchzarten, transparenten Ohren bewegten sich unruhig vor und zurück.

Im Sommer flitzten bei ihnen zahlreiche Fledermäuse durch die Nacht, auf der Suche nach Insekten und von ihrem Radar geleitet, das ihnen sagte, wenn ein Hindernis im Weg war. Pfeilschnell zogen die kleinen Luftakrobaten ihre Bahnen durch die Luft, wenn sie und Loh auf der Terrasse saßen und die Ruhe genossen. War es ganz still, konnten sie sogar die leise klickenden Geräusche hören, die die Fledermäuse machten. Genau das waren Momente, die Eva beglückten – und deren Bedeutung sie

Julika offenbar nicht begreiflich machen konnte. Aber noch nie hatte sie eine Fledermaus von so Nahem betrachtet.

Zusammen mit Julika stürmten einen Moment später auch Mimi, Tonio und Felix in den Schuppen.

»Wo ist sie?«, fragte Mimi.

Eva musste daran denken, wie begeistert sie von den Fledermäusen in der Zitadelle gesprochen hatte. »Vorsicht, du stehst gleich drauf«, warnte sie, und Mimi blieb wie angewurzelt stehen.

»Oh«, sagte sie und bückte sich. »Wie wunderwunderschön!«

Ganz in Schwarz, wie Mimi angezogen war, kam sie Eva selbst wie eine überdimensionierte, dicke Fledermaus vor. Tonio kauerte sich neben sie.

»Kann ich sie anfassen?«, fragte er.

»Auf gar keinen Fall«, erwiderte Mimi streng.

Eva zog die Handschuhe an und nahm das Tier vorsichtig in die Hand. Jetzt hatte es die Flügel eng an den Körper gezogen, die dunklen Augen blickten wach, die kleinen Krallen spürte Eva sogar durch den Stoff. Sie ging in die hinterste Ecke des schummrigen Verschlags, wo eine Holzleiter stand. Dort wollte sie die Fledermaus auf die oberste Stufe setzen, aber Fachfrau Mimi bestand auf der vorletzten, damit sie sich mit den Krallen an der obersten Stufe kopfüber festkrallen konnte.

Felix beobachtete das Tier, das sich auf der Stufe zusammenkauerte, genau. Dann griff er nach seinem Handy und machte ein Foto. Das Blitzlicht ließ die Fledermaus zusammenzucken, und Mimi sah ihn ungehalten an.

»Ich bin mir nicht sicher«, sagte er, »aber das könnte eine Kleine Hufeisennase sein. Ich muss nachher mal im Netz schauen.«

»Wir haben hier viele Fledermäuse«, meinte Eva. »Ich wusste bisher nur nicht, dass sie bei uns in der Scheune wohnen. Halten sie Winterschlaf?«

»Eigentlich schon.« Felix sah aus, als wollte er noch etwas sagen, unterbrach sich dann aber und ging mit einem höchst abwesenden Ausdruck zurück zu den anderen.

»Eine letzte Reihe, dann sieht der Garten wieder gut aus«, sagte Nele mit einem Seitenblick in den Apfelgarten, als sie zurück ins Haus gingen. Es wurde bereits dunkel.

»Morgen sind wir so weit. Wir werden den größten Teil unserer Aufgabe hier geschafft haben«, meinte Julika.

»Und dann lässt du uns im Stich und haust wieder ab nach Italien?«, fragte Dorothee.

»Nein! Na hör mal! Warum sollte ich denn das tun?«, empörte sich Julika.

Weil du genau das vor vier Jahren auch getan hast, dachten die anderen, aber sie sagten es nicht.

»Ich mach mich mal an die Apfel-Käse-Quiche«, sagte Dorothee. »Will wer helfen?«

Sie fragte nicht Mimi. Seit ihrem Streit vor einigen Stunden behandelte sie ihre Tochter mit höflicher Distanz.

»Ich«, rief da Mimi überraschend.

»Du musst nicht, wenn du dich lieber inzwischen um Tonio kümmern willst. Die anderen können auch …«

»Ich helfe dir.«

Hätte Mimi Julikas italienischen Background, hätte sie noch ein energisches »Basta« hinzugefügt. Aber wie sie es meinte, war allen auch so klar. Mimis Hilfe war nicht verhandelbar.

Der süß-säuerliche Geschmack der Äpfel (sie hatten Goldparmänen genommen), verbunden mit dem des geschmolzene Käses und dem knusprigen Teig, war ein Genuss. Dazu gab es Salat aus Evas Garten. Der Rucola hatte sich wild ausgesät, und in ein paar Minuten war er zusammen mit ein paar späten Zwiebelaustrieben gepflückt.

Und Rotwein gab es.

Danach drängte Dorothee auf eine Runde indischen Tanz für alle, um im Rhythmus zu bleiben und ein paar Kalorien zu verbrennen, worauf sich Loh und Felix rasch verabschiedeten und Mimi nach oben ging, um Tonio ins Bett zu bringen. Die beiden schliefen in Danis und Gandalfs Schlafzimmer. Das Glas mit der Heuschrecke nahm Tonio natürlich mit.

Erst allmählich kamen die Bewohnerinnen im Apfelhaus zur Ruhe, bis schließlich die Lichter gelöscht wurden, zum Schluss das von Nele.

Abrupt setzte Eva sich auf, von einer plötzlichen Panik ergriffen. Ihr Herz raste. Hektisch tastete sie im Dunkeln umher – ja, sie lag im Bett, der Mond schien durchs Fenster. Loh neben ihr schnarchte leise. Alles war friedlich, sie konnte nicht sagen, was sie geweckt hatte. Vielleicht war es ein Traum gewesen. Oder die Katzen hatten draußen geschrien, oder Lady D'Arbanville hatte ein kleines Tier erwischt.

Erleichtert ausatmend ließ sie sich wieder auf ihr Kissen sinken. Es hatte mal eine Zeit gegeben, da war sie geschlafwandelt, so heftig, dass Loh sie gerettet hatte, kurz bevor sie in die Güllegrube gestürzt war. Quer durch den Garten, bis fast zum Feld war sie damals gewandert – mitten in der Nacht.

Sie hatte es damals zurückgeführt, dass sie innerlich sehr unruhig gewesen war. Sie hatte sich in einem Zwiespalt befunden, nichts war entschieden: Wollte sie auf dem Land bleiben oder zurück in die Stadt ziehen? Außerdem hatte sie sich von den Freundinnen verraten gefühlt, die eine nach der anderen das Apfelhaus verlassen hatten. Die Situation war also nicht vergleichbar mit der jetzigen, da sie alle so harmonisch miteinander umgingen … meistens jedenfalls.

Es gab keinen Grund schlafzuwandeln.

Eva warf einen Blick auf ihr Handy, das auf dem Nachttisch lag, kniff gegen die jähe Helligkeit die Augen zusammen. 2:38 Uhr. Da lagen noch vier kuschlige Stunden vor ihr …

Sie rekelte sich, schloss die Augen, spürte den Schlaf schon ganz nah – da hörte sie es wieder.

Sie fuhr hoch.

Jetzt war sie hellwach.

Das war weder das Schreien der Katzen noch das schrille Todeskreischen eines Beutetiers der Eulen! Es war das Knarren des Scheunentores, wenn es ganz langsam geöffnet wurde. Loh hatte es längst ölen wollen, war aber noch nicht dazu gekommen. Öffnete oder schloss man es so schwungvoll, wie es bei dem Gewicht des schweren Holzflügels ging, knarrte es nur kurz. Versuchte man dagegen, es vorsichtig zu öffnen oder wieder zu schließen, dann war ein tiefes, bedrohliches, lang gezogenes Ächzen zu hören.

Genau wie jetzt.

Eva schwang die Beine aus dem Bett und trat im Dunkeln barfuß ans Fenster, das zum Hof hinausging. Der Mond schien hell, in seinem silbernen Licht war die Welt da draußen voller Kontraste – schwarz und weiß. Weshalb es einen Moment dauerte, bis sie mit ihren schlafmüden Augen einordnen konnte, was Gebäude, was Baum und was Traktor war. Und was langer Schatten.

Sie blieb reglos neben der geöffneten Gardine stehen. Sie zogen sie nie zu. Sie hatten kein Gegenüber, das ihnen ins Schlafzimmer schaute, und sie mochten es beide, wenn sie vom Bett aus den Sternenhimmel und den Sonnenaufgang sehen konnten.

Und das war jetzt gut so, denn jede Bewegung wäre vom Hof aus gut sichtbar gewesen.

Als Evas Augen sich an die scharfen Kontraste von Licht und Schatten gewöhnt hatten, sah sie immer noch nicht gleich, was hinter dem Knarren gesteckt haben konnte. Aber einen Moment später … da. Eine Person verharrte am nun geschlossenen Scheunentor, wahrscheinlich abwartend, ob jemand das Knarren gehört hatte. Sie war schwer auszumachen, weil sie mit dem dunklen Tor zu verschmelzen schien. Dann lief sie los, quer über den Hof, verharrte kurz im Schatten des Frontladers und rannte weiter.

Eva beobachtete, wie sie in Richtung Apfelgarten rannte. Sie drückte den Zaun ein bisschen zusammen und kletterte hinüber. Ihre Bewegungen hatten etwas ausgesprochen Linkisches, wie von jemandem, der nicht oft und schnell lief.

Eva kniff die Augen zusammen, um noch besser sehen

zu können, was da vor sich ging. Eigentlich sah es so aus, als ob die Gestalt über den Zaun rollte … Rollte?

Jetzt lief sie weiter, aber nicht etwa zur Terrassentür des Apfelhauses, obwohl diese, wie Eva sehen konnte, offen stand. Das Mondlicht spiegelte sich in den dunklen Scheiben.

Nein, die behäbige Gestalt in Schwarz lief weiter bis zu dem Apfelkomposthaufen am Zaun zu Seidels Grundstück, eine Hand merkwürdig an den Körper gepresst.

Eva öffnete das Fenster so geräuschlos wie möglich und lehnte sich vor, um zu sehen, was als Nächstes passierte.

Die Person stieg auf die Schubkarre, die sie umgedreht neben dem Komposthaufen hatten liegen lassen, und von dort über den Zaun. Sie stolperte unbeholfen, fing sich, bevor sie stürzen konnte, und lief an Seidels Rohbau entlang. Weil weder der schwere Wagen von Seidel noch der Lieferwagen der Arbeiter vor dem Gebäude standen, konnte Eva der Gestalt mit den Blicken folgen. Schließlich verschwand sie hinter dem Gebäude, und Eva nahm einen schwachen Lichtschein wahr.

Sie lehnte sich weiter vor. Es dauerte nicht lange, dann erlosch das Licht. Die Gestalt trat aus dem Schatten des Rohbaus heraus, ging zurück zum Zaun und kletterte hinüber, lief zur Terrasse und verschwand im Apfelhaus.

Die Nacht war so still, dass Eva hörte, wie der Schlüssel der Terrassentür umgedreht wurde.

»Warum stehst du mitten in der Nacht am offenen Fenster?«, fragte hinter ihr verschlafen Loh.

Eva wandte sich um. »Du wirst es nicht glauben«, antwortete sie flüsternd, auch wenn es keinen Grund mehr gab, leise zu sein. »Aber wenn ich mich nicht getäuscht habe, war Mimi eben in unserer Scheune. Das Knarren hat mich aufgeweckt. Sie ist über den Zaun geklettert. Dann ist sie auf Seidels Grundstück verschwunden.«

»Du hast recht. Das glaub ich nicht«, meinte Loh müde. »Sicher, dass du nicht geträumt hast?«

»Ganz sicher. Ich frage mich, was Mimi dort wollte, was sie nicht tagsüber auch haben könnte? Und was hat das mit Seidel zu tun?«, überlegte sie laut.

Von Loh erhielt sie keine Antwort. Er schnarchte längst wieder.

19. Kapitel

Du sprichst: Mich reizet Obst nicht mehr.
O lass doch schauen!
Du hast gewiss den Zahn nicht mehr
zum Apfelkauen.
FRIEDRICH RÜCKERT

»Der letzte große Arbeitseinsatz mit gammligen Äpfeln! Danach reicht's aber auch! Dann machen wir nur noch ein, köcheln, backen und verkosten, sammeln Rezepte für mein Buch, trinken Cidre und … Vielleicht denkst du dir ein paar Strickmuster für Apfelsocken aus, Julika. Oder für Mütze und Schal. Irgendwas, das wir ins Buch mit aufnehmen können!«, verkündete Eva, als sie am nächsten Tag die Küche betrat. Sie legte eine Tüte mit frischen Brötchen auf den Tisch und schaute sich um.

Dorothee stand neben der Kaffeemaschine, Marion schwatzte mit Nele, und als sie nach draußen sah, konnte sie Tonio vor Felix' Zelt ausmachen.

Aus einem Radio, das mindestens so alt wie das Haus war, erklang leise Jazzmusik. Es war wieder diese Art lässige Gemütlichkeit, die unwillkürlich entstand, wenn sie zu fünft zusammen waren und nicht gerade disputierten. Eva konnte nicht benennen, was ihre Freundschaft – außer einer grundsätzlichen Solidarität in vielen Lebensfragen –

ausmachte, worin das Gemeinschaftsgefühl lag, obwohl sie oft ganz unterschiedlich dachten. Jedenfalls hatte genau die Atmosphäre zwischen Apfelduft und Ella Fitzgerald, zwischen viel Lachen, etwas Weinen und dem prickelnden Geschmack von Prosecco vor vier Jahren hinter der Idee gestanden, zusammen eine Alters-WG zu gründen.

Inzwischen war zwar viel passiert, das ihre WG-Idee verändert hatte. Aber die Atmosphäre war geblieben.

»Ich hab euch lieb mit all euern Macken«, flüsterte Eva so leise, dass es niemand hörte. Denn Macken hatten die Freundinnen.

Sie selbst hatte natürlich auch welche.

»Au ja, Strickmuster ausdenken!«, sagte Julika enthusiastisch. Sie strickte leidenschaftlich gern, das letzte Paar, das sie vor vier Jahren im Apfelhaus angefangen hatte, war jedoch niemals fertig geworden. »Bevor ich nach Italien zurückfliege, will ich in Berlin unbedingt Wolle kaufen. Nirgends gibt es schönere Wollläden.«

»Strickst du Sergio auch Socken?«, fragte Dorothee und schenkte Eva ungefragt eine Tasse Kaffee ein.

Julika schüttelte den Kopf. »Selbstgestricktes ist nicht sein Stil. Passt nicht zu den eleganten Slippern, die er trägt. Im Sommer trägt er nie Strümpfe. Und der Sommer in Italien ist wunderbar lang.« Fröstelnd rieb sie die Hände aneinander, obwohl es in der Küche wohlig warm war. »Aber vielleicht ist das trotzdem eine gute Idee, Dorothee. Ich meine nicht Socken zu stricken, sondern zum Beispiel einen weißen Schal … aus feinem Seidengarn. Das sähe bestimmt super zu seinem schwarzen Anzug aus, den er immer anzieht, wenn wir in Florenz in die Oper gehen.«

Die Sehnsucht in ihrer Stimme war unüberhörbar, und Eva fragte sich, ob sie sich auf die Oper, das Wetter, auf Florenz oder auf Sergio bezog. Oder auf alles.

»Wo ist Mimi?«, fragte sie und sah sich um, als hätte Mimi sich irgendwo zwischen Küchenschrank und Spüle vor neugierigen Blicken versteckt. Was allerdings wegen ihres Umfangs schwierig gewesen wäre.

»Sie packt«, antwortete Dorothee mit dem Rücken zu ihnen. »Sie will heute zurück nach Berlin fahren. Sie wollte ja sowieso nicht lange bleiben.«

Fragt nicht weiter, schien ihr warnender Unterton zu sagen. Fragt nicht, was ich mir gewünscht hätte.

Eva hatte nicht die Absicht. Allerdings wäre es ihr lieber gewesen, wenn Mimi noch geschlafen oder vielleicht gähnend und mit dunklen Augenringen in der Runde gesessen hätte. Das wäre ein deutlicheres Zeichen dafür gewesen, dass ihre Nacht aufregender als die der anderen gewesen war. Zu gern wollte sie wissen, was Mimi gemacht hatte.

»Ist euch heute Nacht irgendetwas aufgefallen?«, fragte sie.

»Nö«, antwortete Dorothee und griff nach einem Brötchen. »Wieso? Was soll denn gewesen sein?«

Auch die anderen schüttelten den Kopf.

»Ich dachte, ich hätte etwas im Garten gehört. Wahrscheinlich hab ich mich getäuscht.«

In diesem Moment kam jemand die Treppe herunter, und Eva beschloss, das Thema fallen zu lassen. Entweder Mimi würde selbst erzählen, was ihre nächtliche Unternehmung zu bedeuten hatte, oder Eva würde versuchen, es diskret herauszufinden, bevor Mimi abfuhr. Aber bestimmt würde sie nichts tun, um das ohnehin angespannte

Verhältnis zwischen Mimi und Dorothee zu verschlechtern.

»Irgendwer außer mir Apfelessig?«, fragte Mimi in die Runde.

Die Freundinnen schüttelten erneut den Kopf. Mimi schenkte sich ein und verdünnte den Essig mit Wasser. Sie schüttelte sich, als sie das Gebräu mit Todesverachtung trank.

»Du kannst dir eine Flasche nach Berlin mitnehmen, wenn du möchtest«, schlug Eva vor.

Mimi sah sie dankbar an. »Das ist lieb. Danke! Vielleicht hilft mir Apfelessig ja doch dabei, meinen Speck loszuwerden. Ich glaub, ich weiß, was ich falsch gemacht habe.« Sie setzte sich an den Tisch und warf ihrer Mutter einen bedeutungsvollen Blick zu.

Dorothee beantwortete ihn mit einem ausgesprochen verkniffenen Gesichtsausdruck, bevor sie sagte: »Tanz einfach mit mir. Das verbrennt Kalorien ohne Ende. Das können wir zusammen machen. Dann kannst du alles essen, was Tonio nicht mag.«

»O nein, das mache ich bestimmt nicht. Das Tanzen ist dein Hobby ganz allein. Damit hab ich nichts zu tun. Aber vielleicht kannst du in Zukunft mal etwas kochen, das Tonio schmeckt«, gab Mimi hitzig zurück. »So muss ich gar nicht mehr aufessen, was er liegen lässt.«

Die Freundinnen schauten zu Dorothee hinüber. Sie kannten sie gut genug, um zu wissen, was es bedeutete, dass deren Wangen auf einmal glühten. Und richtig.

»Das ist nun der Lohn dafür, dass ich mich seit Jahren um dich kümmere?«, explodierte Dorothee und stellte sich direkt vor Mimi, die Arme in die Hüften gestemmt.

»Du bemutterst mich ungebeten«, gab Mimi zurück und erhob sich von ihrem Stuhl. Auch sie stützte die Arme in die Hüften. Die Ähnlichkeit in der Gestik von Mutter und Tochter war so groß, dass Eva fast gelacht hätte.

»Hey, Mädels, beruhigt euch!«, sagte sie und stellte sich zwischen die beiden. Nicht dass sie noch anfingen, sich mit Brötchen zu bewerfen. »Redet miteinander. Beschimpft euch nicht.«

»Wir reden doch miteinander«, sagte Dorothee ungehalten.

»Nein, wir schreien uns an«, gab Mimi zurück.

In diesem Moment kamen Felix und Tonio Hand in Hand in die Küche.

»Tanzt ihr?«, fragte Tonio, und die Freundinnen mussten ihm recht geben: So wie Mimi und Dorothee sich gegenüberstanden, hatte es Ähnlichkeit mit einer Tanzfigur aus *Riverdance*. Sie mussten nur noch anfangen, synchron mit den Füßen zu tänzeln, zu steppen und der irischen Fiedel zu lauschen.

»Nein, wir tanzen nicht. Komm, Tonio, wir frühstücken etwas, dann fahren wir nach Hause«, sagte Mimi und ließ die Arme sinken.

Tonio sah sie entgeistert an. »Ich will nicht! Ich will hierbleiben!«, schrie er.

»Du kannst doch den Jungen bei uns …«, hob Dorothee an, aber Mimis wütender Blick ließ sie verstummen.

»Wie wäre es mit einem Abschiedsspaziergang im Wald?«, fragte Felix, und zögernd nickte Mimi.

»Aber erst, nachdem wir die Arbeit im Apfelgarten beendet haben«, sagte Marion streng.

Loh warf den Traktor an, sowie sie den letzten verrotteten Apfel auf den Kompost geworfen hatten. Reihe für Reihe mähte er die Wiese zwischen den Bäumen. Direkt darunter würde er nachher noch sensen müssen, mit dem Trecker kam er dort nicht hin, dazu hingen die Äste zu tief. Noch nie hatte der Garten so gepflegt ausgesehen, selbst damals nicht, als sie sich das erste Mal um ihn gekümmert hatten.

Die Freundinnen standen am Rand des Grundstücks und bewunderten ihre Arbeit. Die unvermeidlichen Weidenkörbe mit gepflückten Äpfeln warteten auf der Terrasse auf ihren Einsatz. Zum ersten Mal seit ihrer Ankunft sah es so aus, als ob sich selbst die Bäume lichteten, als ob es irgendwann tatsächlich weniger Äpfel geben würde.

Nichts gammelte und gor mehr unter den Bäumen. Wenn man einen heruntergefallenen Apfel aufhob, musste man nicht befürchten, dass man in Wespen griff. Das war ein luxuriöses Einsammeln, eine Tätigkeit, bei der man sich der Natur von ihrer schönsten Seite nah fühlte.

Es war Apfelsammeln für Anfängerinnen.

»Jetzt können Dani und Gandalf zurückkommen«, sagte Julika fast ein bisschen bissig. »Die Arbeit ist gemacht.«

»Lieber nicht«, fügte Nele hinzu, was sich auf Gandalf bezog.

»Es kann kommen, wer mag. Alles wirkt gepflegt«, meinte Marion. »Könnten wir doch bloß Seidels Bau in die Luft jagen, dann stünde dem Baumhaushotel nichts mehr im Weg. Jeder Minister würde unseren Plan gutheißen.«

»Wenn es sonst nichts ist«, gab ausgerechnet Mimi gut gelaunt zur Antwort und wandte sich zum Gehen. »Kommt, lasst uns den Abschiedsspaziergang machen!«

Sie beschlossen, zum Wannsee zu gehen, der dem Dorf den Namen gegeben hatte. Nicht mehr als einen Kilometer war er vom Ort entfernt. Die sandige Badestelle zwischen dem Schilf war ein geheimer Sommerort, den nur die Wannseer kannten.

Bei warmem Wetter sammelten sich dort die wenigen Jugendlichen aus dem Dorf und Familien mit Kindern, um in dem moorigen Wasser zu plantschen oder – wenn man etwas mutiger war – einmal durch den See zu schwimmen. Mutig deshalb, weil es eine Mär im Ort gab: Der Wannsee holt sich seine Opfer, wurde geraunt, wenn irgendetwas am See geschah. Wenn zum Beispiel jemand auf einen spitzen Stein trat oder sich nach dem Baden einen Schnupfen zuzog.

Jedenfalls glaubte Gaby von Gaby's Friseursalon fest daran und erzählte jeder Kundin, der sie die Haare schnitt, das düstere Märchen – ob sie es hören wollte oder nicht.

Während sie den Waldweg entlangschlenderten, liefen Felix und Tonio im Zickzack vor ihnen her. Sie kletterten die Böschung hoch, da, wo Nele Felix das erste Mal gesehen hatte. Ein Stück weiter brachen sie wieder durchs Geäst, überquerten den Weg und verschwanden auf der anderen Seite. Und jedes Mal, wenn sie an ihnen vorbeischossen, hielt Tonio kurz bei seiner Mutter an und zeigte ihr etwas – einen Kiefernzapfen oder ein besonders schön herbstlich gefärbtes Blatt. Oder, wie jetzt, einen länglichen, hellblau schillernden Käfer, der auf der Handfläche des Kleinen krabbelte.

»Felix sagt, das ist ein Fichten…« Hilfesuchend schaute er zu Felix.

»Ein Fichtensplintbock«, sprang er ein.

»Steht der auf der Roten Liste?«, fragte Nele.

Felix schüttelte den Kopf. »Nein. Er ist so verbreitet, dass von Gefährdung keine Rede sein kann. Im Gegenteil, weniger von ihnen wäre besser für die Forstwirtschaft. Wenn ein Baum schon geschädigt ist, ist er ein gefundenes Fressen für den Fichtensplintbock. Komm, Tonio, wir gucken, ob wir noch etwas finden.«

Weg waren sie wieder.

»Meint ihr, der Fichtensplintbock könnte etwas gegen Seidels Rohbau ausrichten? Vielleicht die Holzkonstruktion annagen?«, fragte Julika nachdenklich.

Nele lachte. »Du denkst an Termiten wie in den alten Comicsendungen, was? Die in ein paar Minuten ein ganzes Haus niedermachen? Träum weiter.«

Julika grinste. »So ähnlich. Na ja, war ein Versuch.«

Sie waren ein Stückchen weitergegangen, als Tonio und Felix erneut zu ihnen auf den Weg sprangen.

»Es gibt einen Bombenkäfer!«, rief Tonio ihnen triumphierend zu.

»Was bringt Felix dem Jungen nur bei?«, fragte Marion kopfschüttelnd, die trotz aller gegensätzlichen Erfahrungen in der Grundschule daran glaubte, dass eine pazifistische Erziehung auch pazifistische Menschen hervorbrachte.

Felix war stehen geblieben. »Bombenkäfer stimmt nicht ganz«, sagte er. »Er heißt Bombardierkäfer.«

»Das ist ja fast noch schlimmer«, empörte sich Nele. »Nicht nur ein militanter Name, sondern sogar der Name des Herstellers. Als ob ein Saftkäfer Coca-Cola-Käfer hieße!«

»Gibt es einen Cola-Käfer?«, fragte Tonio. Felix

schüttelte den Kopf. »Aber Cola-Bären gibt's«, sagte er, stolz auf sein Wissen.

»Warum heißt er Bombardierkäfer?«, fragte Eva interessiert.

»Weil er knallt und explodiert und Gift sprüht, wenn Feinde ihn fressen wollen«, sagte Tonio, offenbar fasziniert von der Kampfkraft des Krabbeltieres.

Felix nickte. »Genau deshalb. Wir haben leider noch keinen gefunden, stimmt's, Tonio?« An Mimi gewandt, sagte er: »Dein Sohn interessiert sich sehr für die Natur. Das finde ich super.« Mimi sah ihn nachdenklich an, kommentierte es aber nicht. »Wenn ich noch länger mit ihm umherstromern würde, wüsste er wahrscheinlich bald alles über den Wald und das Totholz, das es hier reichlich gibt«, fuhr er fort.

»Totholz?«, fragte Nele. »Das sieht hier doch sehr lebendig aus.«

»Im Wald liegen viele Stämme. Erinnert ihr euch an Herwart und Xavier? Die beiden wilden Gesellen?«

Die Freundinnen sahen ihn irritiert an, aber Marion nickte. »Na klar, die beiden Stürme, die in Berlin und der Mark Brandenburg gewütet haben!«

»Genau. Sie haben eine Menge Schaden angerichtet. Hier haben es die Waldarbeiter noch nicht geschafft aufzuräumen, oder, was toll wäre, sie verzichten mit Absicht darauf. Jede Menge Totholz!«

»Was macht das Totholz denn?«, fragte Marion.

Das Wort rief in ihr die unangenehme Erinnerung an all die vielen Werbemails wach, in denen sie ermutigt wurde, Sterbegeldversicherungen abzuschließen.

»Es liegt so rum und verrottet allmählich. Perfekter

Nährboden für alles Mögliche. Darin entwickeln sich Käferlarven, Vögel kommen, um sie zu fressen, und wenn das Holz irgendwann komplett verrottet ist, wird es zu Humus. Ein echtes Urwaldprinzip. Wusstet ihr, dass in einem Kubikmeter Waldboden mehr Organismen und Bakterien leben als Menschen auf der Erde?«

Die Freundinnen schüttelten angemessen beeindruckt den Kopf.

»Lass mich mal raten«, meinte Nele. »Besonders Pilze machen sich über das tote Holz her.«

»Genau. Zum Beispiel der Ästige Stachelbart. Die Vielfalt der Geschöpfe in einem Wald hängt nicht unbedingt von den lebenden Bäumen ab, sondern auch von den toten. Und hier sieht es wirklich gut aus! Wild, umgestürzt und ungeordnet! Es lebe die Anarchie.«

»Ordentlich viele Tote«, sagte Nele und rieb sich unternehmungslustig die Hände.

Eva wünschte, sie hätte einen Block und etwas zum Schreiben dabei. Diese malerischen Namen! Ästiger Stachelbart … So könnte man gut Protagonisten in einem Kinderbuch nennen. Der ästige, mächtige, listige Stachelbart …

Als sie um die nächste Biege kamen, lag unvermittelt die glitzernde Wasserfläche des Wannsees vor ihnen. Der Weg endete direkt an dem kleinen Sandstrand, und Tonio, der neben Felix hergetrabt war, rannte los.

»Geh nicht allein zum Wasser! Du kannst noch nicht schwimmen!«, rief Dorothee ihm besorgt hinterher.

»Vorn ist es doch ganz flach. Man muss schon ein Stück reinwaten, bis man schwimmen kann. Weißt du das nicht mehr, Dorothee?«, beschwichtigte Eva sie, und da kauerte sich Tonio bereits hin, schlüpfte aus seinen kleinen Turn-schuhen und riss sich die Ringelsöckchen von den Füßen.

»Darf ich, Mama, darf ich rein?«, schrie er in Mimis Richtung.

Mimi machte eine ermutigende Handbewegung, während Dorothee erschrocken die Luft anhielt.

»Ist eh schon zu spät für ein Nein«, raunte Eva Nele zu, als Tonio ins Wasser lief.

Gemächlich näherten sie sich dem Wasser. Es war ein milder, windstiller Tag, keine Welle kräuselte die Oberfläche, und das grüne Schilf, das am Ufer wuchs, erweckte den Eindruck, dass es ein warmer Sommertag wäre.

Sie waren nur noch einige Meter vom Ufer entfernt, als Tonio, der nur bis zu den Knöcheln im Wasser stand, aufschrie.

»Was ist denn?«, rief Mimi.

Dorothee stürzte schon ans Wasser, um sich in die Fluten zu werfen und den Enkel vorm Ertrinken zu retten, doch Tonio strebte bereits allein zurück ans Ufer. Als er mit schreckgeweiteten Augen den Sandstrand erreicht hatte, lief er zu Mimi.

»Da!«, jammerte er und zeigte auf seinen nackten Fuß. Er schüttelte ihn wie eine Katze, die versehentlich in eine Pfütze getreten war. »Mach das weg, Mama!«

Mimi kniete sich in den Sand. »Wo denn, Toni?«, fragte sie. Doch dann entdeckte sie eine zarte Alge zwischen Tonios Zehen. Ein feiner grüner Faden, von der Strömung in Richtung Ufer getrieben, wo er an Tonios kleinem großen Zeh haften geblieben war, als wäre dieser ein rettendes Stück Holz. Sie pflückte den Faden ab.

»Deine Füße sind eiskalt«, sagte Mimi. Tonio nickte

zitternd. »Wir müssen dir rasch Socken und Schuhe anziehen.« Sie wollte die Alge schon zurück ins Wasser werfen, aber da hielt Felix sie auf.

»Darf ich?«, fragte er und nahm ihr die Wasserpflanze aus der Hand und studierte sie genau. Der grüne Hauptstängel war vielleicht acht Zentimeter lang, davon gingen in regelmäßigen Abständen quirlartige kleine Blattstände ab.

Er hielt sie Nele hin, die neben ihm stand. »Riechst du was?«

Nele schnupperte an dem schlaffen grünen Halm. »Wasser. Grün. Ein bisschen Moder vielleicht. Aber sonst nichts. Sollte das Ding nach etwas riechen?«

Felix gab keine Antwort. Stattdessen hielt er sich die Alge so dicht vors Gesicht, als ob er sich mit ihr unterhalten wollte, und prüfte sie mit scharfem Blick.

»Mmh … Keine Spur von Senfgeruch«, murmelte er. »Tja. Vielleicht … aber vielleicht auch nicht …«

»Ich mag es, wenn du dich so präzise ausdrückst«, kommentierte Nele.

Dorothee schüttelte den Kopf und beobachtete, wie ihre Tochter Tonios Füße trocknete und wärmte, indem sie erst den einen, dann den anderen Fuß zwischen den Händen rieb und ihm anschließend Socken und Schuhe anzog.

Eva musterte Dorothee von der Seite. Ihre Augenbrauen waren zusammengezogen, die Arme verschränkt. Über ihrem indisch anmutenden Outfit trug sie eine beige halblange Jacke, wodurch sie wesentlich matronenhafter als an den Tagen davor aussah, älter und konservativer. Verschwunden war die Freundin, die sich in einen Schauspieler verliebt hatte und heimlich geschminkt tanzte. Jetzt war sie wieder die kontrollierende Helikoptermutter, was sich auch in ihrem ungehaltenen Blick ausdrückte, in ihrer ganzen Körperhaltung. Ich hätte ihm das nicht erlaubt, schien sie zu denken. Wenn der Junge sich nun erkältet … Wir haben Oktober … Du hättest ihn davon abhalten müssen … Was bist du bloß für eine Mutter, Mimi …

Aber Eva rechnete ihr hoch an, dass sie ihre Gedanken nicht laut aussprach.

Es wurde höchste Zeit, dass Mimi abreiste und Dorothee wieder zu ihnen fand. Es war um jeden Moment schade, in dem sie sich nicht miteinander beschäftigten.

»Ist diese Alge irgendetwas Besonderes?«, fragte Nele, weil Felix gar nicht mehr damit aufhören wollte, sie zu untersuchen.

»Ich weiß nicht, was das hier für ein seltsamer Landstrich ist, dass da so ungewöhnliche Pflanzen und Tiere zu finden sind«, sagte er und sah die Freundinnen ganz beseelt an. »Zuerst war ich sicher, dass das hier eine gewöhnliche Armleuchteralge ist. Sie sind sehr verbreitet. Aber woran man sie erkennt, ist ihr Geruch. Sie riechen nach Senf. Diese hier dagegen ist geruchlos. Nun gibt es viele unterschiedliche Armleuchteralgen …«

Julika kicherte. »Was für ein Name!«

»Ich bin kein Fachmann für Wasserpflanzen, und ich müsste das noch mal recherchieren. Aber zumindest einige dieser Algensorten, die nicht zu den gewöhnlichen Armleuchteralgen gehören, stehen …«

»… auf der Roten Liste«, ergänzte Marion fröhlich, der endlich ein Licht, nein, ein ganzer Armleuchter, aufgegangen war. »Vielleicht können wir die irgendwie Seidel unterjubeln. Armleuchter zu Armleuchter!«

»Wenn es eine geschützte Alge ist, darfst du sie auf gar keinen Fall aus dem Teich nehmen«, wandte Felix bestimmt ein.

Die Freundinnen warfen Nele einen bedeutungsvollen Blick zu, und Nele zuckte mit den Achseln.

Denn sie verstand genau, was die Blicke der anderen bedeuteten: Wie lange bleibt Felix eigentlich noch in Wannsee? Das würde sie herausfinden müssen.

20. Kapitel

Ein Pfirsich ist wie ein Apfel mit Teppich drauf.
SCHULAUFSATZ

Auf dem Weg zurück zum Apfelhaus splitterte sich die kleine Gruppe auf. Genau wie im wahren Leben, wo es ja auch nie geschah, dass sie alle zeitgleich das Ziel erreichten, für das sie an den Start gegangen waren.

Nele und Felix liefen vorneweg, Tonio klammerte sich an Felix' Hand, als wollte er jede Minute genießen, die ihm mit seinem neuen großen Freund blieb. Eva, Julika und Marion folgten ihnen, aber Marion blieb immer wieder stehen, um am Wegesrand wilde Kräuter für Alexis zu pflücken. Mit jedem Quendelhalm, mit jedem Hirtentäschelkraut verlor sie den Anschluss an Eva und Julika ein bisschen mehr – bis sie selbst gewählt ihre eigene Gruppe bildete.

Dorothee und Mimi bildeten die Nachhut. Schweigend liefen sie hinter den anderen her, aneinandergebunden durch ein ganzes Leben, getrennt durch unterschiedliche Ansichten, die in den letzten dreißig Stunden einen unerfreulichen Höhepunkt gefunden hatten.

»Ich habe mir etwas überlegt, Mama«, unterbrach Mimi das Schweigen.

»Bleibt ihr länger?«, fragte Dorothee hoffnungsvoll.

Wenn Mimi nur einsehen würde, dass sie das Beste für sie wollte! Sie könnten Apfelrezepte ausprobieren, und dann würden sie gemeinsam zurück nach Berlin fahren. In Kolonne, denn sie waren ja mit zwei Wagen da, aber Hauptsache zusammen …

»Nein. Wir fahren nachher. Das ist besser so. Aber ich habe über einen Kindergarten für Tonio nachgedacht.«

»Er ist noch zu klein, oder?«

»Im Gegenteil. Es ist allerhöchste Zeit, dass er mit anderen Kindern zusammenkommt. Ich werde mich um einen Kitaplatz bemühen, sowie ich wieder in Berlin bin.«

Dorothee blieb stehen. »Du willst was?«

»Ihn anmelden. Und zwar in einem Waldkindergarten. Da sind die Kinder bei jedem Wetter draußen. Nur wenn es zu sehr regnet, stürmt oder schneit, sind sie in einem Bauwagen. Felix hat mir gestern im Apfelgarten davon erzählt. Diese Waldkindergärten gibt es jetzt überall.«

»Hmph«, machte Dorothee ungehalten. Ihr war Felix gleich seltsam vorgekommen.

»Mir ist in Wannsee aufgefallen, wie glücklich Toni ist, wenn er draußen ist. Er staunt über jedes kleine Vieh, das über den Weg krabbelt, da wäre ein Waldkindergarten genau das Richtige. Findest du nicht?«

Dorothee fasste sich an die Brust. Es fühlte sich an, als ob jemand darin mit einer kleinen, scharfen Axt wild um sich schlug, um aus ihrem Herzen Totholz zu machen. Dann ließ sie die Hand sinken. Vielleicht war es auch die Verdauung, die vielen Äpfel, die sie in den letzten Tagen gegessen hatte.

»Ich weiß nicht, was ich finden soll. Willst du mir etwa den Jungen wegnehmen?«

Mimi beschleunigte ihren Schritt. Die Nähe zu den anderen schien ihr plötzlich sicherer als die Weite einer Diskussion mit ihrer Mutter.

»Quatsch, Mama. Ich finde nur … es muss sich etwas ändern. In meinem Leben. In Tonios Leben. Und vielleicht auch in deinem. Fühlst du das nicht, wenn du mit deinen Freundinnen zusammen bist?«

»Ich finde mein Leben schön so, wie es ist. Mit euch«, flüsterte Dorothee.

»Und trotzdem bist du verrückt nach indischem Tanz, hast abgenommen und ziehst dich anders an als sonst. Das heißt doch, dass du auch andere Träume hast, als uns zu betreuen, Mama! Vielleicht reist du sogar mal nach Indien. Mit einer Reisegruppe … mit Gleichgesinnten …«

»Ach Kind, wie stellst du dir das denn vor, wo ich mich mein ganzes Leben lang immer um euch vier gekümmert habe, um euern anstrengenden Vater und die Arbeit im Krankenhaus?«

»Eben deshalb«, gab Mimi zurück.

Und dann sprachen sie nichts mehr, bis sie das Apfelhaus erreicht hatten, wo die anderen bereits um die vollen Apfelkörbe standen und diskutierten, was sie alles damit machen könnten, sollten und müssten.

»Ich habe eine Idee«, sagte Nele. »Pack mal mit an, Eva.« Sie griff sich einen Korb, und verwundert nahm Eva den Henkel. »Komm, wir schenken jetzt Seidels Arbeitern ein paar Äpfel.«

»Warum das denn?«, fragte Eva. »Er ist der Feind!«

»Ja. Aber er zwingt seine Leute sogar dazu, nachts zu arbeiten! Das heißt, er ist wirklich eklig zu ihnen. Da schadet es doch nichts, wenn wir ein bisschen nett zu ihnen sind, oder? Man weiß nie, wozu so etwas gut ist. Äpfel haben wir genug! Außerdem ist er nicht da. Oder siehst du seinen Schlitten irgendwo?«

Eva war nicht wirklich überzeugt. Aber als sie zum Zaun gingen und ein Arbeiter in einem ausgewaschenen, rotweiß karierten Hemd den Korb mit den Äpfeln entgegennahm und immer wieder »*Podziękować, podziękować …*«, sagte, die Äpfel sichtlich bewunderte, hineinbiss und die Augen genießerisch verdrehte, musste Eva zugeben, dass Neles Ansatz durchaus weise war.

Tonio saß in seinem Kindersitz in Mimis Wagen und presste die Hand gegen die schmutzige Scheibe, genau da, wo Felix seine Hand von außen gegenhielt. Mimi packte ihre Tasche in den Kofferraum, schloss ihn und ging zu Felix.

»Kann ich deine Handynummer haben?«, fragte sie schüchtern.

Er stutzte einen winzigen Moment, dann lächelte er. »Na klar, gern.« Er nannte ihr seine Nummer, die Mimi gleich in ihr Handy eingab.

»Ich melde mich mal bei dir, wenn Tonio einen Platz im Waldkindergarten hat«, sagte Mimi verlegen.

Felix machte eine Handbewegung, als ob er zu dieser Entscheidung salutierte.

Schließlich umarmte Mimi die Freundinnen, ganz zum Schluss ihre Mutter. »Danke, dass wir euch eine Nacht auf den Wecker fallen durften«, sagte sie. »Bis bald in Berlin, Mama.«

»Es war schön, dass du hier warst. Komm uns mal wieder besuchen«, erwiderte Eva und merkte zu ihrem eigenen Erstaunen, dass sie das auch so meinte. Die neue dicke

Mimi hatte nicht weniger Probleme als die aufgedonnerte dünne von damals, eher mehr. Aber inzwischen hatte sie eine andere Art, damit umzugehen. Vielleicht war das ein Zeichen dafür, dass sie erwachsen wurde. Trotz ihrer Mutter. Was sie in der vergangenen Nacht getan hatte, würde jedoch wohl immer ein Geheimnis bleiben. Denn jetzt war es zu spät zu fragen.

Die Freundinnen winkten, bis der klapprige Wagen am Ende der Dorfstraße verschwunden war, dann blieben sie noch einen Moment stehen, um zu schauen, was auf der anderen Seite der Straße vor sich ging. Die Geräusche, die zu ihnen herüberdrangen, waren entnervend. Auch auf der zerstörten Wiese war an diesem Tag mehr los als sonst. Schweres Baugerät fuhr hin und her, bis an den Rand des Friedwalds. Es rumpelte, wenn ein Bagger Steine aus dem Geröllhaufen bewegte, und über all dem Chaos lag eine durchdringend stinkende Teerwolke.

Sie taten ihr Bestes, die Vergewaltigung des goldenen Oktobertages zu ignorieren, auch wenn sie sich fragten, ob ihre Arbeit im Garten sich bei diesen Aussichten überhaupt gelohnt hatte.

Als Marion, Nele und Julika wieder im Haus verschwunden waren und Eva schon die Tür schließen wollte, sah sie, dass Dorothee noch immer an der Dorfstraße stand und winkte, obwohl Mimis Wagen längst nicht mehr zu sehen war. Sie seufzte und ging zurück, um die verloren wirkende Freundin ins Haus zu holen. Wie merkwürdig, dass ausgerechnet Dorothee diese Einsamkeit ausstrahlt, wenn man bedenkt, dass sie die Einzige von uns ist, die Kinder hat, dachte Eva. Vier an der Zahl! Wenn überhaupt, sollten sie, Julika, Nele und Marion doch einsam wirken, aber dem war nicht so. Vielleicht war eine kleine Grundeinsamkeit im Leben leichter zu ertragen als das Gefühl, erst gebraucht zu werden und sich dann überflüssig zu fühlen.

»Küchenchefin, nach dir wird im Haus verlangt. Komm rein«, sagte sie sanft und zog die Freundin hinter sich her.

»Ich komme gleich. Aber erst muss ich die Betten abziehen«, murmelte Dorothee und stieg mit schweren Schritten die Treppen hoch.

»Und was machen wir jetzt?«, fragte Nele und rieb sich die Hände. »Es fühlt sich toll an, endlich mit dieser Drecksarbeit fertig zu sein! Ich kann keine matschigen Äpfel mehr sehen!«

»Wir backen Blechkuchen, den können wir gut einfrieren«, schlug Eva vor. »Wenn ihr fahrt, nehmt ihr etwas mit. Und Kräuterapfelessig könnten wir machen.«

»Wie viele Rezepte hast du denn schon für dein nächstes Apfelbuch gesammelt?«, wollte Nele wissen.

»Noch nicht viele. Ich glaube, ich habe im Unterbewusstsein auf euch gewartet. Auch wenn ich gar nicht wusste, dass ihr kommt.«

Nele nahm sie in den Arm und drückte ihr einen dicken Schmatzer auf die Wange.

»Wofür war das?«, fragte Eva erstaunt.

»Das war ein Musenkuss«, erklärte Nele. »Jetzt kannst du loslegen.«

»Jaaaa«, sagte Eva gedehnt. Sie klang bedrückt, und die Freundinnen sahen sie alarmiert an.

»Was hast du denn?«, fragte Nele. »Du hast doch was!«

»Loh meint, wir sollten den Hofladen schon diesen Samstag eröffnen.« Eva seufzte leise. »Ich hatte gedacht, wir haben noch ein bisschen Zeit, aber er hat ja recht. Wir haben alles abgeerntet, da kann man genauso gut gleich mit dem Verkauf anfangen. Jetzt, wo sogar der Tresen fertig ist.« Sie schaute zu Felix.

»Musst du den ganzen Tag im Laden stehen?« Nele war besorgt.

»Nein, wahrscheinlich nur vormittags. Wir wollen mit einer lauten Klingel arbeiten. Es muss sich erst rumsprechen, das wird etwas dauern. Erst mal ist wichtig, dass der Hofladen auf unserer Website steht. Da müsste ich dich noch mal bitten, liebe Nele.« Eva sah sie fragend an.

»Aber sehr gern. Ich dachte neulich schon, dass ich Fotos machen sollte!«, meinte Nele begeistert. »Und eins ist klar: Am kommenden Samstag hat es jeder Kunde gleich mit fünf Verkäuferinnen zu tun. Kommt nicht infrage, dass wir es uns gemütlich machen, und du dich schindest.« Die anderen nickten bestätigend, und Eva wirkte plötzlich viel unbeschwerter.

»Das leise Plätschern des Apfelsaftes ist lauter als das Brüllen des menschlichen Tuns …«, murmelte Marion und griff nach dem Wildkräutersträußchen, das sie gepflückt hatte. »Ich gehe mal schnell Alexis füttern.«

»Ich mach mich an die Apfelstrickmuster«, verkündete Julika.

»Wollen wir trotzdem zuerst einscannen, was du schon hast, Eva?«, überlegte Nele. »Ein erstes Layout machen? Hast du dir mittlerweile einen Titel überlegt?«

Eva zögerte einen winzigen Moment. »Ich dachte vielleicht *In achtzig Äpfeln um die Welt*. Dann kann man auf Sorten, Rezepte und Besonderheiten aus einzelnen Ländern eingehen.«

»Apfelsorten aus achtzig Ländern? Kein Problem«, meinte Felix. »Die bekomme ich zusammen.«

»Und ich achtzig unterschiedliche Apfelrezepte«, fügte Dorothee hinzu und zog ihr Smartphone heraus. Sie hatte offenbar den Blues über Mimis Abfahrt überwunden. »Zählt die Mulligatawny-Suppe auch? Und das Apfelchutney?«

»Aber Dorothee, natürlich! Erstens war beides köstlich, und zweitens könnten wir kein Buch mit dir machen, wenn wir nichts Indisches darin hätten, oder?« Eva machte einen indischen Tanzschritt, und Dorothee strahlte.

Nichts motiviert mehr als der eigene Erfolg, dachte Eva.

Alle eilten aus der Küche, um sich an ihre Projekte zu machen. »Was möchtet ihr heute zum Abendessen?«, rief Dorothee ihnen hinterher, aber niemand antwortete ihr. Gut, dann würde sie die Entscheidung eben allein treffen. Sie checkte ein Rezeptportal. Hier, das klang gut: Französisches Apfelhähnchen. Mit Cidre und Calvados – wie gut, dass beides in der Speisekammer stand! Pilze waren von Felix' und Neles Sammelaktion übrig. Und an Äpfeln mangelte es nun wirklich nicht. Nur das Hähnchen fehlte. Sie öffnete das Fenster weit und beugte sich vor. »Hast du noch ein Hähnchen für uns?«, rief sie Eva nach.

Eva machte ein Daumen-hoch-Zeichen, während sie über den Zaun kletterte.

Einige Zeit später kühlten zwei Bleche mit Apfelkuchen auf dem Tisch ab, und im Ofen schmorte das Apfelhähnchen. Dorothee war in ihrem Element.

Auf der Küchenablage standen vier Glasflaschen. Eva hatte mehrere Sorten Kräuterapfelessig zubereitet: eine

scharfe mit Pfefferkörnern und einigen knallroten Chilischoten, eine mediterrane mit Lavendelblüten, einem Ros-
marinzweig und Knoblauchzehen, eine frische mit Zitro-
nenmelisse, Zitronenthymian und der Schale einer Zitrone
und eine mit Wacholderbeeren und Minze. Alle Zutaten
bis auf die Zitrone wuchsen in ihrem Garten.

Mit der Minze stand Eva inzwischen auf Kriegsfuß.
Immer wieder wucherte sie ihr quer durchs Staudenbeet,
schob ihre kräftigen Ausläufer in die Wurzelballen von
Thymian, Ziest und Phlox und trieb dann aus der Mitte
der Stauden aus. Mit Freuden hatte sie die Minze geerntet, um den Essig anzusetzen, und gleich noch ein dickes
Büschel für Pfefferminztee mitgenommen.

Zwei, drei Wochen würden die Essigsorten brauchen,
um das Aroma aufzunehmen. Dann würde sie wissen, was
gut schmeckte und was nicht, und mit den Favoriten in
Serie gehen.

Nach und nach trudelten die anderen zum Abendessen
ein. Sie deckten den Tisch, öffneten die erste Weinflasche,
setzten sich, lachten, versuchten, die Nachrichten auf ihren
Handys zu checken, und schimpften, wenn sie vergeblich
nach ihren Lesebrillen suchten, weil sie ohne Brille nicht
ihre Brille fanden.

Es fühlte sich endlich wie das an, was es war: Urlaub.

Nur als Dorothee zum Schluss das Hähnchen mit selbst
gebranntem hochprozentigem Calvados flambierte, wäre
es um ein Haar zu einer Katastrophe gekommen. Eine
Stichflamme schoss jäh hoch. Hastig riss Dorothee den
Kopf zurück, aber zu spät: Einige ihrer Stirnfransen waren angesengt und kräuselten sich verwegen. Besorgt strich
sie darüber.

»Hui«, sagte Eva, »das war knapp.«

Das erste Fenster stand schon weit offen, denn beim Backen und Kochen war es sehr warm in der Küche geworden. Nun öffnete Eva auch das zweite, um den penetranten Geruch nach abgesengter Gans zu vertreiben.

Die laue Abendluft strömte herein, die warme Zimmerluft strömte hinaus, und es war fast so, als säße man auf der Terrasse. Die Grenzen von außen und innen waren nicht mehr klar auszumachen. Einen winzigen Moment glaubte Eva, Zigarettenrauch wahrzunehmen. Sie schnupperte. Nein, sie hatte sich wohl getäuscht. Sie setzte sich wieder.

Das Apfelhähnchen dampfte und brodelte in der Pfanne, die Dorothee auf den Küchentisch stellte. Es war ein Gedicht.

»Das Rezept hierfür muss unbedingt auch in euer Apfelbuch«, sagte Julika schließlich, als sie eine der letzten Apfelscheiben, die in der köstlichen Sauce geköchelt hatten, nahm und aufaß.

»Meinst du, Loh möchte auch etwas davon haben, Eva?«, wollte Dorothee wissen.

»Wie könnte er nicht!«, sagte Eva.

Loh traf sich an diesem Abend mit anderen Landwirten in Maik's Bistro, doch was immer er dort aß, würde niemals an dieses köstliche Apfelhähnchen herankommen, das wusste sie.

Dorothee gab den Rest liebevoll in eine kleine Schüssel. »Heute Abend will ich unbedingt wieder tanzen. Macht wer mit?«, fragte sie in die Runde.

In diesem Moment klingelte ein Handy.

»Wer von euch ist das?«, fragte Marion streng, während

alle hektisch die Taschen nach ihren Smartphones abklopf-
ten.

»Das ist meins!«, antwortete Felix. »Hallo?«

Nele grinste. Sein Klingelton war der Anfang von *Norwegian Wood* von den Beatles. Wie typisch!

Nach der Begrüßung sagte er nichts mehr, und auch
die Freundinnen schwiegen. Am anderen Ende der Leitung konnten sie schwach eine aufgeregte Frauenstimme
zwitschern hören. Schließlich stand Felix auf und verließ
die Küche.

Die Freundinnen taten so, als ob sein Telefonat sie nicht
interessierte, was eine Lüge war. Natürlich interessierte es
sie brennend, mit wem sich ihr Baumindianer austauschte.

Besonders Nele, die den Platz direkt am offenen Fenster hatte, lehnte sich so weit nach außen, dass sie praktisch
mehr auf der Terrasse als in der Küche saß. Aber wer die
Frau war, die auf ihn einredete, erschloss sich ihr nicht.
Denn Felix sagte nicht etwa: »Liebling«, oder »Frau So-
undso« oder »Dagmar« oder »Leonie«. Er sagte gar nichts.
Er hörte nur zu.

Als er wieder in die Küche zurückkam, sahen ihn alle
fragend an. Er schaute in die Runde, wirkte aber merkwürdig fahrig, strich sich nervös die Haare zurück und wich
Neles Blick aus, wich allen Blicken aus.

Das war seine Freundin am Telefon. Vielleicht ist er sogar verheiratet, dachte Nele. Mein alter Fehler. Ich hab mir
alles nur eingebildet, zu viel reininterpretiert. Diese sympa-
thische Nähe baut er zu jedem Menschen auf, weil er einfach ein netter Typ ist. Wie absolut blöd von mir.

Um ihre Gefühle vor den anderen zu verbergen, schaute sie aus dem offenen Fenster. Das war besser. Der

Apfelgarten, adrett und so romantisch im schwindenden Tageslicht, bot keine Enttäuschung, sondern schummrigen Trost. Er war ein Ort, an dem sie ihre Seele baumeln lassen konnte. Wenn sie es jetzt bloß noch schaffen würde, Felix' Zelt zu ignorieren, das in der ersten Reihe stand! In dem sie doch immerhin ein paar sehr angenehme Momente verbracht hatten. Und hoffentlich würde sie nicht traurig sein, wenn sie das nächste Mal einem Geigenkonzert lauschte.

Felix im Norwegerpulli, Felix als blaue Nylonraupe, Felix mit dem Kaffeebecher, den sie ihm, in ihrer unwahrscheinlich bescheuerten Gutmütigkeit, gebracht hatte. Das Zelt mit den überall herumfliegenden Papierzetteln, auf denen er sich alles Mögliche über die vielen, vielen Früchte der Versuchung notiert hatte. Die unbeschwerte Nähe, die in ihr die Illusion geweckt hatte, dass vielleicht, vielleicht noch mehr möglich wäre. Zur Abwechslung mal mit einem etwas jüngeren Mann, der durchaus etabliert war, aber seine berufliche Freiheit offenbar sehr schätzte. Sie hatte sich nicht anpassen müssen. Es hätte gut sein können. Ja, das hätte es wohl.

Na ja. Es sollte nicht sein. Ihr leises Seufzen war kaum wahrzunehmen.

Sie hörte, wie Felix wieder hereinkam und sich setzte. Er räusperte sich.

»Das war eben Mimi am Telefon. Sie muss uns was gestehen. Es ist was passiert«, sagte er.

Dorothee schrie auf. »Mimi? Warum ruft sie dich an? Ist etwas mit dem Jungen? Wollte sie es mir nicht selbst sagen? Hatte sie einen Autounfall? Hat sie vom Krankenhaus aus angerufen?«

Nele atmete scharf ein, nicht sicher, was sie mit dieser

Information anfangen sollte. Sie muss *uns* was sagen? Vorsichtig schaute sie zu Felix. Er wirkte sehr ernst.

»Keine Sorge, es geht ihr gut, Dorothee«, sagte er. »Aber sie hat etwas ausgesprochen Dummes angestellt. Ich hoffe, das hat keine gerichtlichen Folgen für sie. Sie hat sich eines schweren Vergehens schuldig gemacht. Wenn das rauskommt, kann sie eine hohe Geldstrafe erhalten. Wenn nicht eine Gefängnisstrafe.«

In den Köpfen der Freundinnen begann es zu kreisen. Mimi? Ein Verbrechen? Was denn für eins? Wann hatte sie denn die Zeit dafür gefunden? Sie war doch erst ein paar Stunden weg! Und mit Toni im Schlepptau? Ein Banküberfall auf dem Weg nach Berlin? Ein Unfall mit Fahrerflucht? Die Kasse einer Tanke aufgebrochen?

Dorothee wurde leichenblass. »Mein Gott, was hat mein Mädchen denn getan? So sag doch endlich, Felix!«

Felix fuhr sich über die Stirn, dann ließ er die Hand sinken. »Sie hat gestern Nacht eine Fledermaus entführt«, sagte er mit Grabesstimme. »Die kleine Hufeisenfledermaus aus Evas und Lohs Scheune. Die auf der Roten Liste steht.«

»Aha …«, meinte Eva.

Ihre Frage, was Mimi in der Scheune getan hatte, war beantwortet. Wenn auch mit einiger Verspätung.

21. Kapitel

Nicht der Apfel hat Schneewittchen vergiftet,
sondern ihr blindes Vertrauen in die Menschen.
VOLKSMUND

Felix hielt das scharfe, kollektive Einatmen der Freundinnen für einen angemessenen Ausdruck einer ökologischen Ungeheuerlichkeit. Er hatte sich mit Mühe zurückgehalten, Mimi am Telefon schwere Vorwürfe zu machen. Sie klang zerknirscht genug, und was hätte es schon genützt? Ein bisschen schuldig fühlte er sich auch, schließlich hatte er sie erst auf die Rote Liste aufmerksam gemacht.

Aber tatsächlich wandten die Freundinnen die Atemtechnik nur an, um ihr Lachen zu unterdrücken. Dorothee aus Erleichterung, dass Mimi nichts Schlimmes passiert war, Nele aus Begeisterung, dass Felix doch nicht mit einer unbekannten Schönen, sondern mit einer bekannten ... nun ... weniger Schönen telefoniert hatte, Eva, weil sie nun endlich das Geheimnis des nächtlichen Scheunenabenteuers herausgefunden hatte, Julika, weil sie das Gedöns um eine Flattermaus ziemlich lachhaft fand. Erschrocken war allein Marion, deren Sinn für die Rote Liste juristisch geprägt war.

Und Eva hatte Fragen. »Was hat sie denn mit der entführten Fledermaus gemacht? Fordert sie Lösegeld?«

Seufzend stützte sich Felix auf Neles Stuhllehne ab. »Sie hat sie in den Rohbau eures widerlichen Nachbarn gebracht und auf eine Mauer gesetzt in der Hoffnung, dass das Tier sich dort heimisch fühlt. In dem Moment, als sie die Fledermaus in der Scheune gesehen hat, ist wohl in ihr ein Plan gereift.«

»Was denn für ein Plan?« Marion verstand nichts.

Aber Dorothee verstand sofort, vielleicht weil sie und Mimi ähnlicher dachten, als sie beide es zugeben wollten. »Wenn jemand vom Ministerium kommt, die Anlage prüft und dort eine geschützte Fledermaus entdeckt, könnte es zum Baustopp kommen! Das war doch auch der Grund, aus dem wir wegen der Heuschrecke so aufgeregt waren. Felix, selbst du hast doch zu Nele gemeint, die Natur könnte uns helfen, Seidel loszuwerden! Und hey, meine Tochter traut sich was! Ist das zu fassen? Meine Mimi entführt bei Nacht und Nebel eine Fledermaus und bringt sie in die Hallen des Feindes … Wow!«

Sie sprang auf und stürzte zum Kühlschrank, riss ihn auf und holte eine Flasche Sekt raus. »Lasst uns auf Mimi anstoßen. Ich hatte ja keine Ahnung, wie mutig mein Mädchen ist.« Sie strahlte, ließ den Korken knallen und schenkte allen ein.

Die Freundinnen hoben die Gläser, nur Felix nicht. Er saß mit gerunzelter Stirn und verschränkten Armen zurückgelehnt auf dem Stuhl und schien sich kein bisschen zu freuen.

»Hipp, hipp, hurra auf Mimi! Möge der Baustopp kommen«, schmetterte Dorothee und stieß mit allen begeistert an, auch wenn sie nicht unbedingt an das Ende des Grauens glaubten.

Marion staunte. »Ich hätte nie gedacht, dass du gut findest, was Mimi getan hat, Dorothee.«

»Papperlapapp. Das ist doch der einzige Weg, diesem Seidel einen Strich durch die Rechnung zu machen. Er baut und baut, seine Spielhalle wird immer höher, er besticht das Bauamt, seine Leute behandelt er mies, und mit jeder Steinreihe werden Danis Chancen auf ihr Baumhaushotel geringer. Manchmal muss man Unrecht mit Unrecht vergelten und sich etwas weiter aus dem Fenster lehnen, um seine Ziele durchzusetzen. Das hat meine Mimi getan, als sie die Fledermaus entführt hat!«

»Kann ich mich nicht lieber reinlehnen?«, hörten sie eine tiefe Männerstimme am zweiten Fenster.

»Loh! Komm zu uns! Wie war das Treffen?«, fragte Eva.

Er flankte elegant durchs offene Fenster in die Küche, so wie er es wohl schon seit Kindheitstagen gemacht hatte, wenn er die alte Anna Staudenroos besucht hatte. Dann zog er sich einen Stuhl an den Tisch.

»Das Treffen war gut. Wir haben überlegt, ob wir in Wannsee eine Weihnachtsbaumplantage anlegen könnten. Das würde das Dorf touristisch attraktiver machen und in der Vorweihnachtszeit Leute herbringen. Ein kleiner Weihnachtmarkt an den letzten beiden Adventswochenenden wäre auch schön. Und vielleicht ein Rent-a-tree-Angebot? Die Idee ist noch ein bisschen vage. Leider konnten wir uns nicht auf ein Stück Land einigen. Niemand will etwas abtreten. Mit Seidel im Genick ist es ja auch sehr schwierig, optimistisch in die Zukunft zu sehen.« Er seufzte. »Und jetzt erzählt: Hat Mimi wirklich eine Fledermaus aus unserer Scheune entführt und sie bei Seidel untergebracht, damit sein Bau gestoppt wird? Donnerwetter. Für so abenteuerlich hätte ich deine Tochter gar nicht gehalten, Dorothee. Damit der Plan funktioniert, müssen jetzt nur noch Seidel, der Naturschutz und die Fledermaus zusammenkommen. Ich bin skeptisch, ob das realisierbar ist. Aber die Idee zählt.«

»Wie lange hast du denn am offenen Fenster gestanden und mitgehört?«, fragte Eva.

»Ihr habt so laut gesprochen, dass ich sogar auf unserem Hof jedes Wort verstanden habe«, antwortete Loh. »Eure Stimmen sind … na ja … etwas schrill. Besonders danach.« Er zeigte auf die Sektflasche.

Die Freundinnen lachten, doch Eva wurde auf einmal ganz ernst.

»Moment.« Hastig verließ sie die Küche und trat auf die Terrasse.

Wie dumm von ihnen, bei offenem Fenster über Mimis Plan zu sprechen. Hoffentlich war Seidel nicht da … Hoffentlich war er mit seinen Leuten weggefahren … Hoffentlich kümmerte er sich um seine halbseidenen Geschäfte in irgendeiner anderen bemitleidenswerten Stadt … Hoffentlich war Wannsee an diesem Abend clean …

Doch die Limousine stand da.

Und Seidel lehnte in seinem albernen Anzug dagegen und rauchte. Gerade so, als würde er nichts anderes tun, als den Abend in Wannsee zu genießen.

Was bestimmt nicht der Realität entsprach, denn der Blick, den er Eva zuwarf, war ausgesprochen boshaft. Er warf die Zigarette auf den Boden und trat sie heftig mit einem seiner glänzenden Schuhe aus.

»Na, Biobäuerin, fantasieren wir mal wieder darüber, wie wir den guten Seidel davon abhalten können, Wannsee etwas Aufschwung zu geben?« Bei diesen hämischen Worten quoll ihm der letzte Zigarettenrauch aus Nase und Mund.

Kein Zweifel, genau wie Loh hatte auch er jedes ihrer Worte verstanden.

Eva hatte auf einmal die Vision, dass jenseits des Zaunes kein Mensch, sondern ein goldbesessener, grausamer Drache stand, der nur darauf wartete, das Dorf mit allen Einwohnern feuerspeiend zu verschlingen. Sie schauderte, dann drehte sie sich um und ging zurück ins Haus. In der Küche schloss sie als Erstes die beiden Fenster.

»Seidel weiß, was Mimi gemacht hat«, sagte sie. »Er steht vor dem Bauzaun und freut sich diebisch über unsere Dummheit. Er ist siegessicher. Ich hoffe sehr, die Fledermaus findet möglichst schnell den Weg zu uns zurück.«

Die Freundinnen starrten sie entsetzt an.

»Wir müssen sie retten«, meinte Felix alarmiert.

»Wie denn?«, fragte Nele. »In dieser Nacht scheint Seidel drüben zu bleiben. Du willst doch wohl nicht den Rohbau nach einer kleinen Fledermaus durchsuchen, während er da irgendwo schläft? Sie ist nachtaktiv, wahrscheinlich flattert sie sowieso draußen herum. Am Ende trittst du in der Dunkelheit noch auf das Scheusal drauf. Nicht dass es schade um Seidel wäre, aber wir sollten wirklich einen Moment abwarten, in dem er und seine Leute nicht da sind.«

»Ich frage mich, wie ich Dani erklären soll, was alles in ihrer Abwesenheit passiert ist. Und vom Ministerium kein Wort. Naja, vielleicht kommen die Leute ja erst, wenn Dani wieder da ist.«

Eva schüttelte den Kopf und beobachtete, wie Loh den Rest des Apfelhähnchens, das Dorothee ihm inzwischen vorgesetzt hatte, aß. Schließlich stand er auf.

»Danke für das Essen, Dorothee. Gute Nacht, Mädels!«
Er zwinkerte Eva zu und warf dem geschlossenen Fenster
einen bedauernden Blick zu.

Kaum war Loh weg, stand Felix auf. »Ich hab was zu
tun.« Mehr sagte er nicht, auch wenn Nele es als gutes
Zeichen wertete, dass er kurz ihre Schulter streichelte, als
er an ihr vorbeiging.

Von der Küche aus beobachteten sie, wie er in sein Zelt
kroch, wie das sanfte Licht aufleuchtete, das seine Silhouette sichtbar machte.

»Der muss bestimmt nichts mehr tun«, mutmaßte Nele.
»Er ist bedrückt, weil er glaubt, am Fledermausdilemma
schuld zu sein.«

»Er wird Mimi doch nicht anzeigen?«, erkundigte Dorothee sich besorgt. »Wie schätzt du ihn ein, Nele?«

Nele genoss es, dass die anderen sie für kompetent
in Felix-Fragen hielten. »Ich glaube, dass er sehr leidenschaftlich in allen Naturfragen ist, aber dass er nichts machen würde, um uns zu schaden. Von daher: Nein, er wird
Mimi nicht anzeigen. Ist euch übrigens sein Tattoo aufgefallen?«

Die Freundinnen schüttelten den Kopf.

»Am linken Oberarm. Innenseite. Unterm Ansatz des
Bizeps. Ein kleiner Baum. Unbelaubt. Wahrscheinlich eine
Buche.«

»Nele, Nele, Nele … Du kennst dich ja mit Felix' Phy-
siognomie hervorragend aus«, sagte Julika anzüglich.

»Nur mit Buchen«, antwortete Nele, und alle lachten.
»Hat eine von euch schon mal überlegt, sich tätowieren
zu lassen?«

»Ja, aber die Idee verworfen«, sagte Eva. »Es ist in

unserem Alter ein bisschen wie bei der Frauenärztin, findet ihr nicht?«

»Wie meinst du das?«, fragte Julika.

»Na, meine Frauenärztin hat mal gesagt, sie weiß auf den ersten Blick genau, ob eine Frau über oder unter fünfzig ist. Je nachdem, ob die Patientin rasiert ist oder nicht. So ist es bei Tattoos doch auch – Jüngere finden nichts dabei, für Ältere kommt das nicht infrage. Die verbinden damit Kriminelle oder Seemänner oder so. Also mit einem Tattoo, nicht mit einer Rasur.«

»Bei so einer Bemerkung würde ich die Frauenärztin wechseln«, sagte Marion kritisch. »Finde ich sexistisch.«

Die anderen schauten allerdings nachdenklich drein. Julika überlegte spontan, mit einer kleinen Rasur ihr Alter zu senken. Sie war vierundfünfzig und hatte nichts dagegen, von einem gewissen Italiener unterrum auf neunundvierzig geschätzt zu werden.

»Tanzen?«, fragte Dorothee in die Redepause hinein und fummelte an ihrem Smartphone herum. Und weil sich alle so dick und rund wie Äpfel in Schlafröcken fühlten, nickten sie, als die ersten Bollywood-Klänge ertönten.

»Priyanka Chopra ...« Dorothee seufzte und sah schmachtend auf ihr Display. »Oh, wie sie tanzen kann!«

Sie bewegte ihre Hüfte, zog sie ruckartig hoch und zwirbelte die Hände durch die Luft, was ziemlich echt aussah.

»Wollen wir uns schminken?«, fragte Marion.

»Ach Quatsch. Für wen denn?« Julika warf die karierten Hauspuschen von sich, die sie im Flur gefunden hatte und abends immer trug. Sie stand auf und machte ein paar Probeschritte.

»Für uns selbst«, sagte Marion, aber niemand achtete auf sie. Sie zuckte mit den Achseln und reihte sich ein.

Diesmal beschloss Eva mitzumachen. Die Male, die sie noch gemeinsam Dorothees indischer Tanzleidenschaft frönen würden, waren inzwischen an einer Hand abzuzählen. Dann war die schöne Zeit um, denn beim besten Willen konnte sie sich nicht vorstellen, später mal mit Loh Bollywood-Tänze einzustudieren.

Am nächsten Morgen wurde Eva von einem durchdringenden Geräusch geweckt, das sich wie eine kreischende Decke über das Apfelhaus und den Biohof legte.

»Was ist das für ein Höllenlärm?«, murmelte sie und zog sich das Kissen über den Kopf.

Draußen war es noch nicht mal richtig hell. Normalerweise war es früh am Morgen in Wannsee sehr ruhig. Wenn sie überhaupt etwas hörten, war das allenfalls ein Hahn, der den Tag mit einem munteren Krähen begrüßte, oder vielleicht ein Hund, der einem streunenden Fuchs hinterherkläffte.

»Ich schau nach«, sagte Loh und schlüpfte in seine Kleidung.

Ungewaschen, ohne Kaffee und mit entsprechend schlechter Laune lief er hinaus. Weiter unten an der Straße hörte er Hartels Schweine grunzen. Wahrscheinlich waren auch sie von dem Lärm wach geworden und ungehalten, dass es noch nichts zu fressen gab.

Aber woher kam der Krach?

Er wandte den Kopf nach links und nach rechts, dann wusste er es – das schrille Geräusch dröhnte von dem offenen Platz herüber, der mal Seidels Parkplatz werden sollte.

Loh ging rasch am Apfelhaus vorbei und überquerte die menschenleere Dorfstraße, trat auf das Grundstück, das so schrecklich verwüstet aussah, und spähte zum Friedwald rüber. Er sah einen Riesenhaufen abgesägtes Buschwerk und kleine Bäume, die am Vortag noch fest in der Erde verwurzelt gewesen waren. Wie eine hohe grüne Mauer hatten sie bisher den Friedwald, der bis an die Wiese heranging, abgeschirmt, hatten ihn wie einen abgeschlossenen Raum wirken lassen, fast wie eine Kathedrale inmitten der Natur. Das war nun nicht mehr der Fall. Der Friedwald war offen, verletzt und von der Straße einsehbar.

Mehrere Männer standen vor einem besonders großen Baum, der – noch – am Rand der ehemaligen Wiese, des zukünftigen Parkplatzes stand. Denn einer der Männer hatte eine Kettensäge in der Hand. Als er sie am Stamm, in dem sich bereits ein tiefer Schnitt befand, anlegte, begann das entsetzlich kreischende Geräusch von Neuem.

Loh wusste genau, wie es klang, wenn im Winter die Waldarbeiter Bäume fällten, die sie anschließend mit schwerem Gerät an den Waldweg brachten und dort mit gekonnten Schnitten in Meterbänke verwandelten. Das hier waren allerdings keine Waldarbeiter. Das waren Seidels Leute, und sie waren blutige Laien. Sie trugen weder Schutzhelme noch Ohrenschützer, ihre Straßenschuhe hatten bestimmt keine Stahlkappen. Es hätte ihn gewundert, wenn der Mann mit der Kettensäge einen entsprechenden Motorsägenschein hätte. Es war mehr als fahrlässig.

Und es klang auch anders. Es war nicht dieses laute, satte Schneiden, wenn die Säge sauber durch den dicken Stamm fuhr, wenn die Späne spritzten.

Es klang, als ob der Baum verzweifelt schrie.

Einen Moment später war Loh bei den Männern. Er packte den ersten, der mit dem Rücken zu ihm stand, und riss ihn herum. »Was machen Sie denn da? Diese Buche gehört zum Bereich des Friedwalds von Wannsee!«

Der Mann riss die Augen auf und gestikulierte wild, sagte irgendetwas, das Loh bei dem Krach nicht hören konnte. »Stopp!«, brüllte er, so laut er konnte. Der Mann nahm die Kettensäge vom Stamm, sie schnurrte leise weiter. »Sie dürfen hier nicht einfach Bäume absägen!« Loh konnte kaum an sich halten vor Wut über die Frechheit, in einer frühmorgendlichen Aktion einen alten Baum heimlich zu fällen. »Was soll denn das? Wer hat das veranlasst?«

Natürlich kannte er die Antwort.

»Chefo. In Haus«, sagte der Mann mit der Kettensäge in gebrochenem Deutsch und wies mit dem noch immer laufenden Werkzeug zur Baustelle, sodass Loh zur Seite springen musste.

»Ihr macht kein bisschen weiter«, befahl Loh. »Ich rede erst mit euerm Chefo. Macht das Ding aus. MACHT ES AUS!« Sie wollten schon wieder weitersägen.

Er drehte sich um und joggte zum Bau. Dann überlegte er es sich anders und schlüpfte in den Apfelgarten. An Felix' Zelt blieb er stehen. »Felix, wach auf! Schnell! Sie fällen einen Baum!«

Felix riss den Reißverschluss auf und starrte Loh verschlafen an. »Wer fällt einen Baum?«

»Die Leute von Seidel. Eine der alten Buchen am Friedwald!«

Es dauerte nur wenige Sekunden, bis Felix aus der

Öffnung hechtete. »Dem drehe ich den Hals um«, stieß er aus, als sie zusammen zurück zur Straße rannten. »Wo steckt der Mistkerl?«

»Er ist im Haus, sagen seine Arbeiter!«

Kurzerhand stiegen sie über den Zaun, stürzten in den Rohbau. Kein Seidel. Entweder er hatte sich versteckt oder …

Die Säge kreischte wieder.

»Er ist bestimmt zu seinen Leuten gegangen«, sagte Loh.

Seite an Seite sprinteten sie über die Straße in Richtung Waldrand. Und richtig. Da stand Seidel und feuerte seine Leute an.

Sie rannten noch schneller. Doch in diesem Moment fuhr die Säge durch den Stamm. Ein Knarren erklang, und plötzlich neigte sich der Stamm in Richtung Platz.

»Nein, in die andere Richtung, Männer!«, schrie Seidel, aber da war es längst zu spät.

Unaufhaltsam kippte der Baum, ein gewaltiges Rauschen erfüllte die Luft, als die mächtige Krone zwischen den anderen Kronen hindurchfiel, Zweige mit sich riss und Geäst regnen ließ.

Loh, Felix und die Arbeiter sprangen links und rechts des Stammes in Sicherheit, während der Baumriese donnernd aufschlug und zitternd liegen blieb – auf dem Bagger, der auf dem Platz gestanden hatte. Das Fahrerhäuschen war zerschmettert, die dicken Reifen waren geplatzt durch die Last des Holzes.

Alle schauten betreten auf das zerstörte Fahrzeug.

In die Stille hinein explodierte Felix. »Sie verdammter Mistkerl! Wissen Sie überhaupt, was Sie da tun? Wie dreist kann man eigentlich sein?«, schrie er, stürmte vor und versetzte Seidel einen Faustschlag gegen das Kinn, dass dieser – wie ein gefällter Baum – zu Boden stürzte.

Der Arbeiter mit der Kettensäge, die er nun endlich ausgestellt hatte, beugte sich vorsichtig vor. Dann ging er in die Hocke und stupste den reglos daliegenden Seidel an. Schließlich schaute er zu Felix hoch, grinste und hob den Daumen.

»Chefo k. o. in erste Runde«, sagte er in die Stille hinein. »Du besser als Klitschko.«

22. Kapitel

Des Vogels Aug' verschleiert sich;
er sinkt in Schlaf auf seinem Baum.
Der Wald verwandelt sich im Traum
und wird so tief und feierlich.
CHRISTIAN MORGENSTERN

»O nein!«, erklang es da von der Straße her.

Julika stürmte trotz der schweren Gummistiefel erstaunlich schnell über den Platz, ihr rotes Haar wehte wie eine Feuerschleppe hinter ihr her, ihre Jacke war offen. Sie umrundete die mächtige Krone der gefallenen Buche und sprintete weiter in die Richtung der Männer.

Zwei Handwerker nahmen höflich ihre verdreckten Käppis ab, als Julika bei ihnen angekommen war. Aber sie lief weiter, vorbei an dem Berg aus geschnittenen Ästen und Kleinholz, hinein in den Friedwald.

Schließlich blieb sie schwer atmend an dem stümperhaft zerhackten Baumstumpf des gefällten Riesen stehen. Der klägliche Rest des glatten grauen Stammes reichte ihr bis zur Hüfte, das Holz war rötlich und hatte eng stehende Jahresringe. Der Baum war offenbar kerngesund gewesen.

Mein Freund der Baum ist tot, er fiel im kühlen Morgenrot, dachte Nele, die mit den anderen Freundinnen Julika hastig folgte.

Als hätten sie Neles traurige Gedanken gehört und verstanden, schwang sich krächzend ein Schwarm schwarzer Kolkraben in die Luft.

»O nein, o nein«, klagte Julika wieder und schlug die Hände vors Gesicht.

Sie sank auf die Knie und wischte die trockenen Buchenblätter zur Seite, bis darunter weiches grünes Moos erschien, das sie zärtlich streichelte. Tränen liefen ihr über das Gesicht.

Nele, Eva, Dorothee und Marion erreichten den Ort der Zerstörung gerade in dem Moment, als die Arbeiter dem stöhnenden Seidel auf die Füße halfen.

»Das wird Folgen haben!«, rief er und hinkte, umgeben von seinen Leuten, zum Haus. Er schlug böse die Hand eines Arbeiters weg, der ihn offenbar stützen wollte.

»Das wird es sicher! Illegales Fällen ist nämlich ein Strafbestand!«, rief Felix ihm wütend nach.

Die Freundinnen umringten Julika, streichelten sie und versuchten, sie zu beruhigen, aber sie schien untröstlich.

»Julika, ich bin auch entsetzt, dass die Buche einfach abgesägt wurde«, versuchte Felix, sie zu beruhigen. »Seidel wird nicht ungeschoren davonkommen, dafür werde ich sorgen.«

Nele legte ihm die Hand auf den Rücken. »Deshalb weint Julika nicht, Felix«, sagte sie leise.

»Warum denn?«

»Ausgerechnet an diesem Baum liegt die Urne von ihrem Exmann Lorenzo. Es war sein letzter Wunsch, in Julikas Nähe zu bleiben. Damals, als wir fast ein halbes Jahr in Wannsee waren, haben wir sie hier vergraben. Mit Absicht ganz am Ende des Friedwalds.«

Julika konnte nicht aufhören zu schluchzen. »Ich dachte, dass Lollis Asche für immer im Schatten dieses wunderschönen Baumes liegen wird. Unter grünen Blättern, in ewiger Waldesruhe. Ich fand den Gedanken so friedlich. Es hätte ihm gefallen. Aber schaut euch das bloß an … Jetzt liegt er unter einem grässlichen abgehackten Stumpf. Wo Lolli doch so ein schöner, stolzer Mann war … Das geht nicht«, klagte sie und begann, mit den bloßen Händen in der Erde zu scharren. Der dunkle Waldboden setzte sich unter ihren gepflegten Fingernägeln fest, verschmutzte die French Manicure, Bucheckern zerkratzten die zarte Haut. »Dann buddel ich Lolli lieber aus!«

»Das machst du nicht, liebes Kind, du hast die Urne dem geweihten Boden anvertraut, und wenn der geschätzte Verstorbene woanders seine letzte Ruhe finden muss, werde ich persönlich dafür sorgen.«

Sie fuhren herum.

Da stand Pfarrer Lobetal, die Hände in die Hüften gestemmt, den Blick böse auf die Stätte der Verwüstung gerichtet. Für einen kleinen rundlichen Mann sah er furchterregend aus – als ob er den Zorn Gottes persönlich verkörperte. Er trug keine Kopfbedeckung, wahrscheinlich, weil auch er beim Geräusch der Motorsäge in aller Eile aus dem Pfarrhaus gestürmt war. Seine Ohren, seine Glatze, selbst seine Nase leuchteten rot vor Wut. *Vergib uns unsere Schuld?* Nein. Er wirkte nicht wie jemand, der einem sägenden Sünder irgendetwas vergeben würde.

Julika schniefte, und Lobetal ging zu ihr, legte der immer noch Knieenden seine weiche Hand auf den Scheitel, was einer ausgesprochen seelsorgerischen Geste glich. Was wiederum überhaupt nicht zu Julika passte.

»Es heißt, Gottes Wege sind wundersam. Was Er sich hierbei gedacht hat, verstehe ich wirklich nicht«, sagte er und streichelte Julikas rote Locken, gerade so, als ob er nicht oft die Gelegenheit hatte, seine Hand in so einer einladenden Mähne zu versenken. »Der arme Baum! Wenn er nur wie Jesus am dritten Tag wiederauferstehen könnte!«

Julika rappelte sich auf. »Sie kümmern sich wirklich um Lollis Urne, Herr Pfarrer? Damit er nicht für immer und ewig am Rand eines Parkplatzes unter einem jämmerlichen Baumstumpf liegen muss?«

Lobetal nickte. »Gewiss, mein Kind. Jetzt gleich werde ich einen Spaten holen. Es war genau an dieser Stelle, wo ihr die Urne versenkt habt? Und sie ist aus Metall, richtig? Denn neuerdings werden Urnen ja aus diesem Stoff hergestellt, der ganz schnell verrottet, sodass die Asche dem Baum wieder als Nahrung zugeführt werden kann.«

»Die Urne ist nicht aus Metall. Sie ist aus feinstem Carrara-Marmor«, sagte Julika traurig. »So wollte es seine Familie. Nichts war gut genug für unseren Lorenzo.« Ihre Augen füllten sich schon wieder mit Tränen. »Ja, genau hier liegt sie.«

Sie wies auf eine Stelle zwischen zwei dicken grauen Wurzeln, die wie mächtige Arme an die Oberfläche ragten, als würden sie das, was ihnen anvertraut worden war, für immer in einer Umarmung bewahren. Was ja der Gedanke der Bäume in Friedwäldern war.

»Wenn ich nur wüsste, wie ich uns von diesem Beelzebub befreien kann«, murmelte Pfarrer Lobetal bedrückt wie zu sich selbst. »Es scheint nicht fair, dass von nun an unser Dorf im Dienste des betrügerischen Mammons stehen soll. Eher geht ein Kamel durch ein Nadelöhr, als dass ein Reicher in das Reich Gottes gelangt. Da hat die Bibel ganz recht. Wenn man nur an seine materielle Bereicherung denkt, ist im Herzen kein Platz mehr für das Gute. Dieser Mensch hat ein schwarzes Herz.« Er ging davon.

»Das war das Wort zum Sonntag«, sagte Marion, während sie der rundlichen Gestalt nachblickten. »Auch wenn heute Freitag ist.«

»Dieser Seidel verwüstet das Dorf mit asphaltierten Wiesen, gefällten Bäumen, sinkendem Wasserspiegel im Apfelgarten und eulenverwirrender Leuchtreklame«, meinte Nele, als sie zurück zum Apfelhaus schlenderten. »Von den Leuten ohne Moral, die hier ihr Geld beim Saufen und Spielen lassen, ganz zu schweigen. Bist du besorgt, dass er dir was anhängen könnte, Felix? Der Kinnhaken war nicht ohne.«

Felix, der neben ihr ging, war ungewöhnlich schweigsam. Nele schob es auf die Trauer um den Baum oder auf den Ärger über sich selbst, weil er ausgerastet war.

»Nicht besonders. Es war nicht richtig von mir, ihm eins zu versetzen, aber mit mir ist es durchgegangen.«

»Was ist denn geschehen?«, fragte Marion hinter ihnen. »Ich hab nichts gesehen. Die anderen sicher auch nicht. Seidel hat sich doch selbst verletzt, als der Baum umgestürzt ist, oder?«

Sie lachten leise. So viele Zeugen, die nichts gesehen hatten …

»Ich brauche dringend einen Kaffee. Es ist nicht mal acht und schon so viel passiert«, meinte Nele und öffnete die Haustür. »Kommst du zu uns rein, oder soll ich dir einen Kaffee zum Zelt bringen, Felix?«

»Du verwöhnst mich. Lass mal, ich komm gleich zu euch«, antwortete er, blieb stehen und atmete tief ein, als wollte er noch mehr sagen.

Nele sah ihn erwartungsvoll an, aber er schwieg. Dann ging er in den Garten.

»Mit wem telefoniert Julika denn?«, fragte Dorothee, während sie den Frühstückstisch deckte.

Ihre Freundin ging auf der Terrasse auf und ab, das Handy ans Ohr gepresst, mit der freien Hand heftig gestikulierend. Die Fenster waren geschlossen, weshalb sie nicht verstanden, mit wem sie sprach. Dennoch wirkte sie außer sich.

»Keine Ahnung. Vielleicht mit einem Begräbnisunternehmen?«, spekulierte Eva.

»Und was um alles in der Welt macht Felix da?«, fragte Nele und starrte in den Apfelgarten.

Er hatte seinen Rucksack aus dem Zelt geholt und alles andere, was er in den letzten Tagen angesammelt, auch. Erstaunlich, wie viel in eine so kleine Behausung passte! Der Rucksack stand an einen Apfelbaum gelehnt, der Schlafsack lag ausgebreitet zwischen zwei Bäumen und darauf der Geigenkasten, ein kleines Kissen hatte er in einer Astgabelung zwischengelagert, und er selbst kniete im Gras, weil er gerade die Isomatte zusammenrollte.

»Sieht für mich so aus, als ob dein Malus-Experte das Weite suchen wollte«, meinte Dorothee. »Vielleicht hat er ja doch Angst, dass Seidel ihm die Polizei auf den Hals jagt. Hat er etwas zu befürchten, Nele?«

Die zuckte mit den Achseln. »Es ist nicht *mein* Malus-Experte, Dorothee. Angst hat er bestimmt nicht vor

Seidel, aber ich hab nicht die leiseste Ahnung, ob er irgendetwas zu befürchten hat. Wir haben uns viel unterhalten, trotzdem hab ich keine Ahnung, ob er Dreck am Stecken hat.«

Sie beobachtete weiter, wie er packte. Sie würde den Freundinnen nicht verraten, dass sie sich fragte, warum er ihr nicht gesagt hatte, weshalb er abreiste. Und ebenfalls würde sie nicht zugeben, dass es sie verletzte.

»Dann sind wir wieder ganz unter uns. Endlich ohne Männer«, bemerkte Marion.

Es klang in Neles Ohren geradezu unverschämt zufrieden.

»Was ist denn Loh?«, fragte Eva erstaunt. »Eine Aufziehpuppe?«

»Loh gehört hierher. Er ist länger da als wir alle. Loh ist kein zugereister Mann, sondern ein Urgestein«, erläuterte Marion ihre gewagte Männerthese.

Eva nickte. Das konnte sie nachvollziehen.

In diesem Moment betrat Julika die Küche. »Ich hab Sergio angerufen, um ihm das mit Lolli zu erzählen. Ratet mal, was ich euch jetzt sage!«

»Was?«

»Er kommt«, jubilierte Julika. »Er will das mit Lolli unbedingt persönlich klären. Ist das nicht süß?«

»So viel zum ›unter uns sein‹«, grummelte Marion. »Wann kommt er denn?«

»Sobald wie möglich, hat er gesagt. Seine Arbeiter lässt er in Venedig. Sie können auch mal eine Weile ohne ihn bauen.«

Nele hatte sich Julika zugewandt. Als sie wieder nach draußen blickte, sah sie ... nichts. Felix war weg, ebenso

sein Zelt und alles, was eben noch so malerisch im Apfelgarten verteilt gewesen war.

Sie wartete. Aber niemand kam zur Tür herein.

War er gegangen? Ohne sich zu verabschieden? Er hatte
doch gesagt, dass er zum Frühstück kommen wolle.

Es kostete sie eine Menge Kraft, in den nächsten Minuten mit den Freundinnen zu lachen, sich Kaffee zu nehmen, sich nicht ständig umzudrehen, um nachzusehen, ob
sich im Garten etwas tat.

Und dann hörte sie Stimmen im Flur, die Tür wurde geöffnet, und Loh und Felix kamen in die Küche.

»Oh, jetzt hätte ich so gern einen Kaffee«, sagte Felix
sehnsüchtig. Nele fragte sich, ob diese Sehnsucht vielleicht
zumindest in Teilen ihr galt. Sie befürchtete dagegen, dass
er nur die Kaffeemaschine im Sinn hatte. »Haben wir noch
so lange Zeit, Loh?«

Loh, wie immer in Arbeitskluft, warf einen Blick auf
die Uhr. »Ja.«

Eva sah ihn fragend an. »Wohin fahrt ihr denn?«

»Ich bringe Felix zum Zug«, antwortete er. »Um halb
zehn.«

»Dann bin ich um elf in Potsdam«, sagte Felix. »Genug Zeit.«

Genug Zeit für was?, fragte sich Nele. Für die Arbeit?
Für Verabredungen? Zum Einkaufen? Ins Kino gehen? Apfelbäume katalogisieren? Blätter pressen?

Aber sie schluckte die Fragen, stand auf, schenkte ihm
Kaffee ein (schwarz) und drückte ihm den dunkelgrünen
Becher in die Hand, der schon etwas angeschlagen war.
Ein bisschen wie ein Baum, der sich dem Fällen zur Wehr
gesetzt hatte. »Hier, Felix. Das letzte Mal.«

»Es gibt etwas, das ich bestimmt sehr vermissen werde«, sagte er und schaute sie mit schief gelegtem Kopf prüfend an. Von den blonden welligen Haaren, in denen sich schon ein paar graue Strähnen zeigten, zu dem ovalen, ungeschminkten Gesicht und den graugrünen Augen, von den blassen Augenbrauen und dem erdbeerfarbenen Sweatshirt bis hin zu ihren schwarzen verwaschenen Lieblingsjeans und zu den bunt karierten Turnschuhen, in die sie geschlüpft war, als Julikas aufgeregter Schrei sie geweckt hatte. Sie merkte es und fragte sich, was er wohl sah.

»Ich würde dir gern meine Handynummer geben«, fuhr er fort, und sie nickte. Erleichtert, dass er daran dachte, dass sie nicht Mimis Rolle übernehmen musste. Was sie sowieso nicht getan hätte. Demut stand ihr nicht. Sie stand auf, holte ihr Handy heraus und gab die Zahlen ein, die er diktierte. »Ruf mich gleich mal an«, bat er sie. Vor den amüsierten Blicken der Freundinnen kam sie sich ein bisschen blöd vor. So wie damals, als sie bei einem Schüleraustausch in England mit einem Typen aus Sheffield die Adressen getauscht hatte. Das Briefeschreiben war ein einziges Herumgestammle gewesen, *without many words,* dafür *with lots of kisses.* Aber sie tat, worum er sie gebeten hatte, und als sein Handy surrte, nickte er zufrieden. »Danke! Jetzt hab ich auch deine Nummer.« Er trank den Kaffee aus, dann stellte er den Becher mit einem leisen Rums auf den Küchentisch.

»Tschüs, Eva«, sagte er und trat auf sie zu. »Tschüs, Dorothee, danke, dass du mich immer mitverköstigt hast. Du bist die beste Köchin, die ich kenne. Danke, Julika, alles Gute für das Umbetten der Urne. Tschüs, Marion, alles

Gute für dich und Alexis.« Dann zog er Nele an sich und umarmte sie ganz fest. »Auf Wiedersehen, du.«

Schließlich wandte er sich an Loh, der schweigend in der Tür gestanden hatte.

»Wollen wir?«

Loh nickte, und sie verließen zusammen die Küche. Einen Moment später fiel die Haustür hinter ihnen ins Schloss.

»Was ist?«, fragte Nele, weil die Freundinnen sie anschauten.

»Du hast nicht rausgefunden, was er eigentlich macht und ob wir ihm trauen können«, sagte Julika.

»Das stimmt«, musste Nele zugeben. Dass sie eine ganze Menge andere Dinge über Felix herausgefunden hatte, sagte sie nicht.

»Den sehen wir wieder. Der passt gut hierher. Und wir zu ihm. Besonders du. Du wirst sehen«, meinte Eva zufrieden, schenkte sich Kaffee nach und ignorierte, dass Nele ihr die Zunge herausstreckte.

23. Kapitel

Ein Apfel pro Tag hält alles und jeden fern –
wenn du ihn hart genug wirfst.
VOLKSMUND

Die Freundinnen saßen um den Küchentisch herum. Vor ihnen lagen handbeschriebene Zettel und Computerausdrucke, ein altes Kochbuch mit bekleckerten vergilbten Seiten und Dorothees Smartphone. Sie diskutierten Apfelrezepte: Apfelbutter? Apple Pie? Apfelpunch? Sauerkrautsuppe mit Äpfeln, Lauch und Cidre? Eva notierte alle Ideen, die besten wollte sie für ihr Apfelbuch nutzen.

Es dauerte eine ganze Weile, bis Loh vom Bahnhof zurückkehrte.

»Felix lässt dir etwas ausrichten«, meinte er zu Nele, als er die Küche betrat. »Ganz leise hat er es mir zugeflüstert.«

»Was denn?«, fragte Nele verwundert und sah von ihrer Apple-Crumble-Lektüre hoch, in der die amerikanische Nachspeise wahlweise auch mit Himbeeren, Brombeeren oder Pflaumen empfohlen wurde.

Nie hätte sie Felix für jemanden gehalten, der eine persönliche Nachricht über Dritte ausrichten ließ. Aber wenn er es geflüstert hatte, musste es wohl so etwas sein, oder?

»Herbst-Drehwurz«, sagte Loh langsam.

»Was denn für eine Drehwurst?«, fragte Marion, die

gerade die Mengenangabe für vier Personen von Apfelbutter notierte. Als echte Berlinerin schwebte ihr bei Lohs
Wort sofort so etwas wie ein Döner in Bratwurstform vor.

»Drehwurz. Nicht Drehwurst«, korrigierte Loh.

Nele verstand nur Bahnhof. »Was ist das?«, fragte sie
nach.

Loh zuckte nur mit den Achseln. »Ich dachte, du wüss-
test, was er damit meint. Wir fuhren aus dem Dorf raus,
da, wo links die Wiese ist, wo Karoppkes ihre Schafe haben. Wisst ihr, wo ich meine? Auf der anderen Seite hatten wir Mais angebaut, jetzt landen da die Kraniche und
picken die letzten Körner auf.«

»Ich weiß, wo das ist.« Eva nickte.

»Auf einmal sagt er: ›Fahr langsam, Loh.‹ Dann schaut
er direkt an mir vorbei zur Schafswiese und flüstert mir
zu: ›Sag Nele Herbst-Drehwurz.‹ Nur das. Irgendwie verschwörerisch.«

»Ich hab nicht die leiseste Idee, was eine Herbst-Drehwurz ist. Klingt für mich wie ein Drehwurm auf dem Lande, spät im Jahr. Eine bäuerliche Schwindelattacke.« Nele
überlegte, ob das eine gute Gelegenheit war, Felix gleich
mal anzurufen.

Doch Dorothee tippte schon auf ihrem Smartphone
rum. »Loh, hast du weiße Blumen auf der Wiese gesehen?«

Er überlegte. Dann nickte er. »Ja, die wachsen da jeden Herbst. An langen Stängeln, vorausgesetzt, die Schafe
trampeln sie nicht nieder. Kommt immer drauf an, wann
Karoppkes umweiden. Sehen relativ unscheinbar aus. Die
Blumen, nicht die Schafe.« Er sah auf die Uhr. »Ich hab zu
tun. Braucht ihr mich noch, oder kann ich gehen?«

Fragend schaute Eva in die Runde, während Dorothee

hektisch den Kopf schüttelte, die Arme hochriss und abwehrende Handbewegungen machte. Die anderen sahen sie verblüfft an, nur Loh bemerkte nichts von ihrer aufgeregten Gestik, denn Dorothee stand hinter seinem Rücken.

Eva runzelte die Stirn, aber Dorothee riss die dunkelbraunen Augen auf und warf übertrieben energisch den Kopf hin und her, und schließlich wandte Eva sich von ihrem Anblick ab, auch wenn es sie Mühe kostete.

»Ich glaube, du gehst besser, Loh. Wir müssen hier noch was erledigen.«

Dorothee brach ihre befremdlichen Bewegungen sofort ab, nickte zufrieden und setzte sich wieder an den Küchentisch. »Tschüs, Loh«, rief sie Loh freundlich hinterher, geradezu mütterlich lächelnd, als wäre nichts gewesen.

Ihr Smartphone, das vor ihr lag, behielt sie scharf im Blick.

»Was war das denn, Dorothee?«, fragte Marion erstaunt. »Ganz sicher keine indische Tanzbewegung!«

»Ihr ahnt nicht, was ich gefunden habe«, rief Dorothee begeistert aus. »Hier!« Triumphierend grinsend, wie man es von ihr sonst nur kannte, wenn ihr ein Rezept besonders gelungen war, hielt sie den anderen das Display hin. »Felix hat dir ein Abschiedsgeschenk gemacht, Nele. Etwas von der Roten Liste …«

»*Herbst-Drehwurz*«, las Nele vor. »*Eine im Herbst blühende, heimische Orchideenart … Wächst ausschließlich auf von Schafen beweideten kalkarmen Wiesen … Streng geschützt, kommt in Brandenburg nicht mehr vor …* Ha! Von wegen! Kommt in Brandenburg doch noch vor!« Sie sah hoch. »Warum ist das ein Abschiedsgeschenk von Felix, Dorothee?«

Dorothee sah sie so verständnislos an, als ob sie nicht begriff, was es nicht zu verstehen gab.

Marion pfiff leise. »Oh, wie schlau. Jetzt weiß ich's! Felix ist klar, was wir planen, aber er will eigentlich nichts damit zu tun haben, naturschützender Dendrologe, der er ist. Genau genommen ist das Entführen der Fledermaus ja eine Straftat, das hat er deutlich genug gesagt. Auf der anderen Seite unterstützt er uns, weil er Seidel natürlich ebenso verabscheut, vor allem nach der Geschichte mit dem Baum heute Morgen. Deshalb hat er uns die Herbst-Drehwurz verraten. Er muss ihn sofort erkannt haben, als er mit Loh an der Wiese vorbeigefahren ist. Ganz schön clever … Na, dann würde ich sagen, dass wir mal einen schönen langen Spaziergang machen, vorzugsweise mit Töpfen, einer Schippe und Gläsern für Wasser. Ein Handtuch wäre auch nicht schlecht.«

»Die Armleuchteralgen«, hauchte Dorothee ehrfürchtig.

»Die brauchen wir natürlich auch. Du hast recht, Marion.«

Nele klatschte in die Hände. »Okay, Mädels, jetzt zählt's! Wir machen Seidels Grundstück zu einem Ort, den jeder, der mit Umwelt- und Artenschutz zu tun hat, auf den ersten Blick zu einem Naturschutzgebiet erklären muss«, sagte sie. »Wenn dann die Typen aus dem Ministerium auftauchen, die über Danis Baumhaushotel entscheiden sollen, sehen wir zu, dass sie all die seltenen Pflanzen und Tiere bei Seidel entdecken. Und dann – Baustopp!«

»Aber nur wir fünf. Ohne Männer. Ohne Mitwisser«, erklärte Marion entschieden. »Los geht's«

Sie holten leere Schraubverschlussgläser aus der Speisekammer, Schippen und Eimer aus dem kleinen Schuppen auf dem Apfelbaumgrundstück. Dorothee warf sich lässig ein altmodisches rosafarbenes Handtuch über die Schulter, und dann machten sie sich auf den Weg.

Es war das erste Mal seit ihrer Ankunft, dass sie gemeinsam die Dorfstraße entlangschlenderten, die Eimer unternehmungslustig schlenkernd.

Wie immer erstaunte vier von ihnen die Abwesenheit anderer Menschen – für Marion war das Geschrei der Schüler normal, Julika vermisste die italienische Geräuschkulisse, Dorothee und Nele waren Berlinerinnen in dritter Generation und an urbanes Grundlärmen gewöhnt. Nur für Eva war nach einigen Jahren Dorfleben die Stille normal, die nur gelegentlich von ländlichen Geräuschen unterbrochen wurde: dem Quieken und Grunzen der Weideschweine von Hartels, dem dumpfen Muhen von Kühen und dem Krähen eines Hahns, dem leisen Tuckern eines Traktors weit hinter einem Bretterzaun, der den Hof vor neugierigen Blicken abschirmte, dem wütenden Kläffen eines Hundes, der die Freundinnen hörte, die sich munter unterhielten. Auch für ihn war es mit Sicherheit ungewöhnlich, dass eine Gruppe Fremder vorbeikam.

»Komisch, dass uns erst die Sorge um das Dorf ins Dorfzentrum treibt«, meinte Marion, als sie das Rathaus passierten. Danis schrecklicher Vater hatte es gebaut, um sich und seinen Machenschaften eine Art Denkmal zu setzen, und auch darin gewohnt. Dani wohnte lieber im Apfelhaus, wo sie nichts an ihren Vater erinnerte. Aber ihr Büro war im Rathaus.

»Wir hatten einfach keine Zeit, ins Zentrum zu gehen«, sagte Dorothee

»Zentrum? Was für ein Zentrum denn?« Nele kicherte.

»Ja, Zentrum. Nicht unbedingt Berlin, aber immerhin bekommen die Leute hier schnell, was sie wollen: leckeres Fleisch ... oder eine neue Haarfarbe ...«, rechtfertigte sich Eva, als sie an Gaby's Salon vorbeikamen.

Als Gaby sie sah, kam sie, rund wie sie war, in ihrer Kittelschürze herausgelaufen, die Dauerwelle brettsteif und vier Jahre älter als damals. Eigentlich hatte sie ihre Rente schon durch. Aber wahrscheinlich waren Waschen, Legen und Föhnen nicht nur ihr Beruf, sondern auch ihre Passion. »Oh, die Apfelfrauen sind wieder da! Habe ich schon gehört. Wie schön! Braucht ihr einen Termin?« Sie sah kritisch auf Marions Ansatz.

Die schüttelte hastig den Kopf. »Danke, wir bleiben nicht lange, da ist für ein Friseurdate leider keine Zeit. Obwohl Sie natürlich erstklassige Arbeit leisten, Gaby. Ich denke gern an damals zurück.«

Gaby nickte geschmeichelt, dann beugte sie sich verschwörerisch vor. »Ich färbe und frisiere ja ganz Wannsee. Mit viel Geschmack, darf ich wohl sagen. Aber euren komischen neuen Nachbarn hab ich neulich weggeschickt. Hab so getan, als ob mir das Blond ausgegangen wär und mein Wasser nich' geht.« Sie schnaubte verächtlich. »Für so'n Filuh ist mir mein Salon zu schade.« Sie warf stolz den hartgelockten Kopf in den Nacken und verschwand wieder im Laden.

»Gute Gaby«, murmelte Nele. »Kein Wasser, ha! Da weiß Halbseidel mal gleich, wie es uns gegangen ist. Wie's in den Wald reinschallt ...« Sie brach ab. Der Gedanke an Wald tat ein bisschen weh.

Als Nächstes kamen sie zu Karoppke's Schlachterei und Partyservice.

»Versteckt die Eimer. Die muss Karoppke nicht sehen, wenn wir auf seine Wiese gehen«, wies Eva sie an.

Sie verbargen die Eimer hinter dem Rücken, während sie am Laden vorbeigingen. Frau Karoppke stand hinter dem Tresen und bediente gerade eine Kundin – die Haushälterin von Pfarrer Lobetal. Sie wickelte ein paar Wannsee-Zipfel in rosa Papier, Biobratwürstchen mit frischem Thymian, Karoppkes eigene Erfindung. Der Schlachtermeister selbst war nirgends zu sehen.

Nele lief das Wasser im Mund zusammen. »Oh, wir müssen unbedingt noch etwas von diesen köstlichen Spezialitäten kaufen, bevor wir wieder nach Berlin fahren«, meinte sie.

Dorothee blieb stehen. »Moment, dann hole ich etwas für uns heute Abend! Ich hab eine Idee, was ich kochen werde!« Sie verschwand in der Fleischerei und kam kurz darauf mit einer weißen Plastiktüte heraus, durch die ein reichlich bemessenes rosa Fleischpaket leuchtete. »Weiter geht's«, sagte sie.

Sie passierten Maik's Bistro, und Eva winkte Maik zu. Auch er kam heraus, um ihnen Hallo zu sagen. Vor vier Jahren hatte Nele in seinem Lokal einen beeindruckenden Auftritt hingelegt. Er trug seine langen Haare heute offen, im Gegensatz zu damals hatte er sich einen imposanten grauen kaiserlichen Backenbart stehen lassen, das zerknitterte blaue Hemd saß deutlich spacker als damals über seinem beträchtlichen Bauch.

»Sagt mal, der bekloppte Typ neben euch hat sie wohl nicht mehr alle! Bin neulich vorbeigefahren, und das Schild hat geleuchtet wie der Palazzo Prozzo zum Ersten Mai«, rief er entrüstet.

»Hallo, Maik. Wir wissen doch, was er vorhat. Hat Dani uns neulich schon erklärt. Und dass sie keinen Weg sieht, ihm das Handwerk zu legen«, sagte Eva müde. »Eigentlich sollten wir nicht überrascht sein. Aber du hast recht. Mit der Leuchtreklame bekommt das so etwas Unausweichliches.«

»Vielleicht müsste ihm ein Trupp rauer Gesellen mal die Leviten lesen. Was meinst du?«, fragte Maik, der mit einer Ukrainerin verheiratet war.

»Ich glaube, die rauen Gesellen arbeiten bereits für ihn«, antwortete Eva.

Maik zuckte mit den Achseln und schaute von einer zur anderen. »Na, ihr fünf habt dem Dorf doch schon mal geholfen ...«, sagte er verschlagen.

»Wir müssen weiter«, antwortete Eva nur.

Nach zweihundert Metern erreichten sie das Ortsausgangsschild. Hier endete auch abrupt der Bürgersteig, hier war die dörfliche Welt zu Ende. Wer weiterlaufen wollte, musste entweder die Bundesstraße entlanggehen oder die Böschung zwischen den Alleebäumen nutzen, was beides nicht sehr angenehm war.

Von links erklang vereinzeltes Mäh. Eva verließ die Straße und ging auf die Schafweide zu, die Freundinnen folgten ihr.

»Oh, dahinten sind die Blümchen«, rief Nele, als sie zu den Schafen spähte. »Spektakulär sind sie nicht. Ich hätte sie niemals bemerkt, schon gar nicht von einem fahrenden Wagen aus.«

»Aber sie sind unsere Verbündeten«, gab Marion zurück.

Eva kletterte geschickt über das Holztor, sie machte das regelmäßig, wenn sie zu ihren Galloway wollte. Dorothee und Nele kraxelten ebenfalls leichtfüßig hinüber. Julika brauchte Hilfe. Sie sprang von der obersten Sprosse und landete unsanft auf der Weide. Dorothee und Eva fingen sie auf, bevor sie stürzen konnte. Marion stand noch auf der anderen Seite vor dem Tor und besah es sich gründlich. Schließlich schob sie einen Hebel beiseite, öffnete es und trat hoheitsvoll hindurch. Mit hochgezogenen Augenbrauen sah sie die anderen an.

»Das wussten wir«, behauptete Nele. Wenn es darauf ankam, konnte sie lügen, ohne mit der Wimper zu zucken. »Wir wollten nur sportlich sein.«

In der hintersten Ecke der Weide stand die Herde. Die Schafe kamen auf sie zu, erst langsam, als die ersten Tiere anfingen zu rennen, folgten die anderen.

»Können Schafe beißen?«, fragte Nele und ging so dicht wie möglich hinter Eva.

»Klar können Schafe beißen. Gras zum Beispiel«, erwiderte Eva. »Aber wenn du kein Gänseblümchen bist, musst du keine Angst haben. Ho! Ho!« Die ersten Tiere waren bei ihnen angekommen und drängten sich um sie. »Was ist denn mit euch los? Ihr seid aber anhänglich heute. So kenne ich euch ja gar nicht.«

Sie tätschelte einem Schaf, das sie mit seinen gelben Augen anstarrte, den Kopf, vergrub die Hand kurz in seiner dicken, schmutzig grauen Wolle, wischte sich danach die fettige Hand an ihrer Jeans ab. Karoppkes Tiere waren für den Winter gewappnet.

Die Freundinnen kämpften sich durch die Herde – »mäh, mäh« – und erreichten schließlich den hinteren Bereich der Wiese. Hier standen die Pflanzen, die Loh meinte: hohe Blütenstängel, graugrün und haarig, kleine weiße Blüten, die spiralförmig um den Stängel angeordnet waren.

Nele beugte sich vor und schnupperte an einer Blüte. »Sie riechen gut. Irgendwie nach Vanille, findet ihr nicht? Also, dann an die Arbeit.« Sie griff nach ihrer Schaufel und begann, die Pflanze auszustechen.

»Nicht so eng, Nele, mach den Kreis um den Stängel weiter, sonst verletzt du die Wurzel«, sagte Eva. »Das darf auf keinen Fall passieren.«

Nele ließ die Schaufel sinken. »Meinst du, die Pflanzen haben eine echte Chance zu überleben, oder machen wir das nur, um Seidel auszutricksen?«

Eva sah aus, als wäre ihr die Frage ausgesprochen unangenehm. »Hauptsächlich wegen Halbseidel …«, antwortete sie zögernd, als hinter ihnen jemand rief.

Marion spähte zum Tor, das gerade von einem Mann geöffnet wurde. »Ach Mist, da kommt Karoppke«, sagte sie leise.

Auch ohne seinen Verkaufskittel war der kräftig gebaute Schlachtermeister unverkennbar. Er schleppte zwei Körbe auf die Weide, und wieder setzte sich die Schafherde enthusiastisch in Bewegung in Richtung Tor.

»Hey, Eva!«, rief er. »Was macht ihr denn da?«

»Ich klär das mit ihm. Bleibt hier und grabt schnell noch ein paar Pflanzen aus«, zischte Eva den anderen zu und ging zu Karoppke.

Inzwischen waren die ersten Schafe bei ihm angekommen. Er klappte ein Taschenmesser auf, griff in den Korb und holte einen Apfel heraus. Sorgfältig zerschnitt er ihn und gab jedem Schaf ein Stück. Immer mehr drängten nach. »Ihr bekommt alle was, meine schönen Schäfchen. Ganz ruhig, gaaaanz ruhig.«

»Hi, Uwe«, sagte Eva, die mitten zwischen den blökenden

Tieren stand. »Wir finden deine weißen Blümchen so hübsch. Meine Freundinnen sind ganz begeistert davon. So spät im Jahr wächst noch so was Schönes! Ist doch okay, wenn wir ein, zwei für den Garten mitnehmen, oder?«

Uwe Karoppke unterbrach das Apfelzerteilen. Er ignorierte, dass die Schafe ihre Köpfe gegen seine ausgebeulte Jeans stupsten, gierig auf mehr Apfelgaben, und sah Eva scharf an.

»Eva, du weißt, dass du ausgraben kannst, was immer du willst. Brauchst auch nicht zu fragen. Nur sei ehrlich, hörst du? Bis jetzt hat dich nicht die Bohne interessiert, was hier wächst. Du bist 'ne gute Gärtnerin in den letzten Jahren geworden, das stimmt. Aber die weißen Dinger hier von meiner Schafweide? Warum müssen es ausgerechnet die sein?«

Ertappt. Eva spürte, wie sie rot wurde. »Sorry, Uwe. Es …« Wie sollte sie ihm das erklären, ohne auf die Rote Liste zu sprechen zu kommen? Denn Mitwisser brauchte sie bestimmt nicht. Sie senkte verschwörerisch die Stimme und hoffte, dass er sie trotz des Blökens hören konnte. »Es hat was mit Seidel zu tun. Wir planen da was.«

Uwe Karoppkes Gesichtsausdruck veränderte sich schlagartig. Das ewige Misstrauen des Dörflers gegenüber den Städterinnen schwand zugunsten von Anerkennung. Sein Blick flog zu den Freundinnen, die wühlten und gruben, dann sah er Eva wieder an.

»Oh!«, sagte er. Mehr nicht.

Er zerteilte in aller Ruhe, verfütterte weiter die Leckerli an seine Schafe und warf ihr einen Blick zu, der verriet, dass er alles verstand. »Die Äpfel aus Danis Garten sind einfach die besten.«

Schließlich wandte er den Freundinnen den Rücken zu, sodass er nicht mehr sehen konnte, was sie taten. Mit voller Absicht, wie Eva vermutete.

»Danke, Uwe«, sagte sie und ging zu den anderen zurück.

Die Märker hatten manchmal so eine Art, prägnant und aussagekräftig zu schweigen. Es sagte unendlich viel mehr als Worte.

Eva mochte das.

Sie warteten, bis Karoppke seine Schafe fertig gefüttert hatte und wieder verschwunden war, wobei er sich sichtlich beeilt hatte. Dann nahmen sie die mit Pflanzen gefüllten Eimer und machten sich auf den Weg zum Wannsee.

Ein kurzer Spaziergang auf dem sandigen Waldweg, der durch ein Kiefernwäldchen führte, und schon waren sie da. In der vergangenen Nacht war es windig gewesen, viele Blätter der Bäume am Ufer waren heruntergefallen und bedeckten den kleinen Strand mit einer Laubschicht. Blätter schwammen auch auf dem Wasser, das an diesem Tag unter dem bedeckten Himmel keineswegs einladend, sondern dunkel und kalt aussah.

»Und jetzt?«, fragte Julika unschlüssig.

»Wenn mein kleiner Enkel sich das getraut hat, werde ich es wohl auch wagen«, verkündete Dorothee, zog Schuhe und Socken aus und krempelte die Hosenbeine hoch. Vor vier Jahren hatte sie in dem Gewässer praktisch ihren Freischwimmer gemacht. »Wegen euch gehe ich sogar ins Wasser.«

»Bitte nicht, Dorothee«, witzelte Nele, aber da war

Dorothee schon hineingewatet. Sie holte tief Luft. »Mann, ist das eisig«, keuchte sie. »Wo sind denn nun die doofen Armleuchteralgen?«

Vom Ufer aus zeigten die vier Freundinnen auf alles, das vielleicht eine Alge sein konnte, die an der Wasseroberfläche dümpelte. Dorothee fischte es jedes Mal heraus, aber warf es genauso schnell wieder weg: ein großes welkes Blatt, eine vergessene Angelsehne, ein Stück Plastikfolie, etwas trockenes Schilf. Doch dann erwischte sie endlich eine fein verästelte Alge.

»Riech mal dran. Riecht sie nach Senf?«, rief Nele.

Dorothee schnupperte gehorsam. Sie schüttelte den Kopf. »Nö, kein Senf.«

»Dann ist das die geschützte Armleuchteralge. Die brauchen wir. Her damit!«

Dorothee watete zum Ufer und ließ die kleine Wasserpflanze in das Glas gleiten, das Nele bereits mit Seewasser gefüllt hatte. »Und jetzt?«, fragte sie und schaute besorgt auf ihre Füße, die ein ungesundes Rot angenommen hatten. »Ich fühle meine Zehen kaum noch.«

»Na, jetzt suchst du weiter«, bestimmte Julika gnadenlos, und Dorothee ging seufzend zurück ins Wasser.

Eine halbe Stunde später machten sie sich auf den Heimweg. Nele trug die Gläser mit den Algen, Eva die Drehwurz-Eimer samt Schippen, und Julika hatte sich die Tüte mit den Fleischwaren geschnappt.

Dorothee konnte kaum laufen, so kribbelten ihre Füße. Marion musste sie auf den ersten Metern stützen.

»Du bist unsere Heldin«, tröstete sie Dorothee, die bei jedem Schritt wimmerte. »Wenn unser Plan wirklich klappen sollte, wird Dani bestimmt ein Baumhaus nach dir benennen. *Maison des pommes de Dorothée.*«

Dorothee biss die Zähne zusammen und ging langsam weiter. Ihre Füße hörten nicht auf zu prickeln, was ein gutes Zeichen war. Wenigstens waren sie nicht abgestorben, das Blut kehrte wieder zurück. Und außerdem freute sie sich aufs Kochen.

24. Kapitel

Dein Körper ist so reizend,
dein Geist so hässlich! Schade!
Du bist ein schöner Apfel,
dein Geist ist seine Made.
EPHRAIM MOSES KUH

Nach einem heißen Fußbad, in das Nele eine großzügige Menge Jodsalz streute, ging es Dorothee wieder besser. In dicken Wollsocken machte sie sich an die Arbeit: Sie hatte Kassler mit Apfelsauce geplant. Das Fleisch, das sie bei Karoppke gekauft hatte, reichte für mindestens zehn Leute.

»Wann bringen wir unsere geschützten Lieblinge an den Mann?«, fragte Marion und betrachtete das Glas mit den Algen, das auf dem Tisch stand. Die beiden Eimer mit den Drehwurzen standen auf der Terrasse.

»Entweder in der Nacht, oder wenn Seidel und seine Leute nicht da sind. Bevorzugt beides«, antwortete Eva. Sie schnupperte, und ihr lief das Wasser im Mund zusammen. »Ich weiß nicht, wie du das machst, Dorothee, aber du steigerst dich mit jedem Tag. Es riecht einfach köstlich.«

Der würzige Duft des gebratenen Fleisches und des Senfes, mit dem sie das Kassler eingerieben hatte, ergänzte sich fantastisch mit dem fruchtigen der Äpfel.

»Nun warte erst mal ab, wie es schmeckt«, sagte Dorothee.

Sie holte gerade das Fleisch aus dem Ofen, als draußen plötzlich ein Rufen und Schreien zu hören war, als ob sich ein paar temperamentvolle Mietparteien in einem Berliner Brennpunktbezirk über die Wäscheleinen im Trockenkeller stritten. Also schob sie den Braten zurück in den Ofen und lief mit den anderen auf die Terrasse.

Der Krach kam vom Nachbargrundstück: Die Arbeiter standen um Seidel herum und schimpften wütend, worauf er nicht minder wütend zurückkeifte.

Was die Arbeiter sagten, verstanden sie nicht. Wohl aber, was Seidel brüllte, der wie ein Rumpelstilzchen in seinem Anzug auf und nieder hüpfte.

»Eine geldgierige Bande seid ihr! Von wegen Nachtzuschlag! Der Bau ist noch lange nicht fertig, und vorher bekommt ihr nichts. Hört ihr? NICHTS! Mir doch egal, wovon eure Familien in der Walachei leben! Das Geld gibt's zum Schluss und keinen Tag vorher. Und nun ran an die Arbeit, den Strom fürs Licht im Dunkeln bekomme ich schließlich auch nicht geschenkt. Los!«

Doch die Arbeiter blieben, wo sie waren. Mit verschränkten Armen bauten sie eine breitschultrige menschliche Mauer um ihn herum und taxierten ihn unbeweglich. Dass sie plötzlich schwiegen, machte die Situation nicht weniger bedrohlich.

Das schien auch Seidel zu empfinden. Er schubste einen von ihnen – natürlich den kleinsten – wütend aus dem Weg und stürmte in den Bau.

Eva und Nele gingen zum Zaun, wo der Mann stand, dem sie neulich die Äpfel gegeben hatten.

»Ärger mit dem Chefo?«, fragte Eva mitleidig.

Er nickte bedrückt. »Er kein Geld für uns. Dann wir nicht arbeiten.«

Er drehte sich um und rief seinen Leuten etwas zu. Sie kamen sofort, manche mit Taschen in den Händen, und stiegen in den Lieferwagen. Der Rotkarierte setzte sich hinters Lenkrad. Und weg waren sie, gerade als Seidel aus dem Bau gerannt kam.

»Fahrt nur! Haut ab! Solche Loser wie euch gibt es haufenweise. Die freuen sich, wenn sie was für mich bauen dürfen«, tobte er wütend hinter ihnen her und hob drohend seine geballte Faust.

Aber das hörten die Männer nicht mehr, denn der Lieferwagen war bereits in die Dorfstraße eingebogen.

»Ich könnte sagen, dass es mir um Ihr Bauvorhaben leidtut, Herr Seidel«, sagte Eva. »Das wäre allerdings eine schmutzige Lüge.«

So laut miteinander redend wie möglich, gingen sie zurück zum Haus. Sie wollten einfach nicht hören, was Seidel Unflätiges hinter ihnen herrief.

»Männer kommen und gehn ...«, sang Dorothee vergnügt vor sich hin, während sie allen aufgab. Insbesondere die dunkelbraune sämige Sauce war ein Gedicht, vielleicht auch, weil die Äpfel Überstunden darin gemacht hatten. »Was meint ihr? Ist das jetzt gut für unser Projekt, dass seine Leute weg sind?«

»Glaube ich nicht«, meinte Eva und registrierte, dass Dorothee von »unserem« Projekt sprach. »Wahrscheinlich findet er bald den nächsten Bautrupp. Aber angenehm kann das für ihn nicht sein. Ich frage mich, woher er den

Bagger hat. Den muss er ersetzen, das ist bestimmt richtig teuer. Zumindest muss er eine Versicherung abgeschlossen haben. Obwohl … So kommt er mir nicht vor.« Gedankenverloren spießte sie ein Stückchen Kassler auf, als vom Nachbargrundstück das ominöse Quietschen durchdrehender Reifen erklang.

»Ich schätze mal, jetzt fährt er irgendwohin, um einen neuen Bautrupp aufzutreiben«, meinte Nele, stand auf, rannte den Flur entlang und riss die Haustür auf. Dann kehrte sie langsam in die Küche zurück. »Yep, hab auf der Dorfstraße nur noch die Rücklichter gesehen.«

Eva legte die Gabel hin. »Wollen wir nicht gleich mit der Aktion anfangen?«, fragte sie in die Runde.

»Okay.« Dorothee schlug mit den flachen Händen auf den Tisch, dass die Teller nur so hüpften. »Das Abwaschen kann warten. Los geht's.«

»Wenn wir erst nachher abwaschen, ist es ihr wirklich ernst«, flüsterte Nele Julika zu.

Sie beschlossen einstimmig, dass es Dorothee zustand, die Armleuchteralgen auszusetzen. Schließlich hatte sie sie auch unter Schmerzen aus dem Teich gefischt.

Also kletterte Dorothee über den Zaun, Nele reichte ihr die Gläser, und völlig unzeremoniös warf sie alle paar Meter ein paar Algen in den Graben, den Seidel hatte vertiefen lassen. Sie gingen weiter, Dorothee auf dem Nachbargrundstück, die anderen vier im Apfelgarten, bis sie am Ende des Grabens ankamen, dort, wo er sich zu einem kleinen Teich vergrößerte. Dorothee kippte das zweite Glas aus.

»Und jetzt?«, fragte sie die Freundinnen.

»Jetzt pflanzen wir die Drehwurze«, sagte Eva. »Ich dachte, auf dem Parkplatz.«

»Wir haben ja eine ganze Menge«, meinte Nele. »Ich finde, wir sollten das teilen. Ein paar hier, ein paar auf dem Parkplatz. Dann ist es nicht so auffällig. Moment, ich hole die Eimer.«

»Bring eine Schippe mit!«, rief ihr Eva hinterher, und einen Moment später war Nele auch schon wieder zurück. Sie reichte Dorothee die Schippe und einen Eimer, und in Windeseile hatte sie entlang des Grabens mehrere Drehwurze gepflanzt. »Gieß sie noch an«, bat Eva. Gehorsam schöpfte Dorothee aus dem Graben Wasser und begoss jede Pflanze. Die Stängel mit den weißen Blüten standen auf Halbmast, als wären sie nicht ganz sicher, ob es sich an diesem merkwürdigen neuen Standort überhaupt lohnte, sich aufzurichten.

»Los, jetzt auf den Parkplatz«, sagte Nele und sprintete zur Straße. »Bist du sicher?«, rief Eva ihr hinterher, während Nele mit dem zweiten Eimer in Richtung Waldrand lief. »Dahinten sieht doch niemand die Pflanzen.«

Nele bremste und drehte sich um. »Da hast du allerdings recht.« Sie joggte zurück und sah Eva nachdenklich an. »Also sagen wir mal, die Leute vom Amt kommen in den Apfelgarten, um die Bäume zu begutachten«, dachte sie laut nach. »Dann müssen sie auf den ersten Blick sehen, dass geschützte Pflanzen bei Seidel wachsen. Da sollten wir aber gut schauspielern! Was sagen wir? Vielleicht so etwas wie: ›Oh! Ist das denn möglich! Beim Nachbarn wächst ja eine Pflanze, die auf der Roten Liste steht. Ein Drehwurz! Die ist uns bisher noch gar nicht aufgefallen. Und ist das da nicht eine Armleuchteralge ohne Senfgeruch? Ist die nicht streng geschützt?‹ Nun sagt mal, wie soll denn das funktionieren? Dieser Plan hat doch eigentlich keine Aussicht auf Erfolg, oder?«

»Denk positiv. Wir müssen es tun«, bat Eva.

»Warum?«

»Weil wir keinen anderen Plan haben.« Eva griff nach dem Eimer. Zwischen zwei Steinhaufen pflanzte sie einen Drehwurz, bat Dorothee noch mal um Wasser und ging zur nächsten Stelle, die man von der Straße aus gut einsehen konnte und die halbwegs so wirkte, als hätte die Pflanze eine Überlebenschance.

Als sie fertig waren und zurück zum Haus gingen, winkten ihnen auf der öden Fläche weiß blühende Orchideen im Abendwind hinterher.

»Also, was haben wir nun? Die Pflanzen zu Wasser und zu Lande, eine verschwundene Fledermaus … Noch was? Ist das nicht ein bisschen dünne?«, fragte Marion kritisch, als sie wieder in der Küche saßen.

»Eine tote Heideschrecke haben wir noch«, sagte Nele, die gerade abwusch. Sie zeigte mit einem schaumigen Teller in der Hand auf den Fenstersims, wo die trockenen harten Beine von Tonios Schrecke in die Luft ragten.

Eva trommelte mit den Fingern auf die Tischplatte. »Na ja, es kommt ganz auf die Aufmerksamkeit der Leute an. Wenn sie wie Felix sind, hat Seidel ein Problem. Wenn sie wie wir sind, bevor wir uns damit beschäftigt haben, dann nicht. Wir hätten in einem Bett voller Drehwurze schlafen können, und uns wäre nichts aufgefallen! Ich frage mich … Wartet! In unserer Scheune haben wir doch das riesige Hornissennest. Hornissen stehen auch unter Naturschutz.«

»Du meinst, wir sollen ein Hornissennest umsiedeln?«, meinte Marion. »Bist du wahnsinnig?«

»Es muss ja nicht das ganze Nest sein«, grübelte Julika. »Vielleicht reicht eine Handvoll Hornissen?«

»Fragt sich nur, wie man eine Handvoll Hornissen fängt und sie dazu bringt, an einem neuen Ort zu bleiben. Schon das Wort Handvoll klingt im Hornissenkontext irgendwie gefährlich«, redete Nele gegen das Klappern des Geschirrs an.

»Ich hab eine Idee!«, rief Dorothee und verschwand. Nach kurzer Zeit kam sie mit einem Stapel Stoff zurück. »Hier, das war im Schrank im Flur. Hab ich neulich entdeckt, als ich Geschirrhandtücher gesucht habe.«

Es waren staubige vergilbte Gardinenstores, die früher bei Anna Staudenroos in jedem Zimmer gehangen hatten. Offenbar hatte Dani es bei ihren Renovierungsarbeiten nicht übers Herz gebracht, sie wegzuwerfen. Vielleicht hatten sie sie auch an die Zeit erinnert, als sie bei Anna Zuflucht vor ihrem Vater gefunden hatte.

Jedenfalls sahen sie alle aus wie leicht irre Imkerinnen, als sich jede eine Gardine über den Kopf geworfen hatte. Sie trugen darüber Hüte oder Käppis, nur Julika hatte ihren Schleier mit einem Gummiband um den Kopf gesichert, was sie definitiv wie eine Braut aussehen ließ. Es mochte auch daran liegen, dass ihre Gardine mit winzigen rosa Rosen bestickt war.

»Jetzt noch Handschuhe«, erklärte Eva.

Weiß umwallt verließen sie in der Dämmerung das Haus und gingen zum Schuppen.

Zum zweiten Mal an diesem Abend blieb das Geschirr sich selbst überlassen.

»Seid ihr das?«, fragte Loh von der Haustür aus, der natürlich mitbekommen hatte, dass Eva das knarrende Scheunentor geöffnet hatte.

Die fünf hoben im aufgehenden Mond die hell verschleierten Arme und winkten ihm zu – wie Geister, die den einzigen Sterblichen zu einem mitternächtlichen Tanz einluden.

»Alles okay! Du kannst wieder reingehen!«, rief Eva. Loh, der wusste, wann es weise war, nicht weiter nachzufragen, schloss die Tür behutsam. In der Scheune schlug ihnen der Geruch entgegen, der Eva inzwischen so vertraut war: Heu, Diesel, Staub. Als sie den Lichtschalter drehte, fiel der Schein auf die auf Heu gebetteten Kürbisse, auf das ganze Sammelsurium, das ihr landwirtschaftliches Leben so mit sich brachte. »Wir müssen hoch auf den Heuschober«, sagte sie zu den anderen und begann, die Leiter hinaufzuklettern, die behandschuhten Hände fest an den Holmen. Sie wartete, bis alle oben waren, und erklärte: »Das Hornissennest ist hinter einem der Holzbalken.«

Vorsichtig gingen sie an einem Stapel Bretter vorbei. Loh und Gandalf lagerten Holz unter dem Scheunendach, weil es hier geschützt, trocken und luftig war.

Marion entdeckte das Nest als Erste. »Da ist es«, sagte sie.

Respektvoll traten sie näher an das mächtige Nest. Mit dunklem Brummen zogen die Hornissen ihre Bahnen, krabbelten in den Bau und wieder heraus, summten um die Freundinnen herum, die sich trotz ihres Gardinenschutzes vorsichtig duckten.

»Warum schlafen die Hornissen noch nicht?«, fragte Nele.

»Sie sind in der Dämmerung aktiv. Dann fangen sie andere Insekten«, sagte Eva. »Und sie fliegen auf Lichtquellen.« Eine Hornisse schwirrte nah an ihr vorbei zur Scheunenlampe, die sie mit einem sanften »Plong« rammte.

»Sie sind riesig«, hauchte Julika. »Fast so groß wie die Fledermaus!«

»Die lebenden wollen wir nicht«, meinte Marion, »das schaffen wir nicht. Wenn die uns attackieren, würden uns nicht mal Brokatgardinen helfen! Lasst uns lieber die toten da nehmen.« Sie zeigte auf den Boden unter dem Nest. Dort lagen viele tote Hornissen.

»Du meine Güte, warum sterben sie denn alle?«, fragte Nele besorgt. »Gibt es so was wie Hornissenstaupe? Hornissenpest?«

»Nein. Ihr Leben ist fast vorbei. Nur die jungen befruchteten Königinnen überstehen den Winter«, erklärte Eva, »in der Erde oder in morschem Holz. Jede von ihnen baut im kommenden Jahr ihr eigenes Nest, legt Eier, aus denen Arbeiterinnen schlüpfen, und voilà, alles geht von vorn los.«

Nele kauerte sich hin und sammelte tote Hornissen ein, die anderen taten es ihr nach. Mit je einer Hand voller Riesenwespen kletterten sie vorsichtig die Leiter hinunter. Unten angekommen, legten sie die toten Hornissen in einen Blumentopf. Sie waren so groß, dass sie das Loch verstopfen.

»Und jetzt?«, fragte Nele und schwenkte den Tontopf vorsichtig hin und her. Die Hornissen raschelten wie zarte trockene Blätter.

»Wir heben sie für den richtigen Moment auf. Irgendwann wird der Tag der Hornisse kommen«, entschied Eva. »Was anderes fällt mir nicht mehr ein.«

»Ich *hasse* diese Passivität. Ich möchte aktiv sein«, sagte Marion, als sie, noch immer die Gardinen über den Köpfen, zu ihrem Haus zurückgingen. »War das jetzt wirklich alles, was wir gegen Seidel tun können? Was ist mit einer Petition? Mit einer Demonstration? Mit einer Dekonstruktion?«

»Du bist auch so eine Ion«, meinte Dorothee. Dann blieben sie stehen. »Wer steht denn da an unserer Treppe? Kennt ihr den?«

Sie spähten in die Dunkelheit. Alles, was sie sehen konnten, waren ein dunkles Jackett und eine helle Hose.

Eine Sekunde später erhielten sie die Antwort. Denn Julika stürmte mit wehender Kopfgardine, so schnell es in klobigen Gummistiefeln ging, auf ihn zu, um ihm mit einem begeisterten Schrei um den Hals zu fallen.

»Sergio!!!«

»*Ciao, cara mia*«, sagte er mit dunkler Stimme, schlug den Schleier zurück und küsste Julika.

Eva, Nele und Dorothee seufzten bei dieser filmreifen Szene auf der abendlichen Dorfstraße.

»Fünf Freundinnen und ein Hochzeitsfall«, sagte Nele, die gern ins Kino ging.

»Fünf Freundinnen und ein Hornissennest«, antwortete Eva.

»Und schon wieder stört ein Kerl unsere Ruhe«, grummelte Marion. »Mann, Mann, Mann. Hat das denn niemals ein Ende mit euch?«

»Keine Chance. Kloster is' nich'. Dann musst du dir andere Freundinnen suchen«, sagte Nele vergnügt.

Aber was immer Marion bemäkelte, auch sie freute sich, Sergio wiederzusehen. Schließlich hatte er ihnen das wunderbare Wochenende in Venedig ermöglicht. Dass Dorothee ihm in der Küche Kassler servierte, das er mit Gusto verputzte (»Faste wie bei *mamma* …«), war da das Mindeste. Bei einem Glas Rotwein erzählte er ihnen, dass er von Venedig nach Berlin geflogen sei und sich dort einen italienischen Wagen gemietet habe. Ganze wunderbare seie esse gewesen, damit zu ihnen zu fahren! An dieser Stelle wirkte er ein bisschen nervös, fuhr sich durch sein dichtes Haar, griff nach dem Rotweinglas.

Vermutlich einen Fiat, dachte Eva, bis sie sich zu später Stunde verabschiedete und zu Loh ging. Dabei entdeckte sie den Wagen: klein, rot, schnell, Cabrio. Mit dem Anfangsbuchstaben F hatte sie recht gehabt, aber es war ein Ferrari.

25. Kapitel

Wenn der Fürst einen Apfel will,
bringen seine Diener den ganzen Baum.
SPRICHWORT

Heute wird der Hofladen offiziell eröffnet, war Evas erster Gedanke, als sie morgens erwachte. Sie fragte sich, wann die Klingel das erste Mal ertönen würde, um einen Kunden anzukündigen. Ob überhaupt.

»Heute ist Samstag«, flüsterte sie Loh zu, der ausnahmsweise ein bisschen länger schlief.

»Ich weiß«, flüsterte er zurück, weil er natürlich schon längst wach und offenbar genauso aufgeregt wie sie war. »Der erste Tag unseres Hofladens. Zusammen schaffen wir das. Zusammen schaffen wir alles.« Er zog sie an sich.

Sergio war wie sie alle älter geworden, was nichts an dem erheblichen Altersunterschied zu Julika änderte. Als sie ihn kennengelernt hatten, war er der klassische junge Latin Lover gewesen. Jetzt mischten sich erste Silberfäden in sein dunkles zurückgekämmtes Haar. Zudem war er ein bisschen breiter geworden. Attraktiv traf es nicht wirklich – er war schön, und das Schönste an ihm war, dass man den Eindruck hatte, dass er selbst es nicht wusste. Er schäkerte mit ihnen allen, als wäre das eine Art männliches Grundgesetz. Was immer Julika mit ihm trieb, schien ihm gut zu bekommen. Und dass sie was mit ihm trieb, war allen spätestens klar, als die beiden am nächsten Morgen eng umschlungen die Treppe herunterkamen, glücklicherweise ohne zu stürzen.

»Wieder eine Frage geklärt«, murmelte Nele.

»Wo iste *zio* Lorenzo?«, fragte er beim Frühstück, und da erst fiel ihnen wieder ein, dass er gekommen war, um die Urne an anderer Stelle beizusetzen.

Julika zuckte mit den Schultern. »Pfarrer Lobetal wollte sich darum kümmern.«

»Dann wille ich heute mit ihm spreche, ja, Julika? *Famiglia* sagte auch, *zio* Lorenzo solle für immer sein glücklich in Deutschland.«

Julika nickte. »Natürlich.«

»Und wie iste der Baume über *zio* Lorenzo umgefallen? Blitze und Donner?«

Die Freundinnen warfen sich bedeutungsvolle Blicke zu. Was würde geschehen, wenn Julika es ihm erzählte? Hatte Sergio gewisse Kontakte, die ihr lästiges S-Problem ein für alle Mal beseitigen würden? Betonmanschetten in den Tiefen des Wannsees oder ein freundlicher Besuch von den Dieci Italiani? Weil der Nachbar ja schließlich die friedliche Ruhe eines Familienmitgliedes gestört, die Ehre beschmutzt hatte!

Julika erzählte es ihm. Die Freundinnen umklammerten ihre Kaffeetassen, zu gespannt weiterzutrinken, zu besorgt, ob sie Sergio gleich mit körperlichem Einsatz abhalten mussten, mit einer Beretta – Beretta klang schon so italienisch – auf das Nachbargrundstück zu stürzen.

»Und das erlaubte dasse deutsche Gesetze?«, fragte Sergio ungläubig, und seine dunklen Augen blitzten böse. »Iste beste Gesetze der Welte! Iste Rechtsstaate! Musse ich Leserbriefe für eine *giornale* schreiben? Was iste mit eine Klage wegen Zerstörunge?«

Marion verdrehte die Augen und trank einen Schluck Kaffee. Das klang so harmlos, dass sie fünf dagegen ausgekochte Verbrecherinnen waren.

Julika tätschelte ihm die Hand. »Nein, Sergio, ich glaube, ein Leserbrief würde nichts bewirken. Wir haben da so einen kleinen Plan. Schmeckt dir das Apfelgelee?«

Er biss ins Brötchen. »Ssssehr, ssssehr gutt. *Delizioso* ...«

»Wollen wir heute was Italienisches kochen?«, fragte Dorothee.

»Gern«, sagte Nele sehnsüchtig. »Am liebsten Pasta. Und wenn ich mir was wünschen darf – nichts mit Äpfeln. Ich bin *appled-out*. Meine Zähne sind schon ganz stumpf von der vielen Säure.«

Dorothee, die sich gerade überlegt hatte, ob zu Pasta wohl Apfelsauce passte, sah ein bisschen beleidigt aus. Dann riss sie sich zusammen.

»Hast recht, Nele. Wir müssen sowieso einkaufen. Lass uns zusammen zum nächsten Supermarkt fahren, dann können wir gemeinsam aussuchen.«

»Ich komme mit«, sagte Eva.

»Ich auch«, meinte Marion.

»Ich nicht. Sergio und ich gehen zum Pfarrer.«

»Aber sollte nicht wer hierbleiben?«, fragte Eva.

»Warum?«, wollte Julika wissen.

»Na, falls heute die Leute aus dem Ministerium kommen.«

311

»Es ist Samstag«, warf Nele ein. »Da kommen die bestimmt nicht.«

Eva sah zweifelnd aus. »Vielleicht kommen sie gerade deshalb?«

»Wir bleiben nicht lange bei Lobetal. Sergio will mit ihm nur die Bestattung der Urne besprechen. Ihr wisst ja, von der Kirche hat man einen guten Blick auf die Dorfstraße. Ich passe auf. Und wenn jemand Wichtiges auftaucht, rufe ich euch sofort an. Außerdem ist doch Loh da.«

»Der kramt bestimmt noch im Hofladen herum.« Eigentlich fand Eva es schade, dass Julika und Sergio nicht mitkamen. Sie wollte immer schon mal in einem Ferrari-Cabrio bei Lidl vorfahren. Auf der anderen Seite: Es war ein Zweisitzer. Da passten nicht mal volle Einkaufstüten rein. Geschweige denn eine zweite Freundin.

»Nudeln? Haben wir. Salat? Nehmen wir meinen Rucola. Essig haben wir selbst gemachten. Fleisch bekommen wir bei Karoppke. Sahne, Öl, Milch, Mehl, Mandeln, Zimt, Butter, Zucker, Kaffee, Tomaten, Gurken, Klopapier, Rotwein, Prosecco? Haben wir …«

»Mann, bist du hektisch! Gib mir einen Moment Zeit, ich muss überlegen, was ich uns die nächsten Tage kochen will«, beschwerte sich Dorothee, während Eva rasant mit dem Wagen durch die Gänge preschte, ihre Einkaufsliste checkte, nach links und rechts griff und alles in den Wagen schmiss.

Sie blieb stehen. »Oh. Sorry, Dorothee. Es ist nur … Ich hab die ganze Zeit das Gefühl, wir sollten machen, dass wir zurückkommen. Ihr nicht auch?«

»Nö. Mach dich nicht verrückt wegen des Ladens oder

des Ministeriums. Wer weiß, ob die überhaupt kommen. Und bald ist Dani wieder da, dann kann sie übernehmen.«

»Ja, du hast recht.« Eva schob den Wagen langsamer, aber sie atmete erleichtert aus, als sie die Einkäufe endlich in Dorothees Auto verstaut hatten und auf dem Rückweg waren.

»Siehst du, alles ist friedlich«, sagte Marion, als sie die Dorfstraße entlangfuhren. »Oh, Seidel ist wieder da, ich sehe seine Limousine. Aber auf unserem Grundstück ist niemand. Schau, da ist Julika und passt auf.« Sie bogen in die Einfahrt ein. Julika saß zusammengesunken auf der Treppe vor der Haustür.

»Wenn alles okay ist, warum weint Julika dann?« Evas Unbehagen wuchs, als sie aus dem Wagen stieg. »Julika, was hast du denn?«, fragte sie und kauerte sich vor die Freundin. »Ist es wegen Lorenzo? Und wo ist Sergio?«

Auch Marion, Nele und Dorothee kamen zu ihnen.

Julika schüttelte schniefend den Kopf. »Da.« Sie zeigte auf die Haustür neben sich.

Eva sah, was sie meinte – und zuckte zusammen. »Um Gottes willen!«

Jemand hatte Mimis entführte Fledermaus an ihre Haustür genagelt. Die transparenten Flügel weit von sich gestreckt, die Krallen leblos, der Blick aus den dunklen Knopfaugen gebrochen. Die kleine Hufeisennase weilte nicht mehr unter ihnen.

Wer das gewesen war, konnten sie an einem Finger abzählen.

»Und unsere Drehwurze hat er auch alle rausgerissen«, schluchzte Julika.

Eva schaute zum Zaun. Stimmt, sie konnte keine weiß

blühenden Stängel mehr entdecken. Auf der anderen Straßenseite, am Rand des zukünftigen Parkplatzes, war offenbar ebenfalls drehwurzfreie Zone.

»Alles umsonst«, murmelte Dorothee

»Woher hat Seidel nur von unserem Plan gewusst?«, fragte Marion mit belegter Stimme.

»Das mit der Fledermaus hat er doch vor unserem Fenster mit angehört«, antwortete Eva müde. »Und als auf seinem Grundstück plötzlich Blumen blühten, wird er sich gedacht haben, dass wir dahinterstecken. Was ist denn mit den armen Armleuchteralgen?«

»Ich weiß nicht«, sagte Julika und erhob sich.

In diesem Moment fuhren zwei schwarze Wagen vor und hielten direkt vorm Apfelhaus.

»Ach, du meine Güte.« Eva wurde ganz flau. »Da sind sie … Wusst ich's doch. Marion, hol Loh!«

»Warum denn?«

»Er ist Vizebürgermeister, er sollte schon dabei sein. Und wo steckt Sergio?«

»Im Rathaus«, sagte Julika. »Zusammen mit Loh.«

»Ich hole sie.« Marion drehte sich auf der Stelle um und rannte los.

Doch bevor Eva sich einen Reim darauf machen konnte, was um alles in der Welt Sergio und Loh im Rathaus trieben, wurde die Beifahrertür des ersten Wagens geöffnet. Eine Dame stieg aus, schwarzer Pagenschnitt, dunkelroter Lippenstift, heller Trenchcoat, flache schwarze Lacklederstiefel, gewinnendes Lächeln.

Ihr folgten zwei Männer, ein großer schlanker und ein kleinerer mit spärlichem dunkelblondem Haar, das er geschickt über seine Glatze gekämmt hatte. Er tätschelte sich den Kopf, bestimmt um sicherzugehen, dass alle Strähnen so lagen, wie sie sollten.

Nele atmete tief durch.

Denn der große Schlanke war Felix.

Allerdings sah er ganz und gar anders aus. Keine Spur mehr von Waldindianer, von Norwegerpulli und Wanderstiefeln. Der Naturbursche war verschwunden und hatte einem eleganten Städter Platz gemacht. Er trug einen gut geschnittenen Tweedmantel, darunter einen grauen Anzug mit einem dunkelblauen Hemd, dazu schwarze Slipper. In der Hand hatte er eine schmale Aktenmappe.

Nele starrte ihn mit offenem Mund an. Ihr Herz schlug heftig. Offenbar hatte sie als Bond-Girl komplett versagt. Wer war Felix wirklich? Führte er ein Doppelleben? Und was war das für eine fiese Strategie, ein Hemd anzuziehen, das genau die Farbe seiner Augen hatte?

Er starrte zurück, als wollte er wortlos mit ihr kommunizieren. Dann lächelte er und hielt sich den Zeigefinger vor die Lippen.

»Hallo«, sagte die Dame. »Mein Name ist Heiland. Ich komme im Auftrag der Staatssekretärin für Umwelt und Tourismus. Es geht um die Genehmigung und die Subventionierung des Projekts Baumhaushotel, als Flagship für das touristische Development in diesem Teil Brandenburgs. Unser Besuch war Ihnen ja angekündigt worden. Wir legen so etwas gern auf den Samstag, weil wir die Leute dann antreffen. Wir alle müssen ja arbeiten.« Sie sah Eva prüfend an.

»Ja natürlich«, sagte Eva der Einfachheit halber. Dani hatte gewusst, dass die Leute vom Ministerium an diesem Wochenende kommen wollten? Sie nahm sich vor, mit ihr ein ernstes Wörtchen zu reden.

»Sind Sie Frau Sauert?« Frau Heiland reichte ihr die Hand.

Eva riss sich zusammen. Sei professionell, ermahnte sie sich. Tu einfach so, als wäre es ein Meeting mit einem Kunden in der Werbeagentur. Flagship und Development – diese Sprache kennst du doch.

Sie ergriff die Hand und schüttelte sie. »Frau Sauert ist gerade in China. Ich bin Eva Lohmüller, meinen Freundinnen und mir gehört das Anwesen. Frau Sauert ist unsere bevollmächtigte Verwalterin.«

Frau Heiland nickte. »Sehr schön, dann sind Sie ja die richtigen Ansprechpartnerinnen. Lohmüller, sagen Sie? Haben Sie etwas mit Lohs Biohof zu tun, wo heute der Hofladen eröffnet wird?«

»Das ist unser Hof. Gleich nebenan«, antwortete Eva verblüfft. »Woher wissen Sie das?«

Frau Heiland lächelte. »Es ist mein Job, so etwas zu wissen. Sie haben eine sehr schöne, informative Website! Oh, und die beiden Herren hier sind Herr Melzer vom Bauamt und Herr Dr. Venloh. Wollen wir uns die Anlage anschauen?«

Dr. Venloh?

»Ja gern.«

Eva ging voran, gefolgt von den anderen. Nur Julika blieb zurück. Sie versuchte hektisch, die angenagelte Fledermaus von der Haustür zu bekommen.

Herr Melzer pfiff bewundernd, als sie an dem schnittigen roten Ferrari vorbeikamen. »Sehr schick!«, sagte er.

»Der Wagen gehört einem Freund«, beeilte Eva sich zu erklären.

Felix hob fragend die Augenbrauen. »Es ist viel passiert,

seit du weg bist«, flüsterte Nele. »Bei dir offenbar auch«, fügte er hinzu.

»Ich verstehe«, meinte Frau Heiland launig. »Wenn ein Ferrari in Ihrem Budget wäre, bräuchten Sie wahrscheinlich keine Unterstützung für das Projekt.«

Dorothee warf einen Blick zurück zur Straße, wo der zweite Wagen parkte, aber niemand war ausgestiegen. Er hatte verdunkelte Scheiben. Dann eilte sie den anderen in den Apfelgarten hinterher.

»Das ist ja eine wunderbar gepflegte Anlage«, meinte Frau Heiland anerkennend, als sie den ersten Gang entlangschritten. Ein Apfel plumpste direkt vor ihr ins abgemähte Gras, als wollte er seinen Beitrag leisten, sie zu überzeugen. Es schien zu klappen, denn sie hob ihn auf und polierte ihn. »Das muss wirklich ein Traum sein, wenn es hier blüht. Ja, ich verstehe, wie man auf den originellen Einfall kommt, hier ein Baumhaushotel zu errichten. Dr. Venloh, könnten Sie uns noch einmal Ihr Gutachten erläutern?«

Gutachten?

Nele spürte praktisch die anklagenden Blicke der Freundinnen. Was hast du eigentlich die ganze Zeit mit ihm im Zelt gemacht?, schienen sie zu sagen.

Felix griff in seine Aktenmappe und zog einen kleinen Stapel Blätter heraus. Aber die brauchte er im Grunde nicht. Denn er begann, über die Bäume zu sprechen, als würde er jeden persönlich kennen, als wären sie seine alten Freunde, die ihm in einer stillen Stunde erklärt hätten, was sie wollten: ein Baumhaushotel, Kinder, die Äpfel pflückten, Familien, die sich erholten, Menschen, die inmitten der Natur Urlaub machten, die tief den Duft der Apfelblüten einatmeten, dem Summen der Insekten lauschten, dabei entschleunigten und sich fortan voller Achtsamkeit in der Natur bewegten.

Und das war erst der Anfang seines Vortrags. Felix sprach über warme Sommer und kalte Winter, das nächtliche Schreien von Eulen, das Huschen von Mäusen zwischen den Wurzeln der Bäume, über die unterschiedliche Größe von Apfelbäumen, ihre Lebensdauer, alte Sorten, neue Züchtungen und Besonderheiten, die er in Wannsee vorgefunden hatte, die diesen Ort einzigartig machten und ihn praktisch dazu prädestinierten, zum Zentrum eines naturnahen Tourismus zu werden.

Als er endete, hatten die Freundinnen Tränen in den Augen.

Frau Heiland lächelte. »Wissen Sie, lieber Herr Dr. Venloh, schon während Ihrer Präsentation gestern im Ministerium fand ich beeindruckend, mit wie viel Leidenschaft Sie sich für dieses Projekt einsetzen. Auch unser intensives Gespräch hinterher fand ich sehr erhellend. Aber heute gehe ich noch weiter. Bei Ihren Worten wünscht man sich direkt, ein Apfelbaum zu sein.« Lächelnd gab sie Felix den Apfel, den sie aufgelesen hatte. Es war ein Roter Mond. Die Schale hatte ungefähr die Farbe ihres Lippenstifts. Deshalb ist sie wohl Politikerin geworden, dachte Nele. Sie weiß instinktiv, wann sie welches Bild zu welcher Zeit bedienen muss. Da hat sie sich gleich mal für eine uralte Geste entschieden. »Und, Herr Melzer, noch irgendwelche Einwände von Ihrer Seite?«, fragte Frau Heiland ihren zweiten Begleiter freundlich.

Melzer schüttelte unschlüssig den Kopf, die sorgfältig gekämmten Strähnen drohten zu verrutschen. »Ich bin mir nicht ganz sicher. Der Neubau ...«, er zeigte zu Seidels Bau, »... hat in meinen Augen in jedem Fall den Vorrang. Er ist ja fast fertiggestellt, während hier noch nicht mal begonnen wurde. Nicht dass es da zu einem Konflikt kommt. In erster Linie geht es um den Erhalt von Arbeitsplätzen.«

»Und dieser Neubau bietet mehr Arbeitsplätze als ein Baumhaushotel? Warum?«, fragte Frau Heiland und schaute sich zum ersten Mal Seidels Bunker genauer an.

»Weil dort eine Vergnügungsstätte entstehen wird. Dort müssen praktisch rund um die Uhr Menschen vor Ort sein«, antwortete Melzer. Er fuhr sich mit einem Finger zwischen Hals und Hemdkragen.

»Tatsächlich?«, fragte Frau Heiland. »Was denn für eine?« Sie wartete seine Antwort nicht ab, sondern schlenderte zurück in Richtung Straße. Alle folgten ihr. »Ach so ...« Sie nickte, als sie Seidels Schild las. »Ich verstehe. Ein Privatklub für Spieler. Ein raffiniertes Konzept.«

Sie schaute zu dem Parkplatz auf der anderen Seite, der wie eine Mondlandschaft aussah, mittendrin der zerstörte Bagger, auf dem immer noch die Buche lag. »Soso«, sagte sie. »Das ist ja interessant. In der Tat, das könnte einen Konflikt heraufbeschwören.«

Die Freudinnen warfen sich bedauernde Blicke zu. Wie schade, dass die Drehwurze verschwunden waren, aber sie hatten ja noch Heideschrecke und Hornissen. Das wäre der perfekte Rote-Listen-Moment. Eva machte mit Daumen und Zeigefinger unauffällig eine kleine Geste wie eine unsichtbare Größenangabe, und Nele verstand: Sie eilte ins Haus, um die toten Insekten zu holen.

In diesem Augenblick kamen drei Personen über die

Dorfstraße auf sie zugerannt. Loh und Sergio vorneweg, Marion in einiger Entfernung hinterher.

»Guten Tag«, keuchte Loh, als er die Gruppe erreicht hatte. Er beugte sich vor, um nach Luft zu schnappen, dann richtete er sich wieder auf. »Sind Sie die Dame vom Ministerium?«

Frau Heiland nickte und musterte Loh von Kopf bis Fuß. Ihr schien zu gefallen, was sie sah. »Heiland«, sagte sie und reichte ihm die Hand.

»Lohmüller«, antwortete er. »Ich bin der stellvertretende Bürgermeister. Und, was sagen Sie zu unserem Plan, hier ein Baumhaushotel zu errichten?« Seine lässige, leicht atemlose Frage passte nicht zu der Dringlichkeit, mit der er angerannt gekommen war.

»Ich finde ihn ausgesprochen reizvoll«, meinte Frau Heiland. »Wenn auch die Nachbarschaft suboptimal ist.«

»Genau deshalb haben wir eben die Bauunterlagen gesichtet, die Frau Sauert im Rathaus aufbewahrt hat. Unser Freund hier«, er wies auf Sergio, »ist Bauunternehmer und wollte gern einen Blick darauf werfen. Ihm kam es merkwürdig vor, wie hoch dieses Gebäude ist.«

Nele kehrte mit einer kleinen Papiertüte zurück. Felix runzelte die Augenbrauen, als sie knisterte und ein Heuschreckenbein herausragte. Nele schob es rasch wieder hinein.

»Sergio Montecurri«, stellte ihr italienischer Freund sich vor.

Melzer hüstelte.

»Es hat sich herausgestellt, dass es zwei Pläne zu diesem Gebäude gibt«, fuhr Loh fort, »einen eher bescheiden ausgeführten und einen zweiten mit erheblichen

Abweichungen. Die Grundfläche wurde vergrößert, ein zusätzliches Stockwerk genehmigt. Und das ist noch nicht alles. Schauen Sie, Frau Heiland.« Loh deutete auf den Rohbau. »Der Bauherr hat nicht nur das genehmigte, sondern ein weiteres Stockwerk draufgesetzt, eines, das in keinem Plan aufgeführt wurde. Das geht doch nicht. Was die Vorgaben zu dem Parkplatz angehen, bin ich mir nicht ganz sicher, aber auch dort scheinen Unregelmäßigkeiten vorzuliegen. Von der Genehmigung eines Parkplatzes konnte ich da nichts entdecken.«

»Wenn der Bau zu hoch ist, muss der Bauherr ein Stockwerk wieder abreißen lassen. Aber ich meine, dass die nachträglichen Eingaben zur Erweiterung des Bauvorhabens rechtens sind«, warf nun Melzer ein.

»Nicht in Absprache mit uns«, sagte Frau Heiland. »Wir haben Wannsee in der Mark schon längere Zeit im Blick, das sollten Sie wissen, das gehört zu Ihrem Aufgabenbereich. Wer im Bauamt hat denn der Erweiterung des Bauvorhabens zugestimmt, Herr Melzer? Das muss ja hinter dem Rücken aller Gremien, die sich mit dem Landschaftsschutz der Mark Brandenburg auseinandersetzen, geschehen sein. Wer immer das war, hat auch übersehen, dass ein Spielcasino in einem Mischgebiet nichts verloren hat. Auch wenn es ein privater Klub ist. Das sind bemerkenswerte Unregelmäßigkeiten, denen sofort auf den Grund gegangen werden muss.« Plötzlich fiel das Verbindliche von ihr ab, sie wirkte unerbittlich und sehr, sehr zornig.

Melzer schwieg, und Loh reichte Frau Heiland die Unterlagen. Sie warf nur einen flüchtigen Blick auf die Unterschrift.

»Ich weiß, dass das Ihre Unterschrift ist, Herr Melzer,

auch wenn Sie versucht haben, so unleserlich wie möglich zu unterzeichnen. Haben Sie irgendetwas dazu zu sagen?«

In diesem Moment verstanden die Freundinnen: Frau Heiland war schon über alles im Bilde gewesen, bevor sie den ersten Schritt in ihren hübschen Lackstiefeln auf die Dorfstraße gemacht hatte. Und sie hatte den Mann, der hinter den illegalen Machenschaften steckte, gleich mitgebracht. »Moment, bitte.« Sie ging zu dem zweiten Wagen und klopfte an die Scheibe. Drei Polizisten stiegen aus. »Wir wären dann so weit«, sagte sie.

Zwei von ihnen eilten zu Seidels Bau, einer blieb neben Melzer stehen, der ausgesprochen panisch wirkte.

Sie schwiegen alle, bis Borg Seidel aus dem Gebäude geführt wurde. Er sah aus, als hätte er die Nacht über getrunken. Wahrscheinlich war sein Plan, einen neuen Bautrupp zu finden, nicht sehr erfolgreich gewesen. Als er Melzer neben dem Polizisten stehen sah, weiteten sich seine rot geränderten Augen.

»Herr Seidel, mein Name ist Heiland, ich bin vom Umweltministerium«, sagte Frau Heiland. Ihre Stimme klang kristallklar und genauso hart. »Gegen Sie liegen vier Anzeigen wegen illegalen Baumfällens, Störung der Totenruhe, schwerer Korruption und Straftaten gegen die Umwelt vor. Zudem spreche ich einen Baustopp mit sofortiger Wirkung aus. Sie haben die Vorgaben skrupellos ignoriert. Sollten Sie zu einem späteren Zeitpunkt den Rückbau nach bestehenden Vorgaben vorantreiben wollen, seien Sie gewiss, dass ich mich persönlich davon überzeugen werde, dass Sie auch nicht einen einzigen Zentimeter davon abweichen.« Seidel starrte sie wie eine glupschäugige Armleuchteralge an. »Haben Sie etwas dazu zu sagen?« Seidel reagierte nicht. »Nichts? Gut. Die Kollegen von der Kripo werden Sie in Gewahrsam nehmen.« Sie wandte sich ab, als ob ihr bei seinem Anblick schlecht werden würde. Dabei fiel ihr Blick noch einmal auf den Parkplatz auf der anderen Straßenseite, und sie runzelte die Stirn. »Sagen Sie, Melzer, bei dem zerstörten Bagger dahinten handelt es sich nicht zufällig um die Baumaschine, die der Kollege Töppen von der Arbeitsgruppe Straßenbau als gestohlen gemeldet hat?«

Auch dazu sagte Melzer nichts, und mit einer ungehaltenen Geste, als ob sie einen lästigen Brummer verscheuchen wollte, bedeutete Frau Heiland den Polizisten, Melzer und Seidel abzuführen.

Sie ist wunderbar. Sie würde eigentlich gut in unsere Truppe passen, dachte Eva. Dann fiel ihr noch etwas ein. Sie rannte den Männern nach und erreichte sie, bevor sie in den Wagen stiegen.

»Herr Seidel!«, rief sie atemlos, »verkaufen Sie uns das Grundstück. Aus der Nummer kommen Sie finanziell nie wieder raus. Das wissen Sie. Wir nehmen es, wie es ist. Besser können Sie es nicht haben.«

Seidel blieb stehen, und sofort wechselte sein Gesichtsausdruck wieder von unsicher zu verschlagen. »Ach, versucht die Biobäuerin, jetzt Profit aus meiner Situation zu schlagen?«

Eva zuckte mit den Schultern und wandte sich ab. »Wie Sie wollen. Dann zahlen Sie eben die nächsten hundert Jahre für Ihre Bauruine.« Sie ging.

»Moment!«, rief er hinter ihr her. »Was würden Sie mir denn geben?«

Sie kam zurück und griff in ihre Jackentasche. Eine

einzelne Münze lag darin – die vom Einkaufswagen. Sie nahm sie heraus.

»Einen Euro«, sagte sie und hielt sie ihm hin.

Und vor Zeugen griff er danach.

»Wir hatten Melzer schon länger auf dem Schirm«, sagte Frau Heiland. »Aber wir konnten ihm nichts nachweisen. Ich bin froh, dass wir ihn endlich haben. Und ich freue mich auf das Baumhaushotel. Das klingt vielversprechend. Kommen Sie, Herr Dr. Venloh? Wir haben noch eine Besprechung.«

Sie ging auf ihren Wagen zu.

Felix lief schnell zu Nele. Er drückte ihr den Apfel in die Hand. »Ich ruf dich an«, flüsterte er, dann eilte er Frau Heiland hinterher.

Am Randstreifen neben dem Graben blieb Frau Heiland plötzlich stehen. Eine Pflanze wuchs dort, deren Stängel höchstens sechs Zentimeter lang war. Unscheinbare weiße Blüten zogen sich ringförmig an ihm entlang. So klein war sie, dass jemand, der wütend am Graben entlanggestampft war, um ihre größeren Brüder und Schwestern herauszureißen, sie glatt übersehen hatte.

»Schauen Sie nur, Herr Dr. Venloh. Das sieht ja aus wie ein Herbst-Drehwurz«, meinte sie erstaunt. »Ich habe meine Doktorarbeit über einheimische Orchideenarten geschrieben. Das kann aber nicht sein, oder?«

»Nein, das halte ich für ausgeschlossen. Soweit ich weiß, ist der Herbst-Drehwurz in Brandenburg ausgestorben«, erwiderte Felix. »Außerdem wächst er meines Erachtens nur auf Schafweiden.«

Frau Heiland lachte. »Ist ja auch besser so, denn sonst

müssten wir die Anlage sofort zum Naturschutzgebiet erklären.«

Hinter ihnen versuchten die Freundinnen, ihre Schnappatmung zu kontrollieren.

»Deutsche Rechtssysteme isse grosseartig.« Sergio seufzte. »*Nessuna corruzione.*«

»Na ja«, sagte Julika, während sie zum Apfelhaus zurückgingen, »versucht haben sie es. Und eigentlich sind sie damit auch ganz schön weit gekommen.«

»Das Gutte hatte gewonne.«

Der Himmel war klar, ein frischer Wind fuhr übers Land, und von den Apfelbäumen schneite es gelbe Blätter. Loh blieb stehen und schnupperte. »Das Wetter schlägt um, Mädels. Heute Nacht wird es kalt. Der Altweibersommer ist vorbei.« Wie zur Bestätigung flog laut kreischend eine Gruppe Zugvögel in Richtung Süden.

»Aber es wird der schönste, friedlichste Abend und die schönste friedliche Nacht, die ich mir vorstellen kann«, antwortete Marion, und da mussten ihr die anderen recht geben.

In diesem Moment schrillte auf dem Hof nebenan laut die Klingel.

»Eva, du hast Kundschaft«, rief Nele. »Wir kommen alle mit!«

»*Il povero cliente*«, murmelte Sergio. »Der arme Kunde.«

26. Kapitel

Der Duft der Blume ist vergessen,
Frucht birgt und Sonne nur der Wein.
Und du trägst, was dir zugemessen
Geklärt in deinen Herbst hinein.
JOACHIM RINGELNATZ

Es hatte Frost gegeben.

Als Nele morgens durch den Apfelgarten ging, waren die Grashalme mit einer gefrorenen Tauschicht überzogen. Es glitzerte, und bei jedem Schritt knirschte es unter ihren Schuhsohlen.

In der vierten Reihe pflückte sie sich einen Apfel und biss hinein.

Eiskalt war er, saftig und gut, auch wenn das Fruchtfleisch an einigen Stellen glasig war. Er schmeckte trotzdem delikat, vielleicht gerade wegen dieser Glasigkeit, wie Wasserapfeleis am Stiel. Wer wollte schon alles immer perfekt haben bei Menschen und bei Äpfeln? Das wäre ja langweilig.

Während sie aß, schaute sie nach oben und überlegte, welche Sorte es wohl war. Vielleicht eine Goldparmäne? Sie würde sich niemals die verschiedenen Namen merken können. Es war egal, welchen Apfel sie gerade aß. Was nicht egal war, war, dass sie ihren Auftrag in Wannsee mit Bravour und vereinten Kräften zu Ende gebracht hatten.

Wie es hier wohl aussehen wird, wenn die Baumhäuser fertig sind?, überlegte sie. Hübsch wäre es, wenn Dani jedes Baumhaus nach einer anderen Apfelsorte benennen würde. Und Kissen und Gardinen sollten in entsprechendem Apfeldesign genäht werden, gelb und hellrot und grasgrün und gestreift und dunkelrot. Und Fotos von den verschiedenen Apfelsorten müssten aufgehängt werden. Sie hatte so viele Aufnahmen gemacht. Diese entwickeln zu lassen und zu rahmen wäre dann wohl ihre Aufgabe.

Sie sah dorthin, wo Felix' Zelt gestanden hatte. Im Gras konnte man noch den Abdruck ausmachen, und so ähnlich war es in ihrem Herzen auch – Felix hatte Spuren hinterlassen. Sie würde abwarten. Zum ersten Mal in ihrem Leben hatte Nele das Gefühl, dass die Zeit auf ihrer Seite war. Eigentlich merkwürdig, wo sie doch schon bald fünfzig wurde.

Sie trat an den Zaun. Auch der Apfelmatschberg war von einer feinen Frostschicht bedeckt, die Fruchtfliegen, die ihn am Tag zuvor noch umschwirrt hatten, lagen wie schwarzes Pulver auf der braunen Masse. Es roch vergoren, sauer, erdig.

Oh, und welch wunderbare Stille herrschte dort drüben hinter dem Zaun.

Nele beugte sich hinüber. Sie fragte sich, wie es wohl den Armleuchteralgen ging. Überwinterten die? Trieben sie im nächsten Frühjahr unter Wasser erneut aus? Wenn sie den Graben wieder schlossen, müssten die zarten Pflänzchen zurück in den Teich gebracht werden. Kein Problem. Sie hatten schon Schwierigeres bewältigt.

In diesem Moment klingelte ihr Handy. Sie fischte es heraus, sah den Namen auf dem Display und drückte lächelnd mit ihrem apfelsaftklebrigen Finger auf den grünen Punkt.

»Hallo, Potsdam, hier Wannsee«, sagte sie. »Ich gehe gerade durch die Apfelbaumreihen. Es hat gefroren. Im Zelt wäre es jetzt wirklich kalt.«

»Guten Morgen, Nele«, antwortete am anderen Ende Felix. »Ich vermisse meinen Morgenkaffee. Alles okay bei euch?«

Sie lachte. »Ich bin sicher, du hast eine Kaffeemaschine. Und übrigens, du hättest ruhig im Vorfeld sagen können, dass du *buddybuddy* mit dem Ministerium bist und dafür ein Gutachten schreiben wolltest.«

»Ja, hätte ich tun können. Sorry«, sagte er fröhlich und ohne eine Spur von schlechtem Gewissen. »So war die Überraschung größer, richtig? Ich hatte übrigens Glück: Als ich vorgestern ins Ministerium ging, um meinen Report zu präsentieren, fiel mir ein, dass ich dort einmal Seidel mit Melzer zusammen gesehen hatte. Erinnerst du dich? Ich wusste schon in Wannsee, dass ich ihn von irgendwoher kannte. Als ich Frau Heiland davon erzählte, hat sie die Unterlagen zu Seidels Bau überprüft. Melzer bekommen sie wegen Korruption ran, er wurde angezeigt und ist fristlos entlassen worden. Und Seidel … Die Liste ist sehr lang.« Er hielt einen Moment inne, dann sagte er: »Das Gutachten war gut, oder? Ich hab's mit Herzblut geschrieben.«

»Ja«, erwiderte Nele leise. »Es war großartig. Vielen Dank.«

»Übrigens hab ich das grad falsch ausgedrückt. Ich vermisse nicht meinen Morgenkaffee. Ich vermisse, dass du ihn mir bringst.«

»Und ich vermisse das Geigenspiel nachts«, erwiderte sie.

»Wann kommst du nach Berlin zurück?«, fragte er.

»Morgen. Marion nimmt mich mit.«

»Ich wollte noch was mit dir besprechen«, sagte Felix. »Meinst du, du könntest für mich eine Website designen? Meine jetzige sieht ja wirklich nicht sehr ansprechend aus. Vielleicht ... mit einem Baumfoto oder so? Etwas mit Buchen? Oder mit Apfelbäumen?«

Nele dachte an die vielen Fotos, die sie gemacht hatte. An die leuchtenden Äpfel im Blattgrün, die Spinne im Wald, den silbergrauen Buchenstamm im Friedwald. Nicht zu vergessen die vielen Pilze, das zarte Geflecht des Wood Wide Web, den lachenden Tonio auf dem Riesenkürbis. Und vielleicht könnte man sogar *Norwegian Wood* als Melodie nehmen, wenn man auf seiner Website einzelne Holzarten anklickte.

»Ja. Das könnte ich bestimmt.«, sagte sie.

»Und meinst du, wir könnten uns morgen Abend treffen? Ich möchte dich wiedersehen.«

Offenheit bekam mit dem Waldmann am Telefon plötzlich eine neue Dimension. Hier waren keine Spielchen angebracht. Warum sollte sie sich verstellen?

»Felix, ich freu mich, wenn wir uns wiedersehen könnten!«

»Wunderbar.« Er klang glücklich. »Gut, dass du morgen nach Berlin kommst. Wir haben zu tun. Und trink für mich einen Kaffee mit!«

Nele versprach es, und sie beendeten das Gespräch.

Einen Moment blieb sie sinnierend stehen. War es wirklich das, was sie dachte? Das ehrliche Interesse an ihrer Person, die Ruhe, sich langsam besser kennenzulernen, die

Selbstverständlichkeit, dass man zusammen war und trotzdem das Eigene weiterverfolgen konnte? Dann würde sie nie wieder versuchen müssen, die Welt eines anderen als ihre eigene auszugeben. Unter diesen Bedingungen würde sie für immer durch Wälder gehen können.

Nele musste an Philemon und Baucis denken, als sie die Arme reckte wie ein Buchenbaum, der mit seinen Zweigen den Himmel erreichen wollte, obwohl er seit Jahrhunderten in der Erde verwurzelt war.

»Hey, du da unten«, hörte sie Marion aus dem Fenster rufen und sah hoch. Die Freundin sah noch ungekämmt und verwuschelt aus, aber sehr vergnügt »Machst du etwa Tai-Chi? *Der Apfelbaum streichelt den Himmel?*«

»Nein!«, rief Nele zurück. »Ich bin auch so ausgeglichen. Übrigens, Alexis scheint endlich zu schlafen. Bevor ich rausgegangen bin, habe ich nach ihm gesehen. Er rührt sich nicht, und er ignoriert den Salat, den ich ihm hingelegt habe. Sonst ist er doch immer ganz wild danach.«

»Es hat gefroren. Vielleicht hat sein kleiner griechischer Biorhythmus auf Kälte gewartet«, sagte Marion und fuhr mit der Fingerspitze übers Fensterbrett, bis ein winziger Hügel Frostkristalle daran haftete.

»Das kann schon sein«, meinte Nele. »Komm runter! Ich habe Kaffee gemacht.«

Als Nele über die Terrasse zurück ins Haus ging, hörte sie es an der Haustür leise klopfen. Sie öffnete und fand sich Pfarrer Lobetal gegenüber. Er lächelte verlegen. Seine Apfelbäckchen waren rosig, er trug selbst gestrickt aussehende Handschuhe und zu seiner Jacke einen Schal, den er sich zweimal um den Hals geschlungen hatte.

»Ich hoffe, ich habe Sie nicht geweckt?«

»Aber nein, ich war im Garten. Es ist so ein hinreißender Morgen, mich hat nichts mehr im Bett gehalten. Auch wenn es da kuschlig warm war im Gegensatz zu draußen.«

Einen winzigen Moment lang fragte Nele sich, ob man mit einem Pfarrer überhaupt über kuschlig warme Betten sprechen durfte. Aber warum eigentlich nicht? Es gab nichts Natürlicheres als das, was man im Bett machte, und einem Pfarrer sollte schließlich alles Menschliche vertraut sein.

Lobetal nickte bestätigend. »In der Tat, ein schöner Morgen in unserem Sprengel und ein überraschend frischer dazu. Es ist, als ob der Herrgott Zucker auf sein Gesamtwerk gestreut hätte. Kommen Sie heute zum Erntedankgottesdienst?«

»Ja, auf jeden Fall. Die Urne wird doch vorher beigesetzt?«

Lobetal nickte. »Genau, das habe ich mit Herr Montecurri besprochen. Der Gottesdienst findet danach um drei statt. Ich freue mich, wenn Sie mit uns feiern. Und das ist für Sie.« Er hielt ihr etwas hin, das wie ein Tablett aussah, in Papier eingewickelt.

»Was ist das?« Nele musterte das Päckchen neugierig.

»Das hat meine Haushälterin für Sie gebacken. Lassen Sie es sich schmecken.« Er deutete eine Verbeugung an, dann ging er.

»Aber warum denn? Was haben wir denn gemacht?«, rief Nele ihm hinterher.

»Das müssen Sie wirklich fragen? Sie haben uns von einem schrecklichen Übel befreit«, sagte Pfarrer Lobetal und schritt munter fürbass. Nele war sich nicht sicher, was das

Wort eigentlich bedeutete – das Finetuning der Sprache war eher Evas Revier, war es schon in der Berliner Werbeagentur gewesen –, aber so, wie Lobetal mit fröhlichen weiten Schritten die Dorfstraße zurück in Richtung Kirche eilte, schien »fürbass« genau zu passen.

In der Küche packten sie das Paket aus. »Du meine Güte, da kann sich ja sogar Dorothee ein Beispiel nehmen …«, rief Marion, als sie die dicken Stücke Frankfurter Kranz sahen. »Dann gibt's jetzt wohl Kuchen zum Frühstückskaffee.«

In diesem Moment klingelte es wieder. Marion ging öffnen. Vor der Tür stand Fleischermeister Karoppke.

»Guten Morgen«, sagte er und rieb sich die Hände an seiner Fleischerschürze. Offenbar war er die zweihundert Meter mit dem Auto gekommen, denn er trug nur ein kurzärmeliges T-Shirt unter der Schürze. »Schlaft ihr noch?«

»Jetzt bestimmt nicht mehr. Aber wir waren auch schon vorhin wach«, beeilte sich Marion zu sagen. »Was gibt's denn, Herr Karoppke?«

Er sah sie verlegen an. »Ich und meine Frau und meine Leute wollten uns bei euch bedanken.« Er bückte sich und hob eine große Schachtel auf, die er Marion in die Hand drückte.

Sie strauchelte unter dem Gewicht. »Was *ist* das?«, stieß sie keuchend aus.

»Oh, ein kleines Sortiment aus unserer Fleischerei und dem Partyservice. Ihr mögt ja unsere Hausmacherspezialitäten so gern. Wir haben was zusammengestellt.«

»Und wofür?«

Er sah sie nachdenklich an, und sie musste sich gegen

die Hauswand lehnen, weil das Paket zu rutschen droh-
te. »Der Typ nebenan war mehr Schwein, als es unsere
Schweine jemals sein könnten. Er wollte unser ganzes Dorf
verzocken. Wenn ihr nicht gewesen wärt, hätte er seinen
Schuppen bald eröffnet.«

»Hat man denn mitbekommen, was hier los war?«, fragte Marion erstaunt.

Der Fleischer grinste. »Kann man hier was verbergen?«,
stellte er eine Gegenfrage. »Dann lasst es euch mal schmecken.«

Er ging, und Marion wankte zurück in die Küche. »Du
magst doch diese Leberwurst mit Bärlauch so gern, oder?«,
fragte sie Nele, die am Küchentisch saß, Kaffee trank und
ihr erstaunt entgegenblickte. Nele nickte. Mit einem Knall
stellte Marion das Paket ab. »Jede Wette, dass die hier auch
drin ist.«

Dorothee kam in die Küche. »Morgen«, sagte sie. »Was
ist denn hier los?«

Es klingelte wieder, und als Julika grimmig die Treppen hinunterkam, weil sie und Sergio wegen der ständi-
gen Klingelei nicht länger schlafen konnten, war inzwischen das halbe Dorf da gewesen, um sich zu bedanken.
Maik vom Bistro hatte mehrere Flaschen Wein und eine
Kiste Bier vorbeigebracht, sogar Gaby vom Friseursalon
hatte vorbeigeschaut und fünf Gutscheine zum Schneiden,
Waschen, Föhnen vorbeigebracht (Marion war froh, dass
nichts mit Färben draufstand).

»Wir sind Heldinnen«, sagte Eva, die inzwischen rüber-
gekommen war. »Dabei haben wir eigentlich gar nichts
gemacht.«

»Doch, haben wir«, widersprach Nele. »Und du hast

noch dazu den Bau gekauft. Aber der eigentliche Held ist Sergio. Wo steckt er denn?«

»Er telefoniert mit seinen Leuten. Er will, dass sie sobald wie möglich herkommen und mit dem Umbau beginnen. Seinen Palazzo in Venedig stellt er zurück«, erklärte Julika und mopste sich eine kandierte rote Kirsche vom Frankfurter Kranz. »Ich glaube, er macht das auch, um noch ein bisschen in Lorenzos Nähe sein zu können.«

»Er ist wirklich ein Schatz. Ein italienischer Schatz«, bemerkte Marion bewundernd.

»Sag ich ja immer«, erwiderte Julika kauend.

»Bleibst du so lange in Wannsee, wie er hier ist?«, fragte Dorothee. »Kochst du für ihn und seine Leute? Strickst du für die Dieci Italiani Socken?«

»Bist du verrückt? Bestimmt nicht.« Julika sah regelrecht empört darüber aus, dass die Freundin ihr dieses hausfrauliche Verhalten zutraute. »Ich fahre mit euch zurück nach Berlin und lass es mir dort gut gehen. Meinst du, ich kann bei dir schlafen?«

Dorothee strahlte. »Natürlich. Dann haben wir noch ein paar Tage für uns.«

Als sie die Dorfstraße in Richtung Kirche gingen, hatten sie sich für Lorenzos Urnenbeisetzung und den Kirchgang so hübsch wie möglich gemacht. Eva hatte bereitwillig alles geteilt, und weil sie sowieso am liebsten Schwarz trug, passte es nicht nur gut zu den Kirchenereignissen, sondern ließ auch Raum für ein ganzes Spektrum individueller Schmuckstücke.

Marion trug die dicke bunte Perlenketten aus Venedig, an Julikas Händen glitzerten mehrere Ringe, die sie beim

Arbeiten im Apfelgarten abgelegt hatte, Eva trug Ohrstecker in der Form von silbernen Äpfeln, die ihr Loh zum zweiten Hochzeitstag geschenkt hatte, an Dorothees Kette baumelte ein türkisfarbener Ganesha-Anhänger, und Nele, als handwerklich begabte Grafikerin, hatte sich aus Apfelkernen und Hagebutten ein naturnahes Armband samt Halskette gebastelt.

Und weil sie wie die Gemeindemitglieder für die prächtige Ernte danken wollten, hatte Eva einen Hokkaido-Kürbis im Arm, die Freundinnen trugen einen Korb voller schimmernd polierter Äpfel.

Kurz vor zwei betraten sie die Kirche. Auf den Stufen zum Altar lagen hübsch angeordnet Feld- und Baumfrüchte, Zwiebeln, Kartoffeln, Zucchini, Birnen und Pflaumen. Auf dem Altar stand Lorenzos Urne, der helle Carrara-Marmor war poliert, die Goldverzierungen glänzten. Pfarrer Lobetal wartete bereits. Im festlichen Talar mit weißem Kragen gewandet, trat er auf sie zu.

»Es ist alles vorbereitet«, sagte er und nahm die Urne vom Altar.

Die Freundinnen legten rasch ihre Mitbringsel ab, dann folgten sie dem Pfarrer, der feierlich voran auf den Friedhof ging, wo schon ein Loch ausgehoben worden war. Zum zweiten Mal versenkten sie Lorenzos Urne in geweihter Erde, diesmal hoffentlich für immer.

Erst weinte Sergio so heftig, dass Julika ihn trösten musste, daraufhin weinte auch Julika, weshalb sie von Sergio liebevoll getröstet wurde.

Pfarrer Lobetal sprach ein Gebet, drückte Julika und Sergio innig die Hand, danach war das Begräbnis vorbei, und sie gingen zurück in die Kirche. Zu fünft nahmen die

Freundinnen nebeneinander in einer Reihe Platz, Sergio und Loh in der nächsten Reihe. Für Wannseer Verhältnisse war die Kirche sehr voll. Acht Leute saßen außer ihnen bereits auf den Bänken.

Schließlich trat Pfarrer Lobetal vor die Gemeinde, die Apfelbäckchen und die Glatze mit dem weißen Haarkranz leicht gerötet, die weichen Hände aneinanderreibend. Er hielt die Predigt sehr allgemein – im Großen und Ganzen ging es um den Segen ausreichender Nahrung in Wannsee und auf der Welt – und baute dann einen eleganten Schlenker ein, sodass jeder in der Kirche wusste, worum es eigentlich ging: um ehrliche Arbeit und nicht darum, auf die Schwächen und Süchte von Menschen zu setzen, damit man ihnen Geld aus der Tasche zog und sich selbst bereicherte. Wer das tat, wurde aus dem Paradies vertrieben, wie der jüngste Fall bewies.

»Wollen wir nicht ein Fest feiern?«, fragte Eva, als sie sich von der harten Bank erhoben. »Das Dorf ist gerettet, der Hofladen hat eröffnet, wir sind den letzten Abend zusammen! Wir könnten den Pfarrer einladen, die Gemeinde und alle, denen wir noch so begegnen.«

»Wo wollen wir denn feiern? Im Apfelhaus ist nicht genug Platz«, warf Dorothee ein.

»Wir könnten in unsere Tenne gehen …«, sagte Loh zögernd. Er klang, als ob er sich ein bisschen Sorgen um die Stellwände in der Scheune machte.

»Nein«, antwortete Eva, und für jemanden, der so gradlinig wie sie war und grundsätzlich keine Fallstricke in ihren Gedanken kannte, sah sie regelrecht listig aus. »Wir feiern im ehemaligen Seidel-Bau!«

Weg war sie. Sie sprach mit Maik vom Bistro, der während des Gottesdienstes besonders laut gesungen hatte und alle im Ort kannte. »Um sechs kommen sie«, sagte sie händereibend, als sie wieder zu den Freundinnen eilte. »*Let's go!* Wir haben viel zu tun.«

Lohs Handy klingelte. »Moment«, sagte er. Er trat beiseite und hatte, als er nach dem Anruf zurückkam, einen höchst merkwürdigen Gesichtsausdruck. »Ich muss kurz weg. Wartet nicht auf mich.«

»Wohin musst du denn?«, fragte Eva.

Er tippte ihr sacht auf die Nase. »Überraschung. Aber es dauert nicht lange. Ich bin bald wieder da.«

Und bevor sie sichs versahen, war er schon verschwunden.

Zu fünft schoben sie das Tor des Rohbaus auf und betraten das Gebäude.

Zum ersten Mal sahen sie, wie es innen aussah: leer, überdimensional groß, hohe Wände, nackter Stein, der Fußboden gegossener Beton, einige wenige Glühbirnen baumelten von der Decke. Im hinteren Teil befanden sich zwei Türen – vermutlich ging es dort zu den Sanitäranlagen und in das Büro, in dem Seidel gern seine Gewinne gezählt hätte.

»Es hätte auch gut ein Schweinestall bleiben können«, meinte Nele. »Obwohl … Schweine hätten bestimmt gern Fenster.«

»Er wollte sich bestimmt nicht von draußen auf seine Spielmachenschaften schauen lassen«, mutmaßte Julika.

Dorothee seufzte erleichtert. »Ich dachte, hier stünde schon alles voller Spielautomaten!«

»Dem ist das Geld ausgegangen«, kommentierte Eva.

»Und was soll damit jetzt geschehen?« fragte Dorothee.

»Das wird der perfekte Aufenthaltsraum für Danis Pensionsgäste. Vorausgesetzt, hier kommen Fenster rein«, meinte Eva.

Julika drehte sich einmal langsam um sich selbst, wobei sie die Anlage kritisch begutachtete. »Es wird ja sehr viel niedriger, wenn die Jungs das Gebäude auf Maß bringen. Wir werden es mit Holz verkleiden und auch Parkett legen, sozusagen im Dialog mit den Baumhäusern. Wir könnten hier drinnen sogar einen Baum integrieren, das wäre sehr dekorativ. Außerdem müssen hohe Glasfenster rein, besonders in Richtung Apfelgarten, um Naturtransparenz zu schaffen. Die Rahmen werden innen weiß und außen dunkelgrün gestrichen. Dazu wenige, apfelfarbene Farbtupfer. Außen und innen sollte sich verwischen. Versteht ihr?«

Die anderen starrten sie beeindruckt an.

In diesem Moment betrat ein stämmiger Mann in einem rot-weißen Hemd und ausgebeutelten Jeans den Raum.

»*Dzień dobry*«, sagte er und schaute unsicher in die Runde.

»Wie bitte?«, fragte Dorothee höflich und sah auf die Uhr. Es wurde höchste Zeit, wenn sie noch etwas vorbereiten wollten.

»War Arbeiter hier. Will Werkzeug«, sagte er in stark gebrochenem Deutsch. »Chefo nicht da?«

»Chefo weg. Für immer«, antwortete Julika.

»Chefo tot?«

»So ähnlich«, meinte Julika fröhlich.

»Wo Werkzeug?«

Die Freundinnen zuckten mit den Achseln.

»Vielleicht dahinten?«, meinte Nele.

Sie zeigte zu dem abgetrennten Raum und hoffte für ihn, dass Seidel das Werkzeug nicht mitgenommen hatte.

Doch der Arbeiter schaute nun Nele an, dann Eva. Er lächelte. »Sie Äpfel gegeben. Gute Äpfel. Sehr, sehr gut. Moment.« Er verließ die Halle, kehrte kurz darauf mit einer großen Plastikschüssel zurück, nahm den Deckel ab und verbeugte sich galant. »Hier. *Szarlotka* von *mamusia*. Bitte essen Sie.«

»Mamuscha?«, fragte Eva.

»Polnisch Mama.«

Nele nahm ein Stück, und auch Dorothee griff zu. »Köstlich!«, sagte Dorothee bewundernd. »Polnische Scharlotka!«

»Ich sag's ja. In achtzig Äpfeln um die Welt«, kommentierte Eva und probierte ebenfalls. »Ganz lecker. Danke.«

Der Arbeiter stellte die Schüssel hin und verschwand auf der Suche nach seinem Werkzeug im hinteren Teil des Gebäudes. Beladen mit einer schweren Kiste kehrte er zurück. Er nickte den Freundinnen zu, als er sie an ihnen vorbeischleppte.

»Bleiben Sie doch zu unserem Fest«, rief Eva ihm hinterher, aber sie war sich nicht sicher, ob er sie verstanden hatte.

Doch kurz darauf kehrte der Arbeiter zurück, eine Schüssel mit Kartoffelsalat in den Armen, ein selbst gebackenes Brot und *kielbasa*. Offenbar hatte seine *mamusia* ihn für die Reise nach Deutschland gut versorgt.

»Wohin?«, fragte er und sah sich suchend um.

Nun gerieten die Freundinnen in Fahrt. Sie eilten zurück zum Apfelhaus, brachten Terrassenmöbel in die Tenne, schleppten den Küchentisch rüber, wo sie alles aufbauten, was das Dorf an diesem Tag gespendet hatte, dazu selbst gepressten Apfelsaft, Geschirr, Besteck, Servietten, zwei Apfelkuchen, die Dorothee noch schnell gebacken hatte. Aus dem Wohnzimmer des Apfelhauses holte Eva eine kleine Anlage, denn ein Fest ohne Musik war undenkbar.

Und dann kam Loh. »Schaut, wer zurück ist! Die Chinesen ...«, sagte er.

Da betraten Dani und Gandalf die Halle. Dani sah glücklich, aber müde aus, Gandalf schien frisch und fröhlich wie immer.

Eva lief auf sie zu und umarmte sie. »Ich dachte, ihr kämt erst morgen. Deshalb war Loh so ein Geheimniskrämer. Habt ihr schon gehört, was hier passiert ist? Seidel ist weg, das Baumblütenhotel können wir bauen. Das Ministerium findet den Plan toll, was sich hoffentlich in den Subventionen widerspiegelt.«

Dani nickte. »Loh hat es uns sofort im Auto erzählt. Oh, Eva, das ist so wunderbar. Noch mehr Veränderungen ...«

»Warum denn noch mehr?«, fragte Eva – und dann begriff sie endlich. Danis Erschöpfung, ihr Lächeln, wenn sie vorsichtig ihren Bauch streichelte, die ständige Übelkeit, der verwahrloste Garten ... Wie dumm war sie denn gewesen?

Sie wandte sich an ihre Freundinnen. »Wir bekommen ein Apfelbaby«, sagte sie strahlend. »Wenn das nicht ein weiterer Grund zu feiern ist!«

Es wurde ein rauschendes Fest. Wein, Calvados und Cidre floss in Strömen, Karoppke hatte seinen fahrbaren Grill angekarrt, und seine gegrillten Wannsee-Zipfel brachen alle Rekorde.

»Unser letzter Abend«, sagte Dorothee, und weil sie eben Dorothee war, hatte sie Tränen in den Augen.

»Und was für ein schöner«, meinte Nele, die sich schon auf den morgigen Abend freute.

»Wir treffen uns noch in Berlin«, versprach Julika.

»Nächsten Montag fängt die Schule wieder an«, murmelte Marion, wie immer zwischen Sendungsbewusstsein und Unwillen hin- und hergerissen. Sie hatte beschlossen, Alexis bei sich zu Hause zu lassen. Nicht auszudenken, dass die Kinder seinen Winterschlaf störten!

Und Eva? »Wir sind einfach großartig«, flüsterte sie. »Alle für eine, eine für alle.«

Zuerst dachte sie, die anderen hätten sie nicht gehört. Aber als sie sich eine Sekunde später in den Armen lagen und zu Vickys *Du weißt, ich liiiiebe das Leben* sangen und tanzten, wusste sie, dass sie sich getäuscht hatte.

Zu später Stunde, als Dorothee dem polnischen Arbeiter die ersten indischen Tanzschritte beibrachte und Julika (die bei Mondwasser geblieben war) und Sergio *Felicità* im Duett sangen, als Pfarrer Lobetal Marion beim Rock 'n' Roll herumwirbelte und Nele beschloss, Gandalf zu verzeihen, und mit ihm einen Discofox tanzte (Dani hatte sich bereits zurückgezogen), fassten die Landwirte, allen voran Loh, einen Entschluss: Die Kraterlandschaft auf der anderen Seite der Straße sollte schnellstmöglich verschwinden. Sie würden die Fläche nutzen, um ihre Idee umzusetzen und eine Weihnachtsbaumplantage anzulegen.

Denn eins war klar: Die Gäste des zukünftigen Baumhaushotels würden sicher gern auch in der Adventszeit nach Wannsee in der Mark kommen. In vorweihnachtlicher

Stimmung könnten sie sich ihre Weihnachtsbäume selbst schlagen. Der Herbst war die perfekte Zeit für die erste Pflanzung. Wenn das gelang, würde dieser Plan das Dorf weiter touristisch voranbringen. Dafür sollte natürlich auch Neles Website sorgen.

Alle paar Jahre lag in Wannsee beträchtlich viel Schnee, selbst der See war dann zugefroren. Man konnte Schlittschuhlaufen, mit dem Schlitten fahren und heißen Gewürzapfelsaft verkaufen, auf Heuballen sitzen und Stockbrot über dem Lagerfeuer rösten, Schneemänner bauen, im Schnee nach Tierspuren suchen, in der Kirche Weihnachtslieder singen und nach einem traumhaften Tag auf dem Lande erfüllt zurück in die Stadt fahren.

Aber das war eine andere Geschichte.

Fünf Lieblingsrezepte
aus

In achtzig Äpfeln um die Welt

Indisches Apfelchutney

1 kg Äpfel
200 g Schalotten
3 rote Chilischoten
450 g brauner Zucker
½ TL frisch gemahlener schwarzer Pfeffer
1 TL zerstoßene Koriandersamen
2 EL Salz
½ TL Cayennepfeffer
400 ml Apfelessig

Äpfel und Schalotten grob schneiden. Chili halbieren, Kerne entfernen und in kleine Stückchen schneiden. Äpfel und Schalotten mit 100 ml Wasser 10 Min. köcheln lassen. Alles andere hinzugeben, einmal aufkochen und ca. 30 Min. köcheln lassen. Noch heiß in sterile Gläser füllen.

Schwedischer Apfelkuchen

3 mürbe Äpfel
4 Eier
300 g Zucker
120 g Butter
125 ml Milch
300 g Mehl
3 TL Backpulver
1 TL Zimt
75 g gehobelte oder gehackte Mandeln

Eier und Zucker schaumig rühren. Butter und Milch erhitzen, aber nicht kochen lassen und unter Rühren zur Eiermasse geben. Mehl und Backpulver mischen und unterheben. Äpfel schälen, grob raspeln und unter den Teig heben. Teig auf ein mit Backpapier belegtes Backblech streichen und mit Zimt, Zucker und Mandeln bestreuen. Bei 180 ° 20 Min. backen.

Französische Apfel-Käse-Quiche

6 Kartoffeln
4 Frühlingszwiebeln
2 Knoblauchzehen
2 Becher Crème fraîche
2 Eier
2 Rollen Blätterteig
250 g Gruyère
2 Äpfel
2 EL Olivenöl
Salz, Pfeffer

Kartoffeln schälen und in Scheiben schneiden, in kochendem Salzwasser 6 Minuten kochen, abtropfen lassen. Frühlingszwiebeln schneiden, Knoblauch pellen und fein hacken.

Eier mit Crème fraîche und Knoblauch verrühren, mit Salz und Pfeffer kräftig würzen. Käse in feine Scheiben schneiden, Äpfel vierteln, entkernen, in 3 mm dicke Scheiben schneiden und mit etwas Olivenöl marinieren. Zwei Backbleche einfetten, auf jedes eine Platte Blätterteig legen. Blätterteig mit Eiercreme bestreichen, mit den Frühlingszwiebeln und den Kartoffelscheiben, dann mit Apfel- und Käsescheiben belegen. Bei 180° Umluft ca. 20 Min. backen, bis der Teigrand goldbraun ist.

Chinesische Apfelsuppe mit Ingwer

4 Äpfel
½ Salatgurke
1 rote Paprikaschote
1 Knoblauchzehe
1 daumengroßes Stück Ingwer
1 EL Butter
1 TL Rosenpaprika
750 ml Gemüsebrühe
Sojasauce und Pfeffer
1 Spritzer Obstessig
100 ml Sahne

Die Äpfel schälen, vom Kerngehäuse befreien und klein schneiden. Die Salatgurke schälen, die Paprika waschen und beides zerkleinern. Die Schale vom Ingwer mit einem Löffel abschaben und klein schneiden. Den Knoblauch putzen und zerdrücken. Äpfel, Gurke, Paprika, Ingwer und Knoblauch in Butter andünsten und mit Rosenpaprika würzen.

Die Gemüsebrühe nach und nach hinzugeben. Wenn alles weichgedünstet ist, mit dem Mixstab pürieren, danach Sahne hinzufügen. Mit Sojasauce, Pfeffer und Obstessig abschmecken.

Wannseer Prosecco-Apfelgelee

1 l Apfelsaft, ungesüßt
0,4 l Prosecco
1 kg Gelierzucker

Den Saft mit dem Gelierzucker in einem großen Topf verrühren. Den Prosecco dazugießen. Aufkochen und 3 Min.
sprudelnd kochen lassen. In Gläser mit Twist-off-Deckeln
füllen, sofort verschließen und für 5 Min. auf den Deckel
stellen.

Danksagung

Es war mir ein Vergnügen, mit den Apfelfrauen nach Wannsee zurückzukehren! Dass das möglich war, liegt an dem Team, das dafür sorgt, dass wir sechs – also die fünf Apfelfrauen und ich – gut durchs Buch kommen: meine Literaturagentin Petra Hermanns, Anna-Lisa Hollerbach von Blanvalet und meine Textlektorin Margit von Cossart. Ein dickes Dankeschön auch an alle, die bei Blanvalet für Presse, Cover, Herstellung und Vertrieb sorgen.

Jetzt, wo ich diese letzten Zeilen schreibe, erwacht die Hauptperson des Romans gerade aus dem Winterschlaf: die Natur. Ihr zu danken ist eigentlich überflüssig. Besser, wir versuchen sie zu schonen und zu schützen, so gut es geht, damit die Herbstdrehwurze und die Heideschrecken nicht endgültig aussterben, damit die Buchen auch ohne Sonnenbrand durch den Sommer kommen, weil sie zusammen und nicht in Einzellage stehen dürfen. Die faszinierenden Infos über Bäume sind bei Förster und Autor Peter Wohlleben nachzulesen, dem ich ausdrücklich für das erhellende Waldwissen danken möchte.

Bedanken möchte ich mich außerdem bei den LeserInnen, die meine Liebe zur Natur teilen, und natürlich bei meinen Freundinnen. Danke, dass es euch gibt, danke, dass ihr zu mir haltet. Mein besonderer Dank gilt wie immer meinen Nächsten und meiner Erstleserin Brigitte.

Tania Krätschmar

Fünf Freundinnen, ein Apfelgarten und ein Sommer auf dem Land, der alles verändert.

352 Seiten. ISBN 978-3-442-38112-8

Hausbesitzer mit Herz und ohne Erben gesucht! Wir sind: fünf Freundinnen im allerbesten Alter. Wir suchen: ein großes Haus in Berlin, in dem wir gemeinsam älter werden können. Wir haben: viel Enthusiasmus, wenig Geld. Schön wären: Garten, nette Nachbarn.

Die Anzeige im Internet ist ein voller Erfolg: Eva und ihre vier besten Freundinnen erben tatsächlich ein Haus! Allerdings nicht in Berlin, sondern im Wilden Osten, und nur unter einer Bedingung: Sie müssen den riesigen Apfelgarten bewirtschaften, der zum Haus gehört. Aber das ist für die fünf munteren Städterinnen nur eine von vielen Herausforderungen …

Lesen Sie mehr unter: **www.blanvalet.de**

Der Duft von weißen Rosen, eine alte Gärtnerei und ein schicksalhaftes Erbe …

336 Seiten. ISBN 978-3-7341-0242-4

Als Nora und ihre drei Freunde eine verlassene Gärtnerei in der Mark Brandenburg entdecken, beschließen sie: Sie werden die verkrauteten Beete beackern, die maroden Gewächshäuser bepflanzen und sich hier ihr eigenes Paradies schaffen. Doch die Verwaltung findet das nicht akzeptabel und sperrt die vier aus. Ist der Traum verblüht? Keineswegs: Kurzerhand besetzen Nora und die Novemberrosen die alte Gärtnerei. Plötzlich sprießen Schlagzeilen, die Zahl ihrer Unterstützer wuchert – auch wenn das verwunschene Grundstück das Geheimnis seiner Vergangenheit noch längst nicht preisgegeben hat …

Lesen Sie mehr unter: **www.blanvalet.de**